逆風的手搖鈴

／古梅 著

這是一個發生在一九六五年台灣屏東瀕臨海邊的某所國小，一位五年級小學生和校工的真實故事。那是國小畢業生如想升學進初中（國中），必須參加聯考的年代，直到一九六八年，九年國民教育施行，才結束初中聯考——

目次

Contents

1 海鷗，幫我寄一封信——007
2 小剛受罰——014
3 便當與老校工——017
4 老校工的搖鈴——022
5 換了一個新鐘——026
6 海鷗風箏——036
7 小剛，聽我說——043
8 弟弟，聽引航船的鈴聲——052
9 打架——059
10 小剛的怒——065
11 小剛流浪——072
12 熱鬧的拍賣場——082
13 一碗熱粥——093
14 這家人——099

15 新環境——114
16 小剛的心——123
17 新起點——154
18 不一樣的新年——161
19 小傑，你要說實話——196
20 好膽莫走——213
21 將心比心——224
22 蒲公英的力量——255
23 承諾——272
24 鳳凰花中的鐘聲——290
25 是你的，不會丟——316
26 彩虹下的隱憂——334
27 鈴聲迴盪——347
後記——421

Chapter 1

海鷗，幫我寄一封信

小剛坐在碼頭一角的海岸上，他不知道現在是夜間幾點，只清楚他悄悄離開家時，客廳的大掛鐘「噹噹噹」地響了三聲。然後他就走到這裡，坐在這裡，任憑海風從他周邊吹過，他一點也不覺得冷，因為他身上裹著一件他父親的大夾克。

初春的天空在黎明之前閃著最後一顆北斗星，星光浮在雲間，緩緩地迎接東方海平線金色的陽光，天快亮了。

小剛曲著腿盤坐著，雙肘支在大腿上、雙手托著腮望著碼頭，不間斷出出進進的大輪船和小漁船發出的馬達聲和漁人的吆喝聲，似乎都干擾不到他遙視遠方的情緒。直到一聲「刮刮」的海鷗鳴聲，從遠處閃著金光的海浪前冒出一個灰點，輕快地翱翔在海面，飄落在海灘上，才引起他的注意。

「海鷗，我從半夜就在這裡等你，拜託你，替我帶一封信給我爸爸。」

他從口袋掏出一張摺成細長條的信箋，又把隨身帶來的紙袋從身邊拿起，站起身，腿有些發麻，他甩甩腿，走到海灘上，灑下海鷗喜歡吃的小魚乾和碎麵包。

他站在海灘上，有耐心地等，海灘上會鑽出小螃蟹吃碎麵包，然後吐出小泡沫又鑽回沙洞裡，一隻，兩隻，三、四隻，他低頭望著，覺得很有趣。突然飛來一隻大海鷗，認真地低頭啄食沙灘上的美食。他毫不猶豫地一把抓住海鷗，海鷗受到驚嚇，「呱呱」鳴叫，他索性坐在沙灘上，雙腿夾住海鷗的身子，用細繩把信箋牢牢地綁在海鷗的腿上，然後雙手捧起海鷗拋向空中。海鷗在空中打了一個轉，很快地展開翅膀，衝向高空，飛向遠方。

小剛雙手插腰，抬頭遙望那隻失去蹤影的海鷗，臉上展露一抹笑容。

他不知阿雄何時站在他身邊，熟悉的啞嗓子引回了他的視線。

「怎樣？又叫海鷗替你帶信給你阿爸。」

小剛點點頭，無言地跟他走上碼頭。

「還沒有吃早餐吧？到我船上來，我煮了稀飯，還有小魚乾，豆腐湯。」阿雄說。

「不要了，我要趕回家，菜園要澆水，王阿嬸要來菜園拿菜，回去晚了，她拿不到菜，沒辦法到市場去賣，我媽會罵我。」小剛說。

「你就是太乖，才被你後媽欺負，你家菜園子那點菜，王阿嬸是圖便宜，一星期來收、買一次，最多也不過兩籮筐，你不是五天前才割了小白菜給她，怎麼今天又要去割菜？」阿雄問。

「今天她要來拔蔥呀，我種的那兩坪地大蔥翠翠綠綠的，一星期前王阿嬸就把錢交給我媽了。」

「你媽連這個錢也要？」

小剛點點頭：「她說給我存起來，將來升學要繳學費，還有日常生活費也要自己賺。」

「見她的大頭鬼，小剛。你爸是高級船員耶，你是他的親生兒子耶。他會不管你嗎？看看你家住的兩層樓高級洋房，院子那麼大，種菜是好玩的，你阿爸知不知道，你後媽要你種菜去賣？」

小剛點點頭：「我媽說我是自願的，阿爸稱讚我能吃苦，有出息。」

阿雄搖搖頭：「你後媽怎麼不叫她親生兒子去做？最毒後母心，討厭啦！」

「我弟弟還小，有時他要來幫忙，我都阻止他。」小剛說。

阿雄摸摸頭：「噢！那你今天又來寄什麼信？」

「我想爸爸，希望爸爸保重身體。還有……」

「你真孝順。」阿雄打斷他的話。「你爸爸不是昨天才回航？用寄信的啦，海鷗靠不住。」

「海鷗比較快，我爸爸的船在太平洋，牠會落在甲板上。」

「你爸有收到嗎？」

小剛搖搖頭：「我跟爸爸說過，我爸說他在船上有見過腿上綁著紙條的海鳥，他相信是我寄給他的，不用看就知道我寫的是什麼。」

「好吧！希望這隻海鷗能飛到你爸爸的大船上。」

「一定要呀，這次我爸爸要兩年後才能回來。」

「要這麼久呀！」阿雄像突然明白了：「昨天你爸出航，你後媽又不准你來碼頭送行？」

小剛像是被說中了心事，突然「嗚嗚」地大聲哭起來。

阿雄緊緊握住小剛的手：「走！傻孩子，看你的手冰冰涼涼的，跟我去船艙吃稀飯，男子漢要勇敢，你後母再打你，你就來找我。」

「找你做什麼？」小剛問。

「帶你坐我的船去冒險。」阿雄得意地說。

「你的船可以帶我去找我爸爸嗎？」

「不行啦。」阿雄不好意思地笑笑：「我這艘小船跑跑近海，勉強可以啦！你爸爸工作的是外國大輪船，我的船靠在大船旁邊，像隻小烏龜縮在大象身邊，不能比啦。」

小剛被阿雄的比喻逗笑了。

突然，遠處傳來清脆的氣笛聲，接著「鈴鈴鈴鈴」不斷的鈴聲從遠處一艘小船發出，慢慢駛向碼頭。

「是引航船，又有大船進港了。」小剛說。

「這種事，碼頭天天都有，沒什麼稀奇。」阿雄說。

小剛還是望著遠方，想著從引航船上冒出的白煙，和鈴聲中總會讓他迫切地想到慢慢駛進港內的大船，與爸爸站在甲板上遠遠地向他招手的樣子。從他有記憶起，爸爸每次回來，媽媽都會帶著他站在碼頭等，沒多久，爸爸就會出現在他和媽媽面前，並把他從媽媽懷中接過來，抱住他，吻他的額頭和臉，然後和媽媽手牽著手，走出碼頭。那畫面像一本書，一頁一頁地翻，爸爸每次回來都是同樣的動作，畫頁中，他從幼兒到上國小三年級時皆如此，之後，心中的畫頁卻有了變化，站在同樣的地方，迎接爸爸的是抱著四歲弟弟的新媽媽，母親生病的樣子是他書中畫頁裡最沉痛的記憶。他一直不相信母親已經過世，爸爸陪他不到一個月，就以家中必須有人照顧他，而他得外出工作，把家交給了新媽媽。他心中的畫頁幾乎已停格，他不喜歡爸爸過去給他的撫摸和擁抱全給了弟弟，爸爸經常和新媽媽說說笑笑，幾乎忘了他的存在。可是他見到爸爸還是滿心歡喜，禁不住主動去抓爸爸的手，爸爸也會緊緊地握住他的小手，使他全身立刻溫暖起來，感受爸爸對他的愛。

「喂。不要發呆啦！那不是你爸的船。」阿雄說。

「我知道。」小剛眼睛仍然望著引航船。

阿雄搖搖頭：「我不明白，你那個後媽為什麼不讓你到碼頭來接送你爸，真沒意思。告訴你哦！這次你爸從船上下來好威風，他穿的制服好帥，是副船長，有水手幫他提行李。」

小剛回過神來，望著阿雄：「爸爸工作太辛苦，這次回來我看到他頭上有白頭髮。」

「白頭髮算什麼？」阿雄低頭給小剛看：「我才十六歲，我也有白頭髮。」

小剛被阿雄的樣子逗笑了。

「走。去吃稀飯，我肚子咕咕叫了。」

「不行，我爸叫我要聽媽媽的話，我家菜園還沒澆水，弟弟一定要跟我一起去上學。」

阿雄拍了一下小剛的頭：「你真笨，你媽的話能聽嗎？全村的人都看不慣，我今天就不讓你回家澆水拔菜，還施什麼肥，看她能怎樣！來來來，跟我去吃稀飯，我真的好餓，你後媽會送你弟弟上學啦！免得她睡懶覺。」

阿雄邊說邊把他拖到岸邊的小漁船，船艙裡很溫暖，小剛喝著熱稀飯，想到昨天下午，爸爸說好了要讓他和弟弟一起到碼頭送他。他們三人在菜園中拔小白菜，弟弟邊拔邊跟爸爸說，他為了要一隻金甲蟲，哥哥為他在菜園中找了一個下午，全身都沾滿泥巴，晚飯都顧不得吃。爸爸摟住他的肩膀笑著說：「很好，小剛，這樣做，爸爸很放心。」

晚飯後，汽車來家門口接爸爸，全家人歡歡喜喜地上車，他也坐在弟弟身邊，後媽突然說：「糟了，洗澡間的瓦斯忘了關，小剛，你不必去了，趕快回去把瓦斯關好。你爸爸九點船就要出港，我們馬上就會回來。」

他只好回家，才發現瓦斯關得好好的。他不明白後媽總是用各種方式阻攔他和爸爸相處，有時她說的謊話會被弟弟拆穿，甚至爸爸也會不高興地數落後母幾句，事後單獨和他在一起時總是這樣講：「小剛，要爭氣，不要跟媽媽一般見識，弟弟還小，你要多照顧。」

可是這一次，他真的無法放心，為了兩年後的升學考試，學校已經辦課後補習，每個月要繳補習費，爸爸一定會替他準備，但後母會替他繳嗎？爸爸這次一去就是兩年，如果他繳不出補習費，一定考不上好的學校。該怎麼辦？爸爸的船公司地址是英文，他根本不會寫。這份顧慮，他怕說出來會被爸爸責怪，可是這個月已經上了一半的課，全班就他一個沒交錢。他如果跟爸爸說，後母一定會說她月底一定交，還會罵他多事。他用海鷗幫他傳寄心事，真希望海鷗能飛到爸爸那艘船的甲板上，讓爸爸收到。

「快點吃，稀飯涼了不好吃。」阿雄說

小剛感激地點點頭，努力地扒飯。

「喂！你看，你那隻送信的海鷗飛回來了。」阿雄側頭望著船艙外大喊。小剛抬頭望，果然是那隻腿上被他綁著信箋的海鷗。

「可惡，沒把信送到飛回來幹什麼？」阿雄大喊，隨手在桌下筐子裡抓起幾條小魚乾，向空中拋去。

海鷗很機靈地俯衝下去，啣住一尾魚乾後，展開翅膀飛向遠方。

「這才像話，牠吃飽了才有力氣趕上你爸爸的大船。」阿雄說

小剛望著遠去的海鷗，耳邊又聽到遠處引航船的氣笛聲。

Chapter 2

小剛受罰

小剛站在教室門外已經過了兩節課，「鈴鈴鈴！」校工張志遠伯伯拿著手搖銅鈴巡經教室，表示下課時間到了。他走到小剛面前，停住腳步，皺了皺眉頭：「怎麼，又罰站了？今天你沒遲到呀。」

「我沒繳補習費，今天上午四節課都是補習國語、數學，老師不准我進教室。」

「唔。」張志遠沉悶地哼了一聲，正準備邁開腳步離開，小傑迎面跑來，手中拿了一顆茶葉蛋，急著遞給小剛：「哥，我剛從福利社買來的，還是熱的，趕快吃。」小剛接下，班導師卻從教室裡走出來，對小傑說：「你回家跟你媽媽說，全班就你哥沒交補習費，他到底要不要參加升學考試？」

小傑仰著頭看老師，大聲地說：「好的。」

小剛望著老師：「他說不清楚的，我也不想補習。」

「你不補習？很多功課會趕不上，考不上好的初中，你會沒有前途。」老師叮嚀。

小剛低著頭捏著手中的茶葉蛋，不做任何回應。

「老師，我哥會交補習費的，我會跟我媽媽講，明天一定交給您。」小傑認真地說。

上課鈴聲響起，老師拉拉小剛的衣袖：「進教室吧，這節課是數學，你程度差，不能耽誤。」

小剛站著不動，低著頭，任憑同學和老師怎麼拉也拉不進教室。

「哥，我陪你。」小傑站在小剛身旁，也不去他的教室。

「你去上課。」小剛推推小傑。

「不要。」小傑順手從小剛手中把茶葉蛋拿回手中，低頭迅速地把蛋殼剝掉，然後遞給小剛：「哥，吃。」

小剛接過，兩三口就把蛋吃了。

「哥，你早上又去碼頭了嗎？」

「不是早上，我半夜就去了。」

「沒有看到爸爸的船，是嗎？」

「嗯。」

「沒關係，我們一起寫信給爸爸，不要讓媽媽知道。」

「你不要做這種無聊的事。你趕快去教室，不要等老師來罵你。」

「那你為什麼不進教室，我要在這裡陪你。」

校工張志遠走到他倆身邊，歪著頭打量這兩兄弟。兩人長得都很俊秀，哥哥粗壯結實，弟弟白皙瘦弱，感覺得出兄弟感情很好，但是再好也不必陪著罰站。他站在他倆面前問：「怎麼都不進教室？」

「哥哥不進教室，我也不進教室。」

「好，我看著你進教室，我就進教室。」小剛說

「孫亦剛，進教室，趕快和同學一起改正錯的算術題。」老師在教室裡喊。

小傑把哥哥推進教室，自己才往三年一班的教室跑去。

張志遠握著手中的銅鈴，望著小傑瘦小的背影，想到自己在這個小學當了這麼多年的校工，兄弟之間能這麼友愛，還真是少見。

Chapter 3

便當與老校工

學校有一個不成文的規定，三年級以上的同學，中午必須在學校吃便當。自己早上帶便當的同學，可以把便當送到學校的炊事房，學校備有大蒸籠，校工會把所有的冷便當蒸熱。中午帶便當的同學，可以排隊去拿自己的熱便當，回到教室在自己的座位上吃，另一種情況是家長請了一位工人，騎著單車，車後座綁了一個大竹筐，到一些人家裡拿中午現做的熱騰騰便當，送往學校，每個月從這些客戶中收些路費。學校為了秩序，讓這些同學不分年級，全都集中在禮堂，和自己的兄弟姐妹坐在一起以便相互照應。如同往常一樣，孫亦剛在禮堂外的大竹筐裡，拿起裝著他和弟弟便當的藍色帆布袋，走到小傑早已坐定的位子旁，把寫著各自名字的便當分別放在面前，當小剛打開自己的便當，一股酸臭味直衝鼻子，他轉頭看弟弟的便當，有香腸、荷包蛋、雞腿和青菜，而自己的便當卻是連帶三天的麵條，今天又把剩下的裝進便當裡，稀稀爛爛的菜色還發出怪味，小傑望著，並首先發出怪聲，很快地引起其他同學的注意，大家紛紛站起來皺著鼻子也發出怪聲。小剛忿忿地蓋緊便當盒，疾步衝出教室，小傑緊緊地跟著，同時不停地喊：「哥！哥！」

「哇！好臭。」「孫亦剛的便當都發臭了。」

教室裡立刻起了騷動。大家沒心吃飯，說個不停。

校工張志遠恰巧經過禮堂，發現同學圍作一堆「吱吱喳喳」說個不停，就走進去對學生們說：「怎麼不好好吃飯？」「孫亦剛的便當發臭了。」一個小女生說。

張志遠望著便當正想拿起，孫亦傑衝進來大叫：「不許碰。」然後幾乎用喊的叫他哥哥：「快來，吃我的便當。」

張志遠仍然打開小剛的便當，再低頭看看小傑的說：「怎麼完全不一樣？」

「你媽媽太不公平了。」一個小女生衝著小傑說。

「一定是我媽媽弄錯了。」小傑說。

「弄錯了？怎麼天天都會弄錯？」另一個男生問。

接著大家七嘴八舌議論起來，小傑難過地望著在走廊上的小剛叫道：「哥，快來吃我的便當。」

小剛卻賭氣地跑向操場。

張志遠低頭又望了望小傑的便當，抬起頭向大家說：「趕快吃飯，我會帶孫亦剛去吃飯。」隨後拍拍小傑的頭：「你也快快吃，我煮的飯，很香喲，包準讓小剛滿意。」

「不行。」小傑連連搖頭：「我媽媽不准我們吃別人的東西。」

「你放心吧，這個我會處理。不吃飯身體會搞壞，下午也會沒精神上課，伯伯會心痛。」張志遠說完就走出禮堂，邁向操場，他看到小剛蹲在操場邊的一棵樹下，雙手抱著頭，弓起的背則輕輕抽動。

張志遠走近他身邊，蹲下，輕拍他的背：「小剛，我都看到了，不要生氣，到我的宿舍，我有好東西給你吃。」

小剛不理會，頭埋進雙腿中，輕聲哭泣。

「好孩子。你弟弟答應讓我帶你去吃飯，他才肯吃他的便當，你不忍心看到弟弟也挨餓吧！」

「我沒有錢付給你。」小剛抬起頭說。

張志遠笑了：「我沒有要讓你付錢呀，我請你。」

「不行。」小剛垂下頭：「我媽知道會打死我。」

「沒關係，我會請老師告訴你母親，今天你的便當壞了，你替我打掃廚房當工錢，有老師作證，你媽媽怎麼會打你呢？」張志遠邊說邊拉起小剛的手，發現他的小手冰涼濕滑，知道他餓了，經驗告訴他，這孩子一定是餓得全身冒冷汗。

回到宿舍，張志遠因為是單身，吃住都很簡單，他熱好飯，特意炒兩個雞蛋，把滷好的豬肉、海帶端到桌上，又炒了一盤青菜讓小剛盡情吃。

孩子是不善隱藏的，小剛大口地吃，用菜湯拌飯，每一口都吃得津津有味。張志遠望著這個正在發育的孩子，想到兒時的自己，在家鄉山東一個偏遠的農村，因為家境不好，他從小就跟著父母下田幹活，犁田，插秧，割麥，種菜，或許是用勞力的關係，他很能吃，家裡雖窮，粗糧鹹菜倒也每頓都飽，母親還嫌他跟弟弟吃得不夠多呢。

他一直深信吃得不夠多，就會長得不夠壯。到了進中學，家裡為了培育他這個長子，情願賣地替他湊學費，希望他做個讀書人，光宗耀祖，哪知道中學沒唸完，國家便發生戰亂，他被抓進軍隊，來到台灣，從此和家裡斷了音訊。想到這裡，他幾乎沒了食慾。

小剛吃飽了，用衣袖擦擦嘴，望著張志遠：「阿伯，你怎麼不吃？」

「我飽了。你吃飽了嗎？」

小剛點點頭，轉身看到餐桌邊碗櫃上擺放的一些青菜說：「阿伯，我明天帶一些我種的青菜給你，很新鮮的。」

「你種的青菜？」張志遠不相信地問。

小剛點點頭：「我們家的院子很大，我媽媽說種花很浪費，全部劃分成菜園，快有兩百坪，都由我負責。」

「你們家是不是離火車站不遠的那棟二層樓大洋房？院子好大，聽說院子裡有涼亭還有漂亮的花園？」

小剛點點頭：「那是兩年前的事了，我爸爸出海後，我媽就自作主張，改讓我種菜。」

張志遠暗暗吃驚，想到剛才在禮堂，其他小朋友望著小剛的便當發出不平的話語——「他的後母很壞。」「不公平。」「小剛很可憐。」「他媽媽只愛小傑。」「小傑是她的親生兒子，當然不一樣。」

想到這裡，才仔細打量眼前的孩子，一身髒舊鬆垮的衣褲，卻掩蓋不住雖瘦卻挺直的腰桿，挺直的鼻梁下，嘴唇不薄不厚，寬廣的額頭，一雙不大的雙眼閃著黑亮的眸光。

「這是個聰明、有個性的孩子。」張志遠心中很自然地產生了憐惜之情。

「阿伯，我種的青菜有很多種，自家吃不完，有賣菜的阿嬸定期來採收，我明天就帶給你。」

「你們家有請工人嗎？」

小剛搖搖頭：「全是我在管，賣了錢當我的學費。」

「你們家環境應該不錯，需要你種菜賺學費嗎？」

小剛苦笑，訕訕地說：「我種的菜品質很好，來買菜的人要把錢交給我媽。」

「為什麼？」

「我媽說要為我保管，可是，當我向她要補習費時，她總是說錢不夠，不給我。」

老校工看到一張苦笑的臉。年過半百的張志遠望著面前的孩子，疼惜地輕輕嘆口氣：「你應該讓老師知道這件事。」

小剛搖搖頭：「老師管不了，知道了也沒有用，阿伯謝謝你，放學後我會來打掃廚房。」

「不必了，我清理起來很快，你溫習功課要緊。」

「不行，那是我該做的。」說完，站起來向張志遠一鞠躬：「謝謝，我要回教室了。」

他轉身推開門，大步走出，臨走回過頭向校工頑皮地一笑：「伯伯，明天我一定會帶青菜給你。」

Chapter 4 ／ 老校工的操鈴

張志遠推開宿舍門，發現門外有幾束用草繩捆好的青菜，他笑著蹲下拎起，有大蔥，小白菜，紅番茄，兩個絲瓜裝在一個尼龍網裡，還有菠菜及一顆大白蘿蔔。

張志遠拎起菜，細細打量每一種菜，心中一團熱：「這孩子真有心，唉！昨天真不該讓他放學後來打掃廚房，不讓他做怕會傷了他的自尊心，真難為了他。」

把菜拎進房，看看掛鐘：「早自修的時間到了，我該去搖鈴了。」

他習慣性地自言自語，隨即拿起桌上的手搖銅鈴走向操場。

早自修時間沒到，同學們很少會進教室自修，大多把書包放進座位，到室外遊玩。遠遠的老校工看到一群人圍著叫嚷，他快步走過去，發現小剛被兩個粗壯的男孩分別架著雙臂，並猛力地踢他的背和腿。老校工還沒來得及把他們拉開，小剛已彎下腰，雙臂緊夾，弓起身子，把兩個比他高大的男孩瞬間摔倒在地上。他毫不留情地旋轉著雙腿猛踢，兩人抱頭在地上滾動，不時發出痛苦的哀叫聲。

小剛揚起腿正要踢對方的頭，老校工突然搖起鈴大叫：「孫亦剛，不可以。」

小剛立刻放下腳，雙手握拳，憤怒地望著老校工，他的臉上沾滿了泥土，嘴角掛著血絲，老校工再次發現他犀利的眸光。

「孩子，不要打架，瞧你身上的衣服全是泥土，趕快清理乾淨，要上課了。」老校工對小剛說。

小剛鬆開雙拳，拍打身上的泥土，躺在地上的一個高大男孩突然跳起來，猛撲向小剛，險些把小剛壓倒在地。站在一旁的老校工想用手擋卻不小心失手，把手中的搖鈴甩了出去。

隨著周圍同學的驚叫聲，兩個孩子又扭打起來。另一個男孩跑來助陣，合力把小剛壓在地上，沒有人敢上前幫忙，連老校工都不知該怎樣把他們拉開。

小剛被兩個比他大、比他壯的男孩一前一後地坐在他身上，揮拳猛打。同學叫著要去報告老師，突然，小剛揚起雙臂反手掐住壓在他背上男孩的頸子，男孩幾乎窒息，無力地倒向一方，小剛順勢反轉跳起，把他推到另一個從他身上滑落坐在地上的男孩。

教務主任匆匆趕來，見到三人責備地說：「又是你們三個在打架。」

「不是。」林百川說：「是蔡又名和黃錦立跑到三年一班，把孫亦傑的書包搶來丟到廁所。」

「為什麼要這樣做？」沈主任轉頭找小傑。

「他回家了，他怕他們打他。」小剛悶悶地說。

「到底是怎麼一回事？林百川，你是六年級的模範班長，老師相信你會把看到的事清楚地說給我聽。」

「他說不清楚啦。老師，那個書包是我叔叔從日本帶回來送給我的。」黃錦立坐在地上揉著頸子說：「那個不要臉的女人到我家來打牌，說這個書包很漂亮，我叔叔就送給她了。」

「老師，我們只是心中不爽，要給孫亦傑一點教訓，孫亦剛就來打我們。」蔡又名坐在地上，狠狠地看著小剛。

「才不是。」圍在一旁的一名小女生打抱不平地說：「孫亦傑到廁所去搶書包，我看到你打他的頭。」

「那又怎樣？」黃錦立揚著頭說：「我連他媽媽都敢打，我警告他，叫他媽以後不要來我家。」

小剛瞪著黃錦立，狠狠地說：「你敢。大人的事你最好少管，只要被我知道你們欺負我媽和我弟，我會揍死你們。」

「什麼你媽。」蔡又名歪著嘴冷笑：「誰不知道你那後母把你當狗養。」

「連狗都不如。」黃錦立哈哈大笑：「你們看他，一身臭衣服，在家中種菜，每天澆糞便，吃得便當像餿水。真是一條忠狗，還替主人咬人。」

「真是越說越不像話，都跟我到辦公室來。」主任邊說邊向張志遠比了一個手勢：「該搖鈴，早自修了。」

老校工正想去撿銅鈴，卻被蔡又名隨手從他身邊撿起，他把銅鈴搖了搖，鈴中的錘斷了，發不出任何聲音。他隨手一丟：「什麼爛銅鈴，早該換成我爸爸贈送的掛鐘。」

這個鎮長的兒子和他的表弟黃錦立，在學校是出名的調皮搗蛋，張志遠有些不高興，彎下腰準備撿回銅鈴，黃錦立卻用腳一踢，踢到蔡又名面前，兩人踢來踢去，就是不讓老校工撿到。

小剛立即一個箭步衝向兩人，按住兩人的頭，猛力地把兩人按趴在地上，銅鈴剛好在兩人的頭中間，他憤怒得幾乎大聲吼叫：「把鈴交給伯伯，你們這兩個沒心沒肺的人。」

包括主任在內，大家都被小剛的吼聲鎮住，只看到眼前這兩個平日趾高氣揚，誰也不甩的頑童，乖乖地把銅鈴交到老校工手上。

Chapter 5

換了一個新鐘

「噹！噹！噹！」清脆的鐘聲，發自校園大門口旁一棵高大的鳳凰樹的粗樹幹那兒，張志遠把銅鐘用粗麻繩牢牢繫緊，然後把粗麻繩沿著樹幹垂下來，綁在樹幹上。他打了一個只有他能解得開的環扣，因為全校的所有活動——早自修，升旗，上下課，放學，定時定刻，都要以他敲打的鐘聲為準，不能有半點誤差。過去他用手搖鈴時，因為聲音小，他會繞著走廊，不停地搖，很習慣去注意教室裡的動靜，甚至提醒學生作息的時間，學生把老校工和搖鈴聲很習慣地融為一體。現在不一樣了，他只要按時走到鳳凰樹下解開繩，輕輕搖打，鐘聲會響遍整個校園。

新吊鐘給孩童帶來新的樂趣，他們喜歡在鳳凰樹下玩各種遊戲，抓金龜蟲，跳方格子，甩繩，打彈弓。頑皮的男生想方設法用疊羅漢的方式攀到樹幹上解繩扣，但都沒有一個能成功。

張志遠每天早上都在校門口等小剛，他欣喜小剛這半個月來都和弟弟一起到學校，雖然沒有小傑穿得那麼漂亮，卻也乾淨。他背著一個破布袋似的書包，和小傑背的雙肩帶皮書包完全不能比，他知道，上次和黃錦立打架的書包，小傑就沒再用了，又換了一個新書包，他替小剛不平，為什麼不給小剛也換一個書包，那能花多少錢？

小剛卻不在乎。「他最近的便當應該不是發餿的剩飯，補習費這個月應該繳了吧，沒看到他在教室外罰站。」老校工心裡這麼想。

「伯伯早。」兩個小兄弟向張志遠行禮打招呼。

「早。」張志遠笑著點點頭，看著兩個孩子分別走向他們的教室，南台灣的季節總是熱得早，屬於夏季開花的鳳凰樹，在茂密的枝葉間卻布滿了嫩芽，五月就開始陸陸續續開花，一直開到九月。粗壯的枝葉延伸到牆外，和牆內的枝芽層層疊疊、紅紅火火的花穿插在翠綠枝葉間，這棵美麗壯觀的鳳凰樹成了學校的指標，鎮民只要提到鳳凰樹，就認定是指這鎮上最美、升學率最高的好學校。

張志遠來到這裡服務不到三年，他喜歡這兒清幽的環境，工作也不會很累，很適合調養過去在作戰部隊受過傷的身體。他抬頭望著樹上的花蕾，連小剛拉他的衣角都沒有感覺。

「伯伯。」小剛輕喊。

「啊，你不是進教室了嗎？」張志遠低頭望著小剛。

「是。」小剛聲音有點膽怯：「伯伯，我想請求你一件事。」

「說吧，孩子。」

「你的手搖鈴可以偶爾借我嗎？」

「你要做什麼用？」

小剛搖搖頭：「我只想聽鈴聲。」

「鈴錘壞了，我還沒有修好。」

「沒關係的，伯伯，我可以拿到街上一家修鐵桶的師傅那兒，他會修好。」

「我也會修，這樣吧，等你放學後到我的宿舍，我拿給你。」

小剛滿意地抓抓頭向老校工深深一鞠躬，隨即轉身跑向教室。

老校工走回宿舍，望著櫃臺上廢棄的銅鈴，很自然地拿在手上，想到一個禮拜前，小剛和兩個孩子打架，護鈴時憤怒的表情。「你們兩個沒心沒肺的人。」

他拿起鈴錘，再啟開工具箱，「我要把它修好，這孩子一定習慣了我手搖的鈴聲呢。」

一邊修理，一邊想到搖鈴時和孩童嘻笑的種種情形，修得更仔細了。

「鈴鈴鈴！」老校工搖得很起勁，差點忘了此時應該是到鳳凰樹下搖銅鐘的時間了，自己也覺得好笑。

「噹噹噹！」當他敲過放學的鐘聲後，便走回宿舍，並開始等，他希望給小剛一個驚喜。七點了，八點了，天黑半天了。他無心思吃飯，走到校園，又到小剛的教室，全見不到他的人影。「這孩子怎麼了？難道他忘了？算了，明天給他也是一樣。」訕訕地走回宿舍，一個黑影衝到他面前：「伯伯。」

路燈下，氣喘吁吁的小剛，手裡拎著用草繩穿鰓的兩尾活魚，老校工微微一愣。

小剛揚起手中的魚說：「我放學後就跑到碼頭等阿雄的漁船，沒想到他今天比較晚，可是他捕到最好的黃魚，牠最好吃，也最有營養。阿伯，給你。」

張志遠接過，心頭熱熱的，一點也不在乎魚的大小、貴賤，而在乎他的那一份心。

「吃過飯了嗎？」張志遠問

「吃了，跟阿雄在他船上吃的。」

「阿伯，這魚要先處理，我幫你把魚殺好，用鹽醃起來，明天吃起來才不會走味。」

「好的。」張志遠任由他去。

在廚房的小剛熟練地洗魚，醃魚。等一切處理好，張志遠拿起搖鈴輕輕搖兩下問：「小剛，這聲音對嗎？」

小剛雙手接過，看了看鈴錘：「阿伯，我喜歡這個聲音。」他舉起鈴慢慢、輕輕地搖動，鈴聲清脆又遙遠。小剛閉著眼聽著，直到鈴聲消失。

「你不習慣新的鐘聲嗎？」張志遠問

「不是。」小剛搖搖頭：「你搖的鈴聲，總讓我覺得心裡不會空空的。」

這真不像十一歲孩子說的話，他牽起小剛的手：「孩子，進來，喝口水，你一定跑得很累，汗都貼濕在衣服上了。」

小剛跟他走進屋裡，把一大杯涼開水「咕嘟」、「咕嘟」飲完，然後用衣袖擦擦嘴，很自然地說：「好爽。」

張志遠望著小剛：「謝謝你，這兩條黃魚，起碼有三斤重，要是在魚販那兒買，起碼要二十元。（以現在的行情，應該是三百元以上，甚至還要高呢。）

小剛搖搖頭：「伯伯，我那朋友捕撈了好幾網袋，兩條算不了什麼。你如果喜歡，我會常常拿來給你。」

「不可以，人家要靠捕魚生活。」

「我知道，我和阿雄可是好朋友，假日我都幫他在碼頭牽船，幫他拉魚網到買魚的大盤商去量秤，我還會幫他算斤兩，不讓他吃虧。」

張志遠笑了：「小剛，你已經五年級，還有一年就要考初中了，現在的孩子不論男女都要讀書，進了初中，再考高中，然後進大學，將來才能在社會上做一個受人尊敬的人。」

小剛低下頭：「我知道，我爸爸也這樣對我說，可是，他現在對我很失望，他已把全部希望都放在我弟弟身上。」

「為什麼？」張志遠問

「我爸看到我這兩次月考的成績不只失望，也很生氣。」

「畢竟到了五年級，學校要補習，難道你爸爸不知道課外補習要交補習費？」

「我的補習費被我媽拿來給我弟弟請家庭老師，弟弟不但補習功課，還有家庭教師教鋼琴。」

「學鋼琴？」張志遠暗暗吃驚，那是多麼奢侈的樂器，在他的印象中只有外國的有錢人才玩得起這種高級樂器。

「你要把這些真相告訴你爸爸。」

「爸爸相信老師的話，老師也被我後母說的一些話所影響，認為我不愛讀書愛打架，行為惡劣。」

「我知道你後母不喜歡你，小剛，你要有志氣，努力讀書，用行動表現你是有出息的孩子。」

小剛聳聳肩，抽動了一下嘴角：「沒有用的，伯伯，這次我爸爸回來，聽了我那後媽的建議，要我學一技之長，已經和大廟邊那家修單車的老闆說好，等我國小一畢業就到那裡去做學徒。」

「你願意嗎？」老校工問

「當然不願意。」小剛幾乎是用憤怒的聲音喊出。

老校工望著他皺緊眉頭、憤怒地吼出內心痛苦的表情，莫名地引起他內心的激動，很自然地摟住小剛，輕拍他的肩：「我知道你是好孩子，心裡有很多委屈，你要是想哭，就哭出來。」

小剛摟住老校工，緊緊地依偎在他胸前，毫不保留地大哭起來。

張志遠突然想到他自己，四十多年前，他才十四、五歲吧，比現在的小剛還大四歲呢，家裡為了要他多讀書，賣了田地，給他湊學費，哪想到沒讀兩年就碰上戰爭，被抓去當兵。當時他糊糊塗塗的，等進了軍隊，套上軍裝，他知道再也回不了家，只敢夜裡哭，白天不敢哭，要操練，打野外，還有行軍、練槍，做不好就被隊長打。那時候和他同樣命運的男孩很多，是大環境造成的。他們都學會了壓抑，受不了了，會躲起來大哭一場。而現在面前的孩子，他的壓抑，應該是心中有太多的不平。

「孩子，好好地寫一封信，我幫你寄給你爸爸。」

「沒有用。」小剛搖搖頭：「我爸爸服務的是外國遠洋公司，很少停靠碼頭，他的薪水直接撥到我媽媽的帳戶，有什麼事都是用越洋電話或是電報；況且，我根本看不懂爸爸服務的公司上的英文字。」

「那我幫你交補習費，你很聰明，一定會把書讀好的，讓老師肯定你，你爸爸自然會對你刮目相看。」

「伯伯，那是不可能的，我後媽是個極愛面子的人，況且，我怎麼能用你的辛苦錢。」張志遠想到小剛送他青菜和魚，小小年紀不占便宜的個性，實在難得。

「你後媽這樣愛面子，不怕別人說她虐待你嗎？」

「她就是用這種方式證明，我是不愛讀書，愛打架，是個流氓胚子。」

「怎麼會說你是流氓胚子？」張志遠覺得這話很離譜。

「因為我把一個流氓幾乎殺死。」小剛說得很平靜。

「什麼？」張志遠嚇了一跳。

「去年暑假，一個流氓常常來我家，我後媽似乎很喜歡他，常常做好吃的東西請他，有時兩人還喝酒，我常常被叫到院子裡整理菜園，但是弟弟可苦了，那流氓沒喝酒時，在家對弟弟就很不友善，常常罵他，喝了酒還會打他，甚至還用繩子把他綁在椅子上，讓弟弟看我後母和他親熱。

有一次，天已經黑了，我整理好菜園，拿著鐮刀和拔好的青菜進廚房，聽到弟弟痛苦地哀叫，我急忙趕上樓，見到那流氓用繩子甩打被綁在椅子上的弟弟，後媽則像是喝醉了，躺在床上傻笑。我氣極了，本想用鐮刀砍斷綁在弟弟椅子上的繩子，沒想到我用力太猛，把流氓的手臂砍傷了，他痛得滾在地上大叫，我見弟弟已經鬆開繩子，立即拉著他衝出屋外，但後母的吼叫聲嚇得我和弟弟不敢回家。弟弟像是受驚過度，全身發燒，我背著他，不知道該往哪裡走，不知不覺走到海邊，海風很大也很涼，我站在碼頭上，突然聽到遠處引航船的鈴聲，『鈴！鈴！鈴……』不斷的鈴聲，讓我想到爸爸回來時，總有引航船做前導。

『是爸爸的船回來了嗎？』弟弟趴在我背上微弱地問。

『不是，是別人的船。』我說。

弟弟突然哭了：『哥，帶我去找爸爸。』

『別急，爸爸很快就會回來，每一次引航船的鈴聲不都是事先告訴我們訊息嗎？』

弟弟輕輕發出笑聲，然後昏倒在我背上。

我怕弟弟會死去，我背著他，像背一個熱水袋。怎麼辦？我想，只好碰碰運氣看阿雄在不在。還好，阿雄在，他抱起小傑，摸摸他的頭罵了一句：『夭壽哦，快送醫院，丟到海裡都退不了燒。』

他很快地跑到岸上找人開來一部載魚的小貨車，抱起小傑，陪著我到鎮上的醫院掛急診，又去把我後母叫來，要她付錢。折騰了一夜，小傑終於脫離危險，我卻被警察帶到警局，後母告我殺人。那個流氓在警局，手臂綁著紗布，證明我差點把他殺死，他身邊還有我殺他的鐮刀。我不知該怎麼說，一名警員拿了一份在醫院同小傑的口談筆錄，還有一份驗傷證明。

他讓後母和流氓看過後，帶著責備的口吻說：『你們的行為要檢點，孫亦傑可是妳的親生兒子，妳忍心看著他受這個壞蛋折磨？他全身都是被繩子鞭打的傷口，有些傷已經潰爛，幾乎傷到筋骨。』『我是綁著他好玩，沒惡意的啦。』流氓嚼著檳榔說。『我兒子沒那麼嚴重，是那個壞小剛殺了人揹著我兒子躲避禍事。』後母振振有詞地說。『警察先生，我是來報案的，這個殺我的人，連凶器我都帶來，你該怎樣罰他。』流氓看看警察又看看小傑的媽：『還有，妳要賠我醫藥費，生活費，想要過平安日子，我私下和解，有警察作證，我不是隨便跟妳要錢，妳若不給，就對不住了。』說完邪氣地冷笑。

警察望著流氓，再把我推到他面前：『要不是這個才十一歲的哥哥手中有鐮刀才救了他弟弟，不然恐怕這兩個孩子都已被你整死。』另一位警察拿著卷夾揚在他面前：

『我警告你，你是有前科的，現在你又犯了傷害幼童及敲詐罪，我都記下了，什麼私下和解，孫太太不要理他，這種人妳一個良家婦女是不能和他做朋友的。我們警察會保護孫亦剛，你只要對這兩兄弟有任何不法行為，立刻就把你逮捕。』

『不會啦！是她纏我，我倒楣啦。』流氓說完扭頭就走。」

小剛說完這段，深深嘆口氣。

「那流氓有再來找你後媽嗎？」張志遠問。

小剛搖搖頭：「她警告我和弟弟，不許跟爸爸說半句，如果被她聽到，她立刻跟那男人走。」

「你為了保護弟弟，才會這樣？」老校工問。

「我不希望弟弟失去母親，他太善良，身體又不好。」

「經過了這樣的事，你後母應該對你更好才對。」張志遠說。

小剛搖搖頭：「對我更壞，說我是比流氓還壞的壞胚子，不過沒關係，從此她對弟弟很好。我想弟弟不會失去媽媽，應該是個幸福的孩子。」

張志遠苦苦一笑，人生他走了大半輩子，大人的心思，孩子怎麼體會得出，尤其像小傑的母親，年輕、漂亮又有錢，丈夫長年不在家，她做了不該做的事，倒楣的當然是她最不喜歡的丈夫前妻的兒子。

張志遠嘆口氣，這麼好的孩子，不應該就這麼混下去，五年級將是他前途的轉捩點。他想要幫助他，可是卻不知該如何幫。

「小剛，你應該轉換一個環境。」

小剛搖搖頭：「伯伯，不要替我擔心，我會過得很好，我想看看搖鈴。」張志遠把鈴拿給他，他接過來，輕輕搖了搖，鈴聲清脆地飄盪在屋裡，小剛閉著眼，微張著嘴，笑著。老校工體會得出，他小小心靈隨著鈴聲，思念他遠處的父親。

「拿去吧！送給你。」

小剛放下：「我沒地方放。伯伯，我想用的時候，你再借我好嗎？」張志遠了解地點點頭。

Chapter 6 / 海鷗風箏

已經開學兩個多月了，南台灣的秋天一點也沒有寒意，唯一能讓人知道季節在變換，是校園門口的鳳凰樹，雖然一片翠綠，卻見不到一朵嫣紅的花蕾。偶然穿梭在綠葉間的金龜蟲和蟬鳴聲，伴隨著「哴哴」的讀書聲。張志遠心裡總是惦念著小剛，常常不見他上學的蹤影，他去問小傑，小傑總是說：「我不知道，他和我上學的時間不一樣，修腳踏車的老闆常常要他去幫忙。」

張志遠聽了，無端端地心口就悶起來，他知道自己心臟不好，血壓高，不能操勞，不知道為什麼，他對小剛有一份特別的關愛，怕這樣的家庭毀了一個聰明的孩子。

老師為什麼不多放點心思在這個孩子身上？他相信小剛的聰明，才智絕對超越他的弟弟，更超越班上那些富家子弟。

「我應該見見他爸爸。如果實在見不到他爸爸，也要想辦法讓他家長答應我幫他轉學。」張志遠不只一次這樣想：「我一定要想辦法把他轉到台北，我在軍中最要好的朋友家，他從軍中退休後改做生意，生活環境不錯，太太也很賢慧，最重要的是他的兒子很優秀，在讀大學，讓小剛跟他在一起，一定會讀書並成為好孩子。」

有了心事就更掛念小剛，連著幾天又沒見到小剛身影，他去問小剛的班導師，得到的答案是：「他已經放棄升學，所以常常蹺課，只有月考時他會準時參加。」班導似乎也有些惋惜：「他沒補習，又常蹺課，各門成績卻在八十分以上，是個聰明的孩子，可惜家長堅持不准他升學。」

今天又沒見到小剛，這孩子到底怎麼了？不會是交了壞朋友，乾脆墮落下去，唉！不行，我一定要跟他好好聊聊。心裡這麼想著，連晚飯也吃不出滋味，扭開收音機，播放出優雅的鋼琴鳴奏曲，例行性地開始播報新聞。他突然對鋼琴聲起了厭煩感，索性連他每日必聽的新聞都懶得聽。「啪！」的一聲關了收音機。

「呱，呱。」「呱，呱。」他側耳靜聽，怎麼窗外有鳥叫的聲音。

「伯伯，「伯伯，我是小剛。」

張志遠霍地從椅子上站起，大步走到門前，推開門，發現一個全身都沾滿泥巴的孩子，手上拎著一隻大海鷗站著。

「伯伯，能不能把你養的雞籠子騰出一個，讓我裝這隻海鷗？」

張志遠望著他，像是盼到了自己心愛的孩子，什麼抱怨全沒有了，立即帶著他走到廚房後面小院子裡，拿出一個空了很久的小雞籠，幫他把海鷗放進去說：「放心，這是養小雞的籠子，這隻海鷗很大隻，絕對飛不出去。」

「謝謝伯伯。」小剛說完又從口袋裡掏出一些小魚撒進籠子裡：「要讓牠吃飽，明天牠才有力氣飛。」

「把身上清理乾淨，吃過飯了沒有？」張志遠問。

小剛望著海鷗心不在焉地說：「伯伯，我要趕快回家，弟弟在等我，我給他做的風箏還沒做好，伯伯，明天是星期天，我要帶弟弟來學校放風箏，之後再來拿海鷗，拜託啦，可以嗎？」

張志遠望著他，看他的神情匆匆忙忙的，只好點點頭：「好吧！要常常上學喔。」

小剛望著張志遠，抿抿嘴，用力地點了一下頭，轉身飛快地消失在黑暗中。留給張志遠的卻是一個有著盼望的星期天。

天還沒亮，他突然聽到「噹噹」的鐘聲，坐直身子，「噹噹」的鐘聲又起。

「是誰能解開我繫的繩索？」張志遠邊穿衣服邊往校園跑，走到鳳凰樹下看到的是小剛和小傑。

「剛才是誰在敲鐘？」張志遠問。

「是我。」小剛平靜地說

張志遠有點生氣：「你不知道這是違反校規的嗎？」

「伯伯，今天是星期天，現在還不到七點，學校裡除了你沒有人會去理會鐘聲，你說是嗎？」小剛說。

「伯伯，我知道哥哥這樣做是違反校規的，我替哥哥向你道歉。」小傑向張志遠深深一鞠躬。

張志遠打量這兩兄弟，小傑手上還拿著一只鳥形風箏。想到昨晚小剛寄放在他雞籠裡的海鷗，不知道他倆在搞什麼花樣。「以後不許亂敲掛鐘，否則我不會再原諒你們。」說完轉身往回走，突然又轉回身問小剛：「你怎麼會解開我繫的繩索？」

「我看蔡又名他們想盡辦法仍解不開，就知道，這群笨蛋上了伯伯的當。」

「怎麼上了我的當？」張志遠好奇地問。

「你用一正一反的結繩法，他們只會順著一個方向解扣，當然越解越緊。」小剛輕鬆地說。

張志遠笑了：「告訴我，你是怎麼知道的？」

「有一天放學，我看伯伯繫繩子，就看懂了。」小剛說。

張志遠望著小剛，深深嘆口氣：「走吧！去抓我雞籠子裡的海鷗。」

小傑顯得特別高興，主動去牽張志遠的手：「伯伯，今天是我的生日，我許了一個願，希望爸爸能提前回家，我想央求爸爸讓哥哥能升學，並能參加課補，我希望風箏飛得高高的，飄落在爸爸服務的船上，可是，阿雄說，風箏飛不到那麼遠，抓一隻海鷗綁在風箏上，海鷗就能飛向遠洋，停在我爸服務的船上，風箏上有我寫的信哦，伯伯你看，上面全是哥哥考的好成績。」張志遠接過小傑遞上的風箏，果然看到風箏的翅膀上貼的糊紙全是小剛的考卷，還有小傑以不同顏色寫給爸爸的信。「阿雄說，風箏傳信要靠聲波，大船入港要有引航船。引航船發出的聲音是『鈴鈴鈴』，像伯伯的手搖鈴，可是，我們要傳達的聲音要靠學校的鐘聲，讓我爸很快能懂得我和哥哥的心聲。」小傑慎重地說。

張志遠握緊小傑的手，想回頭看小剛，卻轉動不了頸子，這一對小兄弟的愛已深深感動了他的心。

來到雞籠邊，張志遠把風箏接過來，技巧地在風箏頭、身、尾用風箏線套牢繩索，再叫小剛抓緊海鷗，他把繩索套在海鷗的頸子上和腿根部，讓小剛抓緊線軸，讓海鷗騰空飛上去。「很好。」張志遠滿意地叫小剛收回長線，海鷗又慢慢地飛落在地上。

「伯伯，你好厲害，海鷗好像都沒感覺到牠帶著一個大風箏。」小剛說。

「當然，這些在軍中學到的技巧，很管用，你想學嗎？」

小剛卻搖搖頭。

「為什麼？」張志遠感到有些納悶。

「我哥哥不是不想學，他是怕學會了，明明用在好的地方，要是被我媽發現，會亂罵他，我哥受這種冤枉氣已經受得太多了。」小傑說。

「你拿好線軸，要抓緊。」小剛雙手捧著風箏和海鷗，頭也不回地往操場跑，小傑緊緊跟著，突然想到搖鈴大聲說：「還有搖鈴，哥，要拿搖鈴。」

「我會帶去。」張志遠大聲告訴小傑。

風和日麗，秋高氣爽，是個能讓風箏順風高飛的好天氣。張志遠來到操場才發現已經有好幾位小朋友在那兒放風箏。

「張伯伯，看，我和黃錦立的風箏誰的厲害。」蔡又名提著一只星形風箏和黃錦立的鐮刀風箏走到張志遠面前問。

「都很好，趕快拿去放。」張志遠說。

「當然。」蔡又名說：「是我爸叫祕書請人專門替我做的，很特別，不是嗎？」

操場的另一邊已經有幾個小朋友把各式不同的風箏放飛到空中，高高低低地在空中飛舞，煞是好看。

「鈴！鈴……」清脆的搖鈴聲引起大家的注意。小傑雙手握著鈴把，努力地搖著鈴。小剛腳踩著線軸，雙手將海鷗和鳥風箏高高舉起，放開海鷗，海鷗立即展開翅膀衝向空中。身後帶著鳥風箏冉冉飛行，小剛抓緊線軸，隨著風向放線，越放越高，小剛鬆開線軸，任風箏線隨風飄舞，鈴聲有節奏地激盪在空中，太吸引人了。黃錦立，蔡又名丟下自己的風箏，跑來要小傑的手鈴，兩人輪流搖鈴，開心地笑個不停。不知何時，海鷗失去了蹤影，星星和鐮刀風箏卻飄揚在空中。

當其他孩童發現小剛雙手各執一根繩索，讓兩只風箏平穩地在空中飛舞，都圍向小剛。黃錦立也丟下手搖鈴，和蔡又名分別從小剛手中接過自己的風箏，得意地在操場上隨著風向走動。

小傑也參加了他們的快樂陣容，只有小剛，撿起手搖鈴，默默地坐在操場一角的草地上，瞇著眼，遙望飄著白雲的天空。

張志遠心情卻是快樂的，他覺得小剛的確是大將之才，看看他放風箏的穩健姿態，其他孩童怎麼能和他相比。

他走向宿舍，該準備午餐了，經過校門口，幾部三輪車陸續停下，男男女女嘻嘻哈哈地走進校門。為首的是小傑的媽，身旁是蔡又名和黃錦立的母親，還有幾位太太和男士，張志遠不認識，蔡又名的母親認識張志遠，揚揚手問：「校工，你看到我們的孩子在哪放風箏？」

「還要問嗎？那些風箏不都在操場的空中飛嗎？」一個太太指著天空說。

「孫太太，幾個孩子為了替小傑過生日要放風箏，讓我跟他爸忙了好幾天，做了我們的，還要做別家的，小傑的面子真大，今天他應該很高興。」

「當然，當然。我不是就要請大家吃館子，然後一起去看電影？」小傑的媽說。

「小剛呢？要帶他一起去嗎？」一個男士問。

「別提那個流氓痞子，想到他我就煩。」小傑的媽說。

幾個人說說笑笑地走向操場。張志遠想到海鷗風箏，小小心事，大大的願望，寄託在一隻不可能傳達到的海鷗身上。而吃館子、看電影就能讓小傑快樂嗎？想到這裡，他搖頭苦笑，慢慢走回宿舍。

Chapter 7

小剛，聽我說

張志遠推著單車來到鳳凰樹下，抬頭望著濃密的樹葉，高聲喊：「小剛，快下來，小心樹枝被你壓斷了。」

小剛趴在樹枝間，低著頭說：「不會，伯伯，這兒很涼爽。」

「快下來，我有話要跟你說。」老校工說。

「我不想聽，只想睡覺。」小剛說。

「小剛，聽伯伯的話，你為了不讓小傑找到才爬到樹上，現在他們都走了，我才來叫你，我請你去吃館子。」

小剛不理，大把大把的樹葉從樹上落下。

「小剛，伯伯知道你的委屈，快下來，我的胃不好，現在餓得有些痛，我要你陪我去吃飯，你真的不願意嗎？」

小剛從樹幹間一個翻身，迅速攀枝抓幹，輕巧地落在地上。

他搔搔頭，扶住單車：「伯伯，我載你。」

「我載你吧！我帶你去一個好地方。」張志遠跨上車，讓小剛跳上後座，慢慢騎出校門。

迎著風，穿過大街小巷，張志遠默默地騎著，小剛也不發一語，正午的陽光曬得人有些熱，小剛轉頭發現快到碼頭，仰起頸子說：「伯伯，快到碼頭了。」

「帶你到碼頭前面一家水產店，那家的老闆跟我是好朋友。」

「真的？」小剛驚喜：「那家水產店有三層樓，很高檔，很貴耶。」

張志遠笑了：「你怎麼知道？」

「我爸帶我去過。」突然聲音小了：「那是我很小的時候，我親媽還活著的時候，我記得，我媽給我叫了一碗魷魚羹，太好吃了。」

「以後就沒再去了嗎？」張志遠問。

「沒有。」小剛嗓子啞了：「我親媽後來生病，死了。」

張志遠用力踩著腳踏車，速度似乎快了許多，終於來到店門口，小剛迅速跳下車。張志遠說：「你先到三樓，挑一個可以看到港口的座位，我到廚房找老闆點菜。」

小剛一步一步邁上樓梯，木製的階梯被太多的腳踩踏已變成灰白，扶手仍然帶著古銅色。這扶手是那年他五歲時觸摸過的，那天他還跟在爸媽身後，興奮地右手扶著、邁著腳步踏上最高的樓。那是他記憶畫冊中最美的一頁。

他上了樓，選了他五歲時曾坐過的位子，轉頭眺望遠處的港口和湛藍的大海，一種莫名的喜悅很自然地拉開他嘴角的笑容。

「小剛，快吃，嚐嚐味道如何？」張志遠已帶著一位服務生端著一個食盤，接著從盤上端下菜餚和湯麵。

小剛望著面前的湯麵，突然食指大動，端起碗大口大口吃起來。
「慢一點，不要噎著，還有很多好吃的。」張志遠心疼地說。
「不要這麼急，要不要再來一碗？」服務生問。
小剛連連搖頭問：「好好吃。這是什麼麵？」
張志遠笑了，卻有些心酸：「這就是你想吃的魷魚羹呀。」
小剛抬起手臂往嘴上一擦，滿足地咧開嘴：「真的很好吃，有媽媽的味道。」
「你媽媽會給你煮魷魚羹哦？」服務生問。
小剛搖搖頭：「是我媽帶我來這裡吃的。」
「來，這兒的海螃蟹，烤鰻魚還有海瓜子是這裡的名菜，小剛，加油吃，陪伯伯痛痛快快地吃。」
小剛果真低下頭，大快朵頤起來。
老闆走上前來和張志遠並排坐下：「老張，難得看你來本店，今天我請客，這就是你說的那個拿菜給你的小孩？」
張志遠點點頭。
「小朋友，把你種的菜拿來賣給我，我會給你好一個價錢。」老闆說
「這孩子是個讀書的料，我要他老師去跟他後母講，不要讓他去種菜或去當學徒，我要想辦法把他帶到台北朋友家轉個好學校，考上好初中，這孩子不讀書很可惜。」
「他後母會答應嗎？」老闆搖搖頭：「聽說他爸爸是外國遠洋商務船的副船長。他那

個後媽眼睛長在頭頂上，你要帶這個孩子，她的面子要往哪裡放。」

「管她什麼面子。老朱，你在這裡開飯館，生意又不錯，來來往往的客人許多也是從大商船上來的吧，你能從這些客人口中打聽到這孩子的爸現在在哪個國家的港口嗎？」

「這倒不難，問題是遠洋一去就是兩、三年，他後母又處處阻攔，我們跟他父親說不上話，我記得他父親的樣子，也許是因為在外國做事的緣故，很有外國紳士的派頭，連抽的菸都是外國雪茄。」

張志遠皺了一下眉，再望望低頭啃螃蟹的小剛，這個樸實耿直、滿身土氣的孩子，正一手拿著蟹螯，一手舉著蟹殼正專心地掏蟹黃，那樣子令他想起自己的童年，常常帶著弟弟到河邊放網捉蟹，蟹大小不一，拿回來放在鍋裡煮，水滾了，蟹熟了，弟弟貪吃，就這麼一手拿蟹螯，一手舉著蟹殼用力掏蟹黃。轉眼快三十年了，家鄉音訊全無，而眼前這個孩子，卻勾起了他的鄉愁。

「老朱，你在這遇到的人多，遇到和他爸爸說得上話的人，替孩子說說好話，咱們過去沒那個命，想讀書沒機會，這孩子能讀書，要是就這麼放棄升學，我認為很可惜。」

「試試看吧。」老朱開始抽菸，轉頭看看小剛，哪想到他不知何時已跑到窗前，雙手托著腮望著大海，像是在沉思。

「小剛。」張志遠喊。

小剛一動也不動。

「小剛。」張志遠又喊。

小剛仍然沒聽到。

張志遠走到他身旁，向外望，在海的遠處，有兩艘大船正緩緩地向前駛，張志遠輕拍小剛的肩膀：「有大船要進港了。」

小剛這才發現張志遠在他身後：「伯伯，有大船要進港了，待會引港船就會從大船身邊駛出來，發出『鈴鈴鈴』的聲音。再大的船都要聽他的引導，才不會走錯航道。

張志遠點點頭：「希望這兩艘大船上有你爸爸的朋友。」

小剛興奮地點點頭：「我爸爸中文名字叫孫建成，英文名字叫傑克森，他是外國船上的副船長，一定有很多人認識他。」

「對。」張志遠也高興地點點頭：「希望能見到認識你爸爸的朋友，我們能好好地聊聊。」

「鈴鈴鈴……」引航船的鈴聲又傳入耳際，小剛迫不及待地說：「伯伯，我們到碼頭上去等，我分得出是哪國的船隻。」

「好吧！」張志遠不忍拂去他臉上的盼望：「那我們就去吧。」

兩個人匆匆忙忙走向碼頭，迎面遇到阿雄。他騎著單車，車後座的竹籮筐裡的大塑膠袋裝滿了魚貨，見他倆走來，跨下單車問：「你倆要去哪裡？」

「去接大輪船，看有沒有認識我爸的朋友。」小剛興奮地說

「哪來的大輪船？」阿雄問，突然他反應過來：「你有沒有搞錯，剛才的引航船是把船領出港，你們看，那兩艘外國船已經駛離港口了。」

「喔！」小剛失望地呆望著遠處的海洋。

「來，跟伯伯到碼頭上走走。去看看海鳥，吹吹海風，說不定等會兒又有大海輪進港。」

「難說啦，去等等看，我要去送貨啦。」阿雄說完跨上單車，吹著不成調的口哨揚長而去。

兩人沿著海岸往前走，正午烈日炎炎，海風颳在臉上也不見涼爽，岸邊停泊的船隻見不到一個人影，海浪在陽光下卻閃著金光，幾隻海鷗停停飛飛在靠近海岸的沙灘上，小剛習慣地走近岸邊，發現早上他和弟弟費盡心思製作的風箏，滿懷希望地繫在海鳥身上，看著牠飛向遠方，怎知此刻卻七零八落地撕裂在海灘上。他翻身從岸邊跳向海灘，跪在沙灘中撿拾殘破的風箏碎片，大滴大滴的淚水滴在碎紙片上。

一隻手輕輕拍在他肩上：「孩子，別哭。」

張志遠替他撿起其餘的碎片：「這兒風大，到前面的茶棚，去歇會兒。」

兩人來到茶棚，棚外一個推單車賣冰棒的小販也在棚中納涼。張志遠向小販買了兩支冰棒，一支遞給小剛，兩人坐在木板凳上默默地舔吃冰棒。

隔了好一會兒，小剛用腳踢踢腳下的碎風箏：「要是我再抓到那隻海鳥，我一定要把牠殺了。」

「要是我抓到那隻海鳥，我會用同樣的方法繫風箏，把牠關在籠子裡，看牠是怎樣把討厭的東西掙脫掉。」張志遠說。

「為什麼？」小剛問。

張志遠平靜地望著遠方：「你想，牠拖著那樣累贅的東西能飛得遠嗎？牠迫不及待地飛到牠熟悉的地方，用牠的本能把身上的拘束解開，才能自由活動。」

「那我過去綁在牠腳上的紙條也被牠弄丟了？」

「應該是，小小的紙片也許跟牠有些日子，牠四處飛翔，樹叢中，沙灘裡，甚至海中都有失落的可能，你不要再在這些地方花心思了，好好讀書，其他事情伯伯會替你想辦法。」

小剛洩氣地垂下頭，連手中拿的冰棒融化了都沒感覺。

「小剛，你父親絕對是愛你的，他一定不了解你和後母相處的情形，外人也說不清楚，只看到你外在的行為，總認為後母沒辦法管教你。」

「後母常編些歪理，向我爸爸抱怨，連她的朋友也幫她說我的壞話，伯伯，我真有那麼壞嗎？」

「你要搞清楚，你後母的朋友整天和她吃喝玩樂，在我們這個小鄉下，能有幾家和你家比？出門坐洋車，家裡常用外國貨，她不喜歡你，最基本的心態是怕你父親會因為你失去了母親的關係而更愛你，讓她心裡不自在。她用這種方式對待你，又籠絡她身邊這些愛占小便宜的人，替她證實你真的變壞了，這是有些度量窄小的後母常用的手段，小剛，我這樣說不知道你覺得有沒有一點道理？」

小剛點點頭：「伯伯，可是我不明白，有時候弟弟看不慣我被冤枉，替我向後母打抱不平，反遭後母毒打，我要是幫弟弟，她打得更凶，那可是她最疼愛的親生兒子呀。」

張志遠搓搓手，淡淡地一笑：「你後母這樣打你弟弟，打過幾次？」

「兩次。」小剛歪頭想了想：「不，應該是三次。」

「以後呢？」張志遠問。

「以後小傑再也不敢管了，但會偷偷拿東西給我吃。」

「你後母管教兒子有她自己的一套。像上次，他被流氓綁起來打，他也不敢告訴你爸。」

小剛沉重地點點頭：「我總覺得弟弟太軟弱。」

「知道弟弟軟弱，你做哥哥的就要更堅強。」

小剛抬頭望著遠處的大海，用力地點點頭。

「你要學學那隻讓你們費盡心思綁在牠身上風箏的海鳥，牠用牠的智慧毅力解開牠身上的綑綁。」張志遠說。

「牠一定被綁得很不舒服，伯伯，這算不算是牠求生的本能？」

「當然，鳥兒被綁成那樣，不能展翅高飛，牠本能地要把身上的累贅弄掉，才會感到輕鬆。」張志遠望著遠處的大海，語重心長嘆口氣繼續說：「牠們的本能是外在的身體，而我們人呀，常常是心中的感受影響我們的行動，小剛，你已經是十一歲的孩子了，這點道理你明白嗎？」

小剛點點頭：「我明白，伯伯。我現在突然好羨慕那隻被我綁著紙鳶的海鳥，牠此刻脫離我給牠的綑綁，一定很輕鬆。」

張志遠輕輕拍拍小剛的背：「你想跟牠一樣過得輕鬆嗎？」

「當然。」

「想辦法抓一隻，關在我宿舍後面的雞籠裡，咱倆好好觀察、學學。」

小剛望著他，兩人突然大笑起來。

回到家，走進院子就聽到弟弟彈鋼琴的聲音，生日快樂的旋律伴雜喧嘩的嘻笑聲，他知道客廳裡茶几上，餐桌上擺滿了各種美味的食物，平日難得吃到口的冰淇淋，可口可樂等飲料，後媽都會託人從專賣外國貨的商店買回來，過去每年的這一天，他都被支開去做雜活，甚至被趕出家門。這個家，對他而言，自己像是多餘的，過去他心中很是不平，可是今天他跟校工張伯伯從海邊回來，心情反而平靜很多，琴聲已停，換成荒腔走板的外國的生日歌，雜亂的歌聲令他聯想到被綁得渾身不舒服的海鷗。會是小傑嗎？他輕輕嘆口氣。

他走到菜園，一片綠意盎然，番茄，茄子，都長出小小的果實，他在菜園走了一遍，然後找了一塊空地躺下，雙手盤在腦下，仰望天空，夕陽把遠處白雲染成金色，他望著，把自己變成一隻海鳥，在空中自由飛翔。

「如果我不靠補習，努力讀書，考上好的初中，不是對爸爸最好的證明嗎？」

想到這裡，他一躍而起，大步走出院外，歌聲、笑鬧聲全部拋到腦後，他要把自己的決心告訴伯伯。

Chapter 8

弟弟，聽引航船的鈴聲

小剛坐在自己狹小的臥室裡，這本是傭人住的房間，過去他是住在樓上一間靠窗的大房子，去年，爸爸剛出海，後媽就把他趕到樓下，那間房變成客房。他心裡一直為此很不平衡。今晚，他的心情突然變了，翻開久已不寫的日記，他開始寫今天的經過，他在空白處畫上一隻大海鷗，當他在海鷗腿上畫拖拉著長線的紙鳶時，想到弟弟認真的樣子，不覺笑了起來。「伯伯說得不錯，心大，房子就大，讀好書，做大事，才是男子漢。」

門突然被大力地敲響：「小剛，快點去請醫生，小傑上吐下瀉。」是後媽。他還來不及開門，門就被推開了。

「小傑，怎麼了？」小剛問。

「怎麼了！」後母揚手甩了小剛一耳光：「問你呀，一大早帶他去放什麼風箏，讓他受了風寒，現在可好，他上吐下瀉，全身滾燙，要是有什麼三長兩短，看你爸回來怎麼收拾你。」

「這麼晚了，醫院早休息了，我到哪去請醫生？」

「你去敲醫生家的門呀，你不是很有本事嗎？」

「媽，我就是去敲醫生家的門，也不見得能把醫生請到家，不如我到阿吉伯家，妳坐慣了他拉的三輪車，由他拉妳和弟弟到鎮上的大醫院去掛急診。」

「哥，我不要去醫院，我要爸爸。」小傑從樓上傳來痛苦又微弱的聲音。

「小傑。」小剛大聲對著樓梯喊：「你一定要去看醫生，爸爸很快就回來了，爸爸不喜歡看你生病的樣子。」

「可是，我好想爸爸。」小傑無力地喘氣。

小剛衝出房間，趿上鞋子，急奔出院外。

在阿吉伯熱心幫助下，小傑和後母被拉進醫院的急診室。小剛不放心，找到阿雄，要阿雄騎單車帶他去醫院，阿雄半夜被叫醒，很不甘願，看在兩人的交情上，只得邊騎單車邊打呵欠，還不時抱怨：「夭壽哦！你坐阿吉伯的車一起去理所當然，你後母不讓你去，你幹嘛來麻煩我，我好用哦，天不亮我就要上船出海，抓不到魚你要賠我的損失。」

「我不放心弟弟。」小剛說。

「沒什麼啦，我要是醫生，我就給你那後母打一針瘋針，讓她瘋到去跳海。」阿雄邊說邊煞車：「好了，就在前面，你自己去，我在路邊等你。」

「你回家睡覺吧，我待會兒走回家。」

「走回家，我騎車都要二十分鐘，你要走到天亮喔。」

小剛感激地推了阿雄一把，放開步子大步朝醫院走去。原來小傑患的是「急性腸胃炎」，打針、拿藥就可回家了。

小剛終於放心地坐上阿雄的單車返家。

這不是一個平靜的夜，小傑雖然看過醫生，病情並沒有減弱，他雖然不再嘔吐，退燒藥降低了體溫，神智卻昏昏沉沉的，不時發出夢囈。

「爸爸，我要爸爸，哥，爸爸收到我們的信了嗎？」

「哥，我聽到鈴聲了，像我搖的鈴聲一樣，是引航船來了嗎？」

小傑一遍一遍斷斷續續地呻吟，一遍又一遍說著同樣的話。後母煩躁地把小剛叫上樓：「都是你惹的禍，我太累了，你好好照顧他，我要去睡了。」

小剛拖把椅子坐在小傑床邊，握住他的手說：「會的，爸爸很快就回來了，你要好好睡覺，睡醒了，帶你去碼頭接爸爸。」

「哥，你也要去，哥，我頭好痛。」

小剛摸摸他的頭，仍然有些燒，顯然還很不舒服。他握住小剛的手虛弱地說：「哥，一整天你都去了哪裡？是去追那隻海鳥嗎？你不用擔心，我想，現在爸爸一定在船上讀我們的信。」小傑說著露出一絲笑容：「鈴聲真的很有用，它把海鳥送到爸爸的船上，也讓爸爸的大船隨著引航船的鈴聲靠近碼頭。哥，我好想聽鈴聲。」

「可是，手搖鈴在張伯伯的宿舍，明天我去拿來。」

「但是我現在想聽，聽到鈴聲就好像覺得爸爸就要回家了。」

小剛抬頭四望，發現書櫃上有一艘電動小輪船，那是前年爸爸從國外回來，送給他和弟弟的禮物。共有兩艘，他的比弟弟的大，裝上電池可以放在院中的花池中自動遊行，船頭的煙囪還會冒白煙，甲板上站著一名水手，不停地向船外招手，弟弟的是艘小船，裝上電池放進水中，它一邊向前進一邊發出「鈴鈴鈴……」的聲音。爸爸說那是引航船。而那艘爸爸送給他的船早被後母拿走，至於藏在哪裡？他不知道，或許她拿去送人，甚至賣了都說不準。總之他後母說過：「他不配有這種好玩意。」

望著小船太入神，小剛聽到「噗通」一聲嚇了他一跳，弟弟從床上滾落下來。小剛忙抱起他放回床上，弟弟身上仍然熱熱的，眼角掛著淚。

「怎麼辦！他還在發燒，他一定連說話的力氣都沒有了。」小剛輕輕用手擦去弟弟眼角的淚，心中捉摸著該怎樣讓弟弟睡得安穩。

他想到了。他迅速走進浴室，用面盆裝上冷水，端到弟弟床邊，把他的小船尾的發條扭緊再試試開關，船尾的螺旋槳轉動了，他把小船放進水盆，小船開始行駛，並且發出「鈴鈴鈴」的聲音。

弟弟嘴角泛起了笑容，他輕輕拍著弟弟的背，感受到他均勻的呼吸。小引航船的鈴聲也帶給了他些許安定，他半跪在床邊，緊緊地靠著弟弟睡著了。

也不知睡了多久，朦朧中他的左耳有撕裂的刺痛，他還來不及反應，已被推坐在水盆裡。

「你搞什麼鬼，一夜都被這鈴鈴鈴的聲音吵得我沒睡好，小傑今天沒見好，我就先打死你。」後母披頭散髮，一臉怒氣盯著小剛，揚起手準備再打下去。

小剛坐在水盆中，小船被擠出盆外，他揉著被後母揪痛的左耳，望著盆裡盆外的水，勉強坐起，拎起水盆大力地向窗外丟去，然後摸摸濕褲，大步走下樓。

「你敢走，走了就不要回來。」後母大聲吼叫，一個東西打在他身後，他低頭望望，是那隻小引航船。

他走進自己的臥房把門鎖住，換掉濕衣褲，倒進床上想好好睡一覺，突然他覺得自己就像那隻被綑綁的海鳥，困在這個從小最愛的家中，家沒有變，變的是人，那個把他看成眼中釘的後母，恨不得把他趕出家門，最好變成她口中的壞胚子，以證明她的無奈。

他聽到門鈴響，知道又有客人來，但這已與他無關，他太累了，閉上眼，很快地進入夢鄉。

他被「嗯嗯」沙啞的哭聲吵醒，皺皺眉頭，看看書桌上的小座鐘，已經是下午三點，他甩甩頭：「怎麼睡了這麼久。」

門又被輕輕敲了兩下：「哥，開門呀。」

「是弟弟。」他翻身下床，拉開門，小傑縮著背蹲在門口。

他蹲下來扶起小傑：「怎麼會在這裡？」本能地摸摸他的頭：「還好，你退燒了。」

「哥，我想吃東西，我好餓。」

「媽呢？」小剛問。

「她一早就被林阿姨叫去打牌，到現在還沒回來。」

「你在我房裡休息，我到廚房去煮稀飯，一會兒就好。」

「哥，冰箱裡我替你留了一塊蛋糕，還有汽水，糖果，你快去吃。」

小剛望著他：「謝謝，你現在腸胃弱，不可以吃這些東西，待會兒我們一起吃稀飯。」

「哥，我是專門留給你的，我剛才很餓都捨不得吃，我知道你很愛吃蛋糕。」

小剛點點頭，鼻子一酸，扭頭走進廚房，這個家，唯一讓他牽掛的應該是弟弟吧。

他根本不想去碰冰箱裡任何食物，免得又要受後母的奚落，他煮稀飯，炒了兩碟自己種的青菜，跟弟弟吃得很開心。

「哥，你想，我們放出的海鳥應該回來了吧！」小傑放下筷子，吃飽了，精神也好了：「哥，你覺得，爸爸會看到我們的信嗎？」

小剛想把實情告訴他，看到他認真的表情卻不忍心：「希望爸爸能收到。」

「我們可以去找那隻海鳥，我認得，我給牠做了記號。」

「什麼記號？」小剛問。

「我趁你和伯伯整理放風箏的線軸的時候，抓住海鳥，然後把我嚼過的口香糖黏在海鳥的頸子上，胸脯裡，還有頭頂。我準備了有十顆口香糖的分量，牠再怎麼弄，羽毛都不容易鬆開，這個標記很容易認的。」小傑說得很得意。

小剛有些吃驚，望著小傑，沒想到這個在他心中柔弱的弟弟，會用這種手法處理海鳥。

「哥，你記不記得過去你養雞，在院子裡，誰都趕不回雞籠，你只要站在院中，吹吹口哨，雞就會從院子裡各個角落跑出來，跟你去雞籠裡讓你餵食。」

「是呀，動物有辨認主人聲音的習性。」小剛說。

「或許這隻海鳥會喜歡鈴聲，牠會飛回來找我們，說不定牠腿上會綁著爸爸繫著的紙條，我們應該到海邊去等牠。」

小剛被弟弟天真的想法逗笑了，想想，要不是昨天和伯伯在海灘發現那些風箏碎片，自己抓海鳥綁信條的事不知做了多少回。

「好吧！」小剛安慰弟弟：「把身體養好，過兩天我帶你去海邊找那隻海鳥。」

小傑得意地吁口氣：「哥，我這種做記號的方法很棒吧。可惜我的小船被媽丟壞了，不過，沒關係，我喜歡伯伯的手搖鈴，哥，如果我拿著在海邊搖，那隻被我做記號的海鳥，聽到鈴聲一定會飛過來。」

小剛點點頭，心裡想的卻是如果抓到同一隻鳥，他要看看牠用什麼方式解繩套。

小剛突然想把搖鈴拿回家，昨天伯伯載他去海邊，搖鈴放在單車前座的小鐵籃裡，該不會掉了吧，他越想越不安，就對小傑說：「我去向伯伯拿搖鈴，我怕弄丟了。」

「會嗎？」小傑問。

「應該不會，你好好在家，我拿到馬上回來。」小剛說完穿好衣服，繫好鞋帶急匆匆地跑出家門。

Chapter 9／打架

他跑到學校，已到了放學時間，學校裡除了留校補習的高年級生，幾乎全回家了。他看到本班同學魏素月，素月問他：「怎麼一天沒來上學？現在要來補習嗎？」他搖搖頭：「我要找打鐘的伯伯。」

「他出去了，騎單車出去了。」

他有些失望，轉身就走，他不放心弟弟一個人在家，明天再來拿也不遲。

他走出校門，迎面走來同學邵換生，後面跟著蔡又名，黃錦立。三個人看到小剛，也不打招呼，卻放開腳步往校園跑，蔡又名邊跑邊叫：「喂，把錢拿來，想獨吞哦。」

邵換生跑得更快，黃錦立拉住蔡又名說：「他不敢，他要是來分錢，我就告他偷伯伯的鈴。」

小剛站住，愣了一下，反身飛快地追上邵換生，一把扯住他的衣服：「說，你把鈴賣到哪去了？」

「沒有。」邵換生驚慌地說。

「賣了又怎樣，那又不是你的東西。」黃錦立說。

小剛不理會，抓緊邵換生的衣領追問：「是不是伯伯的手搖鈴？你賣到哪裡了？跟我去取回來。」

黃錦立走近小剛：「又不是你的，你走開，壞胚子。」

「那是你的嗎？」小剛怒視著黃錦立。

「唉呀，進教室，進教室，反正他進不去，邵換生把錢收好，不要被他搶走。」蔡又名說著順手推了小剛一把。

小剛轉身一個側踢把蔡又名踢開，黃錦立揚起拳頭朝小剛的頭打去，小剛捱了揍，卻不肯把抓緊邵換生的手放下，他單手單腳踢打兩個人，兩個人敵不過小剛，卻吼著叫邵換生打小剛。邵換生被小剛抓緊衣領，幾乎無法呼吸，他為了能呼吸，只能隨著小剛的手臂轉動。小剛踢倒這兩人，抓著邵換生往馬路上走，邵換生痛苦地哀求：「放開我，我把錢給你。」

小剛站住：「我不要錢，我要手搖鈴。」

「放開我，我帶你去找收買手鈴的人。」邵換生啞著嗓子說。

小剛鬆開手，邵換生從口袋裡掏出錢。

「我不要，我要你拿這錢去把搖鈴贖回。」小剛說。

邵換生慢慢地走在小剛前面，怯怯地說：「也不是我自己要賣，是他倆把我帶到這兒來賣的。」

「為什麼錢在你手裡？」

「他們要我出面賣，然後三人均分。」

「你們怎樣拿到手搖鈴的？」小剛問。

「是我從伯伯單車前的鐵架子裡拿來玩，被他倆看到，就說拿去賣，不要讓小剛看到，我知道，伯伯好像是送給你的，可是在伯伯的單車上，我想你應該不要了。」

「你們也沒經過伯伯同意呀。」

邵換生突然站住不走了。

「走呀。」小剛催促。

邵換生搖頭。

「你怎麼了？」小剛問。

「我手中的錢不夠。」

「為什麼？」

「他們兩個拿走了一半，認為我不該自己獨得一半，應該再給他倆一些錢，可是手搖鈴是我拿到的，所以我不肯給。」

小剛一聽火氣又上來了：「我不管你們分錢的事，我要的是手搖鈴，你要是贖不回來，我就揍你。」

「可不可以等明天我向他們要回錢，再來贖？」邵換生問。

「不行。」小剛大聲說：「我今天一定要把手搖鈴要回來。」

兩人轉進巷子，來到一家專門收舊貨的小店，見到老闆，說明來意，老闆先收回邵換生拿來的五塊錢說：「另外的五塊錢明天一定要拿來。」

「一定會的，我叫他倆一定送回來。」邵換生說。

老闆笑笑：「等把錢送回我再把手搖鈴還你。」

「你現在能把手搖鈴還給我嗎？」小剛問。

「不行，我從來不做賠本生意，你們今天贖不回，明天我就賣出去。這支鈴很好出手。」

小剛急了，轉頭問邵換生：「你現在去跟他倆要錢好不好？」

邵換生怯怯地搖搖頭：「坦白講，他們不會給，我今天不去補習了，我怕他們會打我。」小剛很氣：「那我陪你去，總不能無法贖回搖鈴。」

「你去也沒有用，他們絕不會給你錢的。」邵換生篤定地說，然後像沒事般地隨即轉身離去。

「喂，你不能走，手搖鈴你還沒有要回。」小剛抓住邵換生。

「你抓他也沒有用，你如果能先找人借到五塊錢，我就把鈴還給你。」老闆說。

小剛無力地鬆開手，天色漸漸暗了，他想到弟弟，此刻一定殷殷期盼著，他如果今晚再發燒，再吵著要聽引航船的鈴聲，他一點辦法都沒有。

突然想到這條巷子前，常常買他種的青菜的呂阿嬤家，也許找她幫忙，她會願意借錢給他。

他去找呂阿嬤說明經過，呂阿嬤非常了解他的生活狀況，安慰他說：「錢不成問題，這賣舊貨的阿源不是老實人，我陪你去。」

來到舊貨店，阿源見到呂阿嬤，聳著肩膀「嘻嘻」地笑笑：「阿嬤，妳幫這孩子贖搖鈴哦？不必啦，剛被一個客人訂走。」

「訂了多少錢？」小剛緊張地問。

阿發伸出手掌：「五十元。」

「什麼？他們賣給你才十元，而且你答應我，我去借到五元就會還給我。」小剛生氣地說。

「誰知道你借得到借不到，我們做生意是不等人的，這種贓貨早出手早安心。」

「什麼？它不是贓貨，張伯伯曾經答應送給我的。」

阿源又聳聳肩：「我不管啦，沒辦法，被人訂走啦。」

「阿源，我出一百元，你賣不賣？」呂阿嬤問。

「阿嬤，咱老鄰居啦，妳真要出一百元，我就賣給妳，但妳現在要付現金，那個客戶我想辦法退掉就是。」

「我總要看貨。」呂阿嬤說。

阿源走進屋裡去取貨，呂阿嬤給小剛使了一個眼色，叫他不要緊張，由她來應付。

阿源把手搖鈴拿出來放在桌上，呂阿嬤拿起來看看問：「小剛，可是這個？」

小剛點點頭。呂阿嬤把鈴放進她帶的手提袋，掏出五塊錢甩到桌上：「阿源，不要壞良心，當心我把你做的壞事去告訴警察。」

阿源沒想到呂阿嬤用這一招來幫這個小孩，陰狠地瞪著小剛：「有一套，死小鬼，這筆帳我會跟你算清楚。」

呂阿嬤牽起小剛的手，大步走出店外，走到巷口把鈴交給他說：「拿回去，不要想到錢，就當阿嬤給你一點零用錢，不許見外。」

「不行，我明天就挑一筐菜送到妳家。」

「傻小剛，你平日賣給我的菜讓我賺了不知幾個一百，這五塊錢算得了什麼？快回去，小傑在家一定等得不耐煩了。」

小剛拿著鈴，深深地向呂阿嬤一鞠躬，心中充滿了感激，他反而沒心思快步往家裡趕，想到呂阿嬤在他菜園中挑菜時嚴肅的神情，還有把錢交給後媽，一分一毛都算得清清楚楚的樣子，和剛才幫他對付阿源的態度，以及給他手搖鈴時安慰他的話，他舉起搖鈴輕輕搖了搖，鈴聲響了，激盪進他心中，他突然腳步輕鬆起來。

Chapter 10 ／ 小剛的怒

小剛走到家門口，發現門被反鎖了，就用力敲門，敲了半天沒人來開門，他才聽到「嘩嘩」的洗牌聲，抬頭看看樓上，有燈光，明顯的是後媽帶人來家裡打麻將，他走到圍牆邊，縱身一跳翻進牆裡，匆匆走進自己的房間，房裡空空的，弟弟不在。

他不放心，連忙上樓走進弟弟房間，發現也是空空的，轉過身走到起居間問：「媽，弟弟呢？」後媽頭也不抬，甩著牌說：「住院了，我才離開家沒多久，你就想毒死他。」

「我哪裡有要毒死他。他退燒了，肚子餓，我煮稀飯給他吃。」

「我冰箱裡把食物準備好好的，他不吃，要吃你煮的爛稀飯。你倒好，溜跑了，要不是我回來得早，小傑早死在你床上了。」

「怎麼會？」小剛急了：「我是替他到學校拿搖鈴的。」

「快去醫院看看他吧，我們來你家時，小傑吐了一地，又發燒了，是我陪著你媽抱著小傑坐三輪車到醫院，他吃壞肚子了，今晚你要好好地陪他，不要再亂給他吃東西。」王阿姨邊說邊甩出一張牌，尖叫一聲：「好心有好報，我贏啦。」

小剛無力地走下樓，他知道是哪家醫院，後媽習慣把小傑送進去住院，這樣一來，她也落得輕鬆。

他先到自己房間把小傑吐的穢物打掃乾淨，想到剛才受到的委屈，又不放心小傑，鼻子一酸，眼淚撲簌簌地流了滿面。他深深吸口氣，告訴自己：「我不能病，我要吃飽，今夜我要陪弟弟，他不能再發燒了。」

他走進廚房，一鍋紅燒肉發出令他流口水的香味，他掀開鍋蓋，用筷子夾了一塊肉放進嘴裡，嚼得很香，看看飯鍋，一粒飯也沒有，知道準是被後母倒掉了，又拿筷子夾了一塊肉放進嘴裡，很滿足地走出院子。

他握著手搖鈴，快步往醫院走，肚子不爭氣地「咕咕」叫了起來，他想，到了醫院去向護士討水喝，應該就會好一點。手中的搖鈴卻發出「鈴鈴」的清脆聲，像是催促他趕快去見弟弟。

他終於來到醫院，走進小傑的病房。護士阿姨正在替小傑打針，小剛湊上前去問：「護士阿姨，我弟弟會好嗎？」

這位年長的護士已經快四十歲了，在這家醫院服務也快二十年了，他認識小剛的母親，也認識小剛的後母，工作的歷練讓她總是帶著親切的笑容，叮嚀病人或家屬該注意的事情。」

「唔，是小剛，你弟弟沒事，明天就可以出院。」

小剛點點頭問：「弟，你是怎麼搞的，吐成那樣？」

小傑揉著剛打完針的手臂嘟著嘴說：「我也不知道，我等不到你，就去冰箱拿蛋糕吃，沒一會兒，很不舒服就吐了。」

護士阿姨望著眼前病床邊木桌上堆著的食物，咂咂嘴說：「醫生沒有告訴你這些東西都不能吃嗎？你得的是腸胃炎，你媽媽怎麼會給你送來蛋糕，滷雞腿，還有這些零食、飲料，連蘋果都不能吃。小傑你只能吃醫院送來的食物，要愛護自己，不能亂吃哦。」

「這是媽媽託一個阿姨買來的。」小傑辯護。

護士阿姨微微一笑：「八成你媽媽在牌桌上下不來，這些東西擺久了會壞，小剛，你就把它吃了吧；要是等下醫生來查病房，看到這些東西會叫人把它丟進垃圾桶裡。」

護士阿姨走出病房，小傑從哥哥手中接過手搖鈴，輕輕搖了兩下：「哥，對不起。今晚上你會陪我嗎？你把雞腿吃了，我就不會犯錯了。」

小剛先打開一罐可樂，仰起頸子「咕嚕！咕嚕！」喝個痛快，接著，又吃蛋糕、雞腿、炸年糕、滷蛋和豆乾。渴了，又開了一罐汽水。

「哥，慢慢吃，抽屜裡有小刀，你拿來削蘋果，還有葡萄，你要拿到走廊邊的水槽去洗一洗。」

小剛拿起一顆蘋果在衣袖上擦擦，一口咬下。滿足地說：「好吃。」

吃飽喝足，小剛靠坐在陪病人的長沙發上。想同弟弟說說今天的事，可是一股睏意讓他睜不開眼，他緩緩倒進沙發上，睡著了。

他迷迷糊糊地被護士阿姨叫醒，睜開眼，發現張志遠伯伯站在他睡的沙發邊，他有些意外，卻很高興，立刻跳起來問：「伯伯，你怎麼會到醫院來？」

「你跟我出來，我有話問你。」張志遠嚴肅地說。

他點點頭，又問護士：「小傑今天可以出院嗎？」

「你媽媽說，他體質弱，要他再住兩天。」

「好。」小剛望望弟弟：「你好好養病，我晚上再來陪你。」說完就隨著張志遠伯伯走出病房。

沒等離開醫院，張志遠在醫院門口就滿臉怒氣地問：「告訴我，你為什麼把手搖鈴賣給收舊貨的？」

小剛微微一愣：「伯伯，我沒有。」

「沒有？」張志遠站住，兩眼直視著小剛：「警察都到校來調查，三個同學看到你拿著手搖鈴到收舊貨的許老闆那去賣，又編造故事要呂阿嬤替你第二次贖回。小剛，這到底是怎麼一回事？」

「我沒有。」小剛急了，大叫：「可惡！我打死你們。」拔腿就往前跑。張志遠一把把他抓住：「小剛，跟伯伯說清楚，許老闆說他拿到手搖鈴，因為找不到我，才找到三位同學證明手搖鈴在你手上，許老闆說手搖鈴是學校的公物，被學生拿來盜賣，就是犯法，他本想把手搖鈴交回學校，你卻誆來一位阿嬤出了五塊錢硬把手搖鈴要回，他只好報警處理。」

「我沒有。」小剛哭了：「我要打死他們。」小剛氣到極點。

「去跟他們對質，把事情說明白。」張志遠說。

小剛點點頭：「會，我一定要他們把事情說明白。」他們走進學校，來到辦公室，發現校長、教務主任、班導師及一名警察都站在辦公室裡相互在談話，收買舊貨的許阿源老闆、呂阿嬤、邵換生、蔡又名、黃錦立也在辦公室。見到他走進來，許阿源首先尖著嗓子說：「好了，賊來了。警察，你看該怎麼辦？」

小剛氣得一把抓住許阿源的衣領，憤怒地說：「誰是賊？你來得正好，是誰把手搖鈴賣給你的？你誠實地跟警察說，你為什麼要冤枉我？」

「當然是你偷來賣的。」黃錦立拉著邵換生說：「對不對？」

「對。」邵換生又拉住蔡又名：「你也可以作證。」

「對。我們三個看到他拿手搖鈴，跑出校外，為了好奇，所以跟蹤他，才發現他去賣手搖鈴。」蔡又名振振有詞地說。

「校長，這個學生行為太壞，所以我才會報警，是看不慣他用這種方式去騙一個賣菜的老婦人，加錢贖回手搖鈴，老阿嬤被他騙得團團轉，真是花樣多，被外人知道一定會說你教育失敗。」許阿源甩開小剛的手說。

小剛氣得全身發抖，指著邵換生等三人：「明明是你們三人偷鈴去賣，反而誣賴我，我揍死你們。」

「我是老闆耶，難道我會認錯人嗎？」許阿源訕訕地冷笑著說。

小剛走近邵換生，怒視著他的雙眼：「說，你和他們是怎麼樣換錢的。」

「你真是無法無天，在校長面前還敢撒野，真要送到警察局管訓。」許阿源拉開小剛大聲的說。

「我們沒有就是沒有。」三個人齊聲說。

張志遠站在辦公室外冷冷地觀望。

此時，站在一旁的導師靠近坐在椅子上的呂阿嬤說：「阿嬤，妳說說當時的情形。」

「我是聽小剛說，他要把手搖鈴贖回來，錢不夠，所以才幫他。」呂阿嬤搖搖頭：「小剛跟我說的和這三個孩子說得不一樣，警察叫我來作證，我只能說確實幫小剛把鈴贖回。」

「你還有什麼理由狡辯？」教務主任氣狠狠地用手指戳戳小剛的額頭：「丟學校的臉，要重重地罰你。」

「我沒有犯錯，為什麼要罰我。」小剛揚起頭理直氣壯地問。

「還不承認，你真是個問題學生。」校長也衝著他說。

「我沒有錯，是他們聯合起來整我。」小剛氣得臉色發白，喘著氣，雙手緊握著拳頭：「你們不聽我的，我沒有做，我一定要讓你們知道事實真相，為什麼要罰我？為什麼不罰害我的人。」說完轉身衝出辦公室，向校外跑去。

張志遠看看手錶，下課時間，該去打鐘了。

他無力地敲完鐘。學童一窩蜂地跑出教室，五年級的同學卻圍到辦公室外，因為班上發生了事情，四位同學沒上課，連導師都陪著警察做調查。

當他們明白是手搖鈴事件，魏素月立刻大聲同導師說：「那個手搖鈴我親眼看到是邵換生從伯伯單車前的鐵籃子裡拿的。」

「對。」吳鐵雄也大聲附和：「老師，邵換生把手搖鈴賣了錢，想獨吞，和蔡又名、黃錦立為了錢還打架。」

「對，對，我們都看到了。」幾位同學同時說。

「孫亦剛又怎麼了？那支手搖鈴是張伯伯送給他的，他說他弟弟發燒想聽鈴聲。我看到他昨天來找手搖鈴的。」班長也進到辦公室說。

同學吱吱喳喳各不相讓地把知道的真相一一說明。張志遠先是心中一熱，感激地望著這群孩子，巴不得讓小剛趕快出現在他們面前。

突然，一聲怪叫嚇了他一跳，原來是呂阿嬤扯著阿源的耳朵罵道：「是你喔，不甘心騙不到我的一百元，就使出這一招。夭壽的，欺負一個好孩子，還教壞小學生。好耶，你叫來警察，剛好關你去受訓。」

引來小朋友的笑聲。

呂阿嬤不管別人怎麼看，把阿源推到警察身邊：「警察大人，這傢伙太壞，走！到警局去，我還要告他許多事。」

教務主任把邵換生、蔡又名、黃錦立罰站在辦公室：「承認你們所犯的過錯了嗎？現在校方要通知你們的家長，一定要受到處分。」

上課時間到了，張志遠走到鳳凰樹下重重地敲響鐘聲，他希望不知躲在哪裡的小剛能聽到他敲的鐘聲。

Chapter 11 / 小剛流浪

小剛盲目地一直往前跑，直到筋疲力盡，倒在地上，他仰頭望著天，再看看四周，發現自己怎麼躺在番薯田邊，側頭斜視，在不遠的甘蔗園前就是阿雄家的紅磚瓦房。他重重吁口氣，坐起，「我要找阿雄，他會幫我，我要把真正的賊抓到警察局，那個許老闆，哼！壞蛋，可惡，王八蛋，看我怎麼收拾你。」他隨手撿起一塊硬泥塊，跳起來往上一丟，氣仍沒消，一股淡淡的甜香飄散在空中，他順著風向前看，幾個人影坐在田邊圍著一個土堆烤番薯。他不自覺地走了過去。

「喂，小剛，怎麼會是你？」

小剛走近，原來是阿雄，他也張口大叫：「怎麼會是你？」

「嘻嘻。」阿雄笑了兩聲：「又翹課了喔？過來，吃烤地瓜。」

小剛靠近田埂坐下，阿康雙手捧著一片香蕉葉，葉上放著一個烤好的番薯，一瘸一拐地走過來，結結巴巴地說：「小剛哥，吃、吃這個，是我烤的。」

小剛接過，順手把阿康攬過來坐在他身邊。

「怎樣？不爽哦，又被你後媽罵了喔？」阿雄也走過來，蹲在他面前。

小剛望著烤番薯，把它往阿雄手上一放，雙手抱著頭「嗚，嗚」地哭起來。

「不要哭啦，哭沒有用啦，說出來，看我能不能幫你出氣。」阿雄索性坐在他面前。

「小剛哥，不、不要哭，吃、吃我烤的番薯，好吃，好吃。」阿康拍著小剛的背，笑著安慰他。

小剛望著阿康憨傻的笑容，憐惜地握握他的手，也許是剛烤番薯的緣故，小手都熱熱的。他抿抿嘴：「阿雄，我要打一個人。」

「打人？要我幫你打嗎？」

小剛點點頭：「先打那個收買舊貨的許阿源，再打邵換生，蔡又名，黃錦立。」

「打這麼多人？怎樣，他們聯合起來欺負你嗎？」阿雄問。

「他們設圈套，還叫來警察到學校告我偷手搖鈴，賣公物。」小剛一時不知該怎樣把全部事實說清楚。

站在一旁的阿雄的舅舅，歪著頭看著這三個孩子說：「不急，小剛，慢慢說，我跟派出所的警察都很熟，那個收買舊貨的阿源我也認識，你真的是受了欺負，我會替你討回公道。」

「謝謝舅舅。」小剛習慣跟著阿雄這樣稱呼。他的心情開始平靜下來，阿康又體貼地把身邊一只鋼杯遞給小剛：「哥，喝水。」

小剛接過水杯，喝了兩口，開始述說事情的經過。

舅舅聽完問：「有同學看到你回學校找手搖鈴的事嗎？」

「有，那時已是放學時間，我又沒參加補習，不，我一整天都沒去上學，陪我弟弟，想到手搖鈴在伯伯單車上，才回學校去拿，在校門口遇到魏素月，她可以作證。」

舅舅點點頭：「小剛，只要有同學看到你進學校的情形，我一定會替你查出真相。」

「真的。」小剛瞪大眼望著舅舅。

「快吃吧，番薯涼了不好吃。」舅舅笑著同他說。

「哇！這下不用我幫你打人了，你狗運很好耶，今天我舅來觀察這片甘蔗園，要和收買甘蔗的商人議價，所以陪我們烤番薯，不然你會被他們整死。」

「沒那麼嚴重，要死，先把他們整死。咦？你怎麼在這裡？你沒去船上捕魚啊。」小剛這才發現阿雄不該在這裡。

阿雄聳聳肩：「怎樣？船壞了，沒錢換馬達，小剛，舅舅替我介紹到一艘中型漁船，可以走遠洋的哦，我跟了幾趟，賺錢可以修我的小漁船，很過癮！」

「真的？這麼好。」小剛有些羨慕。

「當然。」

「你要去多久？」小剛問。

「中型船不會航行很多天，舅，是不是兩天就回碼頭？」阿雄問。

「不要忘了，回到碼頭，要幫忙拉縴，拖魚到魚市拍賣，還有許多要出力的工作，不能偷懶，船主同我說好，偷懶，他會扣工資。」

「舅，我不會偷懶，我會努力工作。小剛，大船和小船的感覺不一樣耶，開心啦。」

「我跟你去好不好？」小剛問。

「你不上學啦。」

小剛搖搖頭：「我沒有上補習課，也考不上初中。想到剛才老師對我的樣子，我很恨。」舅舅看看小剛：「阿雄，帶小剛去船上和你作伴，我會去和船主講，換洗的衣物，船主會替你們準備好，中餐在碼頭餐廳聚會。小剛，你要不要回家去跟你家人講一聲。」

小剛搖搖頭，自己也不知道為什麼，開心地笑起來。

下午兩點整，阿雄、小剛坐進屬於他倆專用的小船艙，雖然是兩張簡單的小木床，簡單的小衣櫥，對小剛來說，這兒可是他最溫暖的窩，他滿意地坐在床上，望著艙外的大海，海風迎面吹來，他笑著問：「船什麼時候開？我們要做什麼呢？」

阿雄並沒有像他那麼興奮，隨意地倒在床上：「做什麼？隨他，除了不叫我們操控駕駛盤，什麼事都會輪到我們。」

小剛坐不住，走出艙外跳到甲板上，望著海面上飛翔的海鳥，希望能見到被小傑用口香糖黏做記號的海鷗出現，他仰著頭努力尋找，船身猛力地一陣搖晃，他來不及站穩就跌坐在甲板上。接著就是震耳的「轟隆」聲。他坐在搖搖晃晃的甲板上，望著船前激起的海浪，海風灌進他周身，吹得他頭髮和衣服都飛揚起來，他高興地大叫：「哇！好棒。」船在「隆隆」的馬達聲中駛向大海，他坐著，突然想到一句成語「乘風破浪」，自己現在就身臨其中，真是太爽了。

「喂，阿雄，快點，撒網了，那個少年也快來，前面有魚群，朝西面撒，迎面攔住，要快。」

小剛正陶醉在乘風破浪的感受中，突然聽到從船艙裡傳來的麥克風聲，好像是命令，他看到阿雄和兩個粗壯的男生，打著赤膊迅速走到船尾，開始撒網，船身搖晃得他站不住腳，連滾帶爬地湊了過去，很認真地幫阿雄拉網，阿雄一面撒網一面叮嚀：「對，這邊，拖住網繩，這邊，用力甩，抓住我的手，我喊一、二、三，對，放手，網會隨著我倆雙手的力量，撒向西方，你看，網被風浪衝開，張得沉下去了，把魚群包了起來。」

小剛既緊張又興奮，雙手聽阿雄的指示，一點也不敢弄錯，好奇心迫使他靠近船邊，向下觀望，哇！他看到銀光閃閃的魚群跳躍在海面上，海鷗也三三兩兩地俯衝下海面，啣起一尾魚展翅高飛，他望出神，幾乎停止手中的工作，阿雄在他屁股上踢了一腳，大叫：「快，收網。」他才趕緊縮回身子，照阿雄的指點慢慢收網，也許捕獲量太多，網幾乎拉不動，阿雄對小剛說：「你慢慢收網，往船裡拉就好，我去幫大豐哥搖轂轤。」

「搖什麼轂轤？」小剛不懂。

「就是搖收魚網繩索的馬達，平日魚捕得不多，用手搖的就好，我看今天要用電動馬達，兩個馬達都會用得上。」

「哇賽！今天運氣真好。」小剛興奮地說，果真是豐收，出海沒多久，就碰上第一批烏魚群，船上的人都笑開了嘴。

魚被拖上船，接著是放進冷凍船艙，冰庫裡放的都是大冰塊，整船人雖然都很高興，但是都疲倦到極點，裝魚的工作就落在阿雄和小剛的身上。

兩個人生手生腳，很費力地搬網放魚，大豐、大富兩兄弟看不慣，過來幫忙，很技巧地拖網往冰庫蓋口一倒，魚便像水一般傾斜滑入冰庫，莫說小剛，連阿雄都看呆了。

「大豐哥，你們好厲害。」阿雄說。

「沒什麼，是你們倆帶來好運。」大豐笑嘻嘻地說

「快去艙裡吃飯，有酒喝喲，暖暖身子，好休息。」阿福說。

兩人退到甲板上，走進船中央的大艙房，裡面是大家吃飯休息的地方，大餐桌上堆滿了食物，一台收音機正播放著流行歌曲，船上的人幾乎都聚在這裡吃喝笑鬧，小剛看看艙外那兩個低頭打掃甲板髒物的工人，有些不忍，扯扯阿雄的衣袖說：「我去叫他們來吃飯。」阿雄笑笑說：「別管啦，他們看到魚就飽啦。」小剛不懂，追問了半天，才知道他們是船主人的兒子，小剛覺得他倆看起來比工人還辛苦，對他又那麼和善，他覺得比上學快樂多了。

晚上是風平浪靜的夜，船要駛向另一個碼頭漁市場卸貨。小剛隨著阿雄躺在甲板上，船開得很平穩，兩人雙手墊在腦後望著滿天星星。

「累不累？」阿雄問。

「有一些。」小剛說。

「明天船到漁市碼頭卸貨、運貨會很累，你要盯緊咱們船上下來的魚貨，一簍也不能少，每一尾魚都是錢。」阿雄望著天空說。

「我知道。」小剛也望著天空。

「沒想到今年烏魚潮來得這麼早，要是我的小漁船馬達沒壞，多少我也能捕到一些

魚。」

「阿雄，你的船不能航行到深海，烏魚也不會游向淺海，你難道不知道？」小剛問。

「我知道。」阿雄悶悶地說，突然，他跳起來指著遠處天邊：「快看，流星雨。」

「啊！」小剛也跟著跳起來，在海天相連處，閃亮的星星拖著長長的七彩尾巴，滑向大海，有單，有雙，有聚成一束飛落下來。海浪、風聲、夾雜行船的馬達聲響，天地間交織成極美的畫面，兩個孩子望著、望著，阿雄突然跪下來。

他雙掌合攏，舉頭叩拜：「小剛，快點，像我這樣，拜，快拜。許願，把心裡想要的東西，趕快說出來，會很靈驗的。」

小剛迫不及待地跟著叩拜，腦子一陣亂，只見星光燦爛，一會兒就不見了。

兩人坐回甲板，阿雄喘著氣問：「你許了什麼願？」

小剛搖搖頭：「不知道，一下子想不出來。」

「可惜。」阿雄躺回甲板上。

「為什麼？」小剛問。

「我舅舅告訴我，流星雨是月娘撒下的靈光，只要你在流星雨前跪拜，說出心願，神明會保佑，願望一定能達成。」

「真的？」

阿雄點點頭，望著天空說：「真可惜。」

小剛卻很坦然：「我無所謂啦，你許的願望有實現過嗎？」

「當然有。」阿雄坐直身子，望著天空：「七年前，我爸爸的漁船在海上遇到暴風雨，很大很大的暴風雨，那時我十歲，比你現在還小，我家住的房子，也在那晚大颱風的襲擊下被吹毀，雨水淹進屋裡，我媽媽生下後弟弟，他也還沒滿月，我很驚慌，要跑出門外到我舅舅家求救，我媽拉住我說，不要出去，外面風雨那麼大，你會被吹進海裡。媽媽把桌子搬到床上，沒辦法，屋頂被吹垮了，門窗被吹壞了，媽媽抱著弟弟，拉著我縮坐在桌子底下，圍著濕被單，水已經淹進家裡，當時，說實在的，我還不會感到怕，因為有媽媽緊緊摟住我的臂膀，只聽到媽媽不住地唸：『媽祖婆，媽祖婆，求祢保佑我丈夫在海上不要遇風險。』我媽媽這樣唸一直沒停，直到我睡著。」

「小剛，後來我醒了。你知道是個什麼樣的情景？」

小剛搖頭。

「是爸爸把我搖醒的。他站在我面前，天亮了，風雨停了，可是我的家全毀了，屋子裡全是污泥、髒水，屋瓦、門窗倒落在我四周，我一身濕淋淋，卻還能睡得沒知覺，想是太累的緣故。我看到我爸，不相信自己的眼睛，我爸抱起我說：『快點，到屋外去坐車。』我被我爸抱到屋外，跟他一起蹚著泥水走出巷口，一部軍用大卡車載著我們這幾戶受災老百姓到附近國小去避難。在車上，我看到我媽抱著弟弟，身上還披著一條毯子，再看看車上跟我一樣受災的鄰居，都是濕答答的，心中好溫暖，真想跑去謝謝這位好心人。爸爸也跟我一起上車，坐定後，才發現我舅舅、我阿姨、我表弟妹全在車上。車很快地把我們送到國小教室，大家都分到乾淨衣服，還有熱水，飯菜。家家劃分好區域，在工作人員的分配下，暫時靠接濟過活。

整個鄉鎮好幾個地方是受災區，我家這一帶靠海，受災嚴重，學校停課。鄉長和一些善心人士來關照我們，募款替我們重建房子。」

「我想聽你爸是怎樣回來的。」小剛悶悶地說。

「當然是媽祖婆救的，這個我們全村人都知道。」阿雄大聲說：「那天夜裡，我阿爸從收音機裡聽到會有颱風的消息，不敢捕魚，立即回航，半途暴風雨來了，越下越大，船上五個人都跪下來拜，大聲求媽祖娘娘救命。」阿雄搖搖頭：「風浪太大，我爸的船被浪打翻了，還好，他們都穿上救生衣，我爸告訴其他人，抓住浮板，不要耗費體力，這風浪是把他們往回航的方向吹，大家都很有經驗，心中唸著媽祖婆救命，天亮了，風停了，他們全漂上岸。」

小剛聽完霍地站起，看看天又看看海：「真的有那麼靈驗的神嗎？怎麼沒聽我爸說過。」

「你爸工作的是大洋船，大颱風對它根本起不了作用，我聽說，外國船拜耶穌，也拜耶穌的媽媽，聖母瑪麗亞，也很靈的。」阿雄說。

小剛心中有很多問題，但看了看阿雄卻不敢問。

阿雄躺回甲板，雙臂枕在腦後，聲音黯然：「小剛，我爸要是活著，我現在一定讀到高中，我爸說，人要讀書有學問才會學到真本事，靠學徒當上老闆賺大錢，哼！那是命，天下沒幾個。」

「你爸是怎麼死的？」小剛很直接地問。

「累啊，累死的。」阿雄直愣愣地望著天空：「那次大風災，其實我爸也受了風寒，我媽和我弟在風災過後就病了，我爸的船毀了，國家給的那一點錢，還有慈善機構給的錢，落在我們家，要蓋房子，要醫我媽和弟弟的病，我爸抱病也不讓我們知道他還去別的船家工作，不到半年，他因為操勞過度，在船上昏迷，送進醫院沒兩天後就病故。」

小剛再也提不起勇氣問他家中任何事情，也躺下，雙手倒枕在腦後，任海風吹颳在他身上，船在大海裡搖晃，他聽到船的馬達聲，划過海浪，激起浪花。海的遠處一片漆黑，他開始暈眩。

「走，到船艙睡一下，天未亮就要到碼頭要卸貨，還要秤斤兩，你要記帳，要細心，錯不得。」說著拉起他，搖搖晃晃地鑽進船艙。

Chapter 12 / 熱鬧的拍賣場

他聽到海鷗「呱呱」的叫聲，聽到上課的鈴聲，還看到弟弟小傑拿著一顆茶葉蛋向他走來，他去接，卻抬不起手，朦朧中，睜不開眼。身子被人用力搖晃，他意識到自己此刻在船上，不是被人推，而是船在海上搖。

「不要叫醒他，這孩子第一次上船，就這麼賣命地工作，一定累壞了。」他聽到說話的聲音，可是眼睛睜不開。

「阿雄，這孩子叫小剛是吧，很聰明，手腳很俐落，沒人教，他光看我們撒網收網，很快就上手，真希望把他留下來幫我們工作。」

「嘿嘿！」阿雄得意地冷笑：「他是我的好兄弟，等下了船，看你們給工資再商量。」

小剛此時能睜開眼，看到阿雄一臉奸笑。想到上船前阿雄同他說的話，「這家船主很小氣，工錢讓他來談，什麼事都推給他就行。」又很快地閉上眼。

他聽到引航船的汽笛聲，快進港了，他坐起，艙外的飯香引起他的食慾。

在馬達聲中他立在甲板上緩緩靠岸，岸上燈火輝煌，人聲嘈雜。小剛回頭望著漆黑的大海，天空一輪明月，在飄浮的白雲中移動，星星閃閃爍爍，沒有要落下來的樣子，海風很大，透著寒意。

阿雄走近他，甩了一件舊帆布外套給他：「穿上，港口風大，你不能受涼，待會秤魚算錢全靠你。」

「我不會。」小剛穿上外套。

「九九乘法你會不會？」

小剛點點頭：「當然會。」

「那就好，等下到碼頭賣魚時，船主看秤，我幫著顧魚，盯著工人從船上運上岸，他大哥會盯著你記帳，每秤一簍就記一筆，還要唸給他們聽，秤完了，你要總結，你會九九乘法，結帳就會很快，他們就去領錢。」阿雄認真地說。

小剛也認真地把話記在心裡，兩人默默走進艙中吃飯。

碼頭上已經停了好幾艘中型漁船，有的比他們這艘船還要大，靠在岸邊彼此拿著擴大器打招呼。大豐小聲同他弟弟大富說：「看來他們也網到烏魚了，魚多會不會殺價？」

「應該不會，漁管會一定會派人來盯住大盤商，不許他們亂開價剝削我們漁民。」大豐的父親叼著菸，走在阿雄身邊故意大聲地說，因為阿雄的舅舅在漁管會當辦事員。

「去年烏魚潮來得少，魚價有抬高呀。」大豐說。

「開盤啦！五十，五十……」

麥克風傳來魚市拍賣的聲音。

大豐高興地拍了一巴掌，連帶罵了一句髒話：「幹！今嘛日頭紅，順風錢滾滾。看來魚價漲了三分，有賺頭。」

船已靠岸，大豐拉著小剛說：「你跟我去看秤，我會拿本簿子和筆，你聽我說什麼就寫什麼。」

他跟著大豐上岸，漁船卸貨就是阿雄和幾個工人的事。

拍賣場很有秩序，小剛在偌大的魚市看到排列有序的大秤，一筐一筐的鮮魚，隨著秤量喊價。買方穿梭其間，賣方則叫著價錢，賣方均有一個人拿著簿子記錢數，小剛很快地就知道他要做的工作，心中一股未曾有過的激動，突然覺得自己很重要，立刻提起了精神。

偌大的魚市場，吵雜的吆喝聲，對小剛來說，都沒有他手中的筆和簿子重要，他仔細地看秤，很認真地糾正秤砣的高低，幾乎到了斤斤計較的地步。每一筐魚數量大小、錢數的多寡也記得清清楚楚。他全神貫注在工作上，買方的胖老闆笑著對大豐說：「這孩子厲害喲，竹筐裡的水都算到秤裡去了。」

「是你發財啦，今年第一批烏魚，個個油肥圓滾，魚肚裡都是魚子，你是翻倍賺。」大豐說。

船主從小剛手中拿回已經記好的簿子說：「很好，看來今晚不得休息，魚潮剛開始，要趕快再出海。」

阿雄走過來，靠著小剛，用肘拱了一下小剛的手臂：「不行。我要拿工錢給我媽，小剛還要上學。」

「不差這一天嘛，魚潮是一陣一陣的，錯過這一潮，怕又要等好久。」大富說。

「那是你家的事。我要領工錢修我小船的馬達。」阿雄說。

大豐笑著拍阿雄的頭：「修好又怎樣？去深海捕烏魚哦。」

「烏魚留給你們捕，我在淺海網烏賊，隨便網網魚蝦，拿到菜市場叫賣，也比為你們賣命強。」阿雄說。

「免囉嗦啦。」船主嚼著檳榔急急地走到他們面前：「船裡的油箱已經加滿油，釣鉤魚網也重新修理好，趕快上船。」

「我不要。」阿雄抓著小剛的手往魚市場走，船主一把拉住阿雄：「你想怎樣？你那艘破船已經進了修理場，莫說馬達，連船底的鋼架都爛了，艙棚木架歪倒一邊，修理場老闆說廢船都比那艘船裝備齊全。」

「我開著順手就好，我會賺錢把它修好。」阿雄逞強地說。

「好啦，趕魚潮要緊，你看好幾艘漁船都出海了，我們不能落後。」說著就大步往船上走，大豐走近阿雄塞了一個紙袋：「這趟工資算給你，放心，修船不會花你一分錢，我爸送你一個新馬達，其他的材料，廠主會把其他廢船上能用的好料用在你船上。」

「這樣啊。」阿雄有點不好意思。

「這樣修船少說也要一個星期，你回岸也沒事做，在這裡賺錢，咱兄弟在船上豈不快活。」大富說。

「那小剛呢？他要上學。」阿雄說。

小剛悶悶的，他不想上學。

「今晚如果像昨夜一樣，明天返航，你再去學校，兩天的工錢拿來交補習費，你就不會被同學瞧不起了，小剛，你說是不？」阿雄問。

小剛仍低著頭，不發一語。

夜幕低垂，星光閃爍，大海並不平靜，小剛立在甲板上，望著遠遠近近閃著燈火的漁船，想著每艘船下的大網，要多大的魚群鑽進網中呢？

阿雄走近他身邊，遞給他一根用竹籤串好的香腸邊吃邊說：「今天漁獲大豐收，你記下多少錢？」

「三萬七千零五十五元。」小剛說。

「發財了，難怪在船頭祭媽祖婆。」阿雄說。

「媽祖婆會保佑我嗎？」小剛問。

「會啦，有拜有保佑。」阿雄吃完香腸，把竹籤丟進海裡，一艘大漁船從旁邊駛過，馬達聲激起大浪花，濺到小剛和阿雄身上。

「靠腰。」阿雄罵了句髒話：「腰擺（囂張）什麼，船大網空，錢空空。」

小剛被阿雄罵的髒話逗笑了：「海風大，濺些海水一下就吹乾了。」

阿雄扭扭頸子：「我剛才跟他們吃飯有喝了一點酒，總覺得海風吹得全身熱，小剛你覺得呢？」

小剛這才注意到迎面吹來的風，溫濕，和昨日颳在臉上有些刺寒完全不一樣。

「這種風，引不來魚群。」阿雄說：「看來，咱這條船要在海上漂泊等海風。」

小剛聽不懂阿雄說的話，只順著他並排躺在甲板上，阿雄開始哼唱：「七逃郎（漂泊的浪子），心事誰人知……」他唱著台語歌，沒一會就睡著了。

大豐過來拖起阿雄同小剛說：「去艙裡睡，免受風寒，今晚不撒網，船要往深海駛。」小剛只好乖乖地跟著。

小剛睡在艙裡用木板墊起鋪著薄棉毯的床上，並替睡在身邊的阿雄拉上棉被，船上海風大，畢竟已是入冬了。他得了三百元工資，把手伸進褲子口袋，緊捏著錢，生平第一次賺這麼多錢，莫名的喜悅讓他睡不著。

他拉開艙邊小木窗向外看，外面一片漆黑，傳來馬達衝浪的聲音，海風從艙窗灌入，帶著水珠颳在他臉上。天空是黑的，沒有星星，看不到月亮。搖晃的船身讓他不想躺著，索性披上阿雄的大外套走向甲板。

甲板上也有睡不著覺的工人三三兩兩地坐著聊天喝酒，身邊放著小收音機播新聞或流行歌曲。這和昨夜大家緊張撒網、相互嚷叫的情景全不一樣。

他仰起頭，雨在海風中毫不留情地打在他臉上。下雨了呢。

「落雨了，會不會有颱風？」一個工人喊。

「快到冬天了，哪來的颱風。」有人答。

「放心啦，收音機氣象有報，沒颱風啦。」

「快進艙，雨大了。」

「小剛，你不睡覺，在這發什麼呆？」阿雄突然站在他身後。

他跟阿雄進了船艙，雨點果然變大了，隨著強風，船搖晃得厲害起來，小剛有些暈船，隨即跌坐在鋪上。雨點打在艙窗四周，海風帶著呼嘯聲，從艙窗縫中吹入，小剛頭暈胃脹，額頭冒冷汗，想吐。

阿雄從木桶中提起保溫瓶，倒出一杯溫開水，又從抽屜裡取出一粒藥丸。把小剛扶起靠在他肩上：「把藥吃了，專治暈船。」

小剛吞下，阿雄讓他靠坐在他肩旁，若無其事地哼著歌，並不時替小剛拉被子，不讓風吹著他。小剛覺得很溫暖，有阿雄在，他覺得舒服多了，或許是藥性發作了，沒多久便睡著了。

他睡醒，阿雄卻在打鼾，聲音大得像吹螺，小艙裡充滿了酒氣。阿雄一定是喝酒了，而且很累，才會睡得打鼾。小剛覺得船身穩了，就走出艙外。果真滿天星斗，沒有雨，海風也小了。他躺在甲板上，雙手盤在腦後，望著皎潔的下弦月在星光中閃閃爍爍，像是伴著漁船向前划行。他想到父親，在豪華的大輪船上遇到大風大雨是否也會暈船？爸爸今晚會和他一樣看著月亮嗎？他扭動一下脖子，笑了。「搞不好他在國外，此刻是白天。」他自言自語。卻聽到船頭大豐、大富兄弟的談話。「看來今晚等不到魚群了。」「那也不能空網回去。」「來的時候那麼多艘，撲天撲地地撒網，現在看，都空網回航了，只有咱阿爸，不死心，現在都開到太平洋了，還是見不到魚蹤。」

小剛突然聽到海鷗的叫聲，鳴聲既遙遠又親切，遮住了漁船「嘟嘟」的馬達聲。他翻轉身，站起，走向船頭，星月下的海洋泛著藍光，幾隻海鷗翱翔在海面上，不時俯衝向海面又展翅高飛。他看得高興，捲起食指對著嘴吹起口哨。

大豐趕過來問：「小剛，你看到了什麼？」

小剛指指：「海鷗。」

大富也趕來：「有魚群。」

「快看！有海豚。」大豐說。

「應該是有鰹魚或是鰆魚，烏賊也少不了。」大富興奮地說：「快放釣鉤。」原來跳躍在海面上與海鷗戲耍的是海豚。小剛看得呆了，不自覺地順著海豚的游動走到船尾，船艙檔在他身後，他靠在船尾的木欄上，抬起頭，哇！

一隻、兩隻、三隻、五隻，他數不清了，放眼望去，黑濛濛的海上，只看到無數掀動銀色浪花，隨著海豚翻起又在海豚弓起的背上湧進海中，海鷗在牠們頂上盤旋，然後衝進海裡，啣著魚，飛出海面，雙翅在揮動中灑下銀色的水珠，與海豚掀起的水片在星光下交織成一片。

聽不清是海鷗的鳴聲或是海豚的叫聲，交織在海浪風聲中。他忘記自己是在船尾的甲板上，風浪猛烈的顛簸，讓他站不穩，他抓緊船邊的纜繩，全神貫注在眼前的景象。天上的星星落在海豚揚起的浪花上，閃閃爍爍又遁向大海，他遙望遠處的大海，相要看到落進海裡的星星，會不會隨著浪花躍出海面。他忘記身邊所有的一切，眼睜睜地望著遠處黑茫茫的大海。他看到了，冉冉漸隱的金光，自海中浮現，陽光從褐色的雲裡斜射在海上，紫中透著紅金的光芒，剎那間，他迷眩在自己的視覺中。

「小剛，你怎麼跑來這裡？」阿雄拖著魚網走近他，他這才驚醒。
「怎麼？你睡醒了？」小剛問。
「什麼睡醒了，魚網都收了。」
「怎麼不叫我？」小剛問。
「叫你也沒用，是海釣。你來收魚網，船在返航。」阿雄說。
小剛站起，見遠處浮現火紅的太陽，剛才的景象消失了，他有些失落。海豚、海鷗也消失了蹤影，大海回復了平靜，船行的馬達聲衝著浪花響入耳際。
「釣到什麼魚？」小剛訕訕地問。
阿雄抖了抖手中的魚網；「他們運氣真好，居然抓到兩尾鮪魚，每尾少說也近七、八十公斤。」
「怎麼抓到的？」小剛提起了興趣；「我怎麼都不知道。」
「發現鮪魚在船頭左邊已吞下釣魚的烏賊，大豐立刻收釣線，你要知道，鮪魚本性狡猾又機警，牠在水波中一旦感受到聲音不對，就會脫鉤逃命。因為風浪大，遠處又有海豚跟海鷗的追逐，擾亂了音波，大富很快地用魚叉叉住魚，然後幾人合力把魚拖上船。」阿雄停了一下又說：「我幫著拖上第一尾魚，接著又游來一大群鰹魚、烏賊、鱆魚，大家開始下網，撈沒多久，另一尾鮪魚又上鉤了，大家又忙得把船都要掀翻了，現在大家在前面整理，才發現你不在，我以為你暈船，艙裡沒有，就到船尾，果然你在這裡。」
「為什麼剛才不叫我？」小剛覺得失職。

「沒差啦，現在去把魚分類，很快就到碼頭了。」

風浪減小了，他眺望遠處灑在海面的閃閃金光。低頭撿起阿雄拖拉的魚網走向船頭。恍然間，覺得剛才的景象應該還會重現，同樣在船上，船頭船尾卻是截然不同的畫面，大風，大浪，鳥飛，豚躍，星光灑進海裡，讓他目眩神迷，怎麼沒一會兒，大海又回復了平靜，閃出朝陽的金光。

不到一夜間，在遇到魚群後釣到兩尾近百斤的大鮪魚，連帶整網的烏賊、鰹魚以及鱆魚。意外的好運氣，令船上所有人雀躍不已，在返航的歸途中，充滿了笑聲，喝酒，隨著留聲機吼唱，粗魯地說笑。小剛跟著喝啤酒，吃烤肉，覺得很爽。天又變得灰暗，冷風中下起毛毛雨，晨光消失在濃霧中，船上亮起所有的電池燈，阿雄告訴他，這是豐收，謝謝媽祖婆保佑他們的動作，上岸後船主會去廟裡拜拜還願。

船駛進碼頭，小剛賣力地隨著大家扛魚箱，他剛跨進魚場，一張憤怒的臉立刻閃現在他面前。

他畏怯了，張開嘴咕噥：「張、伯伯。」

「跟我回家。」張志遠扭轉頭向前走。

「我不回家。」小剛堅定地說。

志遠轉身，見阿雄、大豐趕來，大豐大聲嚷著：「小剛，快跟我去看秤，鮪魚價和一般魚不一樣，你要問仔細。」

阿雄機靈，湊到志遠身邊說：「伯伯，是我帶小剛上船散散心。」

「什麼散散心，我們可是有給他工錢，小剛，我爸在那邊等你，趕快去啦。」大豐催促。

「你要去嗎？還是跟我回我住的宿舍。」志遠問。

小剛猶豫，轉頭望望熱鬧的拍賣場，吵雜的人聲激起他莫名的興奮，不久前他記帳查秤，被船長大力稱讚的榮譽讓自己充滿信心。他不自覺地邁開腳步，突然一陣清脆的鈴聲自碼頭傳了過來。

他停住腳步，阿雄卻說：「有大船要進港了，引航船去接大輪船了。」

他的心，立刻靜了下來，鈴，鈴，鈴……

脫下阿雄給他穿的大外套，遞還給他：「我還是跟伯伯去他宿舍，我會再去找你。」

阿雄點點頭：「好。」轉身走向碼頭。

小剛明白，阿雄也在聽鈴聲。

Chapter 13 一碗熱粥

南台灣的冬天在寒流來襲時常會夾著細雨，蕭瑟濕冷，令人很不舒服，卻是烏魚湧現的好季節。當然，魚群的來去不是人力能掌控的，漁民跟農民自古靠天吃飯是理所當然的事，小剛在船上時，阿雄跟他聊過，三天的捕魚生活，讓他體會很多。

連著幾天寒流，烏魚群並沒有預期的多。回到陸地，他仍然覺得寒冷。

張伯伯的風濕腿似乎又犯了，走路有點跛。小剛跟他走到路邊，張志遠從單車後座的網架的油布包裡拿出兩件雨衣，遞給他一件：「穿上。」

兩人分別穿上雨衣，天上真的下起雨來，張志遠跨上單車，小剛坐在後座，默默地趕回學校的宿舍。

單車停在屋簷下，連車帶人全在滴水。

兩人脫下滴水的雨衣，搭在車上，張志遠說：「廚房大鍋燒著熱水，你舀進鐵桶，倒進浴室的木盆，先去洗個熱水澡，免得受涼。」

他默默走進相當熟悉的地方，把熱水舀進鐵桶，再倒進隔壁浴室的木盆裡，放好浴巾、肥皂，把志遠習慣坐在浴盆旁的小木凳也擺好，然後走進房間說：「伯伯，都弄好了，如果太燙，你再放浴室水龍頭的冷水。」

「你怎麼不先洗？」志遠問。

「我沒關係，伯伯你全身都濕了，我怕你……」

志遠嘴角揚起一抹微笑：「碳爐上熱著稀飯，你先吃，我洗得很快，床上那套乾衣服是你洗完澡要換的。」

伯伯一瘸一拐地走進大廚房，他看著裡面擺好的浴具，忘記身上的濕冷。

小屋裡很溫暖，他看到靠牆邊架起一張木床，床上疊著棉被，他的幾件衣物散置在床上，他坐在桌前的木板凳上，桌上的小鐘指向十點，應該是下課時間，鳳凰樹上的掛鐘應該被敲響了，他望望窗外，陰雨綿綿，再看看牆上的日曆，啊，今天是星期天。

「孩子，快去洗吧。」

張志遠洗後精神好很多。小剛拿起換洗的衣褲，迅速走進廚房，這才發現自己全身散發出魚腥味，他用熱水從頭到腳不斷沖洗，漱了口，並把脫下的衣褲用肥皂搓洗，怎麼還有酒味？沒辦法，只好晾在浴室衣架上，心裡嘀咕，怎麼自己的衣物會在伯伯屋裡？

他進到屋裡，腳步有點躊躇，他愛吃的炒蛋香味令他饑腸轆轆。

「怎麼洗個澡洗那麼久，快來吃，稀飯都涼了。」

「伯伯，我把你換下來的衣服也洗了，晾在浴室。」他怯怯地說。

「不忙嘛，洗了也好，快吃吧，我也累了，吃完早點休息。」

他不敢多說，端起飯碗，猛喝一口。

「慢點。」志遠夾了一塊炒蛋，放進小剛碗裡，他吃著，眼淚一下子落進粥裡。

志遠輕輕嘆口氣：「別想太多，我會護著你。吃飽了，再談正事。」

畢竟年輕，稀飯、醬瓜、豆腐滷加炒蛋，對了他的胃口，一口氣吃了三碗，等吃飽了，才發現伯伯用一個裝了熱鹽的布袋在敷他的膝蓋，他依靠在床上，捲起褲腿，不停地移動布袋，同時閉著眼養神。

他不敢打擾，坐回床上翻他的衣物，在包裹的衣物中，被後母摔壞的小遊艇赫然躺在衣褲裡，他拿起輕輕撫摸，像撫摸弟弟瘦弱的肩膀一樣。

「是你弟弟昨天拿來的。」

「喔。」他不敢問原因。

志遠睜開眼，揉著膝蓋：「我在碼頭等了你兩天，平常這種中型漁船都是當天來回，這回怎麼跑了兩天？」

「我也不知道。」小剛訕訕地說。

志遠收起鹽袋，坐直身子，認真地望著他：「小剛，你喜歡在船上工作嗎？」

小剛無語。

「對你而言，是個很新鮮的嘗試，能告訴伯伯，你在船上有想你爸爸嗎？」

小剛動了一下嘴唇沒說話。

「你暈船了嗎？」

「有。」他點點頭：「風浪有時好大，阿雄給我吃暈船藥。」

「以後呢？」

「我會在清醒的時候躺在甲板上想，爸爸此刻應該也在大輪船上，遇到大風浪，船不會搖晃得很猛，爸爸應該不會暈船。如果現在我坐的這艘漁船跟爸爸的大輪船相遇，那該有多好。」

「如果真的如你想的遇到你爸爸的大船，你見到了爸爸，你爸爸看到你這個樣子會高興嗎？」

小剛無言。

「你後母向你父親所說的關於你種種的惡行，你已用行為表明了。」

「我可以向爸爸說明一切。」小剛說。

「你的行為證明你蹺課，上漁船，他會認為你在說謊。」

小剛皺緊眉頭，悶悶地說：「坐那樣的漁船不可能遇到大輪船。」

志遠坐直身子慎重地說：「小剛，伯伯要你光光彩彩地被你爸爸牽著手，帶到大輪船上，讓他的同事羨慕他有你這樣的兒子。」

小剛搖搖頭，頹喪地坐在床邊搓弄著雙手。

志遠站起身，慢慢在屋中踱步，不時抖動一下膝蓋：「小剛，昨天我在漁港的拍賣場等你，那兒販魚的老闆有提到你。」志遠提了一口氣，望著他：「都說這孩子不是捕魚的料，雖然夠聰明也機靈。」

小剛不自覺地搖搖頭。

志遠笑了，走過去摸摸他的頭：「孩子，別看碼頭上都是混生活的粗人，生活的歷練，讓他們閱人無數，你在秤桿旁一站，他們就掂出你的分量。」

「因為我會九九乘法，算得比較快，在船上捕魚我也幫不上忙。」小剛說。

「他們靠捕魚為生，長年累月的討海經驗，讓他們運用自如，就如同你會的九九乘法一樣。有些漁民，他們沒讀多少書，不懂九九乘法，對你的速算自然佩服。」志遠望著他：「孩子，這點稱讚你就滿足了嗎？就算你願意跟阿雄他們過那種日子，我也不答應。看起來，你似乎是逃離你後母的身邊，可以自由自在，但是你有沒有想到，這樣做，只是讓你後母稱心如意，反而傷了你父親的心，還有……」志遠停了一下：「你對得起你母親在天之靈嗎？」

「伯伯，我……」小剛哽咽：「我不喜歡在這邊生活，我心裡很明白，後媽叫弟弟把我的衣物拿過來，就是不要我回家。」

志遠腿痛，坐回床上，順手在床邊木桌抽屜裡取出一個牛皮信封：「你看看，這是昨天在警局辦的保證書。」

小剛看著，滿臉疑惑。他只看清楚孫亦剛的保護監督人是張志遠，但是為什麼會要警察局開證明？

「你後母到警局報案，說你逃家曠課，並被阿雄誘騙到漁船上當童工，警察調查屬實，幸虧阿雄的舅舅保證你只是隨船去玩，我和學校老師說起你被冤枉又被後母打罵的事，警局才銷案。」

「我知道了。」小剛擦去淚水：「伯伯，你肯收留我嗎？」

志遠收回公文：「當然，不然我怎會冒著風濕痛的腿與寒冷，到碼頭等你兩天。」

「對不起。」小剛心虛地低下頭。

志遠笑了：「去，給我泡杯熱茶，雖然受了風寒，聽到魚販說起你看秤算帳的精明俐落，倒是很安慰。」

小剛泡好茶，雙手遞給張志遠：「伯伯，我不會讓你失望。」

志遠接過茶，很慎重地說：「孩子，我早就知道這裡不適合你，我有一個從軍中就結拜的好弟兄，他比我有福氣，人在台北，已娶妻生子，開公司，生意不錯，兒子讀大學，也很上進。我跟他提起過你，今天我是你的監護人，我要把你送到他家去過日子，這對夫婦會像我一樣地愛護你，你要去嗎？」

小剛搖頭：「伯伯，我會認真讀書，我要在你身邊照顧你。」

「別說傻話，伯伯不需要你照顧，你去到那裡，我會經常去看你，孩子，新環境會讓你找回自尊，起碼，不像這裡讓你處處受窩囊氣。」

「我怕給他們添麻煩。」小剛多慮地說。

志遠笑了：「添麻煩？好，你先住下去，不習慣再回來。行嗎？」

小剛搔搔頭，笑了。

Chapter 14 / 這家人

張志遠第二天就替小剛辦好轉學手續，戶籍也遷出，並託另一位校工幫他打鐘，像是一切早就準備好了，學生正在上課，他就悄悄帶著簡單的行李，帶著小剛搭火車北上。

在車上，伯伯同小剛說：「咱們這樣離開，免得麻煩，等你一切安頓好再回來看你弟弟也不遲，現在見到面，他會哭哭啼啼的，你會捨不得，引來同學看笑話。」

「我知道，我會給弟弟寫信。」

「寄到學校，我轉給他。」

「還有阿雄，他不知道我去台北。」

「我會跟他講。」

小剛放心地嘆口氣。

「你還有什麼放不下的心事？」伯伯問。

小剛搖搖頭，感慨地說：「第一次坐火車，好快呀，不像坐船搖得那麼厲害。」

「這是慢車，晚上就到台北。你可以拿出書本溫習，要不就拿出簿子畫你想畫的東西，我要打個盹。」

伯伯說完，靠在椅背上很快地就睡著了。

他把隨身唯一的一件外套披在伯伯身上。拿出課本，沒心思讀，乾脆拿簿子畫窗外的風景。看到天空，雲彩，想到他熟悉的海鷗，於是就把在海上看到的海豚，海浪在記憶中的種種印象畫了出來。

畫累了，他就趴在窗邊看風景，其實，他的腦中一片空白。車到一個大站，停下來，他看到站牌兩個大字——「台中」，站台上有推著兩個車輪的小推車，車上放著整齊的食盒、瓶瓶罐罐的飲料；或是掛在頸子、交叉在兩個臂膀的寬布帶，四平八穩地托著一個大方木盒，上面放著食盒，走在車窗外不停地喊「便當」、「便當」。車廂內有些旅客就伸手拿錢買便當或飲料。

小剛被食盒的香味引得飢腸轆轆，想到自己有三百元，可以買兩個便當，正猶豫著，伯伯醒了。

「唔，到台中了。」志遠看看車窗外，招招手。

「伯伯，我有錢。」小剛說。

志遠不理，伸手選了兩個便當，一瓶飲料，放在窗旁的架子上說：「我座位下的提包有我裝茶的水壺，你替我拿來，我不喝涼水，這瓶冷飲給你喝。」

小剛蹲下身從提包取出一只軍用鋁製水壺，他曾見過，鋁蓋可當杯子，很保暖。

滿車廂都是菜香味，小剛接過志遠遞來的便當，好奇地端詳：「怎麼便當盒子是木頭薄片編的？」

「是呀，要是一般的鋼盒、鋁盒，等客人吃完不知車過了幾站。」志遠說。

「這個盒子可以留下來嗎？」小剛問。
「你喜歡就留下，待會車上會有清潔工拿著大塑膠袋來收。車上要保持清潔。」
「喔。」小剛掀開便當愣住了：「伯伯，是排骨耶，還有滷蛋，黃醃蘿蔔，青菜，怎麼那麼好。」
「吃，趁熱吃。」志遠先倒杯熱茶喝一口，把便當攤在自己墊著毛巾的膝蓋上。
小剛仲頭看看說：「伯伯，你的菜和我的不一樣。」
「我喜歡吃魚，他們的炸魚片特別香脆，你愛吃排骨嗎？」
「嗯。」小剛點點頭，迫不及待地大吃起來。
志遠吃得慢，看著面前吃得滿足的孩子，想到自己的童年，小時候，家境再苦，親爹親娘總怕孩兒餓著，冷著。而眼前這個孩子，這樣聰明伶俐，又有這麼會掙錢的父親，偏偏有個這樣的後媽。如果我像高大哥一樣，什麼都不考慮也結婚，孩子現在比小剛還人哪。」
他又低頭細想：「高忠君，也等於是我在台灣唯一的親人，把這樣一個有點桀驁不馴的孩子交到他們手上，沒親沾故地會不會落埋怨。不想這麼多了，我喜歡這孩子，是不是我離開家鄉的時候，我弟弟就這麼大，是有些像，是緣分吧，要是沒戰爭，弟弟早該娶妻生子，現在孩兒比小剛還大。」
小剛吃得很滿足，扭開汽水瓶，對著嘴咕咚咕咚就灌了半瓶。抹抹嘴吐口大氣：「伯伯，你還沒吃完。」「慢慢吃，我不很餓。」志遠說。

小剛把玩著便當盒：「我要把它洗乾淨，給阿雄，讓他拿來裝小魚乾，餵海鷗。」

志遠從口袋裡拿出幾張衛生紙遞給他。說：「車廂前面有廁所，有洗手的水龍頭，你可以去方便，順便洗一洗便當盒。」

小剛接過，起身向車廂前面走去，那健壯的背影勾起了他莫名的回憶。自己隨軍隊來台灣時，還是個少年兵，個頭跟他差不多，這個不滿十一歲的少年，將來一定是個魁梧的美少年。要好好地培植啊。

他合起便當，沒心思吃，又倒了杯茶，啜一口含在口裡，茶濃，有些苦。想到過去和高忠君的袍澤之情，轉眼都快三十年了，日子過得真快。

想起那時的他糊里糊塗地在學校的操場上就被帶上軍車，變成軍校學生，然後入伍，跟著軍隊來到台灣，編排成陸軍醫療隊，當一名文書兵……

在軍醫院，有許多傷患，外傷、內傷的，分軍階住大病房和小病房，還有給高級將領的單獨病房。那年，他十六歲，讀到高一，算是知識青年，長官看他辦事仔細，就把他分發到醫院負責行政業務，包括病房管理和藥物分配。

在偌大、有些破舊的醫院，對傷患的醫療本就很差，病房也不敷使用，卻在靠大廚房邊一間黑瓦紅磚的小房獨居著一個病人。

院長告訴他：「這位叫高忠君的病人，得了查不出的怪病，可能會傳染，他精神有些失常，像是罹患了精神方面的疾病，可是，他是上級指定的特殊病患，要盡心醫治。他學的是水利工程，在不發病時，他拿著台灣的山脈模型地圖，就能研究出水利情況。」

他第一次見到高忠君，是位高瘦英俊的少年，他的兩眼炯炯有神，冷冷地看著他。半靠在大書桌前的藤椅上，桌上一個用水泥製作的大托盤，盤上用石膏塑製的台灣模型，上有凸起的山形狀，山形狀邊上或不同的邊緣有紅紅藍藍的線條，想是他用桌上的各色筆畫的。志遠陷入當時的記憶……

醫院給他的伙食比照三菜一湯，算是高等的了，他喝兩口，不怎麼吃，藥也丟在一邊，見到他的第一天，他對我說的第一句話是：「小兄弟，你要救我就聽我的，我怎麼說，你怎麼做，我不會害你。」

不知為什麼，我一下子就把他當成親人。我想，他心裡一定有說不出的苦，跟我一樣，我們都有一肚子的苦，我倆同病相憐。

他是有病的，常常不吃不喝，拒絕針藥，夜裡會哀哀唱歌，吼叫，聲音淒厲；要不就是睏睡不醒。一旦醒來，有時精神好，就翻閱我看不懂的書，英文的，日文的，當然還有中文的。看完就在桌上的石膏山脈上畫各種線條，院長就派人來換新的石膏山脈形象，希望看到他畫的新水道線。我自願負責照顧他，知道他心中的鬱悶比我還苦，這樣少吃少喝，鐵打的人也會餓死，我就到醫院附近一家賣雜貨的零售店，用我的薪水拜託老闆替我燉點補品，雞絲拉麵、排骨湯、肉丸子燉大白菜等等的家鄉菜。

我都是在晚上請老闆娘做好，再偷偷提著食盒送到他房裡。他吃得很香，胃口很好，我很高興，可是問題來了，他發病的時間變長，我為了配合他，也日夜不得安寧。他腸胃不好，我定時給他送藥，他不常吃，卻用紙包好註明藥性，同我說：「你拿這些藥，偷偷給雜貨店老闆，他會明白，這些軍中藥品在民間很珍貴，拿這些藥去交換要給我的補品，他還會拿錢給你。」

我連連搖頭：「偷賣軍藥會被殺頭。」

他詭異地笑笑：「咱們這條命早晚也死在這裡，小兄弟，照我說的，咱倆一起逃。」

有一天，他突然上吐下瀉，我幫他洗滌。他叫我跟軍醫說他得了「痢疾」，會傳染。當時民間正傳染「痢疾」。醫院的軍醫很多是半路出家，雖也有專業醫生，但是給高官專用的，輪不到一般傷患，高忠君鬧得很厲害，我看得出他半是佯裝的，大醫生根本不會來，半調子醫生又怕被傳染，唯一方便的是用藥，專治「瘧疾」的藥名叫「金雞納霜」，是很好的特效藥。

藥配給到醫院，高忠君是特別的病人，每隔一天打一針，還配著吃藥，醫生教我如何注射，我學會了，除了給高忠君還有給其他的病人打針，其中有消炎聖藥「盤尼西林」，畢竟這種針藥不能亂注射，有的病人會過敏，起紅疹子，只能吃其他的消炎藥。

我假工作之便，在高忠君的幫助下，把藥偷偷賣給雜貨店老闆。不為別的，老闆的兒子得了瘧疾，被我用針藥醫好了，還有，我常拿去的消炎藥水，高忠君在紙袋上標明的藥，吃的、擦的都管用。我聽高忠君的話，不收錢，讓老闆私下記個帳本代為保管。

醫院本是個大染缸，什麼病人都有。我跟高忠君比親兄弟還親。他的怪病時好時壞，拉屎排尿都得我伺候。然而，他在台灣山脈石膏上畫的圖案，常被院長親自捧回去，沒多久就滿口嘉許，還給他獎金。院長知道他脾氣怪，還指定我負責照顧。我因工作之便，又得他指點，偷藥私賣；非但救了雜貨店老闆兒子的「瘧疾」，老闆也從我這兒學會打針，救了一些人。

這樣過了半年，一天晚上，高忠君悄悄同我說：「時間差不多了，再待久會出事，你跟雜貨店李老闆說，幫我們找個郊外的平房，你要帶我去那兒養病，要盡快。」

我如實照辦，在李老闆的幫忙下，很快地在鄉下找到一處靠山靠水的偏僻瓦房，高忠君的瘋病發作得更厲害。他猛打自己，我搞不清是出紅疹子還是膿瘡，他屎尿滿屋，惡臭難當。院長陪主治醫師來——一位年輕傲慢的專家，我了解，他是名醫的兒子，戴著口罩，站在門口向裡面看了看高忠君，搖搖頭轉身就走。事後我被院長叫去，他給我一些錢，叫我到外面找房子，把高忠君搬到那裡去養病，並叫我陪著照顧些時候。這些錢是他的醫療加喪葬費。說白了，就是把他送出去等死。院長算是個有良心的人，他當著我的面，對醫生說：「可惜了，這麼好的水利工程師，卻得了怪病，真的就醫不好了嗎？」醫生說：「他渾身是病，痲瘋病是很厲害的傳染病。照顧他的人搞不好已經被傳染上了。」

我也上了黑名單，跟高忠君一起搬離醫院。我倆像解脫了桎梏，開始了正常生活。

想到這裡，張志遠咧開嘴笑了。高忠君比他大十歲，跟他的生死之交是這麼結成的。

這位水利工程師在一次修水壩時，被強拉徵調去修一個被炸壞的水庫，離家很遠，他連回去跟家人告別的時間都不允許，只好請人帶信。他被軍車載到車站，見到一群年老年少的男丁被推上車。他明白自己被抓伕了，車站外許多老弱婦孺帶著孩子，向站內的丈夫或家人哭喊大叫。他在被推上車時，車已開動，他看到站外妻子抱著兩歲的兒子拚命地向人堆裡擠，他想跳下車，車上人擠人，他動彈不得。他突然聽到一陣槍聲，一片火花，和淒厲的哭喊聲，車開動了，他清楚地知道他的妻兒為了送他而喪命了。

戰亂期間，他的專長是水利工程，他常被一些所謂的前鋒部隊找去勘查水道。頭頂不時有敵機轟炸，山路水渠毀壞，道路泥濘。指揮官卻帶著他勘查能走的、不會衝到水石流的道路。他常掛在嘴上的一句話：「我要不是惦念家中的父母弟妹，早就死了。」

「你有一個好家庭？」張志遠問。

「是呀，我家世代行醫。我有一個大伯和一個叔叔早年留學英國，還到荷蘭、瑞士專學水利工程，我從小跟著父親學岐黃之術；進了大學專修水利工程，一心想為國效力，卻落到這樣的下場。」志遠突然明白，他能用藥裝病的本事，對他佩服得五體投地。兩人心中充滿了怨恨，離開這裡是唯一的心願，現在終於達成了。

雖然陪高忠君到戶外休養，但張志遠仍是軍職，每星期必須回醫院報告高的病情。而每次到醫院，醫生都離他遠遠的，他也裝得滿臉病容，告知他們，高忠君的病並不樂觀，其實高幾乎沒病了。李老闆的兒子李介川視高忠君為救命恩人，是位很優秀的青年，常來陪伴高忠君。

一個月後，按照李介川的計畫，志遠到醫院報備說，高忠君已死亡，醫院怕被傳染，叫他自行處理，火化完事；而他則隨後被調往花蓮做開山鑿路的工程。

小剛從車廂的衛生間出來，頭上臉上都滴著水，他是狠狠地把自己洗了個乾淨，然後坐下來很納悶地問：「伯伯，車上哪來的自來水？」

「那是車上的裝備。」

「我們在天黑之前就會到台北了嗎？」

「應該是。」

小剛顯得有點不安。

「別緊張，伯伯跟他家比親人還親，他們很盼著你去呢。」

「哦。」小剛低下頭，從提包拿出破損的小船把玩。

他不知該如何同孩子述說他和高忠君的這段情感。為了保命，後來高忠君跟著李介川到了哪裡，他並不知道，他跟著部隊開山闢路，更不敢打聽。萬一被長官知道他沒死，那是要判軍法，唯一死刑的。

在軍中，他消磨了大半生的歲月，從少年，中年，到目前抱病的壯年。後經國家輔導就業，來到偏遠的漁港小學當校工，偶爾會想起初來台灣和高忠君的那段生死之交，一切歷歷在目，一晃眼，毫無音訊已近二十年。

南台灣的冬天寒流一來，陰冷潮濕，細雨綿綿。張志遠最怕這種天氣，風濕使腿痛得難過。學校放寒假，轉眼就過舊曆年了，對他而言，也就是平平淡淡、孤單過日子，過一天算一天。

他習慣在自己的小宿舍，用粗鹽加上老薑焙熱，裝進粗布袋，熱敷風濕腿，會感覺舒服不少。

那時，一個小學生站在他的宿舍門外。對他大喊：「伯伯，有人找你。」

放假時，他仍負責學校安全，以為來了閒人，就說：「是誰呀？請他在外面等一等。」

門被推開了，他揚頭，兩個大男人站在他面前。

他微愣，似曾相識。

「志遠，我是高忠君啊。格老子的。」

人不認識了，聲音他倒記得，不管說什麼罵什麼，結尾總帶上一句四川腔的俚語——格老子的，藉以發洩心中的怨憤。他知道，以高忠君這樣有學識、有修養的人，說一句格老子，已經算是粗話了。

他仍按著粗鹽布袋，愣著。

年輕人過來扶他：「伯伯，我跟爸爸來看你了。」

他端詳面前這個少年，沒錯，他是當年的高忠君。

高忠君拿開他手中的粗鹽布袋，握住他的手，他感到一般溫暖，但仍迷迷糊糊地問：

「是你嗎？你怎麼來了？」

離開二十多年，毫無音訊，不敢有音訊，卻在這樣的情況下相聚。茫茫然，彷彿作夢，他緊握著對方的手，怕一放手，人就離他而去，「不錯，格老子的。總算把你找到了。」高忠君把他攬到床沿坐下：「不錯，見到你我就放心了。」

窗外冷風細雨，屋內一杯粗茶，兩位老人有說不完的心底話啊。

「便當」、「便當」，車停站了，是板橋。小剛站起來問：「伯伯，買便當嗎？」

「很快就到台北了，他們還等我們吃晚飯。」

「噢。」小剛看看窗外，是都市的街燈，閃亮亮地，排成一片燈海。

志遠探頭仰望，灰暗的浮雲在天空流動，天果然黑了。他想到高忠君跟他說明離開以後的情況：他不能留在台灣，被抓到的話，連帶張志遠也會被槍斃。他跟李介川到日本，做生意。沒多久，李介川把妹妹美鳳接來日本跟他成婚，生下兒子育仁。他堅持，兒子一定要受中國傳統教育，於是改名換姓，兒子跟妻子在台灣跟岳父母過，他們要跟他見面只能在國外。

一晃，二十多年，台灣解嚴，時代變了，一切算是自由了，可是，他輕輕嘆口氣，他已是個隨遇而安、得過且過的半老之人。

自從跟高忠君相聚，他像有了個家，也有了親人的感覺，逢年過節也有個去處，高忠君一直叫他去台北跟他過清閒的日子，他不想，覺得在這裡習慣了，一個人也自在。

想想，也不知道自己為什麼，下定決心要把小剛送到他家，以為這樣可把小剛領到正路上，他要高忠君替他造就這個孩子，愛屋及烏啊，高忠君是個聰明人，一定體會得出他的心情。

台北到了，台北到了，下車的旅客請注意……

車進站了，廣播聲中讓旅客準備下車。

「到站了。」小剛興奮得大叫，張志遠也開心地笑起來。

提著行李隨著旅客下車。出站，還沒搞清方向，一個大男孩立即快步迎上來：「張伯伯。」隨即接過行李笑著說：「來這邊，我開車。」

他打量了一下小剛，摸摸他的頭：「你就是孫亦剛，是不是？」

「快叫高大哥。」張志遠提醒。

小剛規規矩矩地向高育仁鞠躬：「高大哥。」

高育仁爽朗地大笑：「不錯，這個弟弟我喜歡，明天我帶你去打籃球。」

「我會抓海鳥。」小剛脫口而出。

「台北你到哪去抓海鳥？」張志遠笑著說。

高育仁開車，跟張志遠開心地聊天，小剛坐在後座，趴在窗邊，東張西望地看著滿街行人、車輛，想著怎麼和東港鄉下完全不一樣，晚上還這麼熱鬧。

他還沒看夠，車就在一個巷子裡停了下來。

「到家了。」高育仁走下車，替張志遠開車門並扶他下車。

小剛則提著自己的帆布袋推開車門，跳前一步站在張伯伯身邊。

高育仁讚許地牽起小剛的手，按了按門鈴：「我們回來了。」

門開了，一對中年夫婦笑盈盈地出門迎接他們。

「來得好，今天車沒誤點。」高忠君說。

「這是小剛。」「快喊高伯伯，高媽媽。」張志遠提醒。

小剛立刻深深一鞠躬。

引來大人一陣笑聲。

高媽媽牽起小剛的手：「餓了吧，快來吃飯。」

邊說邊走進房間，育仁同小剛說：「先上樓，看看你的房間，把行李放下，再到餐廳吃飯。」

小剛跟著育仁上樓。高家兩口子讓張志遠坐在客廳喝茶。張志遠嘆口氣：「給你們添麻煩了。我是跟這孩子有緣，不忍心看著這麼值得栽培的孩子被糟蹋，能提拔他一把，就算不成材我也安心了。」

「我喜歡這孩子，你放心，育仁從小就嚷著要個弟弟。他現在上大學了，有弟弟出現了，他還親自給小剛布置房間，可開心呢。」高太太笑著說。

高忠君點點頭：「老弟，別說客氣話，要不是這孩子，你難得在這住幾天，我已經決定了，你要陪小剛住個把月，等他習慣了，上學也安定了，你再回南部。」

「不行，我沒請假。」

高忠君搖搖手：「你離開學校沒多久，我就打電話給你校長，要那位代你的工人替你一個月，薪水全給他，校長滿口答應，說早該給你放個假，薪水是國家給的不能扣，代班的工人另有加班費，要你安心在這度假。」

「是呀，這孩子突然住在這，很多地方都會不習慣，你陪陪他，等他住得自在了，你再回去，你也放心。」高太太說。

張志遠笑著搖搖手：「這孩子挺野的，能跟著朋友上漁船抓魚。四處流浪慣了，能有這麼好的環境，他哪會不自在。」

「良駒能奔千里，卻不受困溝渠，這道理你是懂的。」高忠君說。

「他的確是匹好馬，我算是伯樂了。」張志遠喝口茶說：「這孩子的事我都跟你們說了，要是這孩子在你們的調教下能考上省立初中，我是給自己爭個面子。」說著感傷地嘆口氣：「再好的馬掉進泥溝裡，沒人拉稱，也成不了材呀。」

「這個你放心，有育仁在，他會把小剛帶得很好，在台北，為了考上最好的初中，一年考不上，可以補習，來年再考，一定能考上第一志願。」高太太說。

張志遠點點頭：「小剛的生活費，上學的費用，還有補習費，我都有準備。」

「你說的什麼呀。」高忠君不高興地垮下臉：「別忘了當年你拿給我老丈人的針藥，雖然零零星星的不多，那幾針治瘧疾的「金雞納霜」，可救了好幾條人命，那些藥，在市面上用再多的錢也買不到，他是生意人，自然不能白用，知道這藥是冒風險拿來的。早把你我當成自家人，把救人獲利的錢替咱倆存下，救了我，也教我做生意。這些在我跟你見面那天都跟你說了，這些年我做生意，也替你立了個帳戶，生意中有你的股份，你不承認，我可不能賴帳，這可是你的養老錢，這孩子的一切費用你別管，你再跟我這麼生分，咱們還算是生死兄弟嗎？」

正說著，育仁跟小剛從樓上下來，小剛靠近志遠說：「伯伯，你的鹽袋呢？大哥哥說他能幫你熱一熱，好敷敷你的腿。」

志遠從提袋裡取出粗布鹽袋，小剛接過對育仁說：「你家有小碳爐嗎？爐上放塊鐵板，不能太熱，要用溫熱來慢慢煨布袋，我知道什麼熱度，敷在伯伯腿上最舒服。」

「先吃飯，吃完飯再替你張伯伯煨鹽袋。」高太太說。

育仁拿著鹽袋端詳：「原來小剛對我精心布置的房間的熱衷遠不及一只鹽袋。好，吃完飯，我就帶你到街上買小碳爐。」

說得人家都笑了。高忠君望望太太，恰巧美鳳也望著丈夫，夫妻倆同時感受到志遠和這個孩子猶如父子的親情。

Chapter 15／新環境

這樣溫暖舒服的床，小剛倒在床上閉上眼就呼呼大睡。高媽媽進來看到他熟睡的樣子笑著說：「畢竟是孩子，白天他太累了。」

育仁拿起他放在書桌上摔壞的小引航船：「他跟我說這是他爸爸送他的禮物，可是壞掉了。」

育仁想起志遠叔叔跟他們談起小剛對鈴聲的盼望，見到搖鈴和壞了的小引航船並排放在桌上，就能體會小剛的心情。來到這裡，絕不能讓他再過擔驚受怕的日子，他想。他幼小的心靈裝了多少委屈、多少不安全感，也許他不是累了、睡了，他似乎在擔心以後的日子，用睡覺先逃避；或許爸媽感覺不出，連張叔也沒想到，就讓我好好地跟他相處吧。他拿起壞了的小引航船走回自己的臥房。

清晨，小剛被引航船的鈴聲喚醒。朦朧中，他以為自己站在碼頭，看引航船在引導爸爸的大船入港。睜開眼，才發現自己在床上，鈴聲響個不停，隨即滑下床，撩開窗簾向外看，一片綠意，有樹和花草，但這裡卻看不到海洋。

鈴聲仍響著，他推開門，一個洗臉盆，放著在水上自動滑行且響著鈴聲的小引航船。

他驚喜地拿起小船，哇！修好了。他仔細地看了又看，又放入水中，鈴聲響起，他蹲下來激動地抿緊嘴，不讓淚水流出來。

「怎麼樣？喜歡嗎？」

他抬頭望著育仁哥，站起身點點頭：「你好厲害。」

「你若喜歡，我會帶你去基隆碼頭，看引航船領大船入港，你去看過嗎？」育仁問。

「這裡離基隆港會很遠嗎？」小剛問。

「不遠，比起東港到高雄碼頭近多了。」育仁說。

「呃，我很小的時候，我媽曾帶我到碼頭等我爸的大輪船入港。不一樣的港口，有的是高雄港，有的是基隆港，看我爸的輪船停在哪裡，我們就去接他。」

「那你在東港的碼頭也能接到你爸嗎？」育仁問。

「能呀，有時，我爸會搭小客輪，到東港碼頭，回家比較方便；搭小客輪就不必有引航船。阿雄說，還是去大碼頭看你爸從大船走下來，感覺比較威風。」

育仁笑著點點頭：「放心，哥一定帶你去大碼頭等你爸。」

「我爸什麼時候回來我也不知道，引航船的鈴聲能把大船領入港，我用小船的鈴聲應該也會把我的話傳給爸爸。大哥哥，你說會吧。」小剛一臉認真地問。

「會，一定會。」育仁慎重地點頭。

「那麼我在東港的碼頭搖鈴也有用嘍？」

「當然。你跟著我，鈴鐺壞了我幫你修，只要你聽我的話，願望一定會實現。」

「好。」小剛望著育仁猶豫地眨眨眼：「我想跟我的好朋友阿雄還有我弟弟見面。」

「阿雄？就是帶你上漁船的那個哥們？」育仁對他的事幾乎全知道。

「是，他一定不放心我在這裡。」

育仁笑了：「我會很快安排他跟你見面，現在我倆要做的事很多，吃過早餐，咱倆各騎一部單車去辦事。」

「你不去上學嗎？」小剛問。

「我上大學，今天上午剛好沒課，我今天要把你的事全部辦好，下午帶你參觀我的學校，一切照我的計畫行事。」他看小剛直愣愣地望著他，立刻笑著說：「我媽昨晚已經把粗鹽袋用碳火煨得恰如其分，叔叔很滿意，你就別擔心了。」

他這才放心地點點頭：「哥，你等一下。」說完，先把小船拿回放在書桌上，再端起臉盆走進浴室，把水倒進馬桶。

育仁跟進說：「用你昨天洗臉刷牙的用品漱洗好，再到我房裡來。」

「好。」他答應。

他走進育仁哥哥的房間，發現哥哥已梳洗完畢換好衣服，原來哥的房間跟他東港的家很類似，房間有衛浴設備，也是套房。

育仁指指攤在床上的衣物：「這是我跟媽媽一起酌量著買給你的，你穿穿看，我到樓下把早餐弄一下。」說完便匆匆離去。

他看著這些新衣鞋，有些猶豫，小時他都有，自從媽媽過世，這些漂亮的衣鞋總是弟弟的，後媽很有本事地拿些不合身的舊衣服給他穿，他也習慣了，連冬天的外套都是爸爸的舊夾克，卻是他最珍惜的外套。窗外吹來冷風，他有些冷，很自然地脫下睡衣，把床下的新襪新球鞋也換上了，高興地在屋裡走動，這雙鞋太合腳、太舒服。他弟弟穿這樣的鞋，班上有錢的同學穿這樣的鞋，他現在也有了，門外那雙塑膠鞋可以丟了，望著夢寐以求的鞋，連頭都不想抬，育仁哥何時進來，他都沒發覺。

「哇！真帥。」

他嚇了一跳，立刻站直身子。

育仁拉起他的手：「走，給媽媽看，我的眼光不錯吧，叔叔只形容了一下你的身高，我把你鞋子的尺寸都拿捏得非常準確。」

小剛被拉進餐廳，大人的眼光全集中在他身上，看得他渾身不自在。

「畢竟是學工程的，尺碼量得真準。」張伯伯誇讚地說。

「這孩子本就長得體面，育仁，你好會替弟弟選衣服。」高媽媽對育仁的辦事能力很滿意。

「是嗎？」育仁很得意：「小剛以後的事全包在我身上了，這可是天上掉下來的禮物。」

小剛不自覺地笑了。偷偷瞄著餐廳邊的大穿衣鏡，藍色牛仔褲，米色套頭毛衣，藍色尼龍夾克，白襪，黑藍邊高統球鞋。他本就有一頭濃密的黑短髮，方圓臉，高挺的鼻梁，高額頭下一雙黑亮的大眼睛；他不到十一歲，卻比同齡的孩子高壯結實。

高忠君望著自己的兒子，英俊挺拔的外貌，想到自己和張志遠年輕時的模樣，高興中帶著莫名的感傷。

吃完早餐，育仁拿了一個書包給小剛，小剛接過：「哇！是建中的耶。」

「是我初中的書包。」

小剛有些為難。

「背著，很多小學生都喜歡背建中的書包，會帶來好運。」

「我也會嗎？」

「當然，背你哥用過的書包，運氣超好。」育仁說。

「就像在海洋遇到魚群那樣好運嗎？」小剛慎重地問。

育仁微微一愣，立刻反應過來：「當然，我這書包帶來的好運比魚群還多，你慢慢就會體會出來。」

小剛雙手接過，認真地背在肩上。

「把你的課本裝進書包，我們先去區公所辦戶籍，把你的也遷進我家，然後帶你到離我讀的台灣大學最近的國校辦理轉入手續，以後我倆就能天天一起上下學了。」

「噢。」小剛興奮地轉身，到樓上他的房間去裝課本。

「育仁，這孩子要靠你調教了。」志遠感激地說。

「叔叔，」育仁笑著替志遠盛稀飯：「這孩子夠機靈，我喜歡，等吃過早餐，讓我爸帶您出去走走，您不是想看看當年的營區嗎？現在早改建了。」

這倒提起志遠的興趣，連連點頭。

「就這麼辦，吃過飯，咱們分道揚鑣，育仁，你下午去上課，可以把小剛帶到你學校的圖書館。」高忠君建議。

「好的，先替小剛轉學要緊。小學五年級好像都不放假，放學時間也都會留校補習。」育仁說。

小剛背著書包叮叮噹噹地走過來，育仁轉過頭問：「你書包裝個鈴鐺幹什麼？」

小剛有點尷尬，志遠也覺得好笑：「小剛，你轉入的新學校不需要我搖鈴。」

「放同你的房間，伯伯會陪你住些日子。」育仁說。

小剛點點頭，把鈴鐺從書包中取出，又轉身上樓。

「看吧，你得住些日子，他畢竟是孩子，沒有安全感。」高太太說。

志遠喝了一口粥，心中暖暖地。

吃過早餐，育仁帶著小剛各自騎一部單車行在馬路上，小剛緊緊地跟著育仁，他不用育仁提醒，就體會到台北的馬路雖寬，車輛卻多得讓他處處得小心，這裡可不比鄉下，畢竟以前在人街小巷橫衝直闖都不會被撞倒。育仁似乎對他很放心，東拐西轉地在一棟大樓停下，把車放好對他說：「跟我到樓上戶政事務所辦戶籍。」

小剛默默跟他上樓，很有新鮮感。

到了事務所，許多人坐在櫃臺前的椅子上，依著手中抽的號碼，等待到櫃臺前辦手續，育仁抽好號碼對小剛說：「你坐在這裡等我，我去辦手續。」育仁交代完就走向櫃臺。小剛坐下，覺得自己該拿出課本複習一下，怎麼書本卻被撕了好幾頁，他心裡明白，自己的課本已沒有完整的了，在弟弟幫他整理東西，送到張伯伯家時，後媽故意撕毀他的書本。莫名的惱怒激得他脹紅了臉，他抓緊書本，眼淚一滴滴地落在書本上。

育仁辦好戶籍，走近他，發現他低著頭垂淚。

育仁蹲下身問：「怎麼了？」

小剛不語，眼淚撲簌簌地滴在書本上。

育仁拿起書本，發現被撕得很凌亂，知道絕不是他幹的，於是收起書本：「沒關係，新學校會發新課本，我還會給你買很多補助教材，這些都不重要了。」

「噢。」他把書本撫平，小聲地說：「沒想到書本會被後媽撕成這樣。弟弟送來，我因為跟伯伯走得太急，所以沒察看。」

育仁雖然了解他的處境，但也必須糾正他的錯處：「後媽撕你的書，想是你跑到海上去抓魚了，撕書洩憤也說不定。」

小剛點頭：「哥，我想讀書，以後不會了。」

「好。」育仁拉起他：「走。去我的母校。」

兩人剛進學校就聽到搖鈴聲，小剛興奮得大叫：「是搖鈴耶，跟東港的小學一樣，是下課鈴。」

學校很大，在操場的另一邊的一排教室衝出許多學生，吱吱喳喳地四處亂跑。

育仁牽著小剛，指著那些學生說：「那些都是五年級的學生，待會你就會被分到其中一班，和他們成為同學。」

小剛伸直頸子，刻意看看他們跟自己有什麼不同，隨即不自覺地說：「沒什麼，還不是一樣。」

育仁聽了不覺一笑，知道小剛對自己產生了自信心。

來到教務處。育仁向一位頭髮花白的女老師一鞠躬：「主任，我帶孫亦剛來轉學。」

小剛緊跟著也一鞠躬。

「昨天你打來的電話恰好是我接的。」主任親切地牽起小剛的手，微微皺了一下眉頭：「他是你的表弟？」

「是比表弟還親的弟弟。」

主任世故地點點頭：「孫亦剛小朋友，你哥高育仁是我們學校的榮譽人物，考進建中，又進入台灣最好的大學。你要向他看齊。」

小剛點點頭。

「昨天接了你的電話後，就把他分到五年二班。」

當下主任就把課本放在桌上說：「升學班，課業都會提前，現在離放寒假雖然還有一個禮拜，可是現在他們已經開始上下學期的課程了。你上學期的課程跟得上嗎？」

「南部鄉下自然沒那麼緊張。主任，能把五年上學期的課本給我一份，我在課後幫他輔導。」育仁懇切地說。

「那當然最好，我連教材一併給你，你可是最好的家教。」主任笑著說。

小剛輕輕拉住育仁的手，育仁卻緊緊地把他的小手握緊，似乎是告訴他：「別擔心，有哥在。」

他主動把課本塞進「建中」的書包。育仁把小剛送進五年二班的教室後不再佇留，因為那是小剛新生活的開始，他必須獨自面對。

他走進教務處，主任正在等他，這位育仁昔日的小學導師，對育仁一直疼愛有加；今日他帶來這樣一個小男孩，真給他們師生有了聊天的話題。

育仁談起小剛的種種，及張志遠跟他父親的關係，主任聽著，為之動容：「當我牽住小剛的手，我就明白，這孩子是吃過苦的，哪有嫩嫩的小手長滿了繭。」

「謝謝主任。您比我還關心小剛。」育仁感動地說。

「應該的。育仁，這孩子有你這樣的哥哥，一定會有出息。」

「我是有您這樣的好老師才能考上最好的大學。」育仁誠懇地說。

主任笑笑：「現在你要當你弟弟最好的老師，看你的了。」

「我喜歡這孩子，怎麼引導他，以後我還要向老師請教。」主任拍拍他的肩膀：「沒問題，加油。」

育仁辭別老師，走出學校，跨上單車，剛出校門時，鈴聲正好響起，應該是上課鈴。他必須趕往自己的學校。

Chapter 16 小剛的心

下午六點半，已過了放學時間，五、六年級課外輔導都會延後加強補習，育仁騎著單車在校門口等小剛下課。沒一會，學生三五成群地走向校門口，他看到小剛跟三位男同學說說笑笑地向前走，很覺安慰。小剛看見育仁很快地跑向他：「哥，你放學了。」

「哥早就放學了，在圖書館看書，等你。」育仁說。

「你等我一下，我去牽車。」小剛說完就去車棚牽腳踏車。

兩人一起騎著回家，育仁問：「中午的午餐吃些什麼？」

「有飯、麵、五樣菜，是紅燒肉，小魚乾，青菜燒豆腐還有蒸蛋、筍乾和海帶湯，很豐富。」

「同學怎麼說？」育仁問。

「同學說還可以啦。他們很挑嘴，我覺得很好。」小剛說。

育仁點頭：「你吃得慣，我就放心了。」

「怎麼吃不慣，我看到有些同學帶便當，或是家裡送便當來的也不怎麼樣。」小剛很滿足。

育仁想到張叔叔說起小剛吃餿便當的事，想來一點也不假，對他更有一種說不出的憐愛：「以後中午這一餐就包在學校了，好不？」

「嗯。」小剛用力點點頭，使勁踏著單車。

回到家，大人對他第一天上課充滿了好奇。他很得意地述說讓同學最愛聽的事，是他在海上看到海豚和抓魚的經過。張志遠怕他心野，提醒他：「來到這裡要專心讀書，不要光想玩的事。」

小剛拍拍胸：「伯伯，你放心。今天連著兩堂課全是算術，上學期的算術課有基本的應用題、方程式，我都喜歡，今天老師加了許多課外應用題，我不覺得難，也有興趣。」

「慢慢來。這孩子對數學似乎有天分，這點倒有些像我。」育仁得意地說。

吃過飯，小剛回房間，半天都不出來，育仁見門沒鎖，逕自推門而入，見小剛在書桌前算錢。

「哇，小剛，你還有私房錢。」育仁探頭問。

小剛抬頭見是育仁，很認真地說：「哥，我上漁船得到的全部工資三百元都在這裡，全部給你，以後我就不知道該怎麼還了。」

育仁有些生氣，隨之想到這個孩子能這麼想，真是個有骨氣的孩子，於是把他拉到床前坐下：「小剛，你不欠我們一毛錢，我會設法聯絡你父親，把你所受的委屈全部讓你父親明白，你父親是高收入的副船長，當他知道你換了一個環境讀書，會更加關心你，你的生活費用他也會寄給你的，當然由我保管。」

「真的？」小剛不信。

「當然。」育仁摸摸他的頭：「快去洗澡，待會我在你房裡，一起讀書吧。」

「嗯。」小剛用力點點頭。

育仁走下樓。他想，這個自尊心強的孩子，只有用這樣的方式才會安然地把心思放在書本上，他一定會用好成績贏得父親的關愛。

張志遠跟高忠君在客廳聊天喝茶，張志遠習慣用自己的鹽布袋敷膝蓋，他對小剛今天的表現很滿意，當他聽到育仁用這樣的方式叫他安心，嘆口氣說：「只有這樣了，不過還是別跟他爸聯繫，那種有身分的人，拉不下面子，他一去兩年多，又回不來。他後媽又很能攪和，鬧出事情反而害了孩子，讓他安心讀書，等考上省立初中，掙回臉，才是正事。」

「不是上了初中就沒事了，今天我帶他去轉學，主任恰好是我小學的班導師，我向我當年的老師承諾，小剛比我的親弟弟還親，我要一直帶著他。」

「看來你倆真有緣。」高媽媽說。

樓上突然傳來幼嫩沙啞的歌聲：「點仔，點仔，點水缸，什麼人仔放屁爛腳倉。點仔，點仔點茶甌，什麼人仔今晚要來玩兜。點仔，點仔，點茶壺，什麼人今晚又娶某。」然後，嘩啦啦的淋水聲遮住了歌聲。

樓下的大人都被他的歌聲逗笑而停止聊天。

「胡吼些什麼。這都是他在漁船上跟阿雄他們學的臺灣童謠。」張志遠沒奈何地說：「打從見到這孩子，還沒聽他唱過歌呢。」

「他今天一定很開心。」高媽媽說。

高爸爸更是高興：「孩子是不隱藏的，咱家多少年沒聽到孩兒唱歌了。」

「咦？怎麼不唱了？」育仁說。

突然聽到關門聲，想來他是洗完澡回自己的房間了。

大人開始又喝茶聊天。育仁笑著說：「該我去洗澡了，爸媽，要我唱歌嗎？」

「別瞎鬧，洗完澡去陪小剛。」高媽媽說。

晚上，育仁先把小剛五年上學期的課程擬好複習進度，讓他重溫書本，寫習題，再把當天的課程講一遍，教他如何讀重點，小剛很認真。育仁教過以後就對他說：「我要回房間溫習功課，把不會的記在練習簿上，一個小時後，我會再來，不會的，我再教你，可以嗎？」

「好。」小剛頭也不抬。

育仁轉回自己的房間，他認為自己一直陪在小剛身邊，除了會讓他有壓力，也會使他產生依賴性，這也不是他要的。

一小時後，他去查小剛的功課，發現難的算術題他都答對了，反而簡單的他卻錯得離譜，國語註解也有很多錯誤，自然課倒很順。育仁鼓勵他，叫他多背多記，算術好就占了先機，慢慢來，別急。讀書如跑馬拉松，一千公尺的賽程，別人已跑了四百，你才開始，可是你有後勁，我們一起加油。哥是你的後勤加油站，隨時陪你趕上別人。」

「嗯。」小剛點點頭。

「十點以前一定要睡覺，早上早起腦筋好，背書容易記住。」

「好。」

育仁回到自己的房間，他知道，小剛是想念朋友，心事多，強壓住，又處處討好我們，洗澡唱朋友哼過的歌，就是想他們啊。不行，不能讓他失去最愛的朋友，那些朋友是他困苦時的難友，感情也不能斷，這是常情，應該常聯繫的，朋友鼓勵的力量，往往超過親情，一定要滿足他，讓他對讀書更有信心。

他取出十個信封，貼上郵票，又取出十個信封，寫上自家的地址，同時也貼上郵票，準備明天交給小剛。他習慣睡覺之前依靠著墊枕，看些課外讀物，學的是電機工程，白天在專研的課程中，他用盡心思，放下課本後，他會放鬆自己——運動，聽音樂，看書。兩個月前，在一次音樂會上認識了讀醫學院的學妹吳婷芸，兩人最談得來的話題，不是他們學的專業，卻是文學、中外名著、歷史典故、人情小品等。因為談得投契，兩人真成了無話不談的好友。

他現在依著靠墊，看一本從圖書館借來的《湯姆歷險記》，馬克吐溫把幾個頑童寫得太可愛了，他越看越入神，書桌上的電話鈴響了半天都沒聽到。

在他對門的小剛反而忍不住推門、抓起電話，大聲問：「喂。」

這才驚起了育仁，趕忙接過電話：「啊，抱歉。我看書入迷了，電話鈴都沒聽到。」

對方傳來笑聲：「什麼書這麼迷人？」

「《湯姆歷險記》。」

「應該是你新認的弟弟引起你對這本小說的興趣。」
「是呀。他是另一個湯姆，哪天帶給妳看。」
「一定比你機靈，他住你對門都會衝進你房間接電話。」
「妳怎麼知道是小剛接的？」
對方傳來笑聲：「不是他還有誰？你這兩天嘴裡掛的，除了弟弟還有誰？」
「妳別說我，他只接電話說了一聲喂，妳就聽出來了，可見妳也很關心他。」
小剛站著，聽他們說話，又談到自己，便悄悄退回自己的房間，心裡嘀咕：「哥哥有女朋友。」

倒回床上，突然想到阿雄的女朋友阿珠，又胖又兇，也不明白阿雄就是對她好，他還偷偷買胭脂、面霜給她。她搽在臉上像歌仔戲裡拿旗子跑來跑去的小兵，阿雄被她打還會笑著，現在我不在他身邊，他被打，一定會更想我，過去我拿兩個蘿蔔、三個番茄，阿珠就會跟阿雄約會，不許我們跟，也不打阿雄。現在我來到台北，要好好讀書，沒辦法回去，說實在的，也不想回去，阿雄沒有我幫他擋，不知要挨多少拳，可要受災了。

他翻來覆去睡不著，索性下床，拿起畫冊畫阿雄、阿珠與蘿蔔、番茄；還有阿珠當戰兵搖旗吶喊的樣子。畫累了，很睏，倒頭就睡。

大清早，育仁起床，就發現小剛屋裡的燈亮著，現在還不到六點，就起床讀書？太認真了吧。他推門而入，見小剛抱著被子打鼾，睡得很熟，書桌上攤開一本簿子，他隨意地翻看，有海，天空，船，鳥，魚。雖是隨筆塗鴉卻很生動；此外，還畫了一個男孩和一個胖女孩，加上蘿蔔番茄，讓他搞不懂，又寫什麼阿雄要受災了。

他看得有趣，想一定是小剛的好友，正看得入神，小剛一翻身起床了。他很快地把床頭燈關了，屋裡立刻暗了下來，倒讓育仁吃了一驚。

「嘿，哥，對不起，我忘記關燈了。」

育仁被他搞笑了：「現在天亮了，關燈剛好。」

「不是，我昨晚忘記關燈了。」小剛搔搔頭：「哥，你看我畫的畫？」

「你畫得很好。是寫生嗎？」育仁問。

「不是啦，是想什麼就畫什麼。」

育仁指著畫中的男孩：「這是你的好朋友？」小剛滑下床開始換衣服：「是阿雄。」

「這女孩是阿雄的女朋友？」育仁指著畫中的女孩。

小剛點點頭：「哥，這女生很兇呢。有次野狗追阿雄的弟弟，這女生把野狗打跑了，很厲害。」

「她會打阿雄嗎？」

「會喔。但不會像打狗一樣用棍子還有石頭，她都用拳頭打，阿雄都不還手。我很替阿雄抱不平。」

「阿雄很喜歡她。」

「不知道。阿珠這個胖子跟阿嬸一起過活，她阿嬸管不了她。她常住在阿雄家，幫他家做家事，阿雄說有她在，他出海很放心。」

育仁懂了，他知道小剛還不懂：「去洗臉，七點以前一定要到校。我會給你一個很快能聯繫阿雄和你弟小傑的方法。」

小剛睜大眼，眸中充滿了感激，隨即揚起嘴角轉身跑下樓。

在學校，中午吃飯是大家最輕鬆的時間，同學們都知道小剛是從南部鄉下轉來的學生，對他充滿了好奇。有的拿著便當，有的跟小剛一樣用托盤到前排食架上，把自己愛吃的飯菜裝好，坐回座位，幾個同學湊到小剛桌前，邊吃邊問：「孫亦剛，你們鄉下有水牛嗎？」「是用水牛耕田嗎？」

小剛點點頭。

「張天賜，你跟我說，孫亦剛有在船上捕到烏魚，我不相信，我要他親口告訴我，是不是他亂編的，想要討好我們啊。」一個女同學丘芷水過來問。

小剛抬頭看看她，覺得她瞪他的眼光很不友善，便低下頭，大口嚼著雞腿。

「我昨天回家跟我爸說，班上來了一位新同學，是從東港來的，我爸指著地圖說東港是在臺灣最南邊，有一個小漁港，可是海產豐富，烏魚、蝦、蟹都是東港的名產，是嗎？你平日會去抓蝦、蟹嗎？」武力文問。

小剛扒完最後一口飯，站起來把食盤送回，端著水杯喝水說：「對啦。」

他今天上午心情很悶。連著四節課，他都像脫節一般跟不上進度，下課後他翻課本，總有同學找他問些東港鄉下的事。他的拗性子犯了，索性不理。

一個站在門口的同學喊：「孫亦剛，你表哥來了。」

他一看，果然是，他大步走出教室，喊：「哥。」

育仁迎向他，手中拿著一個大的牛皮紙信封：「吃過飯了嗎？」

小剛點點頭。

育仁牽起他的手說：「走，到校園邊的涼亭，那裡有石椅石桌，我們可以坐著聊天。」

兩人進到涼亭，坐在石椅上，育仁從牛皮大信封中取出五個寫好自家地址的信封攤在石桌上，然後指著信封說：「現在教你怎樣寫信，信封的下首，我已把我們家的地址寫好了，上首寫要寄去的地址，中間寫收信人的大名，要寫得大一點，郵差才會認清楚。」

小剛接過，看了看：「哥，我知道，你把郵票都貼好了？」

「是呀。另外五個信封是他們的回信，我也貼好郵票，看好了嗎？信封的上端是我們家的地址，我已經替你寫好了，也寫好了你的名字，下面他們的地址，哥就沒辦法寫了。」

小剛笑了：「他們沒地址，寫東港子民國小（化名）就好了。」

育仁領會：「這樣比較安全。」

小剛立刻說：「現在是唐定安伯伯代替我伯伯，我可以在信封上寫唐定安，請轉交呂阿雄收，我寫給弟弟小傑的信則夾在阿雄信裡，比較安全。」

育仁想想也對，就說：「好。」

「等伯伯回校，我就能直接寄給伯伯。」

「那是當然。」育仁說。

「我現在就給阿雄寫信可以嗎？」

「好，我在一旁看書，等你寫好，我陪你到校門口去寄信。」育仁又從大信封中取出信紙，並將鋼筆遞給他，坐在一旁，從口袋掏出一個小冊子閱讀。

小剛開始在信紙上塗塗寫寫，時而抬頭觀望環境，認真地寫了三張，笑嘻嘻地摺好放進信封袋裡。他仰起頭看了看育仁，育仁頭也沒抬，揚手丟給他一小罐漿糊。

小剛接過：「哥，你好厲害，要看我寫的信嗎？」

育仁仍眼不離書：「把信封好，這是私人信件，不能偷看別人的祕密，這是尊重。」

「我跟阿雄沒祕密啦。」

育仁收起書，笑著看他：「好，以後你的每一封信我都要察看，你願意嗎？」小剛猶豫了一下：「不要，我們還是有不想讓別人知道的祕密。」

「那就對了，記住，不得別人允許，不看別人的信件，就是別人要給你看也要看情況，個中道理，哥以後會慢慢告訴你。」

「噢。」小剛用漿糊慢慢黏信封：「我第二次出海的工錢，阿雄一定幫我領了，我在信中跟他說，不必還我，拿去用吧。哥，阿雄很節儉，平常都打赤腳，在船上頂多穿膠鞋，我跟他說，我現在有兩雙球鞋，天天換著穿，他一定會說我是暈船還沒醒。」

育仁心中一動：「很好，下次阿雄來台北，哥帶他去買跟你一樣的球鞋。」

小剛張開嘴「哈哈」大笑：「他會暈船啦。」

「走，帶你去寄信。」育仁說。

小剛把其他信封放回大牛皮紙袋：「哥，你幫我收好，晚上給我好嗎？」

「怕上課光想著寫信是嗎？」

「有一點。」小剛說：「同學下課就圍著我問東港的事，害我都不能專心溫習功課。」

「這很簡單，你拿功課問他們，請他們指教，他們會很熱心地教你，如果還問你東港的事，你就說等我把不會的功課溫習熟了再跟你們說，如果還有不識相的來問東問西，你可以不理他，讓他離開。」「他們不會離開？」小剛搔搔頭繼續說：我用最不喜歡的方式，去報告老師，你說可以嗎？」「沒什麼不可以的。」育仁感受到他的困擾。拍拍他的肩膀：「如果有些同學把你當逗樂的對象，隨意取笑，我同你說的方法也沒用，你會怎樣？」「過去，我實在忍不過，會打人，然後逃學，現在我不想打人，更不想逃學。」育仁讚許地點點頭：「好小剛，把心思用在課本上，不理他們，讓他們自感無趣，這就要看你的耐性了。」小剛點點頭。兩人邊說邊走出涼亭，往校門外的郵箱去寄信。

育仁跨上單車：「好了，我回學校，你進教室。記住哥說的話，過幾天同學對你的好奇心就沒了，別太在意。」

「我記住了。」小剛說。

「放學我會來接你。」

「哥，不必，我記得回家的路。你們大學又沒有課外輔導，你不必等我。」

育仁笑笑：「沒有課外輔導，更要自修。記住，我沒來，你別走。」

「好啦。」小剛向育仁搖搖手：「哥，再見。」

小剛一進教室，幾個同學就圍上來。

「孫亦剛，你表哥來給你送東西嗎？」

「孫亦剛，老師說，他是本校的高材生，讀建中，現在是台大最難考上的電機系學生。我要向他看齊。」

「孫亦剛，你表哥會跟你去鄉下騎水牛嗎？」

小剛坐回座位，抹掉額頭汗粒，拿出作業，是上午的算術題，他搞不懂，對著面前的張天賜說：「能教我這幾題嗎？我真的不會。」

「簡單。」盧瑋生從他抽屜裡拿出一本課外數學指南：「你去買這本書，講得很清楚。」攤開頁數很仔細地教起來。

小剛很認真地演算，也把這本指南記在本子裡，心情不再煩躁。

張天賜不願被冷落在一旁，便插嘴：「你把四則應用題的先乘除後加減，仔細看清楚，多加練習就不難了。」

小剛仍然搞不清楚，同學畢竟是補習慣了，拿出紙筆一題一題跟他演算起來。有簡單的也有複雜的，他對同學很是佩服，想到在東港從四年級起，一學期不是遲到就是曠課，哪裡把心放在書本上，現在幾乎一切重來，一股怯怯之意湧上心頭。

放學，育仁來接他。他說用哥的招數很有效，同學都幫他複習，他們都好強，怕自己跟不上。

「我早跟你說了，一千公尺的馬拉松賽，他們已比你早跑了四百公尺，你起步晚，但有我做後盾，不要氣餒，現在才開始。」

「我要給自己爭口氣，我知道東港有很多人等著看我的笑話，我不能讓伯伯失望。」

育仁高興地按了幾下車鈴：「對，加油。」

台北的冬天總是陰冷濕寒，雖沒下雨，但是迎面吹來的風涼颼颼的帶著寒意。小剛騎在育仁前面，他望著小剛健壯的背影，比同齡孩子高大結實，想到張伯伯說他每日挑擔種菜，到鐵工鋪子打零工，跑到船上捕魚拉網，為的就是填飽肚子，還把自己養得如此壯實，如今把他拉回學校，學業幾乎重新開始，幾天相處下來，他看到了孩子的企圖心，誠如張伯伯說的，他是塊好料子，該讓他讀書走上正途，如果不讀書、靠點技術，能混出什麼名堂，倒稱了他後母的心。

「哥，同學除了講義，還有課外參考書。我發現他們還有請家教，怪不得考試都難不倒他們。」

「慢慢來，哥心裡有數，他們那點成績，是日積月累學成的。你可急不得，我一下子將參考書中你沒學過的課程硬塞給你，弄得你一知半解，反而得不償失。」

「可是我怕趕不上進度。」

「怎麼會？讀書要有方法，一股腦地什麼都讀，抓不住重點，白費力氣，面對考題反而答非所問，這種死讀書的學生永遠拿不到好分數。」

「哥說的是國語和常識的問答題。我說的是算術。」小剛說。

「都一樣，算術更需要套公式解答案。哥就是你的家庭教師，哥要把你的算術基礎打好，帶你走跟我一樣的理工這條路。」

「哥，同學都很佩服你，說要跟你一樣。」小剛崇拜中透著得意。

「是嗎？小剛，他們要跟我一樣，我可不要你被他們比下去。」

「當然不會。」小剛用力踩著車，又騎到育仁的前面。

冷風夾帶細雨，快到家了，育仁目光又落在小剛的背上，想到他第一天來到家裡的晚上，小剛去睡了，張叔跟他和父母，坐在客廳閒聊。話題離不開小剛，父親以他多年的閱歷說：「這孩子別看他粗野，眉宇間卻透著文氣，不是泛泛之輩。」

張叔笑笑：「我見過他爸爸，在外國商船當副船長，很有氣派，這孩子像他父親。」

「他弟弟呢，可也像他？」媽媽問。

張叔搖頭：「很清秀，像個女孩，是他後媽生的。兩兄弟感情很好。」

爸爸笑了，飲口茶：「志遠，你猜，我見到這孩子第一眼的感覺是什麼？」

「別繞彎了說吧。」張叔說。

爸看了育仁一眼：「這個孩子的個頭，眉宇之間的神情，跟我當年第一次見到你張叔，幾乎沒什麼差別。志遠，當年你才十五歲是吧，被強拉來入伍，我大學畢業考上水利工程師，結婚生子，是我人生最幸福的時光。我全心貫注在自己的專業上，能力已被師長肯定。在一次整修水壩中，我懷著滿腔愛國情操，跟隨軍隊四處修河堤、水閘，怎知戰事失利，在節節敗退中，我們這批專業人員也加入了戰備，有家歸不得，被強拉到台灣。咱倆有緣，到台灣就湊在一塊，結成生死之交的兄弟，這人生的命運不得不信個緣字啊。」

「育仁，你爸沒事就研究玄學，快成大仙了。」母親揶揄父親。

張叔點頭：「我倒覺得育仁很像當年的你，他如今在大學讀電機工程，不就是你當年想學的志願嗎？」

爸爸得意地點頭：「這兩個孩子可是我倆當年的縮影，你成全了我，到如今，我算是生活圓滿，而你……」父親唏噓不已，語中帶著哽咽：「你能把這孩子交給我，就證明咱倆不生分，這孩子眉宇太像你了，他不會讓你失望，就像育仁填補我心中的空缺一樣，讓你得到安慰。」

「哥，到家了。」小剛提醒育仁。

育仁抬頭，果然到家了，打斷了他的思潮。兩人跨下車，育仁按門鈴，小剛卻瞅著門外的信箱。育仁覺得好笑：「哪有那麼快，等回信，起碼要一個星期。」

「你不明白阿雄那傢伙，他會抓隻鳥來當郵差。」

「那就叫他抓。鳥也不會飛進信箱。」育仁見媽媽來開門，讓小剛先進去，同媽媽說：「今天有鳥送信來嗎？」

高媽媽不解：「郵差沒來，鳥？什麼鳥？」

站在屋裡的志遠望著小剛：「你的心又飛到哪去了？又想去抓隻海鳥當郵差？」

小剛拉拉書包：「不是啦，阿雄那傢伙不會寄信的，我很知道他的啦。」

「把心收回來，放在書本上。」張志遠叮嚀。

「吃飯吃飯，育仁去書房叫你爸。」高媽媽轉進廚房，怕志遠給小剛壓力，邊走邊說：「別把孩子逼得太緊，假日我還要帶他去看電影呢。」

晚上，育仁在小剛房間裡，攤開書本給他複習，把重點舉一反三地講解，並說出文句的典故，小剛像聽故事般地聽得津津有味，他拿了一個地球儀，放在書桌上，向小剛講地理環境，氣候，山脈，河流。把課本裡的知識有條理地融進學習的進度中。國語，自然，地理，公民一點也不複雜。算術在公式和九九乘法的運用上，育仁教他如何套公式，加、減、乘、除及餘數的四捨五入，做起來輕鬆又有趣。

這樣日復一日教導，小剛忘記要買參考講義，對上課也更有信心。唯一讓他掛礙的是等阿雄的來信，每日放學回家見信箱空空的，心也跟著空空的。偷偷地寫了幾封信也如石沉大海，他只有把心思用在課本上。

一日，育仁故意問他：「咱們哪天去買參考書呀？」

小剛搖頭：「哥，我看了同學的參考講義，沒你講的清楚，也沒什麼故事，你編一套教材一定比那些教材更棒。」

育仁大笑：「這你就懂了，所有教材都是根據課本編寫的。要學生能吸收，全憑老師的教法。」

小剛崇拜地連連點頭：「他們花那麼多錢買教材，真是浪費。」

放寒假了，可是五、六年級的學生還是要上半天課，下午是自修時間，可以留在學校溫習功課。

今天是週末，留校的學生不多，小剛低頭複習地理課，邊讀邊填寫教材上的考題。突然，教室外傳來極大的吵鬧聲，夾雜著鳥叫聲，他感覺這鳥叫聲很熟悉，還沒反應過來，一聲：「我來找孫亦剛。喂，不要亂抓我的鳥。」

「這裡是五年二班，我找我的朋友，靠腰，再抓我的鳥籠，我就不客氣了。」

是阿雄的聲音。

小剛聞聲立刻衝出教室，在走廊一邊，幾個六年級的男生正在跟阿雄拉扯。

小剛跑過去，拉住阿雄，阿雄護著他那有一尺半的大鐵絲鳥籠，籠子裡關著一隻大海鳥。五個壯碩的男生不放過他倆，把他倆團團圍住。

「把鳥放下，你們亂抓鳥，犯法。」一個男生說。

「把籠子拿過來，看是什麼鳥？這麼大隻。」

「野孩子，像流氓，把他趕出去。」

兩個男生盯著鳥籠伺機而動。

小剛只想把阿雄拉開：「走。」阿雄護著鳥籠，沒想到腳下卻被人絆倒，搶過他手中的籠子，拔腿跑出走廊，阿雄轉身去追，另一個男生又一腳把他踢倒。小剛衝出欲扶阿雄，卻被三個男生圍住。

「你們要做什麼？他是我的朋友。」小剛推開面前阻擋他的手臂。

「小鬼，敢動粗。」一拳迎面襲來，小剛歪頭一閃，一手抓住對方手臂，右腳一個盤踢，對方立刻跪在地上，他轉頭看，阿雄和兩個男生在地上扭打，鳥籠甩在一旁，他想跟阿雄一起早早離開，不想跟他們繼續爭鬧。才轉身，兩個男生左右把他架住；「打！狠狠地打！」

許多在教室複習功課的同學，發現教室外有人打架，立刻跑到走廊外看熱鬧，吱吱喳喳說個不停，誰也沒有注意到，在走廊盡頭的一棵大樹下，站著三個大人，他們正在觀看這幾個孩子的戰爭。

阿雄很辛苦地提著鳥籠來到高家，說明他為了傳信，費了好多天的工夫才抓到這隻海鷗。他的誠心感動了高家父母和育仁哥哥，連張伯伯也感動了，阿雄想到小剛讀的學校，帶著鳥籠給他一個驚喜。今天是週末，學校放假，育仁想，他可以開車把阿雄送到學校，再把小剛接回，就連高爸、張叔也很有興致，要跟著去小剛的學校看看。到了校門口，育仁叫阿雄親自去給小剛一個驚喜，三位大人則在校園隨意參觀。走沒幾步，就發現阿雄被欺負，於是他們停下腳步，看到小剛幫護阿雄，接著就是一群人扭打。

小剛被兩個健壯的男孩架住，跪在地上的男孩站起，揚起腿朝小剛的頭猛踹，育仁欲衝向前去阻攔，卻被張志遠一把抓住：「別去。」

只聽到連聲大叫，小剛弓起雙腿向外劈開，頂住架他的兩個人的肚子，兩人肚痛彎腰，大叫，一鬆手，小剛順勢將兩人面對面地碰在一起，由於力道很急，兩人很自然地手臂相互緊抱在一起，他一偏頭，那狠狠的一腳，不偏不倚踹在那兩個人頭上，一個人鼻血噴出，小剛轉身一個彈跳，揚腿朝來人胸口一踢，對方大叫一聲，倒在地上，三個人像疊羅漢般擠成一堆。這動作既快又準，育仁看得幾乎呆住了。

小剛頭也不回，跑去救阿雄，阿雄見小剛來，立即抽身去撿鳥籠。那兩人以為阿雄怕了，要逃走，見小剛走來還輕視地問：「怎樣？服輸了。」

小剛站著，冷冷地望著他倆，他倆本能地向那三人望去，有點不服。小剛慢慢走向阿雄，阿雄滿身滿臉是灰，手臂刮了些傷痕。

「你等著，我會讓你死得很難看。」一個高大碩壯的男孩叫嚷。

「走啦，沒看到跆拳道踢到自己人頭上，這傢伙有亂招。」另一個有些膽怯地說。

「想平安出校門就把鳥籠留下。」壯男孩離開前仍嗆聲。

「要是不給呢？」育仁走上前來。

小剛一愣：「哥，你怎麼來了？」「是你哥，還有張伯伯，高伯伯一起送我來的。」阿雄說。

「怎麼會是這樣？」小剛一頭霧水：「你怎麼不告訴我？」

「我想說呀，可是打架要緊。」

育仁笑了：「小剛，你沒有錯，我們一直在樹下看著，我幾次想上去幫你，張叔說你能應付，我強忍著，怕你受傷。」

「不會啦，大哥哥，我們打架是用拳頭，小剛打架是用腦筋，他能借力使力，很厲害。」阿雄說。

高伯、張伯也走過來，高伯摸摸小剛的頭：「今天真是委屈你的好朋友了。」

阿雄看看鳥籠：「沒有啦，鳥很安全。」
「要不要跟老師報告？」張志遠問。
育仁笑笑：「那些看熱鬧的同學早就去報告了。流鼻血的同學跟那些鬧事的學生，肯定被同學說出他們如何打低年級同學的事。看吧，明天他們會被處罰，還會跟小剛道歉。」
「這學校不錯。」張志遠點頭。
「張叔，這是母校的校風。」育仁說。
「阿雄，你來看我的教室，五年二班喲。」
阿雄笑嘻嘻地提著鳥籠跟他到教室，同學立刻圍著他倆。
小剛一面收拾書包，一面向大家介紹：「這是我最好的朋友，叫阿雄。他從東港來看我，我們過去都會用海鳥傳信，很管用的。」
「孫亦剛，那幾個六年級的學生是班霸，同學都怕他們，沒想到被你制伏了耶。」張天賜極力讚美。
「是他們欺負孫亦剛，很過分耶。」
「看他以後還敢不敢欺負我們。」大家七嘴八舌說個不停，還蹲下來看海鳥。
小剛收好書包說：「我要回家了，再見。」大家熱情地把兩人送出教室。阿雄點點頭：「小剛，這裡的風水不錯，你會發。」
小剛看看他：「你怎麼會跑來，是不是你舅來台北給人看風水，你搭便車來的。」

「不是台北，是基隆，我從基隆搭火車來的。」

小剛感動地伸出左臂摟住他的肩膀。

阿雄坐在車上，雙手抱著鳥籠。跟小剛，張伯並排，育仁開車，跟父親坐前排，開往回家的路上，志遠端詳海鳥：「這隻鳥比小剛抓的大很多，阿雄，你是怎麼捉到的？」

「嘻嘻，被我盯上了就跑不掉。這隻大鳥很兇猛，我把小魚乾撒在岸邊，引來別的鳥，一隻、兩隻，吃習慣了，我每天捕魚回來，就在固定的地方撒小魚，鳥就會引來鳥，先是叼了就飛走，習慣了就停在原地吃飽再飛走，引來的同伴會為爭食打架，沒幾天，就引來大鳥，這鳥為爭食，打跑周圍小鳥，我還是有耐心地丟小魚蝦。大鳥吃了幾天，其他鳥都不敢接近，牠的防備心解除了。我把魚網鋪在地上，撒上魚食，牠飛下來啄食，我在岸邊收網，牠就被我抓到了。」

坐在前座的高伯伯聽得笑出聲來，育仁不由得說：「你真有本事。」

「這不算什麼。小剛，還有一件事，我們上次在船上好運來了，連抓到兩條鮪魚，你雖然在船頭沒幫上忙，可是，我記得你一句話提醒大家，幫了大忙，把魚拉上船。」

「他們抓魚很有經驗，我又說了什麼？」小剛不解。

「這個我想他們也知道，只是那天張網了很久，突然游來兩條大鮪魚，船主怕鮪魚衝進網裡糾纏不清，於是帶人收網，他的兩個兒子實在不怎麼樣，忙得亂了手腳，當第一條被引近船邊，一個水手馬上用魚叉插進魚身，魚為脫離，死命掙扎，魚尾搖擺能一鼓作氣掙脫魚鉤。看來船上的人被魚掙扎得搖晃不定，我突然想到，你跟我抓鳥是設圈套套住鳥的雙足，鳥的力氣再大也跑不掉，於是我拿起船上的粗繩，繫上圈套，給一位有力氣的水手：『快，套上魚的尾巴。』

水手很順利地套上魚尾，魚失去動力，很快就被拖上船。」

「那麼第二尾用同樣的方法就比較順利了。」小剛說。

「那是當然。」阿雄面帶得意：「船長說，他們以捕魚為生，幾年前他叔父曾抓到過鮪魚。我幫他釣魚，刺魚，他套魚尾，我記得卻還沒用過，他老人家早就不上船了，誇我聰明，我說是小剛教的，沒來得及謝你，你就被張伯帶走了。」

引來大人的笑聲。

育仁開車到家門口：「阿雄，來看看小剛的新家。」

兩個孩子都很興奮，正準備下車，籠子裡的海鳥呱呱叫了起來。

「我剛才來時，這鳥亂叫，把高媽媽嚇到了。」阿雄看看摔得有些扭曲的籠子：「牠身子都伸不開了。」

「把牠放了吧，你也養不活。」張志遠說

「對，阿雄，以後用寄信的，或是你搭你的舅舅便車，這鳥不管用。我寄給你的信，你收到了嗎？」小剛說。

阿雄說話變小聲了：「信都有看。我有寫回信，以為鳥會快些飛到你這裡，沒想到這鳥真的不管用，別提我阿舅，他更不管用，搭他的車，他會亂開，明明說是台北，卻開到台東，說是給人家看公司，卻走到墓地，我現在也不知道他混到哪裡去了，反正等下我自已搭車回東港。」阿雄說。

他一臉正經，說得大人都笑了。

「你認得回家的路嗎？」育仁問。

「放心啦，大哥，再過兩年我就可以當兵啦，我個子不高，可是沒人搬得動我船上的馬達，沒人偷得走啦。」他答非所問，只有小剛了解，阿雄其實很擔心他賴以為生的小漁船。

「對喔，你那老馬達壞了，修好了嗎？」小剛關心地問。

阿雄有點尷尬：「好了，這兩天我租給別人用，特別跑來向你說明。放心啦，租我船的人不會亂來的啦。」

小剛立刻明白：「說好了的，賺錢要買一個好馬達，我放假時要跟你學開船。」

阿雄搖頭：「不必啦，我忘了告訴你，老馬達沒辦法修了。大富、大豐還有他阿爸說，託小剛的福，捕到大魚，也賺了錢，答應免費替我修船。於是我狠心換了一個最好的外國馬達，真的很好用，嘻嘻。」阿雄開心地笑了，海鳥也跟著叫了兩聲。

「我這次來，把你上次的工錢帶來了，五百元喲。」

「本來就是幫你賺修船用的，不要還了，拿去給你媽媽用。」

「不行，阿珠知道會打我。她現在練打稻子的手很有力，我吃不消。」

海鳥又痛苦地叫了兩聲，像是替他受疼。

引得車上的大人忍住不敢笑出聲。

育仁不忍海鳥受罪，於是說：「我開車帶到淡水，把鳥放了，好不好。」

「不行，我要帶牠去訓練。」阿雄說。

「先回家，伯伯坐車太久腿會痛。」小剛說。

「好吧。回家吃過飯，我帶你倆去淡水海邊兜風，放鳥，如何？」育仁說。

大家沒有異議。

剛到家門口，高媽媽便迎出來，見阿雄提著鳥籠下車緊張地說：「快把鳥放了吧，再不放，鳥會憋死的。」

「不會的，我們還在伯伯家的雞籠養海鷗呢。」小剛說。

「伯伯這麼跟你們玩？」高媽媽問。

志遠尷尬地笑笑，解嘲說：「放籠裡雖不會悶死，阿雄，還是放了吧。」

阿雄不捨，提著鳥籠不停地觀看。海鷗垂頭縮在籠子裡，他向籠裡吹了聲口哨：「小剛，你說怎樣？你以後就沒信差了？」

「牠會認得我們，我哥替你寫好信封，連郵票都貼好了，你要學會用。」小剛安慰他。

「乖孩子，放了吧。我真不忍心看牠受困的樣子。」

阿雄不捨地嘆口氣，像下了決心：「高媽媽說放，就放吧，我們到有海的地方讓牠飛得高遠，這裡放，牠會迷路。」阿雄把鳥籠提起，向高媽媽晃了晃：「我提來把妳嚇一跳，妳把牠當郵差就不會害怕了。」

「這隻鳥郵差已經把你的心意帶來了，我已接受，現在你可以放牠回去了。」高媽媽雙手合掌，溫柔地對阿雄說。

阿雄點點頭。

育仁想笑，媽媽常用這樣溫柔的口吻，逼得他和父親順從她的意見，隨她行事，現在這招用在阿雄身上了。

吃過飯，育仁開車載著小剛，阿雄在台北車站停下，一個漂亮的女生笑嘻嘻地上車。她坐上車，望望小剛：「你是小剛。」

小剛還沒來得及回答，阿雄立刻說：「我是阿雄啦，是小剛的朋友，今天來送鳥。」引得育仁、婷芸哈哈大笑。

「沒想到你約我去淡水玩，還帶了這麼可愛的小朋友。」吳婷芸開心地說。

「帶妳來參加一個莊嚴的放鳥儀式。」育仁嚴肅地說。

婷芸這才發現兩個孩子中間放著一個鳥籠。

「哇！這是什麼鳥？好大。」「海鷗。」小剛打量眼前這個跟他通過電話的女生，一定是哥的女朋友，長得很漂亮。他斯斯文文地吐出兩個字。

「是你們抓來的嗎？」婷芸又問。

「是我抓來的，今天來給小剛送信，現在要放牠回家。」阿雄說。

小剛發現阿雄見到漂亮女生，話特別多，這就是他常被阿珠「打」的原因。

婷芸覺得有趣：「送信帶一隻鳥？是小剛要的嗎？」

「這是他的習慣，我是跟他學的。」阿雄一本正經地說。

婷芸搞糊塗了：「小剛，你好厲害，用海鷗傳信，我只知道飛鴿傳信，是小說中描寫的情節，你居然用海鳥。是怎樣的傳法？」

「很厲害的，上次他用一隻海鷗拖著一只風箏，風箏是我幫他綁的，上面寫了他給他爸爸的信。海鷗帶著信會飛到他爸的大輪船，他爸就會收到。」阿雄搶話。

這件事育仁倒沒聽說過，問：「後來呢？」

「對。海鷗怎麼會認得小剛父親服務的大船呢？」婷芸追問。

「他爸一定收到了，還打電報問他後母。」阿雄搶話。

小剛抓抓頭，倒想聽聽阿雄怎麼編話。他一高興就亂說話的毛病跟他舅很像，這是他說的：「遺傳」。

「你怎麼知道？」婷芸問。

「這個大家都知道，小剛又被打，他的弟弟也被他後母的流氓男友打到生病住醫院。小剛還被冤枉送進警察局，小剛你說是不？我還騎單車載你，一起偷偷去看你弟。」

這種不光彩的事幹嘛拿來講，小剛狠狠地踩了他一腳。

「唉喲！」阿雄不識相地大叫：「沒關係啦，你哥不是外人，村裡人都說，你爸一定是知道了打電話來問，你後媽才把氣出在你身上。」

坐在前座的育仁、婷芸卻沉默了。

「其實，海鷗飛到岸邊沙灘上就把風箏甩了，張伯帶我去撿那只被海鳥咬得七零八碎的風箏，我氣得抓住那隻鳥想捏死牠。」小剛無奈地說。

阿雄一拍大腿：「原來是這樣，你沒告訴我，張伯叫你放的那隻海鳥，我還餵他吃小魚乾，獎勵牠出任務成功。」

「小剛，你抓到了替你送信的海鳥？你確認是牠？」育仁懷疑著。「有啊，哥，抓牠來時，我確認小傑把嚼的口香糖黏在牠頸子上，頸上的毛還揪在一起，我捉到沒黏口香糖的，就把牠關進鳥籠裡好好訓練，要不是張伯要我放牠走，我才不放呢。」

他說完，育仁、婷芸都笑了。

育仁搖頭：「真有你的。」

一路上說說笑笑，很快來到淡水，育仁把車停好，阿雄提著鳥籠。四人找到一處沙灘：「這裡好嗎？」育仁問。

小剛點頭。

「這裡是海港嗎？」阿雄問。

育仁點頭：「一百年前，這裡曾經停過西班牙人的戰艦，待會我帶你們去觀看一個名叫『紅毛城』的古蹟，這裡面有很多故事呢。」

海鷗似乎看到了牠熟悉的海洋，不停地鳴叫。

「該給牠自由了，牠已經等不及了。」婷芸說。

「牠叫的聲音很興奮。」小剛說。

「請大姐姐開籠子吧。」阿雄說。
婷芸輕輕拉開籠扣，海鷗縮著身子鑽出來，展開雙翅，慢慢飛向大海。
婷芸望著，緊緊握住育仁的手，眼中含淚：「牠好快活，牠急著回家。」
「阿雄，以後不要再抓鳥了，沒用啦。」小剛說。
「好啦，這樣的信差白餵食，不抓也好。」
四個人坐在沙灘上，海鷗早已飛離視線，微風中，海浪陣陣衝擊著海岸，幾隻海鳥漫步沙灘。冬日的陽光透過藍天白雲灑向大海，泛起一片金光。
育仁站起身：「走，帶你們去吃淡水街上的小吃。」
他順手扶起婷芸問：「妳說，帶他們先去哪條街？」
婷芸看看手錶，轉頭問阿雄：「你今晚住在小剛家嗎？」
阿雄連連搖頭：「不行，我最晚要搭六點的夜車，回到東港都半夜了。」
「你住這裡，明天再回去不行嗎？」育仁問。
「不行，明天早上十點，我要到碼頭收我的船，拿租金。」
「好的。」婷芸牽起阿雄的手：「我們就沿著淡水碼頭隨便吃些小吃，再去紅毛城玩玩，就回台北吃晚餐，去買點東西，送你到台北車站，不耽誤你的時間。」
阿雄看著空鳥籠，有點不好意思。
「把鳥籠先寄放在我家，下次你來再帶回去。」育仁說。
「好。」阿雄點頭。

淡水碼頭的小吃櫛比鱗次，「阿婆蛋」、「芋頭糕」、「烤大腸包小腸」、各種口味的冰淇淋，還有一些遊樂設施、特產店，吃的、用的、穿的、裝飾品、小玩意、林林總總。兩個男孩看得眼花撩亂。手中拿著吃食，眼睛四處觀望。

「哇！這裡什麼都有，好熱鬧。」阿雄咬著香腸，站在夾娃娃機前看遊客操控機器，夾住了卻半途就落下，一個、兩個、好幾個都投錢落空。

他把手中的零食遞給小剛：「我來試試。」

他從口袋掏出十元硬幣，投進機器，一隻手操縱鐵夾，左拐右拐，夾住一隻半尺大白絨毛的兔子，鐵夾夾住兔子的肚子，四平八穩地隨著鐵夾上升，慢慢地拉出玻璃櫃，落在櫃子外的籃子裡。

引來一陣歡呼。

周圍的客人叫叫鬧鬧：「哇！最大隻的，是店寶耶，沒人夾得住呀。」

「好神，這隻兔子價值五百元耶，好漂亮。」

「再夾，再夾。」有人鼓動。

阿雄又掏出十元，投進機器，鐵抓在玻璃櫃中四處遊蕩，周圍的觀眾開始出主意：

「抓那隻鴨子。」

「抓熊，我花了五十元都沒抓住。」

「抓老虎。」

「抓大象。」

在眾人七嘴八舌中，阿雄不慌不忙地夾出一隻大黃牛。再度引來一陣掌聲。

老闆從店裡走出來，嘴角雖掛著笑，卻很不友善地打量阿雄。

育仁向婷芸使個眼色說：「時間差不多了，不要讓別人等我們太久。」

阿雄正在興頭上，小剛抬頭看到老闆，趕緊低頭拉著阿雄跟育仁、婷芸離開人群，走向停車場。

在開往「紅毛城」的路上，育仁問阿雄：「你那艘小漁船用的老機器，平衡桿最難操縱是不是？」

「是，稍不平衡就會歪斜，老馬達就會出毛病。弄不好是會翻船的，我把平衡桿操穩，舵就穩了，怎樣航行都順風順水。」

「現在換了新馬達，你的駕駛盤就不必用老的平衡桿了。」小剛說。

「那當然。」阿雄說。

「你用操縱船上平衡桿的手法，夾玩偶很輕鬆啊。」「育仁哥，你好厲害，怎麼看得出來？」阿雄佩服。

「開玩笑，我哥是學電機工程的，他早看出來了。」小剛說。

「如果再給我一點時間，我會把櫃子裡的玩偶全部夾空。」阿雄得意地說。

「不可以。店主的小本生意，圖的就是不會操縱夾鉤的移移弄弄。碰巧夾住了，客人開心，事實上，就像賭錢一樣，十賭九輸。客人玩的是夾上又脫鉤的刺激，你這樣做，店主還以為你是來搗亂的，說不定他會暗中找人打你。」育仁嚴肅地說。

阿雄嚇得吐吐舌頭：「會這樣啊。」

「會的。我剛才發現店主看你的眼神很兇，不友善。」小剛說。

「出去玩，開心就好，不要逞一時之快，要懂得明哲保身。」育仁剛說完，阿雄立即大聲問：「什麼是明哲保身？」

「做事先想到安全，就不會受到傷害。」婷芸解說。

此時，車已開到紅毛城門口。

Chapter 17

新起點

四人買票進入，只見一個大庭園中有一座二層樓的紅磚建築。「紅毛城」現已成國家保護級的觀光勝地，進門到每一個廳樓都有解說碑，記述每間房間過去的用處，以及人文歷史。

兩個孩子對每一處的擺設都有興趣，隔著護欄繩，睜大眼睛不停地問：「紅毛城住著什麼樣的大富翁？客廳的沙發是用什麼布做的？好漂亮，是皮的嗎？」

「這是吃飯的地方嗎？」阿雄看看解說牌「餐廳」：「看桌上那些碗碟還有刀叉。有錢人家就是不一樣。」

兩個男孩像探寶一樣，參觀辦公室，會客室，臥房……最讓他倆不解又感到神祕的是關犯人的地牢、陽台跟庭院的大砲。

「這麼漂亮的大樓，我沒看到半根紅毛，怎麼叫紅毛城？」阿雄搖頭，很不以為然。

育仁看看還有時間，就對他倆說：「現在我們看第二遍，我說這城的故事給你們聽。」

兩個孩子現在能安下心來了解這城的歷史了。

「紅毛城，古時稱安東尼堡，最早建城是在一六二八年，西班牙人由基隆侵略淡水。

當時我們國家是在明朝。明朝是什麼朝代，你們讀歷史就會明白，中國幾千年的歷史，經歷不同的朝代，明朝滅亡換成清朝，而現在我們是中華民國，紅毛城是距今四百年前，明朝末年的事，那時候國勢衰弱，西班牙人的海軍力量強大，他們侵占台灣，把這裡當成他們的殖民地，並在這裡建築此城，設下大砲等軍事武力，以保他們的安全及所得利益。」

「什麼是殖民地？」小剛問。

「台灣是我們的領土，國家弱時，被強國侵占，我們無力抵抗，這強國就把霸占的土地當成他們自己的土地，實際上並沒有主權，就像強占房屋卻不付房租，國際法規稱它為殖民地，霸占者卻任意搜刮當地的財富，徵收重稅。人民沒有國家保護，很無奈。」

「明朝就不管了嗎？皇帝是要保護人民的。」小剛又問。

婷芸接口：「明朝派海軍來保護台灣，軍隊節節敗退，損傷慘重，再加上內部四處戰亂，自顧不暇。明朝的氣數已到絕處。」

「氣數是什麼？是颳颱風下大雨嗎？」阿雄問。

「朝廷腐敗，要滅亡了，就像病得呼不出氣來，就拿氣數盡了來形容。」婷芸耐心地解釋，又說：「此時，滿族崛起，把明朝滅亡，另立新朝代，就是滿清。」

「滿清後來被國父孫中山先生推翻，建立了中華民國。」小剛從書本上得知這段歷史，而且剛考過，馬上現學現賣。

「那跟紅毛城有什麼關係？」阿雄問。

育仁笑笑：「這一跳就過了兩百年，咱們回到主題。」

「這些海上強盜把台灣當成一塊肥肉，西班牙人在一六二九年建立此城，訂名為『滬尾城』；而另一個海上強盜是荷蘭人，在一六四四年趕走西班牙人，強占此城，訂名為『安東尼城堡』，因為荷蘭人全身的汗毛泛紅，故當時被我們的同胞稱為紅毛城。」

「哦，原來是這樣。」兩個孩子同時叫了一聲。

「現在談到清朝，清朝出了一位了不起的明君——康熙皇帝，台灣終於在此時，被他趕走荷蘭人，收入中國版圖。」育仁說到這裡，兩個孩子高興地鼓掌。

「台灣在滿清時代，雖然被歸入版圖，並沒有把這個紅毛城重用。它終因年久失修，遭到長期荒廢。」

育仁走到樹蔭下，讓孩子跟他一起坐在草坪上，指著台前的鐵砲說：「這是一七二四年，清朝雍正二年所建，那時的清朝是最強盛的時代，此地為抵禦外敵，建立強大的海防部隊。經歷了乾隆、嘉慶等皇帝，清朝國勢日衰，清末英法聯軍之役後，淡水開港，一八六七年，英國人租借紅毛城為英國領事館使用，建立起今天你們看到的設備。」

「那麼，現在呢？」小剛問。

「現在是屬於我們的版圖。」育仁說。

小剛輕輕嘆口氣：「我有點搞不懂，我爸現在工作的輪船是英國的，他是在為英國人做事，難道在臺灣找不到工作？」

「你爸愛賺外國錢，都不顧你了。」阿雄受了剛才育仁哥講的外國人強占紅毛城的影響，連帶對小剛的父親也有些不屑。

「能被外國的一級航輪聘僱，要有最優秀的專門技術，不是一般人想進去就進得了的。臺灣很多優秀的技術人才，為了理想抱負，跟小剛的父親一樣，在國外機構工作，無法照顧家了。但也有舉家定居國外的。」育仁向兩個孩子解釋。

像是撩起小剛的心事，他低下頭用小石子胡亂地畫著。

婷芸站起身：「走，開車到台北轉轉。」

這才再度提起孩子的興趣。

來到台北，婷芸帶他們逛百貨公司。

兩個大男孩進了百貨公司像進了大觀園。處處透著驚喜，育仁指著一樓餐飲部同他倆說：「你倆隨處參觀，我跟吳婷芸要到樓上買幾本參考書，二十分鐘後，你們選好想吃的東西，並找好位子，坐著等我們。」

小剛很機靈地看到一家賣鐘的櫃臺點點頭：「好的，我們不會迷路。」

兩人離開大人，像脫韁小馬，不受拘束，四處觀望。跟著購物人群上電梯，下電梯。

阿雄對賣衣服的櫃台很感興趣，來來回回四處觀望。小剛不耐煩地說：「我搭電梯來回兩趟，你還在看衣服，而且還是看女裝，沒有一件阿珠能穿的啦，她那麼胖。」

「噓，小聲點。」阿雄把他拉到一邊：「衣服是好看啦。你看，這邊、那邊，賣衣服的櫃台前都有木頭人，都穿得那麼漂亮，你盯著她看，她也盯著你看，會不會有靈附體？」

「亂講，那是做廣告啦，你看，男裝部、女裝部、兒童部，是不是都不一樣？」

經過小剛指點，阿雄才回過神來：「難怪，我想給阿珠買件衣服，木頭人卻都那麼瘦，根本買不到啦，怪不得我。」

小剛忍不住「噗哧」笑出聲來，拉著他又去搭電梯。

兩人在電梯的升降中感受坐雲霄飛車的樂趣。玩夠了，時間也差不多了，兩人到餐飲部找到四個人的桌椅，開始休息。

「坐電梯很過癮，管電梯的小姐看著我會笑，還彎腰鞠躬。」阿雄說。

「對呀。我搭電梯，想到的是育仁哥學的是電機工程，和電梯一定有關，是很深奧的學問。」

「你上上下下地搭了好幾回，電梯小姐沒罵你哦？」阿雄又問。

「她又不是阿珠。」小剛心思還在電梯的升降上。

「你們很守時。都看了些什麼？」育仁走過來問。

「沒有啦，阿雄一直在女裝部替阿珠找衣服，他說站在櫃臺前的木頭人都是漂亮的女鬼，會抓魂的，害他找不到阿珠能穿的衣服。」

「是啊，像真的一樣。我看她，她也看我，後來小剛帶我乘電梯，電梯小姐也很美麗，也對我笑，還說謝謝。」阿雄高興地說。

「你那麼愛木頭人，當心她有魂魄，跟你去東港。」小剛逗他。

「沒關係，阿珠很胖，叫起來連鬼都怕，她是我的護法大金剛。」阿雄說完，自己也不好意思，縮頸笑笑：「她聽到，我就慘了。」

逗得婷芸笑得拍手說：「走，到那邊，吃麥當勞，炸雞。」

四人吃得很盡興，吃完，婷芸同阿雄說：「今天你送給我一份最珍貴的禮物，是讓我把海鷗放生，我好感動，現在也讓我送你一份禮物，你一定要收下，不可以拒絕。」

「那不算放生，我常常抓，也常常放。我今天很開心，看到小剛這麼好，就滿足了。」

育仁牽住阿雄的手：「走，聽我和吳姐姐的話，見到小剛有你這樣的朋友，我們才最開心。」

一行人到鞋櫃處，替阿雄選了一雙和小剛同樣牌子的球鞋。

「我穿不著，我在船上都穿膠鞋。」阿雄推託。

「你要穿，下次來台北穿給我看。」小剛鼓勵。

「那我現在就穿給你看。」阿雄有點靦腆，卻仍換上了球鞋。

「很好，跟我到這邊來。」婷芸催促。

來到男裝部，婷芸選了一件風衣外套。

「穿上，試試。」

「太好了，我穿不上。」阿雄僵持著不穿。

「穿上，孩子，這件風衣裡子是毛料的，有鈕釦可以取下，外面是能擋風遮雨的帆布料，很適合你工作用。」婷芸堅持。

「你的船換了馬達，行駛一定加快。你捕魚不能受風寒，我們等你抓大魚來加餐，你凍著就沒力氣抓魚了。」育仁幫腔。

店員小姐也在一旁遊說，大家你一言我一語，阿雄只得收下。

出了百貨公司，育仁開車說：「要到火車站送阿雄回東港了，再晚怕買不到票了。」

在車站，育仁替阿雄買了車票，沒有誤點，隨即送阿雄進驗票口，婷芸遞給阿雄一個大提袋，匆忙中阿雄收下。火車進站了，他揮揮手，小剛望著他笑，他也笑，那是兩人做對事時最開心的笑。

火車啟動了，快速向南行。他坐在椅子上，打開提袋，有三件漂亮的毛衣外套，一袋香腸臘肉，兩盒甜點。他啟開信：

「阿雄：三件毛衣外套很鬆軟，是給你母親，弟弟跟你的女友。一些零食帶給你的家人。不要不好意思，看到你才知道小剛過去交到你這樣的朋友，生活才不致孤獨，你也是我們的弟弟，要常來往哦。愛你的大哥哥育仁、大姐姐婷芸。」

他收下信，低頭看了看腳上的新鞋，脫下，換回舊膠鞋，包好，收進裝風衣的袋子，告訴自己：「回家和家人一起穿，這樣才會安心。」

火車往南疾駛，他望著車外，天色已暗，遠遠的天邊，閃爍著一顆寒星。

Chapter 18

不一樣的新年

還有三天就過舊曆年了。小剛學校也結束了課業補習，開始放假，等過完年初五註冊，五年級下學期便正式開始。

小剛陪著高媽媽到菜市場辦年貨，很內行地挑選時令青菜，對魚、蝦、蟹，他也選得很地道。高媽媽好奇地問：「你很會挑選耶，是阿雄教你的嗎？」

小剛搖頭：「阿雄會把新抓到的鮮貨挑一些給我，我知道伯伯愛吃什麼，就叫阿雄留下，也不是常常有啦，他要賣錢，張伯伯給他錢，他又不收，我只好拔菜園的菜送給他。」

「伯伯平常怎麼吃魚蝦？」高媽媽問。

「噢，伯伯有高血壓，太油膩的他偶爾吃兩口沒關係，可是他很愛吃油膩的菜，什麼紅燒肉，炸魚，螃蟹清蒸他說不夠香，要用麻辣炒才夠味，我只要帶了魚，蝦，就清蒸給他吃，他說好吃。」

「是這樣啊。」高媽媽為難地說：「怪不得他吃不慣我特地為他做的菜，我也知道他不能吃油膩，按醫院醫生給他開的菜單，給他另外做，他皺著眉頭，說給我添麻煩，卻吃得不香，我也做些葷菜，他又客氣，顧忌醫生的叮囑，看著又不好意思動筷子，真難為了他，小剛，你看，他堅持回東港要自己過，連年都不肯跟我們過，怕是回去自己開葷，隨心所欲地吃。」

「我也擔心呀，高媽媽，要不，我回東港陪他過年，我會煮他愛吃的菜，等過完年再想辦法把他請回來。」

「你張伯伯脾氣很拗，連你高伯伯都拿他沒辦法。」

「我知道。」小剛接過高媽媽手中的菜：「伯伯很愛我，我會照顧他，讓他開心。」

他提著大包小包，在菜市場的人叢中轉來擠去，小剛看到快要過年、家家辦年貨的情景，處處都是人潮、笑聲、吆喝聲。這兩天高家充滿了過年氣氛，家中請人大掃除，育仁哥寫春聯，家中常有人送年貨，他的心也跟著快樂起來，要不是昨天張伯伯堅持要回東港，他會感到更幸福。

走出菜市場，育仁哥在馬路邊的車子旁等他們，他接過菜，開車往回家的路行駛，同時跟媽媽說：「我買了素雞、鴨，還有低脂的健康油，明天我搭車到東港給伯伯送去。」

「學校的大廚房有冰箱，我特意給他包的素餃子，別忘了帶去。」高媽媽說。

「會的，伯伯除了妳包的素餃子，其他都不對他的胃口。」育仁說。

小剛不說話，他知道自己這趟回去，這些菜全不會帶上。

「哥，昨天高爸爸不是說要你這兩天去公司幫忙嗎？還有工廠的貨櫃明天要運往基隆碼頭，這些事是很重要的。」小剛說。

「沒關係，張伯伯的事是很重要。」育仁說。

「哥，我剛才跟高媽說好了，我去陪伯伯過年，我會煮清淡的菜給他吃，等開學了，我有辦法把他拉回台北。」小剛說。

育仁停頓了一下，望著母親說：「嗯，看來只有小剛請得動伯伯。小剛，看你的了。」

小剛得意地點點頭：「回家之後，我收拾一下，就回東港，讓伯伯驚喜一下。」

「我送你。」育仁說。

「不必，我自己會搭車，我給阿雄的搭車路線還有一張在我這裡。」

「真的可以嗎？」育仁問。

「哥，你把我送到火車站就趕快去公司吧，高爸很忙的，不能耽擱。」

育仁嘆口氣：「這孩子真懂事。」

高媽媽沒說話，打心底明白，張志遠疼惜這孩子不是沒道理的。

回到家，果然公司的運輸部門外銷貨櫃調度上有點問題，育仁必須趕去處理，小剛很篤定地說：「哥，你把我送到火車站，我負責年初五跟伯伯一起回來，我什麼也不帶，等伯伯回來吃。」

「好吧。」高媽媽塞給小剛一個裝著壓歲錢的紅包。小剛提起一個旅行袋，塞進幾本準備溫習的課本，幾件換洗的衣物，讓育仁哥把他送上火車，便開展他單獨回東港的歸程。

現在是早上十點，估計下午會到達東港。坐在火車上，他望著窗外，想到來時的情景，張伯伯跟他對坐著，那時他不知道往後會怎樣，想著大不了再回東港跟阿雄上船。

到了台北，進了高家已三個月，誠如阿雄說的，小剛彷彿從地獄來到天堂。他阿舅會看相，早就跟他說，小剛生來是將軍相，將來會像薛平貴一樣出將入相，將來發達了，買條大船給他營生沒問題。他托著腮，看著窗外不斷變換的風景。想來阿雄是迷上歌仔戲了，現在過年，不知道東隆宮會不會請歌仔戲來酬神？回去就知道了。

小傑呢？小剛想，過去在學校，他下課就來找我，現在我不在了，他會受欺負嗎？如果後媽仍然不安分，亂交男朋友，他一定沒好日子過，身體那麼羸弱，這次回去一定要去看看他。

他拿出課本來複習，把背包墊在膝蓋上開始寫講義上的課題，寫累了，便拿出畫冊隨意塗鴉。翻看過去畫的海景，魚，船，海浪，鳥。每頁都有一個搖鈴，是他的標記。正出神，一聲「便當，便當」把他喚醒。火車停站，到臺中了。賣便當的小販在站台衝著車窗不斷叫賣，他買了一個排骨便當，大口咬了一口排骨，慢慢咀嚼，很香。想著不知阿雄搭車時會不會捨得買個便當吃，他大口扒飯，車子在開動中他已歸心似箭。窗外，浮雲隨風移動，遠處夕陽閃著金光，讓他想到在漁船甲板上跟阿雄看日落的情景，大海的夕陽和雲中透出的彩霞很不一樣，他望著，忘了口中的滋味。

車到林邊站，他下車，轉搭只有兩節車廂的小火車。他輕快地跳上車，鐵道邊的路燈亮了。他坐定，發現車廂擠滿了人，旅客怎麼那麼多？都提著大包小包的東西，且大聲小聲開心地聊天。啊，他懂了，都是回家鄉趕過年的。他的心又熱了起來。

終於到了東港站，他跳下車，過剪票口，在月台看看高掛的大鐘，六點整。

從月台到學校走五分鐘就到，他加快腳步，走進校門，再轉進宿舍，遠遠就聞到熟悉的紅燒豬蹄的香味。

整個校園，只有伯伯屋裡的燈是亮的，他站在門口，看到伯伯敞開門，正在用小碳爐煮好吃的東西。

「伯伯，你在煮紅燒蹄膀。」小剛大聲說。

志遠抬起頭看到小剛，高興地拍了一下巴掌：「正想著你呢，你就來了。」

小剛跳著跨進門檻，把背包放在小床上，鼻子聞了聞：「好香啊！」

志遠從茶壺倒了一杯茶：「渴了吧，快喝。」

小剛接過，一口氣喝完。

志遠坐在他對面，滿臉笑容：「餓了吧。」

小剛搖頭：「還好，我在車上買了一個便當吃了。」

「那也是中午的事，來，我這裡有饅頭，紅燒肉也熟了，你先墊墊肚子。」

小剛又搖頭：「伯伯，真的還不餓。你餓了嗎？」

「還好，你來我就餓了。」

小剛看到桌上有一瓶酒，一盤花生米，知道是伯伯的老習慣——喝酒配花生米。他想起，高媽媽不准伯伯這樣的喝法，說伯伯血壓高，常常這樣喝會過量。他不敢說什麼，心裡明白，伯伯很寂寞。

志遠拿起酒杯抿了一口：「是高伯伯叫你回來的？」

「不是，是我自己想要回來。」小剛說。

志遠點點頭：「今天是除夕，你不回家祭祖？」

小剛搖頭，志遠這才發現這幾年的除夕夜，他都跟著阿雄四處遛達，他後母根本就不讓他在家守歲。志遠怕他傷感便說：「就住我這兒。」

「本來就是。」小剛理所當然地說。說罷，打開手提袋把一套舊衣褲換上說：「伯伯，你門口鐵桶裡的小鯽魚，是拿來做蔥悶酥魚對不對？我幫你把魚殺洗乾淨，今晚我們在大廚房用鍋灶做起來比較快又好吃。」

「好哇！這魚是阿雄下午送來的，他說會再給我送蔥來，到現在還沒見到他的身影。」

「要不我騎單車去他家拿。」小剛說。

「再等等，除夕家家都祭祖拜拜。趁著過年，家家都要買些海鮮魚貨，他也能多賺些錢，只是忙得沒日沒夜，還特意替我送來這些淡水魚，夠用心的了。」志遠說。

小剛點頭，他出海抓的是海魚，鯽魚是淡水魚，他用海魚換的，夠意思。

他提起水桶走進大廚房，把魚倒進水槽，熟練地拿起大剪刀，刮鱗剪鰭，剖腹去鰓。隨著嘩啦啦的自來水把魚沖洗得乾乾淨淨，他洗著，聽到伯伯隨著收音機哼唱著平劇，他知道，伯伯很開心。

伯伯開心，他的心情也快樂起來，把魚洗好放進鋁盆裡，抓把鹽把魚醃好，應該放些酒，廚房裡什麼都有，他熟練地從櫃子上拿起一瓶米酒倒進鋁盆，端起盆晃了幾下，「嗯，味道應該都滲進魚裡面了。」他嘀咕了幾句，不自覺地哼唱阿雄常唸唱的臺灣童謠：「天黑黑，欲落雨，鯽仔魚，欲娶某，龜擔燈，蝦打鼓。」

「鈴鈴鈴鈴！」一陣急促的車鈴聲把他的歌聲打斷。接著就是阿雄且沙啞含糊不清的叫聲：「伯伯，對不住，我來晚了。」

小剛急忙趕出，發現阿雄放好單車，雙手各提一只尼龍袋，嘴上咬著一只網袋，看到小剛：「啊！」了一聲，網袋掉落，袋裡的東西在地上扭動滑到一邊。

「你。」

兩人同時喊出。

志遠走出，見到兩人笑著說：「小剛剛到，我也沒想到。」

阿雄點點頭：「算你有良心。」

他把一籃蔥丟在地上，從另一只尼龍袋取出一個鋁鍋：「伯伯，我媽剛做好的蘿蔔糕，還是熱的，送給你吃。」

志遠接過，見地上扭動的網袋還沒說話，阿雄便一把提起：「這是大鰻。小剛，你會煮鰻魚湯嗎？很簡單，用老薑加酒放一些鹽，我媽說，可以去風寒，很補的。」

小剛接過網袋，心頭熱熱的：「阿雄，真有你的。」

「好啦。有你在，我就放心了，這蔥是我到你家，翻牆進入你種的菜園拔的，比菜市場賣的好，看看夠不夠。」

小剛蹲下抓起幾根：「長得很好，你拔了這麼多。」

「菜園沒人管，雜亂得很，我沒事就在牆外看，蔥長得四處都是，我拔了一整袋，是長在園邊邊上的。」阿雄搖搖頭：「這麼好的地，雜雜亂亂的很可惜。」隨即搔搔頭說：「我要趕快回家，祭祖先，拜神明。對了，大廟口連夜搭台演歌仔戲，你要有空，咱們到那兒看戲守歲，我等你喔。」

說完，在小剛肩上打一拳，跨上單車搖搖車鈴揚長而去。

小剛拎起蔥和鰻魚同伯伯說：「這些我都會做，您去休息，大廚房什麼都有，兩個火灶呢。我加了煤炭一會兒就好了。」

志遠點點頭：「好吧。咱們也像個過年的樣子，我到街上買串鞭炮，迎迎祖先，求個吉利。」

小剛點頭：「阿雄常做鰻魚湯，我很會的，我馬上把鯽魚炸酥，用中火，炸得骨頭酥了，放進煮飯的鋼鍋，一把蔥、兩片薑，把魚平放，倒醬油，糖，醋，一些鹽，再放蔥，這樣一層層，碳火不能太猛，用煨的，伯伯你教我的，我也做過，包準讓您滿意。」

「蔥可以多放些，蔥燜鯽魚吃的就是蔥香。」

小剛點點頭：「這蔥再不吃，葉子變黃就不香了。」

志遠不由得笑笑：「好，我去街上轉轉。」把尼龍袋吊在車把上：「我這就去。」

小剛走進廚房，熟練地把鰻魚丟進水槽，拿起菜刀三下五除二，把鰻魚切成寸塊，去掉頭，清掉腸鰓，把鍋加上水，碳火燒旺，想到跟阿雄抓到鰻魚，在河邊用石頭砌成土灶，架上鋁鍋，撿些稻草枯木，水開加薑放鰻魚，放點鹽，這些阿雄隨身都帶著，吃起來「夾夾叫」真夠味。

還是碳火猛，水滾了，他把鰻魚放進，放薑，放鹽，加點酒，加酒是伯伯的講究，當然會更美味。他開心地蓋好鍋蓋，很滿意，開始洗蔥。邊洗邊唱：「鯽仔魚，欲娶某，龜擔燈，蝦打鼓。水蛙扛轎大腹肚，田螺夯旗較艱苦。」（臺灣民謠）

鰻魚鍋湯開了，他立刻用濕麻布放在鍋耳，端到切菜板旁的石台上，用勺舀點湯嚐嚐，很棒，又滿意地舀塊鰻魚吃，很嫩呢。不能煮太久，魚肉老了就不好吃了，營養也會流失，阿雄這小子吃魚比我有經驗。

碳火不能閒著，他放上炒菜鍋，倒了半鍋油，油熱，把醃好的鯽魚倒入，發出炸魚的「吱吱」聲，他很滿意，搓搓手自言自語：「大廚房就是這點好，老師平日開伙，在這煮飯菜，人多，什麼份量都是大的，材料很豐富。」

說著，一邊用鐵鏟翻動魚身，見魚兩面透黃，趕緊用鐵夾把灶中的碳抽出改成中火，再迅速用大湯鍋把洗好的蔥薑鋪好，放在爐子上，把魚用大勺撈起，放一層，再放蔥、薑、鹽、酒、糖、醋等，他很小心地按規定放好，把油鍋放到另一個空架子上，用碳爐的小火開始煨魚，自己坐在爐邊的小板凳上，心中充滿了成就感。

遠處傳來鞭炮聲，他想到弟弟小傑，那一年，爸爸回家過年，弟弟不到一歲，除夕，爸爸在客廳祭祖，桌上擺滿了供品，點著紅蠟燭，爸爸很虔誠地捻香跪拜，然後叫他跪及磕頭，同他說：「小剛，你是孫家長子，記住，孫家的香火，你要從我這傳承下去，孫家歷代都是書香門第，忠厚傳家。你一定要秉承祖訓，用功讀書，做一個好兒孫。」

他跪著，磕頭。爸爸就在身旁，他覺得好幸福。

爸爸讓他到院中點燃一長串鞭炮，霹霹啪啪響了好一陣，弟弟嚇得大哭起來，後媽抱起弟弟連哄帶罵：「不哭不哭。故意要嚇弟弟嗎？竹炮炸進眼裡，當心瞎了眼。」

爸爸拿起一把長炮竹，牽著他的手：「男孩子怎麼那麼膽小，小剛不到一歲，我就抱著他放鞭炮，他笑得『咯咯』的，這才是男兒本色。」

爸爸帶他走到院中涼亭，把長長的炮竹攤在石桌上，點燃一支，向空中拋去，變成一個美麗的七彩圖案，他拍手歡呼，爸爸叫他跟著拿炮竹點燃，「碰」的一聲，火花向天空散去，一個、兩個……無數個。爸爸跟他說：「這是煙火，很美是不？他在船上，沒辦法回家過年，就用煙火拋向空中，許下心願。」

爸爸果真從那以後就沒再回家過年，家也不再祭拜祖先，這兩年過年，家裡進進出出的男男女女都是後媽的朋友，總是吃喝、打牌，唱機很大聲地播出各種歌曲，還聽見下流的粗話，粗啞的吼唱或尖叫聲。弟弟總是躲在樓下他的臥房，兩人很無聊，他會帶他去廟口跟阿雄會合，三人一起看歌仔戲。如果小傑不喜歡，他會靠著他睡覺，要是沒辦法，就把他送回家，讓他睡在自己床上，阿雄則會單獨帶他去他的小漁船，划到海上聊天。他總是說：「阿珠會跟我媽他們看戲就好，那幾齣戲我都會背了。小剛，做一個男子漢，要有理想，我舅說，除夕夜在海上許願會很靈，咱倆就有恆心地求下去。」

去年是這樣過的，今年呢？小傑身邊沒有我，會更孤單嗎？家裡一定還是亂糟糟的。

「鈴鈴！」他聽到了鈴聲，是伯伯回來了。他站起身，聞到蔥悶鯽魚的香氣。

志遠的尼龍袋裝得滿滿的，小剛接過袋子，發現還有春聯。

志遠笑著：「咱們今年要過個像樣的年。」

果真是過年，志遠貼春聯，掛「福」字，把書桌移到窗前，擺上供品，點上紅燭，還立上祖宗牌位。一切弄好，他捻香跪拜，小剛無言，跟著跪在他身旁，志遠微微一愣，小剛說：「我是你的義子，當然要跪拜。」

志遠站起身，把香插進香爐，又點燃三支香給小剛。

小剛接過，祭拜、插香入爐，向牌位連磕三個頭。

「去放鞭炮，迎祖先來過年，到了夜裡十二點還要請祖先吃午夜飯，我買了祖宗要用的金元寶、紙錢，到時咱倆一起燒給他們。」

小剛點頭，拿起鞭炮。走到門外，點燃，拋向空中。火花，伴著炮聲，衝散校園裡的寂靜。他想，遠在海外的父親，是否也用煙火寄上他的祝福。

兩人圍坐在飯桌旁吃年夜飯，桌上有紅燒肉，蔥悶魚，鰻魚湯，蘿蔔糕，辣泡菜，花生米，饅頭。志遠滿意地大口喝酒，高興地說：「這才像過年，這就是我要過的日子。」

又喝了一口酒，搖搖手：「你那個高伯伯沒有我快樂，太太管得太多，這不能吃，那不能喝，做的菜沒滋味。高伯伯能忍，我不行，小剛，就拿這酥魚，要香、酥、脆，還要鹹、甜，帶些酸，你做得很好，得到我的真傳。嗯，好吃。」志遠大口吃了一尾，嚼得很香。

「在台北，這些都不准我吃，小剛，我哪過得慣啊。」

小剛也吃得很開心，心裡卻想到高媽媽的叮嚀：「注意張伯伯的飲食，醫生叫他不能吃重口味，他的血壓、心臟都有毛病，要節制。」

可是，今夜，伯伯難得高興，他不忍阻止。

窗外，遠遠地傳來炮竹聲。志遠有些醉了，望著供桌上的祖先牌位，笑著說：「回不了家鄉，能有這樣的兒子陪我過年，我滿足呀。這孩子今天陪我吃團圓飯，老祖宗保佑他成器，不要像我窩窩囊囊的一輩字。」

「沒問題，小剛將來是大將軍的命，我阿舅會看相，說小剛將來會賺大錢，會給我買一艘大漁船，我也賺大錢。」阿雄突然跑進來大聲說。

「你怎麼來了？」小剛問。

「我來一下，馬上就走，不要忘了，十二點，歌仔戲唱「接財神」，廟祝會在台上撒糖，要去接接財，接好運。」

「我知道，每年不是都這樣。」小剛說。

「今年不一樣，你已經拜了伯伯的祖先，是正式的義子，要對祖先發願，等結了婚，生下兒子，第一個隨你姓孫，第二個要姓張，繼承伯伯家的香火，我媽媽特別叫我來提醒你。」

志遠雖然微醺，卻也清醒，連連搖手：「不行，不行，我沒那個意思。」

阿雄不理會，拖著小剛到供桌前跪下：「快，磕頭。」

小剛乖乖地連磕三個響頭。

「這就對啦。」阿雄拍拍手說。小剛坐回位子問：「伯伯，這樣可以嗎？」

志遠坐在床沿，伸出手，小剛立刻上前緊緊握住，志遠激動，眼中閃著淚光：「這樣就好，這樣就好。」話沒說完，便摟住小剛哭了起來。

小剛慌了，阿雄趕快到廚房擰了一個熱毛巾，要小剛替志遠擦臉，然後訕訕地說：「小剛，你將來的老婆，會像台北育仁哥哥的女朋友那麼美麗，我可沒那個命。」

志遠擦過臉，被阿雄的話逗笑了。小剛認真地說：「阿珠很好呀，幫你那麼多。」

「那個胖大顆，平日做什麼事都慢吞吞的，就是打我的時候比我跑得還要快，我是沒辦法逃離她的肥粗腿。」

他說完，自己也笑了，伯伯、小剛也笑。阿雄歪歪頭，認真地看著小剛：「拜託，等會在廟口見到她，不要告我說她胖大顆，她會打我，要是過年挨打，一整年都會被她打。」說完又調侃自己：「我的肉都長在她身上。」

志遠的酒意清醒了許多，他把燃了一半的蠟燭重新換根新的，又點燃三炷香。阿雄才想起：「對了，小傑有拿東西給你。」說著，從口袋裡掏出一支鋼筆。

小剛接過，知道是爸爸寄來的過年禮物：「你見到他了？」

「剛才去拔蔥，你的房間是黑的，沒有亮燈，現在，知道你回來了，我想，他一定很想念你，剛才來的時候，繞道去看看，我爬牆進去，哇！你家好熱鬧，跟往年沒差，你房間的燈亮著，我走過去，見小傑躺在你床上發呆，我跟他說起你，他很高興，叫我把你爸送給你的筆帶給你，並說晚上在廟口見。」

小剛點頭。

阿雄走後，小剛把筆收好，見伯伯有些睡意，知道伯伯平日有早睡的習慣，今晚又喝了酒，就同他說：「伯伯，你睡一下吧，到十二點我會叫你。」

「好。」志遠邊說邊倒進床上。

小剛替他蓋好被子，在他床邊的茶几上把保溫杯添上溫開水，這是伯伯的習慣，他睡醒，習慣要喝水。

他坐在椅子上，環顧四周，燈光，燭光，門前倒貼的「福」字，門柱兩邊也貼上了春聯，小小的斗室，閃著淡淡的紅光，顯得格外溫暖，過去兩年，他跟阿雄也到伯伯家守歲，吃肉，吃魚，但沒見到供桌、紅春聯，冷冷的。倒是阿雄家，很熱鬧，鞭炮、供桌，到處貼紅字，什麼「福」、「滿」、「財多」、「壽比南山」、「好運旺旺來」。小小的屋院充滿了菜香，笑聲，跑來跑去的打鬧聲，過年的氣氛很濃厚。那是阿雄的家，不富裕，卻快樂，他很羨慕，今天，他突然也有這種感覺，好溫暖。

伯伯發出輕微的打鼾聲。他望望屋外，一輪明月晴朗朗地掛在天空，他披上外套，朝著校園走去。

校園很寧靜，月光下一片銀光，只有鞦韆架、溜滑梯這些運動器材在月光下映出倒影，他攀上單槓，坐在上面，望著圍牆邊的那棵大榕樹，想起自己餓著肚子沒法吃餿掉的便當，是伯伯發現他的委屈，他在操場為了弟弟跟同學打架，夜風吹拂在臉上，他抬頭，看著在月旁游動的雲彩，在這裡，跟小傑一起放風箏，到海邊抓海鷗繫信箋。想到這裡，他翻身跳下單槓，走向教室的走廊，站在他常罰站的教室外，看到不遠處校門口旁的大鳳凰樹，樹下掛著銅鐘，伯伯用鐘聲指揮全校師生的作息，除了他，沒人能解開掛鐘的繩索，伯伯因此稱讚他聰明。搔搔耳朵，他有些得意，索性坐在教室門口。這熟悉的地方，而今說不出是什麼滋味，他似乎在跟自己發誓，有一天他再站在這裡，一定要讓大家刮目相看。

遠處，傳來零零落落的炮竹聲。是孩童在嬉樂，開心地放鞭炮，過新年呀。他站起身，慢慢踱回宿舍。

伯伯睡得正甜。他卻了無睡意，取出鋼筆，拿出簿子開始畫心中的圖騰。

畫阿雄嘴裡叼著網袋，鰻魚扭動的樣子。畫他耕種的菜園已是雜草叢生的地方。

畫一個孩童在放風箏，是小傑。

斷斷續續的炮竹聲，傳入耳際，他看看牆上的掛鐘，十一點半了。他收好畫簿，走進廚房，把碳爐的小火搧旺，又加上煤塊，放上鍋子，加進水，從冰箱取出包好的水餃，等水開了，下水餃，這是伯伯平日沒事就包好的水餃，放進冰庫。他過去常跟他下水餃吃，今晚做這事，他很習慣。

煮好水餃，盛進兩個大瓷盤裡，一盤放在供桌上，一盤放在小飯桌上。伯伯醒了：

「唔，你都煮好了。」

「您睡醒了？快十二點了。」小剛說。

「對，該祭祖了。」起身到供桌前重新換香燭，也添酒，放供果。

從桌邊提起準備好的提袋到屋外，事先擺好了舊鐵鍋，把冥紙點燃，先放一串鞭炮，口中唸著：「祖先請來過除夕。」

小剛隨後把金銀冥紙燒得火旺，鞭炮點燃隨著響聲拋向空中。

兩人正在吃水餃時，阿雄來了，身後還跟著小傑。

「哥。」小傑叫了一聲，撲到小剛身上，不敢哭，頭埋進小剛懷裡。

小剛心頭一熱，拍拍弟弟肩膀，直覺小肩膀瘦骨聳起：「來，吃水餃。」

「呷元寶，會發財。」阿雄笑嘻嘻地說。

「快來，一起吃水餃。」伯伯站起身，阿雄立刻走向屋外：「伯伯，我去廚房拿碗筷。」說著就跑了出去。

除夕的團圓飯圍坐了四個人。小傑吃得很開心。阿雄給自己找理由：「吃過家裡的，不放心小傑才趕過來，給伯伯拜年。」

志遠高興，分別給了他們壓歲錢。

志遠扭開收音機，播放平劇，對三個孩子說：「去大廟口看戲，接財神撒的喜糖，開心地去玩吧。」

炮竹聲不斷傳進校園。

小剛騎著伯伯的單車載著小傑，阿雄騎著自己的單車跟他並行，騎出校門，阿雄忍不住問：「小傑，你沒吃晚飯喲？」

「他們從昨天打牌一直打到今天，阿標買了很多東西，他們吃吃喝喝，根本沒有叫我到樓上去吃東西。」

「你不會自己上樓拿東西吃。」阿雄說。

「我去拿，阿標就怪叫說，美女美女，妳討債的兒子來啦。錢拿來，錢拿來，妳穩輸。」小傑委屈地說。

「美女？誰是美女？」小剛不悅地問。

「當然是你的那個後媽，現在男人騙女人都這麼喊，豬八戒都是美女。」阿雄說。

小剛不屑地從鼻孔「哼」了一聲：「樓下廚房有冰箱，你自己煮東西吃會嗎？」

「冰箱裡有大塊的生豬肉，啤酒，阿標買的大包小包的檳榔，和一些雜七雜八的東西。打開冰箱一股怪味衝出來，我聞到就想吐。」小傑說。

「那你總不能餓肚子呀。」小剛生氣地說。

「媽媽平日不是這樣的，只是一打牌就不顧我了，有家教老師陪我吃飯做功課，現在放寒假，過年這幾天，阿標帶朋友來，他們天天打牌，好像媽媽常輸，就更顧不得我了，昨天有拿幾個麵包，但是我不想吃。」

「我記得過去媽媽常會給你零用錢，你可以到巷口那家麵館去吃麵呀。」小剛說。

「有啦。媽媽會煮飯給我吃，只是這兩天沒有，我不想出去。」

「那也不能餓肚子。」小剛說。

小傑停了好一會兒才說：「有客人來家裡，媽媽叫我不能離開屋子，我不敢離開。」

「為什麼？」阿雄問。

「我不知道。」小傑說：「我媽說年初二她會跟朋友去旅遊，好像是去兩天，你們可以來家裡玩。我媽說，不能讓任何人來家裡，看到不認識的人就打電話報警。」

小剛重重地踏著腳踏板。這還要問嗎？他後媽在防賊。

「幹嘛那麼乖，你又不是看門狗，等你媽不在，我跟你哥去你家煮東西給你吃，或是你乾脆把門鎖好，跟我們到海邊去烤肉，或是開我的漁船去捕魚。」阿雄開心地說。

小傑立刻回絕：「不行。我不能離開家，你們來我家吧，不要煮東西，買回來在家吃就好。」

阿雄不悅：「你在怕什麼。你不是很想哥哥嗎？那也是小剛的家耶。」

小傑立刻轉變話題：「是呀。我想哥哥，看到哥種的菜園都是雜草就很難過，也沒人來買長得肥肥的青菜，紅番茄好多，圓圓大大的爛在地上，白菜好大棵，都長出長長的梗，開出黃花，和雜草混雜在一起。」

「那我們去整理菜園，順便把能吃的菜拔回家。」阿雄說。

「去摘些能吃的青菜就好，整理菜園，被媽媽發現會罵我，我不想哥哥受連累。」

小剛聽了，突然發現才三個月沒見，小小的弟弟過去那份相依的親情陌生了，處處顧忌，親近他，又怕被後母發現會鬧事。看他保護自己，衡量得失到自私的地步，令他的心有些煩亂，但想到他能來找他，覺得他就是自己唯一的弟弟，又釋懷了。

「你出來沒被人發現？」小剛問。小傑還沒回答，阿雄就沒好氣地說：「小傑，我看你反正已經看到哥哥了，也吃飽了，還是趕緊回去吧，免得被發現跟我們在一起，又會挨你老母扁。」

小傑停了一會說：「這樣也好，要是他們出門兩、三天，哥，你會來家裡看我嗎？」

「如果是這樣，我會去看你，我在伯伯家等你。我會跟阿雄一起去。」

小傑聽了立刻笑出聲：「哥，你一定要來。」

騎到巷口，小剛停下，讓小傑獨自走回家，他遠遠地看著家中二樓燈火輝煌。弟弟回到他過去住的偏房，是怎樣的孤寂。

「走吧。過兩天等那幫人離開，我再去找你。」阿雄催促。

兩人默默地騎著單車往廟口趕。廟口的鑼鼓嗩吶聲，連串的鞭炮聲，都衝不進小剛寂寞的心房。

阿雄一家人隨著戲臺上小丑嘻笑跳鬧，樂成一片，小剛卻無心看戲，他向阿雄打了聲招呼，便掉轉頭，趕回學校宿舍，那裡有一盞燈，能溫暖他跟伯伯的心。

年初一，伯伯興致很好，換了一套新的中山裝，跟小剛說，他要會會他開餐館的老朋友，叫他跟阿雄四處玩玩，這次再回台北怕是要等明年才能回來。小剛心裡琢磨，自己勸伯伯跟他回台北，以伯伯的拗性子，怕是勸不動。要是有阿雄幫忙遊說，伯伯可能會接受，於是等伯伯一出門，小剛就跑去找阿雄。

到阿雄家，發現他在家前面院子撐起的竹竿上曬魚網，阿雄的媽媽拿著網線織補破了的網洞，見小剛來了笑著說：「恭喜發財，小剛，現在你是都市人了，不一樣了。」

「什麼都市人，阿雄比我幸福，有這樣的好媽媽。」

「恭喜發財哦。被小剛喊好媽媽，我媽會走好運，補好網、捕滿魚。」阿雄打趣地說。

「那是當然的，阿雄，去把醃好的菜頭（蘿蔔）拿給張伯伯。」

「不用了，他不能吃太鹹。」小剛說。

「拿去給你台北的高伯伯一家人吃呀。自家醃的比外面賣的好。過年送菜頭，會得好彩頭，你一定要接去。」阿雄的媽媽說。

「小剛，你一定要接受。這蘿蔔是從你家拿來的，我匆匆忙忙拔了三個都很大條，是你種的，比市場賣的好吃，既甜又脆，昨天用鹽醃，今天就夠味，不信我現在切一些給你吃吃看。」阿雄說。

小剛有些心動：「為什麼不多拔幾顆？」

「過兩天，我要好好地去清理菜園。」阿雄邊說邊搖頭：「那可是用你的血汗播種的好菜，這樣荒廢太可惜了。」

小剛點頭，莫名的憤怒襲上心頭。

阿雄放下工作，習慣地提著尼龍袋，裝些小魚乾跟小剛走到海灘。

晴朗的冬天，陽光灑滿海面，海風很涼，對生活在海岸的孩子而言，並不覺得寒冷，他倆望著在空中飛翔的海鷗、閒散地佇立在岸邊或漫步在沙灘上甩頭尋覓食物的海鳥，習慣性地把手中的小魚乾拋向空中，然後看著海鳥自空中，自碼頭，自沙灘飛逐搶食。過去這也是他們捉海鷗的方式之一，現在他倆卻有趣地觀望著。

兩人坐進阿雄的小漁船，阿雄啟航。「達達」的馬達聲，引領兩人開心地駛向大海。碧海藍天，銀色的浪花，飛濺在漁船四周。他們暢快地遊著，阿雄拉開嗓子唱：「眾仙會和，見面三杯酒，少年面紅。老的在撚嘴鬚，一陣（一群）姑娘真正優秀。來來來……」阿雄突然停下來。

「怎麼不唱了？」小剛問。

「才學會半句，其他不會了。」

兩人大笑，開足馬力，乘風破浪。

在海上遊了一陣，兩人回到岸上，隨意地躺在長堤上，阿雄雙手盤在腦後當枕，弓起左腿，右腿跨在左腿上，瞇著眼望向遠方的海浪：「小剛，我不想勸伯伯跟你去台北。」

「為什麼？」小剛坐在他身旁。

「有他在，你放假會回來呀。他跟你去了，這裡的工作換了別人，我們見面的時間就少了。」阿雄望著天空悶悶地說。

「台北離東港，坐火車一天就到，要見面隨時可以，阿雄你不了解，伯伯有高血壓，心臟也不好，他到台北有高伯伯可隨時帶他去醫院，用飲食、藥物控制，才會平安，在這裡他不會照顧自己，他固執起來是很任性的。」

阿雄淡淡一笑：「叫我去勸，我更沒辦法。」

「他會聽你的。昨晚要不是你叫我磕頭，他不會認我當他的乾兒子。」小剛說。

阿雄抖抖腿，停了半刻，起身坐好。

「坦白講，小剛，昨晚你沒想些事嗎？」

小剛沉默。

「我昨夜一夜沒睡，看到伯伯從沒有的笑容，看到小傑摟住你，強壓住眼淚，知道除夕夜在別人家不能哭，當時我很感動，把小傑當成有教養的孩子，可是在路上時，聽他跟我們的對話，我很不舒服，小小年紀，說話怎麼藏頭露尾，顧前顧後。」

「我也有這種感覺，他是被他媽管怕了。」小剛說。

「他是你的親弟弟，對你都這樣，怕是受了他媽媽的毒，不認你是孫家的孩子。」

「小傑不會這樣。」小剛說。

阿雄冷笑：「會不會都不重要。我擔心的是，你下次回來這棟村子最美的花園洋房，恐怕已經不是你的家了。」

小剛倒抽一口氣：「不會吧，那是我爸的產業，她不敢。」

阿雄坐起身很慎重地望著小剛：「一個女人愛賭，上了壞人的圈套，身子都不要了，房子算什麼？這是我媽今早從我舅媽處聽到的話，叫我告訴你。」

「村裡對我後媽本來就話多。」小剛說。

「那我舅也同我媽說，阿標從台北找來做房地產的人來估價，好像有個議員有興趣要買。」

小剛急了：「這不行，我要請伯伯找台北的高伯伯幫忙，要我爸爸趕快回來。」

「看來他們下手很快，等你爸回來怕是晚了。」阿雄說。

「他們已經計畫很久了？」小剛問。

「那是當然。」阿雄搔搔耳朵：「目前這問題，你要面對。」

小剛聳聳肩：「我拿什麼面對？」

「拿你的膽量氣魄，這兩天你就堂堂正正地回你家，整理你的菜園也好，到屋裡陪弟弟聊天也好，讓村裡的人知道你回家了，不是被老校工收留的可憐孩子，這才是你的家。」

小剛搖頭：「沒用的，反而給小傑增加困擾。」

阿雄急了：「自己的家被賊占了，還偷偷摸摸地回去，算什麼男子漢，我叫你回去就是要把事情鬧大，鬧到警察局，讓想買房子的人有所顧忌，拖延時間，等你爸回來後，什麼事都解決了。」

小剛望著阿雄，豁然明白，咧嘴笑著打了他一拳：「真有你的，好辦法。」

阿雄得意：「看歌仔戲施公斷案學了一點，最重要的是，請你爸趕快回來收這個爛攤子，好戲還在後頭。」

「要是我這兩天到家見不到他們呢？」小剛問。

「我相信他們在外面最多待兩天，你要在家中上下樓四處整理，要讓村人知道你回來了，就是等他們回來亂鬧，越大越好，最好鬧到警察來。」

「要是他們動手打我……」小剛話沒說完，阿雄拍掌：「有我。」

兩人笑著擊掌。

兩人在碼頭漫步，阿雄沉悶地說：「小剛，咱們是好兄弟，你去台北讀書也在拚命，我不能眼睜睜看著你家的花園洋房被流氓騙去，回去請伯伯幫忙一定有辦法。」

「是呀，我也這麼想。」小剛說：「把這事跟伯伯講，他肯定會跟我去台北。」

「比我說什麼都有用。」阿雄舒口氣。

「走，回我家，拿蘿蔔給伯伯。明天去整理你的菜園。」

跨上單車，兩人不約而同地繞過街道，穿過菜市，又在大廟口停了一會。今天是大年初一，街上擺滿了流動攤販，擠滿了人，吃喝玩樂，大廟前進香拜拜的人虔誠地捻香祭拜，香煙裊裊。反倒是廟前搭的戲臺空空曠曠，想是戲班子的人要休息，養足精神，晚上再粉墨登場。

兩人又村前村後地騎車晃悠，不覺來到小剛家的紅磚圍牆外。院內傳來留聲機播放的歌仔戲聲，還有「嘩嘩」的洗麻將聲音。

「看來不只一桌牌局。」小剛說。

「我聽村裡人說，最少三桌，阿標抽頭，還給警察紅包，很搖擺（囂張），沒人敢管。」阿雄說。

小剛跨下單車，望著家門：「阿雄，明天，我一定要回家。」他不自覺地按按車把上的車鈴，發出清脆的鈴聲。

兩人回到學校宿舍，伯伯還沒回來，門卻是開著的。兩人不以為意，伯伯幾乎從不鎖門，就算他去台北，由施伯伯代班時，他也住在這裡，施伯伯在村子裡有個家，軍中退休後和伯伯成為好友，也是阿雄和小剛尊敬的長輩。

「是去施伯伯家了嗎？」小剛自問。

「他們一下棋什麼都忘了。」阿雄了解地說。

「管他，我們到廚房找找看有什麼好吃的。」阿雄到廚房習慣地打開冰箱叫道：「小剛，有水餃耶。」

小剛湊前看：「是昨晚祭祖用的。」

「你昨晚煮了多少？那一大盤水餃，我們四人好像都沒吃完。」阿雄說。

小剛有點不好意思：「我隨手拿了一大包煮了，昨晚大家吃好多菜，還有你媽媽做的蘿蔔糕，餃子就吃得少了。」

「太好了。我們來做油煎水餃，比炸香腸好吃。」阿雄說。

「嗯！很棒。」小剛贊同。說完，小剛把悶在碳爐裡的餘火搧起，丟進一團廢紙，乾木柴，再加些碳，火就旺了起來，放上炒菜鍋，倒進黃豆油，阿雄把水餃小心地倒進鍋裡，慢慢煎，香味立刻散發開來。

「哇！好香，金元寶耶。」阿雄把煎得兩面金黃的水餃盛進盤中，並拿筷子夾一個吃進嘴裡。

「嗯，好吃。」小剛邊煎邊吃。

兩人乾脆拿兩個小板凳坐在爐子前，邊煎邊吃，一盤水餃就這麼吃光了。

「飽了嗎？」小剛問。

阿雄搖頭。

「把冰箱那鍋雞湯端過來，我煮佛跳牆給你吃。」小剛說。

「什麼佛跳牆？」阿雄不懂，但很快地從冰箱把鍋子端出來。

小剛把油鍋移開，把半鍋雞湯放在爐子上，再把火搧旺，命令阿雄：「把冰箱裡的剩菜拿出來。」

阿雄邊拿邊唸：「有紅燒蹄膀，哇，清蒸的鰻魚只剩兩塊。」

「紅燒蹄膀不要動，把鰻魚倒進鍋裡。」「噢，還有涼拌黃瓜，滷牛肉。」

「這兩樣菜都不要動，伯伯愛吃。」

「有一大盤好幾種菜炒在一起，我們昨天吃的叫炒什錦的。」

「拿過來。」小剛命令。

「唉呀，你來看呀，生的熟的一大堆，我搞不懂。」阿雄煩了。

「好，我來。你把火看好，中火就好，我要慢慢放東西。」

兩人換了位子。

小剛一一挑選，那是從臺北回來之前，在高家見高媽媽在廚房用砂鍋燉東西，他好奇想，怎麼砂鍋裡放那麼多東西，葷的，素的都有。那時，他在一旁閒著沒事，幫高媽媽削蘿蔔，剝竹筍，高媽媽用溫火慢慢燉，同他說：「這道菜叫佛跳牆，為什麼叫這個名呢？相傳有個要飯的乞丐，把四處要來的飯菜用一個瓦缽裝著，天寒，他們在一個廟牆外，架起幾根木材，把缽放上煮熱，為的是吃一口熱食，怎知這十方菜餚各有獨到的香氣，混在一起，美味更是無與倫比，飄過廟牆，進了佛堂，連佛菩薩都忍不住了，離開蓮花座，跳過廟牆，來搶吃這缽中美食，後來被名廚研發，成了名菜，取名佛跳牆。

高媽媽說著，隨手拿起切好的蘿蔔，酸筍，放進滾燙的鍋裡，香味立刻飄散出來。

小剛嗅嗅，味道真好，於是問：「高媽媽，成了名菜，到哪裡去討這麼多剩菜。」

「自己做呀，自家的剩菜也可以放進去呀，再放些新鮮的魚肉菜蔬，風味更是不同。」

小剛想到這裡，開始在冰箱裡尋寶，果然不錯，冷凍庫裡有成包的魚丸，肉丸，凍豆腐等。

他各取一些放進鍋裡，又切了白菜和紅白蘿蔔。

阿雄見他在滾燙的鍋裡東加一些，西加一些，香噴噴的味道就冒出來，乾脆用勺子舀一碗喝：「真棒，難怪叫佛跳牆。我現在當個乞丐。嗯，好喝。」

「你們在幹什麼？」兩人抬頭一看是伯伯，不由得一驚，阿雄順口說：「佛跳牆過來了。」

小剛恨不得踢他一腳，關好冰箱門說：「我們在做佛跳牆。」

「嗯，我聞到香味了，很好，今晚就吃這一鍋，把餃子用油煎煎，配這鍋湯菜，最好不過。」伯伯說。

「不用了。」阿雄說：「油煎水餃，我們剛才都吃完了。」

伯伯會意，笑著同小剛說：「櫃子裡有粉絲，你拿兩小盒，放進湯鍋，咱們三人吃，準夠了。」

小剛照他的話做了。

三人吃得很開心。

飯後，阿雄把他跟小剛要去家裡整理的事說給伯伯聽，並希望把這事盡快通知小剛的父親回來處理。

志遠捧著茶，心想，孩子們想得太簡單了，這房子雖然是小剛父親的，卻被流氓設下圈套，欠下大筆賭債，他父親回來也未必能處理清楚，或許這個家就提前完了。當務之急就是別讓這件事情成真。要動用警局高級長官的力量，查賭局，抓流氓，而且要不動聲色。他知道，以自己的身分到警局也使不上力量。

「我明天到鄉公所打長途電話給高伯伯。」志遠說。

「請高伯伯聯絡我爸爸的船公司，讓他回來處理嗎？」小剛迫不及待地說。

「會很快回來嗎？」阿雄也急著問。

志遠苦笑，到現在為了小剛的自尊心，為了讓他安心讀書，騙他說他目前的一切都是他父親的安排，包括他的生活費等等。可現在他的家被後母弄成這個樣子，對年幼的他而言，唯一的想法是只要父親出面，就能解決一切，這倒給了志遠一個難題。

「你們不必去整理菜園，萬一流氓也在，把你們打傷怎麼辦？」志遠不想他們惹事。

「他們明天不在家，是小傑叫我們去的。」阿雄搶著說。

「伯伯，我也想看看我從小長大的家，不想跟他們衝突。等爸爸回來就好。」小剛說。

「等我打完電話再做決定。」志遠不放心。

「現在就到辦公室打嗎？」小剛問。

志遠搖頭：「辦公室不能打長途電話，我明早到鄉公所可以用錢掛長途電話。」

兩個孩子默然。

志遠從抽屜拿出鞭炮：「去放著玩，大年初一要痛痛快快地玩。」兩個孩子接過炮竹歡歡喜喜地跑向校園。

他決心要保護好這個孩子，這個把他拋棄的家，是他的根，如果這個家出了任何問題，小剛肯定沒辦法好好讀書，他跟高家的心血也全廢了。「明天一定要跟高家好好想個周全的辦法。」主意既定，卻徹夜難眠，他半夜爬起來喝水，看到睡在小床的小剛，睡得正香。他微張著嘴似在微笑，他替他拉好被子後，重新躺回自己的床上。

天還沒全亮，他就起身穿上夾克，戴上絨帽騎著單車往鎮公所去，公所旁的派出所有值勤室，可以打長途電話，計時論費。

他去得早，值班警衛認得他，打了個招呼就讓他進去了。

他撥通了，是育仁接的。當育仁聽完志遠的通話，很輕鬆地說：「伯伯，小剛比同年的孩子成熟太多，那個阿雄更是個鬼靈精，讓他們用他們的方式去鬧，這邊的話，我會陪同父親到警備總部託人保護他全家，讓流氓歸案，你同小剛說，這裡已向他父親的船務公司通過電話，請他們跟高家聯絡，務必要耐心等待。」

志遠明白，育仁會很快跟警方聯絡，保護小剛及他家的安全，至於跟他父親服務的英國船務公司聯絡則不會那麼快，這樣一位有身分地位的高級副船長，如果請假回來，面對家中的一切，他如何處置姑且不論，但小剛的學習肯定會受影響。育仁用拖延法也是為了保護小剛。他答應育仁的叮嚀，會跟小剛回台北，放下電話心裡好溫暖，覺得有些餓了，好想去巷口吃燒餅油條，

「那豆漿滋味好。」嘀咕了一句，用力踏著單車，巴不得早點到早餐店。

現在是早上六點，天濛濛亮，太陽還沒露臉，或許一套燒餅油條外加濃豆漿，讓人吃得舒服，騎著單車迎著有些刮臉的寒風，倒覺得舒爽。回到宿舍，大門洞開，小剛不見了。

心情好，又吃飽了，他調轉頭出去轉轉。半路上遇見阿珠，小胖丫頭騎著單車迎面而來，見到志遠笑嘻嘻地喊：「伯伯你也來了喲。」

「妳要去哪裡？」志遠對這個畢業三年、不升學的學生很熟，學校班級不多，哪怕畢業好幾年的學生，志遠都還記得。

「我把菜載回家，馬上就回來。」阿珠說。

志遠這才看到她單車後座的鐵筐裝滿了菜。

「伯伯，你也去拿一些，番茄又紅又大，支架上也結滿了豇豆現在採又嫩又脆還有……」

不等她說完，志遠急著問：「你們什麼時候去採的？」

「小剛是被小傑叫去沒多久；阿雄半夜見那夥人坐一輛九人座的車離開，就去找小

傑，然後他們便開始在菜園拔菜。」阿珠說完，車也沒停便從他身邊滑過。

志遠想到電話中育仁同他說的話。決定不去干涉，於是掉轉頭，回宿舍。

難得冬天有這麼好的天氣，霧散了，在暖洋洋的陽光下，在操場的草坪上，他練習好久沒打的太極拳，越練越熟，越打越順。太極拳中的十三式揚單鞭、摟膝拗步等，如行雲流水般地揮灑自如，直到全身微熱，他才停下。

回到宿舍，坐下喝茶，胖阿珠跑到屋外，大聲喊：「伯伯，快來幫我提東西。」

志遠走出屋外，見阿珠把單車停在走廊上，從車上提下尼龍袋，拖拖拉拉地掉出幾個番薯。

「妳拿這些做什麼？他們呢？」

「他們很忙啊。小剛叫我把這些先拿來給你，並說中午不回來吃飯了。」阿珠笑嘻嘻地說。

「你們在搞些什麼？」志遠問。一邊幫她把尼龍袋提進廚房。「伯伯，我們挖到寶了，小剛種的菜園，幾個月沒人管，看來亂七八糟地被野草蓋住了，其實呀，好東西都在下面，番薯的根一直往外長，都長到亭子下面了，那個水池邊的芋頭一顆顆連在一起，拔起來好大一個，最了不得的是蘿蔔，都冒出頭了。拔一棵大的，一定又脆又甜，最讓小剛開心的是，他試著種的綠皮蘿蔔、紅皮蘿蔔全長了出來，小剛吃了，說是很甜，很脆。」阿珠說完，從單車前掛著的提袋，拿出兩顆紅綠蘿蔔，圓圓小小的有如拳頭般大，洗得乾乾淨淨。「伯伯，小剛說，這樣可以吃了，他要我拿給你吃。」

志遠接過，先拿綠的咬一口，甜辣清脆。心中一熱，這綠、紅蘿蔔的種子是他朋友給的，他隨手給了小剛，已是一年前的事，這孩子真夠有心。

「好吃嗎？小剛跟阿雄說趁這兩天，要把園裡長好的菜全部挖出來或摘出來，不然可惜了，連小傑都在幫忙呢。」

志遠體會到他們的心意，於是說：「要小剛陪弟弟要緊，不要把整理菜園子當正事，忙不完的。」

「好，我會告訴他們。伯伯這番薯放在碳爐上烤熟特別香，阿雄最會烤了。」阿珠熱心地說。

「好。」志遠很高興，這個純樸善良的女孩，願意跟阿雄吃苦受累，真希望阿雄能好好珍惜。

「伯伯，我要去忙了，我要跟小剛說，伯伯覺得綠蘿蔔很好吃，是嗎？」

志遠點頭：「好吃。」

兩天下來，小剛跟阿雄忙得灰頭土臉，還把多餘的菜場拿到菜市賣了些錢。兩人都覺得很有收穫，並決定等小剛的父親回來把家穩定住。

年初三，小剛要回台北了，志遠在學校辦公室接到育仁電話（當時從外面打來的電話不必付費，可以直接接聽）小剛必須初三回台北，初四帶他去買開學的應用參考書等用品，初五就要正式上課。小剛本就心繫課業，私心裡又盼望爸爸如果能趕回台灣，在台北跟他相聚，他就心滿意足了。

阿雄難過極了。阿珠嘟著嘴說：「讀什麼書，咱台語說：讀書、讀書，越讀越輸。」

「說好初四回去卻要提早，是沒辦法，我們要忍耐啦；不過我可以陪小剛回台北，幫他拿東西。」阿雄說。

「你去什麼台北，你阿舅說初五要你跟阿昌家的漁船去捕烏魚，你忘了？」阿珠問。

「我初四就趕回來。」阿雄說。

「你拔了那麼多的割菜、大蘿蔔，你媽說明天要醃。大缸我洗乾淨了，鹽也買好了，醃菜要用手搓，你不做，我跟你媽哪有力氣。」阿珠很快地面對現實。

「給妳向我媽表現的機會。」阿雄嘻皮笑臉地說。

「我又不是你家什麼人。」阿珠說著一腳踢向阿雄，阿雄也不躲，揉著大腿說：「夠力，用這樣的力氣搓割菜，醃好了曬乾就是上好的梅乾菜。」阿雄說著，又面對志遠道：「伯伯，這兩袋蘿蔔我幫你提去給高伯伯。」

「我伯伯要跟我一起回台北。」小剛說。

「怕是不行，施伯伯跟他太太回台東娘家，要年初五才回來，我要等他回來接我的工作，才能安心去台北。」

「那我更要陪小剛去。」阿雄說。

阿珠攀起雙臂：「好，明天我就跟良仔去他阿姑家學做洋裁。」

阿雄立刻變臉：「學什麼洋裁，好，好，好，我醃菜就是。」

志遠不覺一笑，原來阿雄也有情敵，阿珠還有其他人追呢。

在一片依依不捨、吵吵鬧鬧的離情中，阿珠主動到廚房燒飯，阿雄要去接小傑。阿珠一再叮嚀，要把她跟他媽媽做的甘蔗雞拿兩隻來，一隻現在吃，一隻要小剛帶到台北給高媽媽，志遠再三阻攔，小剛也說他沒辦法帶，阿雄則閉嘴，不敢再說要陪小剛去台北，怕阿珠真的會跟良仔去學洋裁。

為了當晚八點以前能到台北，必須搭十二點的火車，在林邊車站轉大火車直達台北，十一點半，一行人來到東港唯一的小車站，小剛緊緊握著小傑的手：「有什麼事，可以找伯伯，阿雄也能幫你。」

小傑怯怯地問：「哥，爸真的會回來嗎？」

「會的，你不能跟媽說。懂嗎？」

小傑點頭又說：「媽要是問起菜園子的事，我說是你回來整理的可以嗎？」小剛點頭：「照實說。」

「還說我們賣了錢。」阿雄說。

小傑搖頭：「那倒不必，他們根本把那裡當荒地。哥，你會寫信給我嗎？」

小剛從口袋掏出鋼筆：「我會用爸給的筆寫信給你。」

「墨水用完了，育仁那兒有。」志遠提醒小剛。

「我會的，育仁哥送我的筆我常用，他送我一瓶墨水很好用。」

「記得在車上買便當。」志遠叮囑。

小剛點頭：「伯伯放心，我回去也會記得把你平日熱敷膝蓋的袋子，每天都放在電毯上溫熱。」

「不用。育仁在電話中同我說，他替我買了一個電灸器，很管用的。」

「打雷的時候不要用，會觸電。」阿雄認真地說。

「亂講，我們在船上聽收音機也會觸電？」小剛問。

「那倒是，伯，你還是用熱鹽袋加老薑比較保險。對不對？」阿雄問志遠。

阿珠把一袋番茄拿給小剛：「在車上吃這個，你種的，很甜。」

小剛接過。

剪票員開始讓旅客進月台。

小剛背起背包，拎著一袋蘿蔔，在幾人的招呼下走向月台，他跨上火車，靠著車窗向窗外拚命搖手。他心中一團熱，淚就從眼眶滴在衣襟上，他看到小傑向他招手時滿臉的淚痕，火車開動，駛離月台。窗外是稻田，樹木，小溪，他再熟悉不過，他努力要自己平靜下來，不知為何，就是不放心小傑。

Chapter 19

小傑，你要說實話

車抵台北已是晚上九點。小剛走出月台，見育仁向他招手，立即加快腳步迎上。育仁拍拍他肩膀：「怎麼？才不到四天就曬黑不少。」

小剛傻笑：「是呀。跟阿雄整理家裡的菜園，我帶來了蘿蔔，很甜。」說著揚揚手中的提袋。

育仁牽著他的手：「很棒。是伯伯給你的種子，你播種成功。」

「伯伯跟你說了？」小剛問。

「你一上火車，伯伯就打電話給我們了。這蘿蔔種子，還是我給伯伯的。老人家思念家鄉的味道，台灣想吃這種蘿蔔都靠得進口。因為沒銷路，農人沒興趣種，一年前我買了些，我父親和張伯伯都當寶貝，我就把種子給了伯伯，沒想到你會種成功。」

小剛得意地從網袋拿出一個翠綠蘿蔔：「哥，你吃，很好吃。」

育仁接過，咬了一口：「嗯，比我買的進口的還好吃。」

「當然，新鮮嘛，比冷藏的好。」小剛得意。想到能給高伯伯吃自己種的蘿蔔，很是興奮。

冷風迎面吹來，小剛不由得縮了縮脖子：「好冷，比東港冷好多。」「氣象局報告，下午變天，有寒流，真的冷起來了。」育仁邊說邊牽著他的手走到停車場上車，邊開車邊說：「我爸要是見到這蘿蔔，不知有多高興呢。小剛，你是怎麼種的？」

「我也不知道，應該是無心插柳柳成蔭。」發現用詞不對，連忙搖頭：「應該是無心播種成蘿蔔。」

育仁大笑：「伯伯在電話裡什麼都跟我說了，他好開心，也好擔心你後媽那幫朋友會跟你起衝突，還好，沒遇上。」

「他們出去旅行，還沒回來。」小剛說。

「弟弟還好嗎？」

「還好，比以前懂事了。」小剛說著從口袋裡掏出鋼筆：「這是爸爸寄給我的過年禮物，是小傑拿給我的。」

育仁拿過來看：「不錯，派克，名筆喲。」

小剛放低聲音問：「哥，你跟我爸聯絡上了嗎？」

育仁心中有數：「跟你爸的船公司有聯絡，他們會用電報通知你父親，我們慢慢等，至於你家的房子，我爸已找人注意了，你放心，不會被人暗算。」

小剛重重舒口氣。他望著車窗外的街景，霓虹燈在商店玻璃櫃前閃爍，馬路上車來車往，全亮著車燈，此時的東港鄉下除了路邊的街燈，行人稀少，小傑獨自一個人關在偌大的樓房裡，會害怕嗎？還是阿雄會去陪他？如果後媽沒回來，阿雄八成會陪小傑。他搖搖頭，不自覺地抓緊網袋。

回到高家，他感受到高家濃濃的親情，而不再覺得陌生，回到自己的房間，見地上一座插電的小暖爐，把屋內烤得暖烘烘的，放下背包。高媽媽在樓下喊：「小剛，先來吃飯，餓了吧。」

他確實餓了，下午六點，火車到台中，月台賣便當的人在車邊叫賣，他聞到排骨香，想買，卻捨不得，只好吃了兩個番茄。但沒隔多久，又餓了，只是捨不得吃帶的蘿蔔，忍到現在。

他下樓，見高伯伯拿著一個青蘿蔔，一邊對著電話說：「真好吃，小剛種的，不簡單呀。」

「快來，跟伯伯說話。」高伯伯把話筒遞給小剛。

他接過，有點激動。只聽到傳來伯伯關心的話語。他聽著，「嗯，嗯」地回應，然後很小聲地說：「伯，在車站，我同阿雄說，那鍋紅燒肉太油膩，叫他帶走，不要被你發現，他拿走了嗎？」

「有這回事？我還沒發現，阿珠拿來一隻甘蔗雞，很好吃。」

「他們跟你一起吃晚飯嗎？」

「對，來了一幫人，有阿雄，阿珠，阿雄的弟弟也來了，還有小傑。」

「他們會常來陪伯伯，直到你來台北。」小剛說。

「別、別費事，我嫌吵，不對，今晚吃飯被他們一鬧，我沒見到我的紅燒肉。」

小剛笑了：「伯，別找了，八成被阿珠裝進帶雞的鍋子裡拿回家了。」高家的人被這對如同父子的對話逗得笑成一團。高忠君從小剛手中拿回電話對志遠說：「有意思，咱說說青蘿蔔，有家鄉的味道。」

小剛走到餐桌前，熱騰騰的飯菜令他食指大動，連育仁哥跟他說什麼他都沒聽清楚。

年初四，一般還有過年的氣氛，但對升學班而言，學童卻得揹著書包進教室，學習新課程，複習舊作業，一點也不輕鬆。

他攤開課本，按照育仁哥給他擬訂好的讀書進度，安心複習。學校叫高年級提前上學，目的就是要集中複習，怕過年玩散了心。

老師不在，同學並不專心，三三兩兩地談著過年的事——收到多少壓歲錢，到哪裡去玩。看了幾場電影，又去玩保齡球，那可是最時髦的球場。

同學找他搭訕，他懶得理，他心中只有一個念頭，用好成績得到爸爸的讚許，把他送到高伯伯家沒有讓爸爸白花錢，他是爸爸心中的好孩子。他想，爸爸遠在海外，回來要請假不容易，應該知道我的情形了，我更不能讓爸爸失望。他握著爸爸給的筆，像握著爸爸溫暖的大手。

年初六，學校開學了，整個校園充滿了朝氣，小剛辦完註冊，領了新課本，進入教室，「噹噹」的鐘聲，給了他無比的信心。

上第三節課，算術。老師在黑板上講解，他全神貫注在方程式的演算上。

一個婦人突然闖進教室怒氣沖沖地叫：「孫亦剛可在班上？」

小剛的頭好像被人打了一棒，立刻站起來：「媽，妳來幹什麼？」

她走近小剛，劈頭就是一耳光：「你還知道叫我媽，我是來抓賊的。」
導師急急走來阻止：「這是教室，妳有什麼事到教務處去談。」
小剛的後母不理，隨手亂翻小剛的課本，一把抓起「派克」鋼筆：「人贓俱獲，小傑說你偷了他的筆，你怎麼說？」
「那是小傑給我的，是爸爸寄來的過年禮物。」小剛辯駁。
劈頭又是一耳光，小剛不還手，木然地偏過頭，引來同學一片譁然。
老師想去阻攔，她把老師推開：「我是他媽，我要管教我的兒子，他是賊，趁我過年不在家，把我家的院子翻得亂七八糟，偷了名牌筆，還偷了我先生的勞力士錶，也偷我的圖章身分證到當鋪去當錢。我已報警，叫他歸案。」
小剛氣得站直身子：「好，我跟妳去警局，我不是賊。」
「還是通知高家吧，孫亦剛，把事情弄清楚。」老師說。
一個高壯、嚼著檳榔、流里流氣的男人走了進來，衝著老師說：「去警局說比較明白。」
小剛收拾書包，抬頭望著流氓：「阿標，到警局，警察會還給我清白。」
「那好，去東港，我已報案。」阿標說。
小剛向老師深深一鞠躬：「老師，對不起，請給我哥打個電話，我是清白的，我不怕。」
他跟著這兩人走出教室，同學們望著小剛的背影，被剛才的情景嚇住了。

老師氣憤地走進教務處，撥電話給高家。心中很是懊悔，沒把小剛攔住。

小剛坐進阿標跟後母開的車，直奔東港，他心裡很篤定，只要小傑證明，自可還他清白。

回到東港，已是黃昏，車在派出所門前停下，小剛疲憊地走出車子，一路上，車子走走停停，他只上過兩次廁所，阿標跟他後母像是郊遊，吃吃喝喝、嘻笑怒罵，完全無視於他的存在。

他下車，雙腿發麻，阿標揪著他往派出所走。

這裡他並不陌生，邁開腳步，突然背後被人抱住，他還沒反應過來，阿雄用沙啞的嗓子開罵：「靠腰，放尿眛攪砂（注：哭你個餓死鬼，撒泡尿來攪泥沙，沒用啦。）小剛，不怕，咱是心無邪不驚鬼。」

他握住阿雄的手，一抬頭見育仁哥就站在他面前。他頓時無法自持，一頭撲進育仁哥懷裡，哭出聲來。

育仁拍拍他肩膀：「走，先去吃飯。」

他根本不理會阿標跟後母的叫囂。帶著小剛問阿雄：「這附近有小吃店嗎？」

「有，就在前面。」

「吃完以後，你到學校去請伯伯來派出所好嗎？」育仁問。

「我先去叫伯伯。」阿雄說。

「先吃飯吧，有你陪，小剛會吃得香。」育仁說。

「也好。」阿雄點頭。

吃飯時小剛忍不住問：「哥，你怎麼來得那麼快？」

「接到學校打來的電話，我就急著搭金馬號快車趕來了，沒想到你來得那麼慢。」

「他們一路走走停停，好像在郊遊。」小剛說。

「沒有給你吃喝？」阿雄問。

小剛搖頭。

「真的是很毒到膨風水蛙刣無肉（注：譏諷受吹牛的人）。」阿雄大口扒飯，吃完抹抹嘴：「我要去學校跟伯伯一起來。」

育仁見小剛吃飯扒得很慢，於是說：「阿雄都跟我說了，那個當鋪老闆有問題，別怕。」

小剛放下筷子：「哥，沒見到小傑嗎？他說實話就沒事了。」

育仁也想見到小傑。

吃過飯，兩人來到派出所，直接走進辦公室。派出所所長跟當值的警員很客氣地請育仁入座，值警說：「孫太太去接他兒子來作證，到時候一切就真相大白，你稍等。」

育仁打量值警，跟他年紀差不多，想是沒什麼工作經驗，一臉誠懇，於是問：「你來這裡工作很久了？」

「沒有，並沒多久，警校畢業後，這是我服務的第一個單位，不過我對孫亦剛這個孩子的資料看得很仔細，很想跟你多聊聊。」

育仁點頭，見小剛站著於是說：「坐，坐在哥身邊。」

「你們是什麼關係？」警員問。

育仁端起桌上的開水正想喝，一陣吵嚷聲引來他的注意，是小剛的後母，跟在她身後的兩男兩女像是來助威的。剛才他只注意小剛，現在這婦人進來，跟他打了個正面，很豔麗的一張臉，緊身洋裝裹在她豐滿而又曲線玲瓏的高䠷身材上，很有洋女人的味道。小剛的爸選這樣的女人不是沒道理的。他端起水杯，抿了一口。

倒是小剛很緊張，立刻衝向門口：「小傑。」他大喊。

小傑一閃，躲到他媽身後。

來了一票人，大咧咧地圍坐在長桌四周。

小傑怯怯地坐在母親身邊，低著頭，不敢看小剛，也不敢打招呼。

小剛不死心，又喊：「小傑。」

小傑的頭垂得更低。

後母冷笑。育仁用腳碰小剛，暗示他不要衝動。阿雄陪著張志遠來了，跟育仁並坐。

後母不客氣地看一眼育仁，又衝著張志遠說：「我當來了什麼大人物，只是個毛頭小伙子，怎麼不叫他爸來，你會打鐘，他爸是幹什麼的？掃地？還是看校門？」

阿雄想爭辯，被育仁的眼神止住。志遠跟育仁互望，心照不宣地坐著看警員會如何處理。

警員吳訓見來人到齊，拿出卷宗站到主位說：「昨天下午，接到丘秀枝的報案，說初二那天，她跟朋友去旅行，家裡由兒子小傑看守，沒想到她前腳才走，孫亦剛就帶著他名叫阿雄的朋友到家裡菜園亂翻一通。孫亦剛乘機到她房裡偷走她的身分證及圖章，並把她先生價值二十萬元的勞力士手錶偷走，當給萬有當鋪，老闆看他是孩子不敢收，孫亦剛說，是他母親叫他來當的，並且拿出她的身分證和圖章，並用自己的圖章作為證明。當她發現家中失竊，問起兒子小傑，小傑說是孫亦剛幹的，他不敢阻止，只好暗中跟隨。

看到他進當鋪，還強行把他父親送給他的派克鋼筆拿走。經她查證，一切屬實，今天趕到台北孫亦剛就讀的小學，親自從他手中拿回鋼筆。這種人贓俱獲的事，看警方如何用法律判裁。」

警員一口氣把案子說完，看看大家，帶著詢問的口吻：「事情是這樣的嗎？」

「不是。」阿雄氣得站起身，指著小傑說：「小傑，說實話，你不能冤枉你哥，你哥對你那麼好，你不可以這麼做。」

「你也是個賊，我沒告你，你插什麼嘴。」丘秀枝厲聲阻止阿雄說話。

「這裡不是法庭，我要聽雙方面的對話，才能釐清案子。」警員吳訓說。

阿雄忍不住又問：「小傑，除夕夜那天，我看你在樓下很可憐，你媽跟一幫人賭錢，你餓得沒飯吃，我載你去伯伯家吃水餃，你聽我說小剛回來了，就把你爸寄給你哥的新年禮物鋼筆帶來，張伯伯可以作證，怎麼可以說是偷的。」

丘秀枝一拍桌子，大聲罵：「亂講。」

轉身對小傑說：「講，大聲講，孫亦剛是不是偷了家中的錶和你的筆。」

小傑低著頭，不說話。

「我孩子膽小，不說就是表示有這回事。」丘秀枝代答。

警員看看小傑，對小剛說：「你講，是怎麼一回事。」

小剛站起身，向警員一鞠躬：「警員叔叔，我不是賊，我沒偷過任何東西，請你細查。我後母對我的種種情形，警局有案可查，我被後母趕出，張伯伯可憐我，為了讓我換一個新環境讀書，拜託高伯伯讓我寄住，高哥哥視我如親弟弟般照顧，過年，我是回到張伯伯的宿舍陪他過年，阿雄是我的好朋友，後母不喜歡我，但小傑是她親生的兒子，也是與我同父的弟弟，我很愛他。至於筆，確實是除夕那晚阿雄知道我回來，告知小傑並帶他來伯伯家吃水餃，他拿給我父親寄來的禮物。小傑，說實話，要不是你說是爸爸寄給我的，我不會要任何東西。我現在什麼也不缺，今天，媽媽在我讀書的教室當面打我，跟同學說我偷了你的鋼筆，說我是賊，小傑，說實話，讓哥哥能在一個新環境繼續讀書。」

「嘔」了一聲，小傑吐了一地。

警員看到小傑這個樣子，皺了皺眉頭：「休息一下。」跟後母來的兩個女人，把小傑扶出去，工友過來打掃。

「看吧，他有多厲害，我兒子怕得都吐了。」丘秀枝說：「偷了，還不承認。」

張志遠對警員說：「打個電報去他父親的公司，一問就明白了。」「對，只要有戶籍，我們都能聯絡得上。」警員說。

秀枝仍逞強：「我問你，家中的菜園你為何亂翻？」

小剛氣定神閒地說：「那是我的家，我從小在那長大，菜園裡的菜是我種的，我回去整理沒有犯法。」

後母氣得捶桌子：「那是我的家，你被趕出去了。」

「那是爸爸跟我們共同的家，爸爸沒趕走我，叫小傑說實話，我只進去我樓下住的房間，那間小傑現在睡覺的房間。」

阿雄站起身，很激動地說：「警察先生，你可以問鎮上的人。」他搖搖頭，又馬上改口：「可以問學校的老師，這個後媽心壞到被狗吃了，小剛在家，是靠種菜園的菜賺點學費，結果錢也被這個後媽拿走，老師都知道小剛被虐待、被趕走，可是那些菜種得很好，小傑說，自從哥被趕走就沒人管，都成了荒草，我們知道他後母出門了，才去整理。這算去當賊嗎？」

小傑剛吐過，他媽並沒有讓他休息，他臉色蒼白，雙手捧著一杯溫開水，仍畏縮地坐在一邊。

警員看看小傑，小傑對他微微搖頭。

警員問：「你們只是整理菜園嗎？沒去屋裡？」

「只有去現在小傑住的樓下房間，那是我過去住的房間。」小剛說。

「你去做什麼？」警員問。

「去拿過去我整理菜園的工具，鋤頭、鐮刀、水管什麼的。」小剛說。

「沒去樓上其他地方？」警員問。

小剛搖頭。

「你說謊，我的東西放在臥房保險櫃裡，只有你知道。」後母對小剛尖叫。

「請孫太太冷靜。」警員說：「難道他有鑰匙？」

「他是賊，你看他交的朋友，賊頭賊腦的。他不必有鑰匙，他爬牆翻窗的功夫了得。」後母說。

阿雄又氣了：「妳罵誰是賊？罵我？」指指自己的鼻子，搖頭冷笑：「罵小剛賊頭賊腦？可是大白天我就看到妳的朋友為了躲警察，爬牆翻窗，那才真是功夫了得。」

丘秀枝拿起桌上的水杯就向阿雄砸去：「那是誤會。」阿雄一閃，玻璃水杯摔碎了。

「不可動粗，這裡是派出所。」警員生氣了。

阿雄忍住，青筋暴露。育仁向他搖頭示意。他抹去額頭冷汗，嘀咕了一句罵人的話，隨即坐下。

志遠、育仁一直在觀望，對小剛從容的態度很是安慰。育仁更是感慨，同父所生，兩兄弟的個性卻完全相反。志遠輕聲對育仁說：「這鄉下孩子重義氣。」

育仁不想節外生枝，提出問題：「我們先談菜園，請問，整理自家的菜園算是偷竊行為嗎？」

「不算。」警員說。

「我們整理已經荒廢的菜園，在拔草犁土中把腐爛的果菜丟棄，一些好的，我們採收吃了或送人，算是偷竊嗎？」小剛問。

「家，是你的，菜是你種的，不算偷竊。」警員說。

「他不是我家的人，我早把他趕出去了。」後母說。

「沒有他父親的允諾，他仍是孫建成的兒子，妳這種行為是犯法的。」警員對她已沒好感。

「這還差不多。」阿雄坐下，口中嘀咕著。

丘秀枝狠狠地望了小傑一眼：「沒用的東西。」隨即說：「我要告他偷我先生的勞力士錶，偷我的圖章和身分證去當，現在當鋪老闆也來了，該怎麼說？」

警員從卷宗中取出一張紙攤在桌上：「蔡水財，你是萬有當鋪的老闆？這是你給丘秀枝女士證明，孫亦剛到你當鋪當掉勞力士手錶的單子。」

蔡水財點點頭：「沒錯。」

這人看來似乎腦滿腸肥，圓臉紅鼻頭，一雙凸出的金魚眼不安分地東張西望，自走進辦公室，就跟在阿標身旁，不時搓搓臉，打量小剛。

警員又從卷宗中取出一個小紙袋，拿出一枚木刻的小圖章：「這是孫亦剛的圖章，為什麼在你手上。」

蔡水財毫無顧忌地伸出肥胖的手臂，向小剛指指點點：「是他要留下的，他說，這錶很好出手，我媽急著要用錢，這兩天要是有人要，你就賣出，圖章或許還有用。我在當單上有註明是死當，他蓋了章。當天拿走八萬元，真的很巧，當晚就有人以十二萬元買走。我們靠流當品賺錢，你叫我來，我實話實說。」

「我沒有。」小剛手握拳頭，猛地站起身。

育仁立刻把他按住。問：「請問當單上的日期。」

「年初二。」警員說。

「靠腰（台語，哭你個餓鬼），年初二，我們在菜園忙到晚上八點，回家累到睏覺，見你個鬼。」阿雄說。

蔡水財笑說：「我們開當鋪做的是夜間生意，你八點睏覺，我十點有生意上門。」

「你說的可是來當這支錶？」警員問。

「真是惡意栽贓，小剛跟我睡一間房，根本沒出門。」志遠氣憤難忍。

丘秀枝得意地拍拍小傑的手：「兒子，別怕，把初二當晚你看到的事說出來。」

小傑看著他媽媽說：「我半夜被很重的關門聲吵醒，推開窗看到一個黑影從媽媽的一樓房門出來，我嚇得不敢動，那黑影打開大門走了，沒有人那麼熟悉我家。後來，天亮了，我看媽媽的門鎖，鎖得好好的，因為那個是我爸買的對號鎖，一直沒有換過，號碼我哥知道，我不敢講，等媽回來，發現東西掉了，我把情形告訴媽，媽到當鋪才發現是小剛做的。」

「小傑。你……」阿雄氣得大叫，育仁把他按下。

「你當單上註明錶是何時賣出的？」育仁問。

老闆得意地「嘿嘿」笑：「這種黑貨，我們行家一看就知道，早脫手早平安，我當晚就打電話找到要貨的人，拿錢，了事。」

「買錶的人是誰，可以告訴我嗎？」育仁問。
「這是職業道德。你沒權問。」老闆傲慢地說。
「孫亦剛的木刻圖章能給我保留幾天嗎？」育仁問。
「這是證物。」阿標反對。
「沒關係，給他拿去，想從刻章的人找賊，勞心啦，賊就在面前。」老闆又是一陣訕笑。育仁從警員手中接過小木章，刻得極粗糙，不像一般職業雕刻。
「警察先生，賊我把他抓來了，這個壞胚子，判他坐牢，還是進少年感化院之前，要把他偷的錶和二十萬還我。」後母說。
警員嚴肅地說：「我們還要調查，抓到真的竊賊，會把贓物還你。」「還要什麼調查，人贓俱獲，我兒子親眼看到，你們警察辦事很拖拉耶。」丘秀枝不耐煩地說。
警員轉向小傑：「小弟弟，那晚上你看到的黑影，怎麼確定是你哥哥？」
小傑看著他媽媽，怯怯地點點頭。
「我們要調查，如果確實是孫亦剛幹的，他會被送進少年感化院，他不能讀書，前途也會毀了。如果查出來不是他，你這麼肯定的說是你哥哥，你也有罪。」「他有什麼罪，他從小跟他哥哥一起長大，怎麼會看走眼。」後母說。
育仁左手摟著小剛肩膀，發現他顫抖得厲害，他氣壞了，要不是他在身邊，這個要強的孩子，會不要命地跟他們拚了。他輕拍小剛肩膀，吁口氣說：「孫亦剛目前的戶籍在我家，去年八月被他的後母虐待，此地派出所登記有案，他被趕出去，由張志遠先生收留，然後為了讓這孩子轉換一個環境，到台北住在我家，我父親跟張志遠是至交，把孫亦剛寄居在我家，我父親跟張志遠同是孫亦剛的監護人，我有責任查明這孩子的行為，對當事人的控告，我也要找律師跟我一起調查。這案子雖然發生在東港，但孫亦剛的戶籍在台北，我會到台北警局報案，請兩處配合，讓此案早日釐清。」

「什麼虐待。」後母冷笑說：「真是後母難當，這種逆子不聽管教，等他爸回來就會登報跟他脫離父子關係，你們這種搖鈴，看門的工友家，收一個賊很管用。」

「靠腰，供銷話（說瘋話）。」阿雄低聲咒罵。

「在這裡結案就好，幹麼要去台北？」阿標不耐煩地說。

「台北警察管不了東港的當鋪。」蔡水財搓著肥臉：「隨便啦，我沒犯法，把這個小賊抓去關，要賠錢也不關我的事，警察先生，我要走了。」說完拍拍屁股站起來就走。

「高先生說得對，我們會跟台北的警局聯絡，我們還要調查。」警員說。

「這個人怎麼處置？」丘秀枝指著小剛問。

「他未成年，今天來這裡，我們是初步了解，還要再偵查，孫亦剛由他的監護人交保帶回，隨傳隨到。」警員說。

「不把他扣押，跑了怎麼辦？」後母問。

警員不理會，同育仁說：「跟我到辦公室辦手續。」走出派出所，育仁堅持要志遠跟小剛跟他回台北，志遠的工作就請施正得先生代班。施正得在電話中得知小剛出事，而且又是他後母出的壞主意，很是不平，再者，施正得知道志遠有高血壓的毛病，育仁怕他情緒不穩，血壓上升引起心臟病，堅持把他帶回台北，好就近照料，於是他很快就答應了。

阿雄難過又氣憤，把他們送上火車，憂心忡忡地回家，把事情跟家人說了，大家都不知道該怎麼辦。

Chapter 20

好膽莫走

夜已深了，他聽到村子裡的狗吠聲、風聲和自己心煩的嘆氣聲。他睡不著，走出門外，不知該往哪裡去比較安心。走走停停，累了，找個台階坐下，背後卻被人踢了一腳。

「我當是誰，你坐在我家門外不怕凍死。」

阿雄不看就知道是阿珠，低頭嘆了口氣。

阿珠坐在他身邊：「這種事，不用你講，村裡都傳開了。」

「妳聽到些什麼？」阿雄問。

阿珠擺擺手：「聽到什麼不重要，重要的是要怎樣快點抓到賊，還小剛清白。」

「小剛在台北的哥哥要去請什麼律師，要打官司。」阿雄說：「一定要還小剛清白，妳不知道，我對小傑有多失望，真的是心肝被鬼吃了。」

「請什麼律師，都市人講文明，對付這款飼老鼠咬布袋的人，用抓老鼠的籠子把老鼠頭抓住，不怕他不把一窩鼠咬出來。」阿珠閒散地說。

阿雄知道胖阿珠心眼比他靈活，但這不是平日鬥嘴爭強的事，悶聲說：「明知道小剛被冤枉，但親兄弟嘴都被塞住了，這群流氓早就設好圈套，他們有心要把小剛整死。」

「我聽村裡人說，開當鋪的蔡水財常跟阿標去酒家，那人最壞，他去派出所一口咬定小剛去當鋪當手錶，還有什麼圖章的。」阿珠冷笑：「他若沒賺到好處，會說這樣缺德的話，做這樣會遭天打雷劈的事？」

阿雄也恨恨地：「他有證據，我是氣小傑。」阿雄哭了：「不應該呀，為什麼他要說謊？」

阿珠拽拽他膀子：「哭也沒用，你跟我來。」

「妳要做什麼？」

「抓大老鼠。」阿珠說。

阿雄滿臉狐疑。

「抓蔡有財那隻大老鼠，我想到一個辦法。」阿珠說。

「什麼辦法？」阿雄問。

「他賺黑心錢，你沒看到他見廟就拜，他那種人牽不行、鬼牽溜溜走的人。我想到很有用的一招。」阿珠說。

「什麼招？」阿雄問。

阿珠走向後院扯下晾在竹竿上的魚網：「你跟我去海灘，多抓幾隻海鳥。」

「幹什麼？」

「村裡有傳說，鳥飛進家會有凶事。」

阿雄立刻領會，住在海邊的人家，除了蝙蝠、燕子，其他鳥類如果無端飛進家門，定有壞事臨門。

「他會信嗎？」阿雄問。

「不試怎知道。」阿珠把網遞給阿雄，兩人一起走向海邊。

夜深了，海風很大。海灘上海鳥棲息在岩邊或是遠處的防風林中，偶爾從風中傳來鳥鳴聲。

來到海邊，阿雄變聰明了：「今晚我們抓兩隻，放在蔡水財家後院放單車的棚子裡。他的車棚連著廚房，這人很小氣，車棚有門，沒鎖，鳥放進去，飛不出來，他早上會推車去街上買報紙，鳥一驚飛出來就會嚇到他。」

「哇！你怎麼知道他家車棚門窄，你做過賊喲。」阿珠笑著給他一拳。

「我去送魚啦，再從他家車棚轉進廚房。」阿雄說。

「那好，明天整村都會知道他家有鳥飛進去，有壞事要發生了，他一定會做賊心虛，你盯著他。」阿珠又說：「他這人比鬼還陰，你不能讓他發現。」

「用鳥這一招就會讓他嚇破膽。」阿雄熟練地甩網，只聽到一陣鳥鳴聲。

「抓到了，不好意思，睡得好好的被我網住了。」阿雄很得意。

抓到兩隻很大的海鳥，阿雄收網觀看：「像是兩隻公的。」

阿珠提起網看了看：「牠們不安分，在網子裡亂衝。」

阿雄把網一頭遞給阿珠，他拿著另一頭：「我們兩個來甩網，牠們很快就會被甩暈。等牠們不叫也不掙扎，我好辦事。」

兩人各拎一頭，在堤上像甩跳繩一般，網裡的鳥叫了幾聲，停止了，反倒把堤下沙灘上瞑睏的鳥嚇得驚飛亂鳴。

「好了。」阿雄說。提起網子，網中的鳥比他平日網住的魚輕多了。

走到蔡水財家後院，圍牆本就不高，阿雄觀望了一下同阿珠說：「妳躲遠一點，不要讓人發現，我很快就來。」

阿珠走到牆角蹲下，見阿雄拎著網翻過牆，沒一會就跳過牆來到她身邊。兩人迅速跑回阿珠家，阿珠把網搭回竹竿問：「怎樣？鳥醒了沒？」

「沒，暈得很厲害，妳放心，這種大隻鳥不會死，我太有經驗了，這種大隻鳥受驚醒來時會很猛。嘻，他車庫的門是斜開著的，還用兩部單車擋著，我把暈著的鳥塞進去，就是醒了也不會衝向單車的縫隙飛出去。」

阿珠點頭：「回去睡覺，我要向天拜拜，求土地公保佑，幫我們抓壞人。」

阿雄很感動，想抱抱阿珠，又怕她揮拳，這胖阿珠拳頭很有力。

第二天，兩人分頭到菜市場、碼頭，廟口探聽是否有鳥飛進蔡水財家的事，但沒有，一點消息都沒有。

兩人很沮喪，阿珠到阿雄家，有氣無力地幫忙搓割菜，問阿雄：「你明天真的不跟大豐的船去捕魚？」

阿雄搖頭：「不想，我哪有心上船。難道蔡水財不信這一套？」

阿珠菜不離手：「慢慢來，一次不行來就兩次，捏驚死，放驚飛。（怕管太緊讓他沒空間，又怕一放手他會飛走）」

「真的有用嗎？」阿雄猶豫。

「我昨夜去土地廟拜拜有抽籤，是好籤。」阿珠說。

「拿來看。」阿雄說。

阿珠洗過手，從衣袋裡拿出籤條，這籤當頭寫「屋上之鼠」。籤詩寫道：「日出便見風雲散，光明清淨照世間。一向前進通大道，萬事清吉保平安。」

「是好籤，土地公暗示我們屋上之鼠，是不是暗示我們要用妳的方法抓老鼠。」阿雄沉思。

「管他的，今晚我們多抓幾隻，守在他的當鋪門口；他開門，我們張網，讓大鳥啄他的眼睛。」阿珠說。

「不要亂來。」阿雄有顧忌。

阿珠不理會：「走，去拿小魚乾，撒在海灘，晚上去抓鳥。」阿雄不動。

「我中午以前要去潮州我大姑媽家送米糕，然後陪我表姊去看嫁妝，她要嫁人了。」

「知道啦，嫁一個中學老師，妳說了好多遍了。」阿雄酸酸地說。

「那又怎樣？我才不喜歡戴眼鏡的男生，我表弟說他是四眼田雞。」

阿雄笑了，心中暖暖的：「好啦，早點回來，去抓鳥。」

「走。」阿珠催促：「我先跟你去撒魚乾，再搭火車去潮州，晚上我盡快趕回來跟你去抓鳥。」

「我去撒魚乾啦，我知道撒在哪裡鳥會來吃。」阿康腿不方便，十四歲了，很懂事，跟小剛也是好友，他一直想幫哥哥阿雄做點事。

「也好，讓阿康幫忙。你到當鋪和小剛後母家轉轉，看他們有什麼動靜。」阿珠又出主意。

「好。」阿雄點頭。

一整天，阿雄騎著單車大街小巷地逛。小剛的後母在家裡照樣打牌，在牆外就聽到「嘩啦啦」的洗牌聲。遠遠地便看到三輪車載著小傑放學，還有一個年輕的女老師陪同。沒見到阿標，當鋪門前冷冷清清的，老闆蔡水財也沒露面，他有些意興闌珊。

晚上八點，阿珠回來了，給阿雄、阿康還有他們的母親帶來一盒點心。是她大姑媽送給她家的，她拿一盒給阿雄家。

是「鳳梨酥」，東港也有賣，但太貴，阿雄家捨不得買，阿雄的媽媽咬一口，含在嘴裡捨不得嚥下。

「呂媽媽，等我表姊訂親，我拿喜餅給妳吃，比這個更好吃，我表姊嫁的老師，是在高雄中學教英文，很洋派，常拿外國糖果給我姑姑，我真的不知道戴著大眼鏡能看清什麼？四眼田雞一個。」說完，哈哈大笑。

「好啦，好啦，我們有事要辦。」阿雄不喜歡聽一些有的沒的，他只擔心小剛。

兩人走出來，阿珠神祕地說：「你今天沒見到阿標和蔡水財是不？」

「妳見到了？」阿雄問。

阿珠點頭：「我陪表姊到郵局取錢，姊要買嫁妝。我看到阿標和蔡水財也在郵局領錢，我偷偷注意，是蔡水財給阿標很厚一疊錢。」阿珠用手指比出厚度。

「是潮州哪家郵局？」阿雄問。

「離我表姊家很近，是分局。」阿珠繼續說：「事後，我陪表姊到金店打首飾，在門口看見一輛轎車，是蔡水財的車，我認識啦。看到他從店裡出來，鑽進車裡開走了，我跟表姊在店外沒進去，老闆跟老闆娘像是在爭吵，老闆說：『那開當鋪的老闆，拿東西來賣，妳要殺價買來，我們這種小店想找有錢的大買主也不容易，他要錢要得那麼急，手錶十五萬，翡翠手鐲二十萬。現在手頭哪來那麼多現金。』

老闆娘說：『勞力士鑲鑽男錶，我基隆開委託行的表姊有外國客戶，那錶有保單，少說可以賣到四十萬，我賣給她三十萬，轉手就賺一倍，那翡翠手鐲可不是一般的貨，老古坑的，上百萬的貨，二十萬。到哪裡去找。』

老闆擔心：『這人看來很滑頭，什麼樣的人會死當這些貴重物品？』老闆娘說：『他開當鋪，專收這種來路不明的貨，他也不敢去別的地方銷售，他信任我，我開的是委託行，我們做生意又不是第一次，我跟他說，過兩天，我去湊錢，還給了他訂金，跑不了的。』

『妳有跟他寫訂金收條嗎？』老闆問。

『在這，你看，寫得明明白白。手錶、手鐲各訂金五萬，另加鑽戒一只六克拉當抵押品，一星期後現金交易，鑽戒退還。』

我們聽到這裡，便悄悄離開，我叫表姊當作什麼也沒聽到，明天換一家打首飾，這家有問題。」

阿雄點頭：「怎麼這麼巧，都被妳遇上了？」

「土地公顯靈，小剛太可憐，他後媽要把他整死，連神明都看不過去。」阿珠說。

阿雄低頭想了一會：「看來蔡水財這麼急著脫手，是怕被警察追查，今晚我要躲在當鋪附近觀察動靜，你們照樣去抓鳥，是不是該放，要看情況，不要像上次一樣白放。」

阿珠點頭，跪在地上向天空拜拜：「土地公保佑！今晚要抓屋上之鼠，要還小剛清白。」

三個孩子在寒風冷月中，抱著一個信念分頭工作。

已是半夜，阿雄急急來到海邊，阿珠、阿康分別護著兩張大魚網，裡面分別捕獲各種鳥，有八、九隻，以海鷗、水鳥居多。

「告訴你們，那兩人在當鋪分贓，我在窗外聽到阿標說勞力士讓你賺了，這翡翠手鐲銀樓叫價五十萬，你好意思給我二十萬。那蔡水財說，你抓住那個女人做的是無本生意，何必計較。兩個人爭吵不休，蔡水財又說，我這裡有孫亦剛的圖章，我會刻，那個台北少年要拿圖章找線索，找他個水趴（台語，罵人的髒話），我現在趁她兒子指認孫亦剛是賊，再寫個當單，同一天，你去告訴你的拚頭，她咬死孫亦剛，你拿貨，我銷贓，老兄，免計較。」

阿雄邊說邊拉著兩人往前走：「我看兩人還在吵。阿康，我叫你帶的東西有帶嗎？」

「有，在車上。」他們把網掛在單車上，後座筐子裡有木棍、鋁盆。鳥不安分地撲動著翅膀亂叫。

三人分騎兩部單車，行動很快，阿雄早觀察好當鋪的門窗，把大網掛在門前、窗邊，小網套進大網內，緊靠大門，內有鳥數隻，阿珠、阿雄各站一頭，握住網口收縮拉繩。

阿康則拿著鋁盆及小木棒在一旁等待。

鳥的叫聲立刻引起屋內的人的注意。

「什麼聲音？昨天車庫就飛進兩隻海鳥，真是晦氣；還好，我一開門，牠就飛走了，怎麼又有鳥叫。」蔡水財說。

「開門趕走就好了。」阿標說。

「這當單我已經蓋好章了，你還考慮什麼？」蔡水財說。

「不行，你太狠了。這生意免談，你還欠我十二萬，咱們一手交錢，一手交貨。」阿標說完推開門，門「喀嚓」一聲，隨同網口拉開，大小鳥兒直衝進屋裡，阿標、蔡水財受到驚嚇，吼叫著衝出屋外，鳥在他倆頭上身上亂轉亂飛，兩人一前一後衝出門，跌進大魚網中，阿雄、阿珠立刻拉緊網繩，把兩人困進網裡。此時，阿康用力敲打鋁盆，把睡夢中的鄰居全吵得跑了出來。

大大小小的鳥直衝屋內吱喳亂飛，屋外魚網困住兩個亂罵髒話的人，四周圍滿看熱鬧的鄰居。

「死小鬼，放我出來。」網裡的人喊。

阿康蹲在網前敲著鋁盆，扯開嗓門：「抓到了，好膽莫走。」「賊抓到了。」管區警察來了。

在阿雄、阿珠的指證下，警察搜查當鋪，手鐲、勞力士錶在阿標的衣袋裡；蔡水財的當鋪有一整套刻印圖章的工具及許多圖章，包括孫亦剛的圖章在內，一間大儲藏室分門別類放著當物，林林總總什麼都有。警察發現許多當品非當地村民擁有，好奇地展開搜查，卻見古甕藏有毒品，這下可不得了，發現廚房有地下室，地下室有暗門，撬開門遽然發現有走私槍械，這真是一個重大的收穫。除了贓物，還有帳本，警方好幾個從南到北的走私懸案，沒想到竟藏在這不起眼的當鋪裡。警員立刻報告所長，當鋪立即封鎖，兩個嫌犯被帶進警局偵訊。

大清早，台北的高家接到東港派出所的電話，育仁本以為又有什麼麻煩事要處理，當他聽完所長告知，昨夜阿雄、阿珠跟他弟弟阿康捉賊的經過，終於使案情大白，

他強忍著內心的激動，啞著嗓子說了聲「謝謝。」見小剛走到他身邊，這兩天他沒叫這孩子上學，知道他情緒很壞，時時陪著他，他一把把小剛摟住，紅了眼圈：「賊抓住了，你沒事了。」淚水滴在小剛臉上：「是阿雄、阿珠還有他弟弟破了案。」

小剛一臉狐疑顯然還沒弄明白。

緊接著台北的警局也來了電話，育仁接聽：「好的，謝謝，我們會配合，我們也沒想到會一連破了幾個懸案。是是，我剛接到東港派出所的電話，很驚訝，也很意外，什麼？」隨後大笑：「這三個孩子真有辦法，對著落網的兇嫌說：『好膽莫走！你們這款偷

食味曉拭嘴（指偷吃不知擦嘴）的老鼠，有本事弄破網。』說得真好。」

小剛仍是一頭霧水。此時，志遠跟忠君剛從公園打完太極拳，進到客廳，見育仁一臉喜氣，高爸爸問：「什麼事？我在院子聽到你說什麼好膽莫走（台語）啊。」

育仁笑著說：「好膽莫走。一網打盡，趙警員跟我熟，在電話中多聊了一些，他把孩子說的台灣俗語轉述給我聽，偷食味曉拭嘴的老鼠，真是入木三分。」。

先讓二老坐下，再把東港派出所，台北警局打來的電話詳細說明。

小剛激動地搓著臉：「他們沒被壞人打嗎？」

「應該沒有。」志遠拉住小剛：「我們今天就回東港。你一定很想他們，我也想啊。」

小剛點頭。

「台北警局會開警車載我們一塊去。」育仁說。

「坐警車？」小剛不解。

「哥陪你。台北的警調單位有好幾位辦案人員要去。」育仁說。

「台北警局打來的電話還說，在當鋪找到走私毒品，還有槍械，想不到毒梟蔡水財躲在東港。真是天網恢恢，落進三個孩子的魚網裡。」育仁興奮地抓住小剛的手：「好膽莫走！他們走不了了。」

小剛笑了。心裡有好多話要說，卻說不出口。

「大家趕快換衣服，等警車，出發。」育仁高聲告訴大家。

小剛默默走上樓，換好衣服，提著阿雄放鳥時扭壞的鳥籠。

Chapter

21／將心比心

大家換好衣服等警車來接，連高爸爸也興奮地要跟過去，高媽媽見小剛神情緊張，於是說：「小剛，你本來就不會有事，警方已經開始調查，我們公司聘僱的律師絕對會打贏這場官司，還你清白，你不要擔心。」

小剛點點頭，低頭玩弄著破鳥籠，仍然心事重重。

「先吃早餐，警車不會這麼快來，我看，警車如果帶調查員來，怕坐不下，你們何不自己開車去跟他們會合？」高媽媽建議。

「真的是樂糊塗了，叫司機開我的車，咱們南下東港。」高爸爸說。

「坐金馬號火車更快。」育仁建議。

「你新買的進口車我還沒坐過，很寬大是不是？」志遠問。

高爸爸得意地笑笑：「很穩，是美鳳選的。閒下來時可帶她出去轉轉，坐著也安全。」

正說著，電話鈴響，育仁接過笑著說：「正是這樣，我們自行開車過去。好的，你們先走吧，我們很快也會出發，到那兒會面。」

高媽媽笑著說：「先吃早餐，再出發，坐坐我選的車，我可還沒坐過。」

吃完早餐，大家準備出發，高媽媽取出四個紅包遞給小剛：「一個給你壓驚，其他三個給阿雄他們，謝謝他們幫忙。」

「他們不會收，我更不能收。」小剛拒絕。

「拿著吧，說是我給的，不收我會很難過。」高媽媽用激將法。

「噢，這樣他們一定會收，阿雄常對阿珠說，高媽媽是天上的月亮，好慈祥。他們怕妳會難過。」小剛認真地說。

引得大人全笑開了，志遠有感而發：「這個阿雄，想叫阿珠當月亮，這小丫頭卻是個太陽。」

大家又是一陣笑。

小剛訕訕地說：「阿珠有時打阿雄很狠的，她追阿雄追不到就脫下木屐砸，很準的。」

「阿雄可以不跟她耍呀。」高媽媽說。

「不行。阿雄全家都離不開阿珠，她很能幹，一次阿雄家養了半年的大豬，談好要賣了，卻被偷了，他們全家都很難過，怎麼找也找不到，後來是阿珠找到的。」小剛說。

「這小丫頭是怎麼找到的。」高爸爸好奇地問。

小剛聳聳肩：「她很厲害。她從豬圈找豬大便，豬如果被偷，受到綑綁，會驚到不停地大小便，他叫阿雄跟她從豬圈找豬拉的糞便，果然在菜園、甘蔗園和香蕉園中，發現豬糞和腳印，還有被踩踏的菜和蔗葉，就這樣，在香蕉園邊的防空洞找到被綑綁的大豬。」

「賊抓到了嗎？」育仁問。

小剛點頭：「他倆躲在防空洞等賊來取貨，沒多久，賊果然來了，他倆就用繩子把賊套住送到派出所。」

「是什麼人？」高媽媽也好奇。

「是要買他家的豬的豬販子，想不花錢偷來私宰。」小剛說。

「後來呢？」高媽媽問。

「警察最後判定，豬還是賣給豬販子，不想坐牢，罰款加倍給阿雄家。還說什麼偷雞不著蝕把米。」小剛抓抓頭，一副幸災樂禍的表情。

「這家人真需要這樣的太陽。」育仁笑著說。

正說著，司機已把車開到門口，高媽媽把他們送出大門，心中像落下一塊大石頭，感嘆小剛能交到這種質樸、純真而仗義的朋友，真是有福氣。她很自然地聯想到丈夫跟志遠的情感，彷彿冬天的陽光暖暖地照進心房。

一路上，育仁總是找些話題，如阿雄跟小剛交往的事閒聊，每次提到阿雄被阿珠打，小剛的描述都很入神。諸如阿珠愛看歌仔戲，一次回家邊趕鴨邊唱：「苦守寒窰十八年，郎君如今怎不識……」阿雄接著就唱：「十八年來妳嘛沒受苦，鴨肉鴨蛋呷個肥顆顆。」阿珠就用趕鴨的竹竿，把阿雄連打帶趕地推到河裡。他還從河裡冒出來，替阿珠把散開來的鴨子趕攏，嘴裡仍不服輸，又唱鴨肉鴨蛋呷個肥顆顆。」引得大人仰首大笑，連連拍掌，小剛更是得意，很快地又想到阿雄偷吃被阿珠打，因為他偷阿珠家母雞孵的蛋，那可是不能亂吃的。長輩們連連說阿雄的不是，小剛也說阿雄被打活該。

志遠明白，育仁用心良苦，他要小剛心情放輕鬆，不要胡思亂想，用些好友的糗事博得大人的笑聲，而大人的笑聲，融化了小剛緊繃的心。

中午十一點半，到達東港派出所，台北警局的兩部車比他們早到二十分鐘。

小剛下車迫切地要見阿雄，警員吳訓見到他說：「要見呂阿雄他們三人嗎？他們回家睡覺了，等會你會見到他們。」

「我現在就去找他們。」小剛說。

「好呀。我的單車借給你，他們見到你也不想睡了。」吳警員說。

小剛得到三位大人的允許，跨上單車，急著趕往阿雄家。到達時，阿珠正把醃好的蘿蔔一條條放在架起的竹蓆上，有好天氣，好陽光，才會把蘿蔔的甜脆曬出來。

他大喊：「阿珠，我來了。」

阿珠見他來高興得大叫：「小剛，土地公保佑你，你沒事了。」

他心中一熱，壓抑了一上午的感情，隨著淚水潸然而下。他真希望阿珠對他像對阿雄那樣，給他一拳，以表達對他的真友情。

阿珠轉頭大叫：「阿雄、呂媽，小剛來了啦。」

她一邊叫，一邊把醃好的蘿蔔整桶倒在竹蓆上，然後拿起竹條把蘿蔔勻開，滷汁透過竹蓆縫滴滴答答地滴到地上。

呂媽急忙從屋裡出來：「小剛來了，阿珠，我來曬蘿蔔。」

「不必啦，我弄好了。」阿珠提起桶子：「我拿去洗。」

呂媽看看竹蓆：「妳真『搞』（台語，聰明），這樣曬又快又好。」說著，前去拉住小剛的手：「真是天公顯靈，這款死害人精，傷天害理的事做不夠，還要把偷雞摸狗的事硬往小剛頭上扣，這下好，天公下指令，一網打盡。」

「呂媽，爐上的豬腳燉爛了啦，可以吃啦。」阿珠在廚房裡喊。

「對對，妳去叫阿雄他們，小剛也要吃，豬腳麵線，除楣運。」

一家人把小剛拉往家中客廳兼飯廳的小房間，圍坐在一張方木桌前，每人手中捧著一碗豬腳麵線，邊吃邊說抓賊經過。阿雄把頭天抓到兩隻海鷗失敗的事也說了，小剛靜靜聽著，嘴裡含著麵，嚥不下去。

呂媽把一盤炒好的蘿蔔乾炒蛋端上來，放在桌上：「吃，這蘿蔔是從小剛菜園裡拔的，蛋是自家養的雞生的，很香。」

阿珠盛了一碗遞給呂媽：「妳也吃，涼了不好吃了。」

呂媽接過：「阿珠妳抽的籤很靈。」

小剛不解。

阿康說：「阿珠姐拜過土地公，有神明幫助我們，她到潮州表姊家時去的。」

話沒說完，又被阿雄搶著說阿珠在潮州看到的情形。

呂媽明白，阿雄現在太高興了，處處搶話。

「啊，哥，阿珠姐把在潮州看到的情形說給警察聽，幫警察把重要線索目標稿定。警察誇她說她幫了好大的忙，要給獎金。」阿康說。

「對，對。」阿雄啃著豬腳說。

小剛此時才想到口袋裡的紅包。他拿出來分給大家，把自己的這一份放在呂媽面前：

「高媽媽給你們的。」

「我不要，我這一份給阿珠。」呂媽說著，把紅包推到阿珠面前。

「我也不能要，我沒做什麼。」阿康也把紅包推給阿珠。

阿珠看著阿雄，阿雄無動於衷。

阿珠站起身，一把抓起阿雄桌前的紅包：「你是被豬骨卡喉嚨了，你要是這麼貪財，就不配吃這碗麵，對不住，紅包我收了。」

「別，別。」阿雄搶過來：「豬骨卡到妳才差不多，小剛是咱兄弟，妳要收就收，我要還給他。」

「聽你這樣說，我就不打你了，好，一併給你，你一定要還給高哥哥。」阿珠把紅包交到阿雄面前說：「小剛，不能交給你，不然你會拖拖拉拉的很麻煩。趕快吃麵，很多人還在派出所等我們呢。」

她像一家之主，沒人敢反抗。

兩部單車，四個人，來到派出所。踏進辦公室，見圍著大辦公桌坐著五位小剛不認識的人，像是從台北趕來的調查員，正中坐著所長，對面兩個犯人已經戴上手銬，垂頭坐著，像是在接受訊問，一位警員在一旁記錄。高爸、張爸、育仁哥坐在一旁的長條木椅上旁聽。阿標、蔡水財見到阿雄他們進來，狠狠地盯住他們，一臉怒氣。小剛想到，同一個地方，才兩天時間，怎麼情況完全變了。室內審問像是告一段落，也像在等人，所長仔細地看著卷宗，不時把卷宗交到調查員手上，以示明意。

四人靜靜地坐在育仁哥身邊的椅子上。小剛看看桌上琳瑯滿目的贓物，突然激動地叫了一聲。

「怎麼了？」育仁扶著他的手臂問。

小剛指著桌上的東西：「那只玉鐲是我媽媽最愛的鐲子，我從有記憶起，我媽就戴著它，我很清楚，我媽說，它有靈性。」

「少年耶，你拿鐲子來當，也說它有靈性，會保佑人發大財，我才被你騙。」蔡水財挖苦小剛。

小剛認真地說：「我媽最愛的東西，它的靈性是保佑她最愛的人，就是我。它被人偷走，拿去當給你，自然不會有好下場。」

蔡水財心虛地皺皺眉頭轉向阿標：「夭壽，自從收了你的玉，我就開始不順，你騙財騙色，拖我下水。」

「我是被你帶衰，兩隻海鳥飛進你家就是把衰運帶給你，夭壽，拍運啦（短命鬼，壞運氣啦）。」

所長及調查員，不理會兩人的對話，但阿標提到水鳥，只有四個孩子知道，不由得相顧一笑。

辦公室外有吵雜的說話聲，進來兩名警察帶著一名瘦弱的女人，一名警員隨手把一只提袋放在桌上：「長官，這是從這女人家中搜到的，這女人很合作，她願意跟警方配合，不要讓她坐牢。」

所長示意她坐在阿標身旁的位子上。

她畏畏縮縮地坐下，垂著頭。

所長打開卷宗查問：「妳本名叫唐米采，進酒家工作，藝名是娜娜。」

她點頭，小聲說：「是，警察大人。」

「妳為什麼要替呂建標收贓物？」所長問。

「警察大人，我不知道啦，我這種漂泊的女人，到酒家也是為了討生活，阿標對我好，給我錢花，還要收我當老婆，我替他收點東西，也是應該。」

「妳替他收的是毒品，妳知道嗎？」所長問。指著警員提來的布袋，打開來是一包包的嗎啡，算來有五、六斤重，還有一些繡荷包打開來，散在桌上是金塊，首飾，耳環等。

娜娜還沒回答，蔡水財倒吼起來：「阿標，沒意思喔。我把你當兄弟運貨，你總說貨來得少，價碼高，中間有人過手，原來是你藏私，我真的是飼老鼠咬布袋。」

阿珠用肘頂了頂阿雄：「怎麼樣，老鼠開始亂咬了。」

「什麼藏私，賺個成本，我的貨你從沒跟我算清楚過。」阿標無所謂地說。

「我問你，阿吉從我這提貨，他說有給你五十萬，他跑路了，你說沒收到，這個女人最近買的房子是不是你出的錢？」蔡水財問。

「你近來換的外國轎車還不是從我這挖來的錢？」阿標說。
蔡水財冷笑：「靠功夫賺女人錢，吃軟飯，有一套。」
「我吃軟飯，倒貼到你身上，你比我更有一套。」阿標說。
「龜笑鱉無尾。」阿雄對小剛說。
所長有修養地聽他倆互咬，比審問還更清楚。
此時，一個女人輕悄悄地走進來，她示意跟在她身後的警員不要聲張。她似乎聽到裡面的對話，冷著一張臉，走到娜娜身後，揚手抓起娜娜的頭髮，用力一按，娜娜仰臉朝天躺在地上，接著哭叫打鬧，兩個女人扭成一團。
柔弱的娜娜露出原形，反身把健壯的秀枝壓在地上，警員費了好大力氣，才把兩個披頭散髮、狼狽不堪的人拉開。
秀枝歪曲著一張臉朝阿標的臉吐口水：「你這個吃裡扒外的王八蛋，偷了我的東西，去討好婊子。」
「還我，那是我的鑽石耳環。」娜娜摀住被扯傷流血的左耳說。
「臭婊子也配，警察，捉這些賊。」秀枝瘋狂地咒罵。
怕兩個女人再打架，每人身後各站著一名警員。所長從跟丘秀枝進來的警員手上拿起提袋，抽出一個牛皮紙大信封，看一張印紙：「跟昨天在丘秀枝家門鎖及保險箱的指紋很相符，是嗎？」
「是的。」警員說。

「沒有其他指紋？」所長問。
「有，跟昨天相符，是丘秀枝的。」警員說。
「有孫亦剛的嗎？」所長問。
警員搖頭：「兩天前，高育仁保孫亦剛時，孫亦剛的指紋和掌紋全採下了，我們仔細對正，沒有。」
三個孩子看看小剛，阿雄做了個鬼臉，阿珠說：「看掌紋，不如補破網。」
她說得小聲，卻被站在一旁的管區警員吳訓聽到，他是那夜最先到當鋪門口抓賊的警員，對這個胖女孩的機智勇敢很欣賞，不由得微微一笑。
「什麼？連我床底下的私貨你也偷了。」丘秀枝見到桌上的金塊，外國錢幣等俯身檢視大叫。
「在妳樓下妳兒子住的房間，衣櫥底層挖了個洞，我們取出兩隻手槍，是走私的禁用品。」所長指著桌上用厚油皮紙包裹的槍說。
「我剛才看到警察挖到的，這不關我的事，八成是我離家時，那個家賊孫亦剛來家挖走金條、埋下槍。我除了金條還有金幣，咦，我的翠玉鐲子也在這裡？這紅寶石戒指，藍寶石鑲釦……」丘秀枝抓起金條，不停地審視。
「喂喂，那是我的，妳別動。」娜娜阻止。
丘秀枝抓起兩根金條逼近阿標：「這是你的？」
阿標不說話。

秀枝拿著兩根金條在娜娜面前晃動：「狗男女，把我的家當都掏空了，還藏手槍，早知道，我拿槍斃了你們。」

警察怕她衝動，急忙攔住：「我們會替妳討回公道，妳冷靜。」

她一眼看到小剛，氣不打一處來，惡狠狠地說：「你這個楣星，都是你惹的禍。」

「這裡不是妳撒潑的地方。妳虐待兒子，虛報事例，已成事實，其他販毒走私等事，一併移到法院依法定罪。」所長對她有些不耐煩。

「什麼？我有什麼罪。」她指著自己的鼻子：「我是受害者，他們都是害我的人。」說著，她把金塊放回桌上：「這只是一部分，還有呢？王八蛋，你給我藏到哪裡去了？」

「別動，那是我的。」娜娜尖叫。

秀枝側頭，見她右耳晃動著她心愛的鑽石耳環，順手抄起所長面前泡了半杯茶水的玻璃茶杯，向娜娜臉上潑去，阿標站起來護著娜娜，水杯滑落，娜娜接起摔向秀枝，秀枝舉起戴著玉鐲的手抵擋，「哐當」一聲。杯子裂開，碎玻璃刺進丘秀枝頸中，血流如注。

警調人員只得先把傷者送醫院，阿標、蔡水財，連同娜娜所犯下的走私販毒等案件，牽連好幾個地方，一併坐上警車，帶往台北刑事局，接受審查。

已接近一點，小剛確定沒事了。派出所所長安慰小剛，他會送公文給他就讀的國小，還他清白，並鼓勵他好好讀書，為自己爭口氣。小剛緊緊握著阿雄的手，抿緊嘴，強忍著淚水，阿雄卻哭了，他把小剛拖出辦公室說：「把委屈全哭出來，以後就等著看好戲了，報應來得真快。」小剛啞著嗓子：「阿雄，我……」眼淚終於落下，抽咽著說：「謝謝。」阿雄拍著他的肩說：「什麼謝謝，咱倆是兄弟，兄弟有難就要兩肋插刀。嘻，這次多謝阿珠，我用網捕魚，她卻拿來抓賊，厲害。」「她真的厲害，想到這一招？」小剛說。「那個胖查某厲害啦，要是想到刀，說不定第一個砍到的是我。」阿雄說著，用手往自己脖子上砍一刀，倒把小剛逗笑了。高爸爸、高哥哥和張志遠一起，在辦公室跟所長討論丘秀枝從過去到現在對小剛的家暴問題，這已觸犯了虐待兒童罪。尤其剛才看到小剛後母那一幕，小剛以後的生活保障，應該要讓他父親了解，一味隱瞞下去不是辦法。正說著，見小剛往辦公室走，暫時止住話題，看法律如何處理。

不知何時，阿康、阿珠也來到，跟小剛會合，四個人齊步走進辦公室。

「餓了吧，咱們到哪去吃中飯？」育仁見他們走近問。

「去巷口吃滷肉飯就好。」阿雄說。

志遠搖頭：「那怎麼行，去港口餐廳，老田開的。」

「老田嗎？好久沒見了，他還好嗎？」高忠君問。

「好。跟你一樣，很會做生意，孩子五個，都是兒子，三個跟他掌廚，很不錯。」志遠說。

「好。我去叫司機開車。」育仁說：「你們跟我上車，這車大，坐八個人沒問題。」

「港口餐廳，我們知道啦，我們四個騎單車就可以，很快啦。」阿雄說。

「那餐廳太高尚，很貴啦，我們剛吃過豬腳麵線還不餓。」阿珠說。

高忠君看看這小胖丫頭，五官清秀，一雙大眼睛黑黑亮亮透著機靈，難怪這三個男孩都聽她的。

「怎會不餓，走，你們替小剛洗刷這麼大的冤情，伯伯高興啊，一定要請你們。」志遠說。

「你們真有辦法，我們回去就想，警察每日要辦的事那麼多，對這些小案子，不知要拖到多久。」育仁打趣說。

「這些警察，我也不太相信，做事拖拖拉拉，小剛會被這些人拖死。」阿雄說。

「對。」阿康接嘴：「他們拖拖拉拉，常常白白布染到黑，我們急得心怦怦跳。」

阿珠粲然一笑：「阿雄折騰到半夜，走到我家門口哭。」

「我哪裡有哭，我是坐在那裡想辦法。」阿雄要面子，極力辯解。

三位大人很喜歡看他們鬥嘴，他們邊說邊推單車，就在大人身後。

阿珠不饒：「你是有手伸無路，有腳行無步。是不是？」

阿珠說台語，育仁聽得懂，覺得有意思。

「這款生言造語，借刀殺人的圈套，他們早就設計好，我最恨小傑，他的一句話，勝過千斤鼎，他卻把親哥哥往死裡推。」阿雄仍對小傑不滿。

「所以呀，對付這款人牽不行、鬼牽溜溜走的人，用鳥網住也是辦法。」阿珠得意地說。

阿雄笑著摸摸頭，阿康向阿珠討好地說：「我媽說，妳是刮魚刮到鰭，做事做透枝

（徹底）的聰明女孩，要我聽妳的。」

「哪有那麼好，恰查某（台語，凶女孩）。」阿雄顧面子。

「對哦，我明天要跟阿姑學洋裁，學做衫、裙、褲。學成在家開店，幫人做衫，賺錢。」阿珠說。

阿雄緊張地粗聲說：「什麼？學洋裁？」

阿康立刻接嘴：「是舅媽家的表姑，跟媽提起，阿珠姐喜歡，媽也贊成。」

「我怎麼不知道？」阿雄問。

「這事談了好幾次了，今早媽跟阿珠姐談起，你睡得像死豬一樣。」阿康說。

「嘻。」阿珠一笑：「他是穿破衫的命，一提到學洋裁，他就想動剪刀。」

「哪有。」阿雄辯白，揚起嘴角：「上車啦，我載妳，小剛載阿康。高哥哥他們在等我們呢。」阿雄跨上車騎著就走，阿珠輕快地跳上後座，小剛等阿康坐穩才跨上車前行，育仁望著好笑，這四個孩子倒成了領路人。

一前一後很快地到了餐廳。

來到碼頭，小剛看到遠處引航船慢慢向港灣駛來。他叫他們先去餐廳，自己順著碼頭走向港灣，獨自坐在岸邊，「鈴鈴鈴……」鈴聲隨著海風忽遠忽近地飄入他耳裡。有大船入港了，他希望是爸爸搭這船回來，卻又害怕這些事，爸爸一直不知道，等知道了，一定會很難過。他迫切地想看到大船，鈴聲停了，大船慢慢入港，是掛著外國旗的大船。他站起來轉身，高育仁站在他身後：「那是艘美國船，你爸現在在英國。」

「哥，你怎麼在這裡？」小剛問。

「走吧，小康把一盤炸蝦快啃光了。」育仁說。

兩人在堤上慢慢走向餐廳。

「小剛，你希望你父親現在回來嗎？」

小剛垂下頭，無語。

「我想，如果警方拍電報告知你父親，你父親會搭飛機趕回來。」育仁說。

小剛驚訝，抬頭望著育仁：「哥，你沒通知我爸？」

「沒有，過去是安慰你，我跟張伯、我爸都認為，你父親在外國的航運公司升到副船長的高職，身分地位很不一般。我們能處理的就不要驚動他。今天，我們跟警方也討論了這個問題，暫時不通知你爸，看法院怎麼處理，判案定讞，需要你父親面對時，再請他回來。」

「哦。」小剛點頭：「我爸很愛面子？也很相信我後媽，我後媽一直把我爸照顧得很好。我爸跟他的朋友說，後媽是難得的賢妻良母。」說著搖頭：「很會裝。」

育仁停下望著大海，鬱悶得吐不出氣來，一個不到十一歲的孩子，把事情看得這樣清楚。為了生存，處處忍耐，難怪在打架時，他的爆發力這樣強，張伯伯私下曾跟他說，這孩子是塊好料，走正走邪都是能發光的鑽石，我跟你爸閒聊時，提起年輕時在軍中遇到的將領，有的是真英雄，有的是真狗熊，有的是時勢造英雄。這孩子是將材，他天生不拘小節，卻在大處知情知義，他後媽應該顧忌的是這孩子的聰明才智，處處刁難近乎虐待，把他往死裡整，死了，一了百了，不死，混成流氓，也不敢對她怎樣，因為他在乎爸爸，也友善弟弟。張伯伯說，我可惜這孩子呀，我觀察他好久了。我在學校待了這些年，這樣的孩子我還是第一個見到，不能糟蹋，不培植他，我於心不忍。

想到跟小剛相處的這些日子，他跟父親均有同感，尤其是這次他後母使的這一招，真讓一般人都有孰可忍、孰不可忍的義憤。雖然很快還了他清白，但對他所造成的傷害，絕不是很快就能撫平的。他低下頭，見小剛仍在遙望大海，便低頭問：「你在想什麼？擔心什麼？」

「擔心回學校，同學會對你不友善？」

「我是清白的，老師會對同學說明。」小剛頗有自信地說。

「擔心你弟弟？」

小剛點頭：「他依賴心很強，我擔心他看到他媽媽受傷成這樣子會受不了，就會拜託警察打電報叫爸爸回來。」

「如果他請求，在台灣又沒有親人，警察是會這樣做。」育仁說。

小剛搖頭：「哥，爸現在不能回來。」

「為什麼？」

「爸回來會很糟。」小剛痛苦地互扭著雙手。

育仁明白小剛的心事，他多麼希望爸爸不要知道這些，至少目前是。

「走，別想那麼多。都在等你吃飯呢。」育仁拉他，加快腳步往餐廳走。

來到餐廳見到多了幾位客人，是張志遠特別邀請派出所所長王立行、警員吳順和幾位這次辦案的警調人員，所長還特別邀請碼頭的售票員李彥文。熱熱鬧鬧地圍了兩桌，阿雄、阿康、阿珠一點也不拘束，正開心地喝著汽水。

小剛跟阿雄他們坐一桌，阿雄拉著小剛對身邊的一位年輕人說：「小剛，快敬李大哥一支雞腿，他是我們的恩人。」

小剛不明所以，趕快夾一隻雞腿放在李大哥面前的盤子上。

「謝謝，別客氣。你就是孫亦剛？」李彥文問。

小剛點頭，打量眼前的恩人，斯斯文文的，比高大哥還年輕，沒見過也沒印象。

「他是華僑，是新加坡人，來這裡工作沒一個月。」一位警員說。

「哦。」小剛並沒動箸。

「快吃呀，這圓圓的丸子是用蝦子加肉做的，比香腸還好吃，我們都吃了一盤，這是第二盤。」阿珠說。

「哦。」小剛仍沒動箸。

坐在鄰座的吳訓走過來湊到李彥文身旁，示意和一位警員換座位說：「小剛，看來，不弄明白你是沒辦法吃飯，我來說。」

吳訓舀了一碗湯給小剛：「喝下，暖暖胃。」小剛聽話地喝下。吳訓平淡地說：「李彥文跟我是好朋友，上個月，從台東鄉公所調到此地，在鎮公所民政科當辦事員。他在新加坡也沒什麼親人，只有一個哥哥。他剛結婚，到美國去度蜜月，我邀他來我家過年，他很傳統，說不想打擾，恰巧過年值班的老劉想找人代班，李彥文就自願代他三天班。」

小剛開始吃他面前最愛吃的魷魚羹。

彥文開始接話：「過年去小琉球的旅客大多是外地遊客，不算多，要來買票也是白天，因為過年遊艇加班，幾乎白天夜晚都有航班。我賣票有一定的時間，可以預售，而且售票房後面有一間臥房，我可以隨時休息，看書，聽收音機。」

彥文接過吳訓的酒杯抿了一口：「大年初一夜裡兩點，售票口被人重重敲打。我被吵醒，在售票口內，我向外張望，三女一男，我說晚上雖有船班，但船票早已賣光了，你們要買明天的，請明天六點來訂票。」

「那男的開始耍流氓，罵髒話，我不理會，到內屋去睡覺。開船的施老大打電話到售票房，叫我通融，我只好照辦，拿票給施老大，只聽到施老大說：『阿標，票拿去，坐我的船幹嘛要買票。那個阿標說，坐船可以不買票，到了渡船頭，那老頭要收票，沒票上不了岸。』」

「帶貴婦人是要守規矩。」施老大說，當時他還聽到一陣笑聲。

「他們去小琉球了？」阿康問。

「是呀。」李彥文說：「年初二早上六點，一個戴鴨舌帽的男人敲我的售票口要買票，我隔著窗也認得清楚，是阿標，昨夜去小琉球，怎麼今天一大早會來東港買去小琉球的票？半夜他是怎麼回東港的？我心裡懷疑，不動聲色地把票賣給他，沒想到半夜，他與那三個女人回來了。我不相信自己的眼睛，特別跑出來看，一點也沒錯，四人叫計程車走了。」吳訓轉頭問小剛：「小傑初二見到的背影是誰，得到答案了，你說是嗎？」

「哇賽，好狡猾。他早計畫好了。」阿雄說。

「你後母發現家中遭竊，你弟指證是你的背影。阿標很快地陪你後母報案，抓賊，人贓俱獲。你是理所當然的罪犯。」吳訓搖頭說。

「那天真的奇怪，你心煩，跑來找我喝酒，說抓來一個可憐的孩子，說什麼他偷家中的手錶什麼的，我一聽有鬼，就把阿標買票的事說了。」李彥文說：「我們開始調查，從呂建標在我這裡買船票，調查到他當夜把三個女人安排好，說自己另找旅館睡覺，就偷渡回來行竊。當夜把贓物拿到當鋪去賣，處理好了，一早六點到船頭買去小琉球的票。他計畫得多麼周詳。一定從小傑那知道小剛回來了，於是嫁禍給他，自以為做得天衣無縫。當時警方也被弄得一頭霧水，加上孫亦傑的指認，丘秀枝的確認。警方必須找線索追真相，哪想到三個孩子用最純真的想法，最直接的方式，把他們一網打盡，還查出這麼多懸案。」彥文豎起大拇指：「你們厲害。」

「沒有啦。」阿雄說：「我們只想要還小剛一個清白。」

「小剛有你們這樣的朋友，值得！」吳訓說。

「我們拔了小剛種的蘿蔔，我媽說人好，連蘿蔔心都是甜的，做蘿蔔糕也很好吃。」阿康說。

話一出引得一桌的大人大笑，一位警員舉杯：「來，謝謝你們，幫我們派出所警員一個大忙，你們立大功了。」

阿珠夾了一個蝦球給小剛：「這個好吃。立什麼大功，那不關我們的事。」

阿隔桌大人吃喝得很開心，菜一道道地上，酒興正濃，四個孩子吃飽了就想出去玩。阿康說：「我們去海灘抓螃蟹。」

「抓什麼螃蟹，這家樓下有賣冰淇淋，那種外國口味的叫巧克力，有一點苦味，我請你們吃。」阿雄說。

「啊，差點忘了，你們去樓下，我馬上過去。」阿珠說完，走近育仁，把四個紅包用力塞進他外衣口袋：「我們不能收。」說完就跟著三人跑下樓。

四人吃著冰淇淋，在餐廳外的庭院閒逛。阿珠問：「小剛，你不開心是嗎？」

「他在擔心他那個沒良心的弟弟。」阿雄說。

「他媽被刺成那樣，我看到流那麼多血，會不會死？」阿康問。

「死也活該，那樣的媽沒有更好。」阿珠說。

「可是小傑沒媽會更可憐。」小剛悶悶地說。

「不會死啦。要不，我們去醫院看看。」阿雄建議。

「哪家醫院？」阿康問。

「這還要問，當然是派出所對面的『仁安』公家醫院。小剛，你要去，我們陪你去，但我們不會理小傑，那樣的人，看到就有氣。」阿雄說。

「看看也好，看過死心了，回台北就專心讀書。」阿珠說。

冰淇淋吃完了，兩部自行車，四個人騎著就走。

醫院裡靜悄悄的。四個人在走廊見到打掃清潔的柳阿姨，四個人齊喊：「阿姨。」柳阿姨五十多歲，鎮上的人都認識，她在醫院工作也有十多年了，是個很純樸的人，見到他們四個，笑著伸指點了點，示意他們到院子去。

他們去了，柳阿姨隨後跟來說：「你們來幹什麼？」

「小剛想看他弟弟。」阿雄說。

「他在病房陪他媽媽睡覺。」柳阿姨說。

「他還好嗎？」小剛問。

「見他媽那樣，他只會哭。」柳阿姨撇撇嘴。

「我——」小剛停了片刻，說：「我後媽傷得重嗎？」

「還好啦，碎玻璃刺進頸子大大小小有很多片，醫生說丟杯子和擋杯子的力道太強，所以碎玻璃刺進血管，所幸沒有大的尖玻璃刺進大血管，否則會喪命。」

「就這樣？」阿雄問。

「有沒有刺到喉嚨？」阿珠問。

柳阿姨想了想：「應該沒有。她已從手術房動完手術推出來，進到一般病房，麻藥也退了，我去整理病房，她脖子纏著紗布還從喉嚨發出『咕咕』的聲音。」

「在罵人呀？」小康問。

「喉嚨怎麼沒被刺，好運。」阿珠悻悻然地說。

「好啦，知道情況就好啦，咱們走。」阿雄說。

小剛猶豫。

柳阿姨摸摸小剛的頭，心中充滿了憐惜，他受的委屈，小鎮都傳開了，奇蹟般地被三個孩子用鳥網破了好幾個懸案，雖然警方仍在追查，在小鎮上可成了大新聞，人人津津樂道。在這種情況下，他居然還惦念後媽、弟弟。

「你們再等一會，小傑的家庭老師去吃飯了，應該很快就回來，她會給小傑帶吃的。」柳阿姨說。

「好的，我等。」小剛說。

「找地方坐坐，不會等久的。」柳阿姨說完就去忙她的事了。

阿珠知道阿雄不爽，低聲說：「讓他安心，安心才能用心讀書。」

四個人哪坐得住，閒閒散散地在院子晃。

「來了。」阿珠輕喊了一聲，向迎面走來的一位女士一鞠躬。

三個男生緊跟過來，也禮貌她一鞠躬。

女士停住：「你們是？」

「我們是孫亦剛的朋友，孫亦剛是孫亦傑的哥哥。」阿雄接話。

女士立刻明白了，她深深打量小剛一眼：「我是小傑的家教，你們喊我劭老師就好。」

阿康瘸著腿向老師一鞠躬：「老師好，我叫呂阿康，孫亦傑好幸福，在學校有老師，在家也有老師。」

阿雄知道阿康讀到三年級得了小兒麻痺症就休學在家，他很想上學，見到老師就鞠躬，很沒骨氣的樣子，於是用肘拱了他一下：「到一邊去。」

這位五十多歲的劭老師，身材微胖，一臉慈祥，同他們說：「我給小傑買便當去了。你們吃過了嗎？」

「我們都吃過了，小傑還好嗎？」小剛問。

劭老師點點頭：「還好。」

「那就好，我們回去啦。」阿雄說。

小剛猶豫，劭老師似乎也對小剛有份發自內心的憐惜。今年五十多歲的她，三十年前就嫁到台南，東港是她的娘家，她在台南以教鋼琴為業，去年她先生病故，唯一的女兒出國讀書，她回娘家陪伴年邁的父母，閒來無事，經人介紹到孫家教鋼琴，順便輔導小傑的功課。來他家不到三個月，對孫家的事，從一知半解到完全了解，本想過完年就辭職，哪想到會遇到這等事。全村沸沸揚揚地談著，她深有體會，對這三個用智擒凶的孩子充滿了好奇。她在想，孫亦剛又是個怎樣的孩子，為什麼他的後母如此對待他，是顧忌什麼嗎？腦中很快閃過許多問號，於是說：「既然來了，就去看一下他，小傑一定很想見你們。」

四個孩子互相望望，點點頭。

四個孩子跟在劭老師身後走進病房，劭老師笑著把食盒放在床邊的桌上：「餓了吧，快吃。」

小傑站起身，望著面前的四人，生氣地大叫：「你們來幹什麼？」然後又對著劭老師叫：「妳幹嘛要帶他們來？」

「小傑，我們不放心你，你怎麼可以對老師這樣。」小剛低聲對小傑說。

「你討厭啦！」小傑哭喊著。

哭聲把躺在床上掛著點滴瓶的後媽吵醒，她勉強坐起，摀住纏著白紗布的頸子，瞇著雙眼打量床前的人，當她看清楚是小剛，用手指向四人比了比，拔下手上的針頭，把裝藥水的玻璃瓶取下，向小剛扔去。她動作快得連劭老師都來不及阻攔，所幸四個孩子見苗頭不對閃得快，退到門口。在一連串的摔東西，哭叫聲中，四個孩子跑到大廳。服務台前的護士問：「怎麼了？不要亂跑。」

阿珠指指病房：「快去看，有人發瘋。」

兩部單車，載著四個垂頭喪氣的人。

他們回到阿雄家，邊喝水，邊生氣。隔一會兒，氣消了。阿雄問阿珠：「妳看怎樣？」

「又怎樣？」阿珠說：「問小剛，要怎樣。」

阿康拍拍胸：「嚇死人，要不是小剛哥拖著我，我會被丟來的東西砸到。可惡，小剛哥，你要明白，這款親人把你當仇人，會想辦法殺死你，還是趕快離開。」

「阿康，你終於會說人話了。」阿雄說。

小剛悶悶地只想哭。走到院中曬魚網的竹竿前，摸弄著魚網。

阿雄走近他，皺皺眉頭：「小剛，日頭赤炎炎，隨人顧性命。張伯伯是你的大貴人，你也拜他為乾爹，他們這樣照顧你，你如果還把後媽，小傑的事掛在心裡，不能專心讀書，他們大人不說，我這個朋友跟你交得也沒意思。」

「我知道。你放心，傷口太深，你的良藥再好，也要慢慢癒合。」小剛說。

阿雄點頭：「你的傷我了解，這跟我爸過世時，我的痛不一樣，當時，我怕我媽、我弟會餓死，我爸死了，我又慌又怕，像有把刀刺進我心裡。小剛，現在見到你這樣，我突然感覺，我的傷是刀傷割肉，我媽、我弟依賴我，也是良藥，我的心是紅的。我一心努力賺錢，家也給我溫暖快樂，我回復得很快，而你不是，你被你後媽的毒沁滿全身，你卻用全力護住你的良心，希望你爸、你弟給你快樂。今天的事，你該明白，只有你出人頭地，毒才會消掉，男兒當自強，我靠打魚，再過兩年當完兵，我的目標是有自己的大漁船，你努力讀書，學薛平貴，當大將軍，搞不好當宰相啊。」

小剛明白阿雄的用心，只是聽到最後，又回到歌仔戲的戲詞，不由得抿嘴一笑。

「怎麼樣？有道理。咱倆是好兄弟，良心話，這兩天，我的心情也是起起伏伏，想到大海透透氣。」阿雄見小剛有笑容，很開心。

「想到你帶我去大豐家的大漁船，真的很過癮。」小剛想到在甲板上躺著看流星，捕魚。聽他們唱歌，說笑話沒有煩惱，有些嚮往。

「怎麼樣？大豐他們今晚六點開船，我隨時都能去，你跟我去散散心。」阿雄問。

「才說人話，叫兄弟讀書當宰相，又拐人跟你去跑船。你哦，一顆心不知要分幾瓣。」

阿珠不知何時走來：「你想今晚上船就緊去抓衣褲來，這兩天會有寒流，上次去台北，高大哥送你的絨毛夾克又擋風又擋寒，你記得要帶。」

「妳這個查某，也沒想想小剛才來不到一天。」

「他今晚也要回台北呀，你今晚上船，去兩天，正好趕上烏魚潮，會分到獎金。我學洋裁還等你的錢去買縫紉車，你聽到了沒有。」

「你又不是我的老婆，我要賺錢給我媽。」阿雄嘻皮笑臉地說。

「你媽說，我給你家做很多事，要給我工錢。」

鈴鈴鈴……響亮的鈴聲引起孩子們的注意，轉頭一看，是張伯伯跟育仁哥哥各騎一輛單車來到阿雄家。

「伯伯。」

「大哥。」孩子們邊喊邊去迎接。

兩人跨下車，分別從車後座鐵架上拿下兩個大紙盒。

小剛、阿雄立刻接下。

「打開看看。」張伯伯對阿雄說。阿雄打開，是好幾串香腸、肝腸和好幾塊臘肉。

「哇！好香哦。」四個孩子同聲喊。

另一箱阿珠也打開，睜大眼：「燻鴨耶，好大的烤鵝，這一大碗是什麼？」她掀開碗蓋：「嗚哇！炸蝦球，伯伯你要送到哪裡去？」

「給你們兩家分分。」伯伯說。

「這個很貴，剛才我們有吃到。」阿雄說。

「是餐廳老闆獎勵你們，特別送的。」

「不行。」阿雄說：「小剛被冤枉，我們不服，抓賊是為小剛討回公道，我們不要獎勵。」阿雄說。

育仁蹲下，雙手扶在阿雄肩上，望著他的臉說：「我聽伯伯說，除夕夜，你要小剛跪在伯伯祖先牌位前磕頭，要伯伯收小剛當乾兒子？」

伯伯笑了。

「對呀。要不是伯伯對小剛好，小剛會很慘。」阿雄看看小剛。

「是真的。」阿康湊上來說：「剛才，我們去醫院，想看看他弟弟會怎樣，哇！真恐怖。小傑一直哭，一直罵，罵小剛要害死他和他媽，那個恐怖女人像鬼一樣，拿吊瓶砸我們，要不是小剛拖著我跑得快，我一定會被砸到。」

「是這樣？」育仁沉下臉問小剛。

小剛點頭。

「不到黃河心不死，這下可好，小剛看清楚了，沒掛念了。」阿珠說。

「什麼黃河？妳又從哪裡聽來的。」阿雄隨著育仁站起身問阿珠。

「就是不怕死，不甘心，拖到黃河看清害他的人要把他淹死，他才清醒。」阿康搶著說。

「你怎麼知道？」阿雄問。

「她剛從歌仔戲裡學到什麼狗咬呂洞賓，不識好人心，哥，她沒這樣罵你喔。」阿康得意地說。

「免囉嗦。」阿雄擺起哥哥的架子。

「好了，我們馬上回台北。」育仁說。

「哥，能不能晚一點，阿雄今晚要上船。」小剛說。

「上船？上什麼船？」育仁問。

「今晚大豐家的漁船要出海，他說是烏魚季，有希望能捕到不少魚群，叫我去幫忙。」阿雄說。

「要去多久？」育仁問。

「兩天。」阿雄說。

「不能移後？」育仁問。

「魚群也是一陣陣的，要靠運氣。」阿雄說。

「好吧，我們送你上船，祝你好運。」育仁說。

「好耶。」三個孩子露出笑容。

「把東西拿去分分。」伯伯說：「不收我的東西，小剛會難過。」

「好。」阿雄挑了兩塊臘肉：「阿珠，妳拿去。」

「你拿到船上請大家吃。」阿珠說。

「不要啦，那麼多人，吃不到一口，我哥是去做工的，這麼好吃的東西，拿回家慢慢吃。」阿康抗議。

「好啦，好啦。我不在這兩天，你不要只顧吃，你想讀書，就要把買來的書多讀，才好去學校聽課。」阿雄叮囑。

志遠聽著，心神領會，點點頭。

「妳明天要去學洋裁？」阿雄問阿珠。

「在家附近，阿妗家，只學半天。」

「妳去土地公拜拜，我抓到烏魚拿到獎金，給妳買縫紉機。」阿雄對阿珠說。

阿珠點頭。

「伯伯、哥，我陪阿雄整理上船的衣服，等下在碼頭見，好嗎？」小剛問。

「就這麼辦。」志遠對育仁說：「咱們回餐廳喝茶。」

高伯伯及育仁對阿雄上的漁船很好奇。五點多，幾個朋友就一起到碼頭去觀看，大大小小的漁船停靠在碼頭沿岸，在拐角不起眼、很卡的小角落停著一艘小船，岸邊就是一大片沙灘。

「那是阿雄的船。」張志遠說。

「才多大的孩子，靠這麼一艘小船養活全家。」高伯伯有些感嘆。

「他的小船在淺海捕撈的魚有限，他都是靠批些魚去零賣，或是替魚販送貨，很勤奮的一個孩子。」志遠說。

「難得呀。」育仁望著小船，發現離船不遠的沙灘，有許多的海鳥起起落落地在沙灘覓食。

志遠看著突然笑了：「這裡可是阿雄、小剛捉鳥的樂園。他們抓海鷗替小剛送信，把一隻大海鷗身上、腿上都糊滿了紙，結果鳥飛不動，把信撕成碎片落在這沙灘上。」

眾人笑，高伯伯問：「那阿雄提著鳥籠到台北，抓的那隻鳥，肯定也是在這兒抓的。」

「那還用說。」志遠淡淡地說。

「這個厲害，肯定從這抓到鳥，用網擒凶。」所長望著海灘考量著說：「都說東港常有走私船出入，很難抓到，地方經費有限，緝私防範不足，卻被這三個孩子無心抓住。」

志遠搖頭：「那是無心插柳呀。阿雄這孩子有義氣，跟小剛意氣相投，兩個苦孩子誠實質樸。他見小剛受冤，比他自己還痛，才想到這一招。」

「用海鳥抓賊，用海鳥送信。」一旁的警員吳訓畢竟年輕，搖著頭說：「海鳥很大隻，被他們這樣用，不會反抗嗎？」

「不聽話，他們就抓來放在我養雞的籠子裡受訓。」志遠說。其他人又是一陣大笑。

「他們來了。」一直沒說話的田老闆張口了：「上船還早，叫他們回我餐廳吃飽再上船。」

四個孩子見到他們立刻急急地跑過來。阿康腳跛，落在最後面，沒人理他，任他慢慢走。

阿雄衝到最前面，紅撲撲的一張臉張著大嘴：「你們來了？」「來看你上哪一條船，祝你好運。」育仁說。

阿雄笑著點點頭：「能還小剛清白就是好運，我上船安心啦。」

小剛從阿珠手上接過帆布袋給阿雄：「阿珠有塞東西在裡面，要你記著多吃。」

「是香腸嗎？」阿雄欲看。

「什麼香腸，是老薑，我有包幾塊紅糖，你煮來泡水喝，寒流要來了啦。」阿珠說。

幾個大人又想笑。

「先去我餐廳吃點東西，再上船。」田老闆說。

「不要了，船上管晚飯。」阿雄說。

阿珠連連搖頭：「不行，我們剛收到那麼多好東西，回家吃一樣。」

「餐廳會有更好吃的菜請你們。」田老闆說。

「不行。」阿雄搖頭：「阿珠很計較，她會把請客的帳單算在我頭上，算不清。」

田老闆哈哈大笑：「好吧，送你上船。」

一行人來到岸邊，大豐、大富正在攬船繩，見到阿雄隨著一群人來，緊張起來，把阿雄拉到一邊：「怎麼了，你犯案了？所長、警員都跟來了？」

「來送我上船啦。」阿雄得意。

兩兄弟看不是來抓人，很羨慕地說：「你現在是鎮上的英雄了。」

「我哪裡是英雄，英雄是那個恰查某。」阿雄指指阿珠。

大豐看看，咧嘴一笑，用力拍他肩膀：「快上船，免受驚。」

Chapter 22／蒲公英的力量

一行人趕回台北，已是晚上八點，開車越往北，越覺得冷，寒流真的來了，小剛在車上睡得很香，育仁替他蓋上外套，望著他甜睡的樣子，想來這幾日他都沒法安眠。

育仁突然發現從外套口袋露出的紅包：「啊，這是媽給他們的紅包，阿珠硬塞給我。」

「你先收下，我找機會給他們。」志遠說：「別看他們年紀小，家窮，卻都很有志氣。他們替小剛伸冤，讓小剛得到清白是最得意的事，平日，他們在我宿舍，吃我一頓餃子，還會拿兩條魚，幾把青菜當沒白吃，這是好習慣。他們不收紅包，是很正常的事。」

「看得出來，從派出所，到用餐、吃飯，他們與平時一致的態度，就讓人瞧得起啊。」高爸爸說。

「這些都是小事，你們瞧瞧，他那個後媽把一股怨氣都算在小剛頭上，她會放過小剛嗎？」志遠煩悶地說。

「她虐待老公前妻的孩子，各種打罵在警局都有紀錄，小剛被趕出家門，被伯伯收養，她在警局也寫下同意書。這個婦人，自己行為不檢，掉了東西反咬兒子一口，幸虧很快破案，還扯出這麼多重大走私、販毒案。」育仁冷冷一笑，透著得意：「真是法網恢恢，她家中也有毒品，槍械。警方連帶她過去虐待兒子又把兒子硬扯進竊案，一併報向警總，已構成刑事案件，送上法院，由法官來定罪。」

「上法院，就必須通知他父親回來，這不是小剛樂意面對的事。」志遠嘆口氣：「他爸一回來，鐵定擾亂小剛的心，一定沒心思讀書。」

「找律師研究。」高爸爸說：「一切以保護小剛為前提，這孩子不能在這個節骨眼上再受打擊。」

育仁望著熟睡的小剛，鼻子一酸，眼淚奪眶而出，也不知為什麼，從見到這個孩子起，他就喜歡他，不只是他，還有他的好友，多麼純真質樸，這樣的朋友，要像他父親跟張伯伯一樣，彼此成為一世的摯友，他要幫他們，一定要。他替小剛裹緊散開的外套，望著他，心中暖暖的。

回到家，已是半夜，高媽媽早就準備好消夜，並關心地詢問一切情況。小剛太累了，醒了又打個盹，被育仁扶到樓上，倒進床上又睡去。

樓下大人邊吃邊說這一整天的事，真是高潮迭起，說到阿雄、阿珠、阿康的事更是有趣。對阿雄，高媽媽最有印象，談起他提著鳥籠來送信，說台北的地址鳥不熟悉，靠他來領路，育仁又說，阿珠很能幹、懂事，卻處處用歌仔戲詞斷章取義地教訓阿雄。阿雄在家是老大，小學沒畢業，爸爸漁船遭難，他只好休學，靠一艘小漁船捕些魚或是販魚，還替人打零工養活身體不好的媽媽和有小兒痲痺腿瘸的弟弟。偏偏胖阿珠跟阿雄很投緣，阿珠比阿雄小一歲，小學有畢業，是阿雄同村的鄰居，家中姐妹多，環境也一般般，阿珠幾乎都在阿雄家生活，阿雄的媽媽把她看得比阿雄還重要，阿雄在朋友面前重義氣，有氣魄，在阿珠面前卻常被他聽不懂的歌仔戲詞搞得霧煞煞，即便如此，仍得聽命於她，不然胖阿珠拳打腳踢一併上來。育仁把他自己看到和小剛說的，同媽媽聊開了，引得高媽媽大笑。當然，高媽媽已把小剛當自己的孩子看待，她很高興能這麼快靠三個孩子用遊戲般的手法抓住真凶；至於替警方破了幾樁懸案，他們倒是無動於衷。受到警員誇獎，三個孩子卻說：「要靠你們還小剛的清白，哼，白白紙染到黑。」當聽到志遠說起三個孩子的童言稚語，她感動得幾乎落淚，高爸爸感慨地說：「多少年了，咱們家沒這麼高聲談笑過。」

「明天，我送小剛上學。」育仁說。

「不必。」志遠說：「讓他自己去，你跟著，他會感到彆扭。」

突然聽到海鳥「呱呱」的叫聲，大家一驚，怎麼有海鷗飛進院子裡。

高媽媽一笑，站起身，走到櫃臺拿起鬧鐘：「是小剛屋裡的鬧鐘，見它停了，就拿到客廳上緊發條，誰知撥到夜裡兩點的鬧鈴上，這下可好，你們把海鳥帶來了，叫大家該休息了。」這才讓三個談興正濃的男士放下話題進房睡覺。

沒有鬧鐘，小剛仍六點準時醒來，他梳洗乾淨，把書包整理好，攤開書本，阿雄的話在他耳際響起：「你只有讀好書，才能出人頭地。」

他撫摸著桌上一角放著的搖鈴，然後輕輕拿起，搖了一下，「鈴鈴！」像是握住伯伯的手，感到好溫暖。

小剛獨自騎著單車上學，他心中很踏實，他想，到學校老師會告知同學他的清白。過去在東港，他受的委屈讓他練就了坦然的態度；現在，他也抱著這樣的心情去上課。

然而，育仁卻不放心，他遠遠地跟著，他怕台北學校的孩童像上次阿雄來校時，會對他辱罵或起爭執。

育仁擔心得沒錯，半路上，三個騎單車的男孩，故意把小剛夾在中間，其中一個橫在他前面。

小剛停下車，不動。

育仁閃到路邊樹下觀看。

「你這個賊還敢來學校。」

「難得遇見喔，上次你把我的鼻子打流血，這次該討回來。」另一個說。兩個男孩分別用單車夾在小剛左右。

「打，打，打死這個賊。」單車橫在小剛面前的孩童說。

育仁看清楚了，這三個孩童是六年級同學口中的班霸，阿雄來學校找小剛，就是和這三個學生打架。

小剛不動，三個男生指手畫腳，罵得很難聽。

育仁強忍著看小剛怎麼應付。小剛扶著單車站著，不發一語。

前面長得高大粗壯的男孩，拿起書包向小剛迎面打去，小剛抬起右臂抵擋，接著抓住書包轉了個圈，向上拋去，書包散開，書本作業等傾斜倒出，散落在四周，小剛迅速扶車往後滑。

剛才夾在小剛兩邊的人，看到前面的人丟書包，立刻各伸出左右腿欲踢夾在中間的小剛，哪想到頭頂散落的課本等物擊在頭肩四周，立即本能地舉手護頭，此時，小剛早已扶車閃開，滑向路邊。

三人忙著撥開散在身上、頭上的鉛筆盒、講義夾、簿子，顧不得扶單車，擋在他倆面前的單車卻橫倒下來，連人帶車三人擠在一起，「唉唉」地發出叫聲。

育仁本來替他捏把冷汗，現在卻想笑出聲。難怪伯伯叫他不要管，小剛真有兩把刷子。小剛騎回單車，逕自往學校的路上走，像沒發生任何事一般，很輕鬆的樣子。

留下三個男生互相抱怨。

「都是你啦，我說打不過他，你非要跟他打，那個賊是有功夫的啦。」

「什麼功夫！狗屁。你的單車橫倒誤事，書包被甩開。看啦，鉛筆盒蓋鬆開，圓規砸在我頭上，好痛。」

「我更痛，書包整個砸在我頭上。」一個把塌在頭上的空書包抓起，丟得好遠。

「喂，那是我的書包啦。」

「管你去死，頭痛啦。」

「他敢去學校，找死，老師會把他送到警察局，抓賊啦。」

三人邊抱怨邊收拾東西。好像有一部單車出了毛病，沒辦法騎，推著走，其他兩人也不顧他，逕自騎車走了。

育仁看看，輕吁一口氣，跨上單車回家。

放學後，育仁仍不放心，到校接他，見小剛春風滿面地迎向他。

「怎樣？」育仁問。

「同學都知道我是清白的。」小剛說。

「這麼快？」

「當然，昨天學校就接到警局的公文。我到校時，導師說，校長同每班的導師都交代，要把我的情況在班上講清楚，並要同學對我友愛，今天我到班上，大家都幫我溫習功課。」

「早上找你麻煩的那三個人呢？」育仁問。

「你看到了？」小剛問。

「我在離你很近的路邊樹後，你們都看不到我。」

小剛笑笑：「我不想跟他們玩，無聊。」

「在學校他們沒找你麻煩？」育仁問。

「哥，你放心。我三天沒去學校，許多數學題不會算，我要加強。」

「這個包在我身上，其他事你就別管。」

小剛點頭：「有哥罩著，我什麼都不怕了。」

兩人騎著單車慢慢朝回家的路前進。

平靜的一星期，小剛勤奮讀書。中午迫切地等待伯伯給他送的便當，志遠堅持中午的便當他要送，高媽媽了解志遠的心情，他跟小剛的緣分是從中餐的便當開始的，現在兩人都喜歡這種感覺，讓它持續也是樂趣。

晚上，育仁跟小剛一起讀書，育仁似乎也喜歡小剛對他近乎崇拜的依賴，高媽媽感到十分欣慰，不再遺憾沒給育仁添個弟弟或妹妹。

高忠君的內心對張志遠一直感到愧疚，總覺得，他今日所有的一切都是志遠用生命換來的。

如今，他有緣認了這麼一個好孩子，兩人情同父子，精神上有了寄託；這讓高忠君心中的愧疚感減少了許多。

第二個星期，小剛把考卷拿給哥哥看，他考得並不理想，不過在班上仍算是中等，育仁鼓勵他，要他別急。

他接到阿雄厚厚的一封信，裡面圖文並茂，有阿珠的信，有阿康的信，阿珠是一塊布，布上繡了一朵毛茸茸的球花。她寫了一張紙條說：我學洋裁很用心，謝謝伯伯送我最想要的縫紉機，還能車繡。我繡一朵蒲公英花，它不美，教我縫紉的阿妗說，它圓圓的羽毛會隨風飛，落在地上就生根，茂盛繁殖，跟著太陽跑，我們要學蒲公英的生命力。

「伯伯，你給阿珠買縫紉車了。」小剛問。

「那是她最需要的，你育仁哥直接叫廠商按地址送貨。」張伯伯說。

「她好高興，您看看阿雄的信。」伯伯接過，看了大笑。

高爸接過看了也笑。

敬愛的伯伯、高伯伯、高大哥：（下面畫了一個男孩，身上扎了好幾根針，手腳被繩子綁著。）三位大人送給阿珠這麼貴重的縫紉機，她如魚得水（畫了一隻魚在水中），每天都在「搭搭搭」地練個不停，上午在她阿妗家學，下午則在家替人補衣服，我找她幫忙，她說，再囉嗦，就用針扎我，我現在已被她扎成這樣。是心被扎呀，甘苦莫郎摘。（台語，心中的甘苦沒人知道哇。）

派出所所長說：「呂阿雄，你很聰明，要去讀書，當警察一定是人才」，我說，我要養家賺錢，我有一個好兄弟孫亦剛，他會讀書才是人才。他又說，你們這次幫了警方一個大忙，我說，那是你們的事，要靠你們自己，我只是怕小剛會被冤死，我不想再聽這些無聊的話。所長又說，你替派出所做線民，觀察海岸是否有可疑的船，然後來向我們報告。我說，不要，我很忙，要賣魚，養我媽和弟弟……。什麼線民，我現在被阿珠用針扎得心好苦，你們還要用線綁我，我不要。哈哈，堂堂大所長對我也沒辦法。好兄弟，小剛，咱們男子漢大丈夫，要爭氣。我舅說，過些日子，會給我安排到屏東一家修機械工廠當學徒，學一門技術，才不會被阿珠用針扎。

（後面畫了一個大力水手卜派很雄壯的樣子。）我有很多話，下次再寫，阿珠在旁邊，不方便。

而阿康的信幾乎都是注音符號，有些拼得不對要用猜的，連育仁都看不懂，只有靠小剛自己了。

小剛看過說，阿康是謝謝伯伯跟學校拜託，他現在已回學校讀三年級，每天舅舅騎單車載他上下學，他很愛讀書，希望將來能進初中，高中。媽媽每天都會去菜市場賣菜，賣醃蘿蔔，有很多人買，說好吃，還說是小剛哥你種的；還有割菜、魚乾，都很好賣，伯伯送的香腸、臘肉，媽媽捨不得吃，會給我帶便當。我要努力讀書，不會寫的，我會用心。

大人聽小剛把信念完，然後高媽媽轉進廚房，抹去眼角的淚痕。

小剛把信好好收在抽屜裡，然後翻開平日畫圖的簿子，他要怎樣寫，才能表達心中的感觸呢？

假日，育仁哥要和女友吳婷芸去爬山，要小剛一起去，小剛在學校聽同學說，夾在人家男女朋友之間，是讓人討厭的「電燈泡」，因此堅持不去，說不能做「電燈泡」，引得婷芸大笑。

「這樣好不好？你把阿雄他們的信給我看，當作交換。」婷芸說。

「不必交換，姐姐看不懂的。」小剛說。

「拿來看，我很想看，我看得懂就帶你去陽明山看櫻花，現在櫻花開得正茂盛，去山上欣賞花海。」婷芸逗他。

「好啦，我去拿給妳看啦。」說著轉身就要回房拿，婷芸一把把他揪住：「私人信件，不能隨便給人看。」

小剛傻住。

「是你哥叫我帶你去爬山，找一種叫蒲公英的小花。」婷芸說。

小剛想想：「是阿珠說的那種像棉花球的小花？被風一吹花就散了，一支支細得像羽毛亂飄？」

婷芸點頭：「就是。」

「這種花在東港鄉下是野生的，到處都是，沒什麼好看的。」小剛說。

「可是台北卻找不到。」婷芸說。

「找它幹什麼？」小剛問。

「大概是好奇吧，我也好奇，搞不好你會在山上荒草中找到一些我們不認識的花草，比蒲公英更可愛。」

這下可提起小剛的興趣：「好。我去拿鏟子、提籃，見到你們喜歡的野花野草，把它挖回來種。」

「沒必要，先去看看再說。走吧，你哥在門外發動車子了。」

三人坐上車，直奔陽明山。

在陽明山下的停車場停好車，三人步下，小剛這才發現賞花的人真多。

整個山道綿延而上，幾乎都是賞花的人群，男女老幼都有。三人緩步向前，道路兩旁或密或疏，高大的櫻花盛開，在陽光照耀下，燦爛亮麗。

賞花的人三五成群拿著相機取景，拍照，笑鬧喧嘩好不熱鬧。小剛看了幾乎傻眼，對育仁說：「這麼多人，山上有廟讓人拜拜嗎？」

「沒廟，是賞花季，櫻花開得快謝得也快，都市人把賞花當成生活中最大的精神享受，鬆弛一下緊張的工作壓力。」

「喔，鄉下也有花，但沒這麼多。每年夏天，學校校門旁的鳳凰樹，開滿了紅花，伯伯的吊鐘就掛在樹上，學校都以伯伯敲鐘的鐘聲按時作息，很習慣了。」

「過去搖鈴也是這樣嗎？」育仁問。

「當然，我比較喜歡搖鈴聲，伯伯拿著搖鈴在走廊繞一圈，我們就很習慣地上下課，或是升降旗，或是放學了。」小剛認真地說。

「來，小剛，站在那棵樹下，我給你拍張照。」婷芸指著一叢向陽的櫻花說：「站好，要笑喔，拍好寄給阿雄。」

小剛照好，和育仁合照，婷芸又把相機拜託路人替他們三人照。很開心，小剛發現這櫻花樹下也有矮杜鵑花，及一些說不出名字的花花草草，但是都很美。

三個人不想擠在人群中，另找小路緩步踏青。雖不及刻意栽種的花道燦然壯麗，但不同的花草一簇簇，一叢叢分散在路邊，石階下，或直立或雜生草中，紅、黃、淡紫、各色小花相映成趣，生機盎然，勝過花道的繽紛爛漫。

育仁見不遠處靠山岩有一座涼亭，僅一條窄石子路可通往，建議三人拾階而上，山岩四周均是古木蒼松，地上遍是綠草，各色小花點綴其間，引得蝴蝶飛舞，松鼠任性地在地上樹上亂竄，一兩聲鶯啼，伴著路邊隨風舞動的柳葉，平添無限生趣。

「這裡真好，讓我感受到春天的韻味。」婷芸挽著育仁的臂膀說。

「是呀，那種夾道濃豔的燦爛，不是賞花，是人擠人。」育仁說。

婷芸舒服地深吸口氣：「這情景真如唐朝大詩人韓翃題的『春城無處不飛花』。」

「我接唐朝大詩人杜牧一句，『十里鶯啼綠映紅』。」育仁笑答。

兩人哈哈大笑，小剛說：「這是唐詩嗎？我也會。」

「好。背給我們聽，要屬於春天的。」育仁提醒。

小剛閉目，皺眉開始念：「春眠不覺曉，處處聞啼鳥，夜來風雨聲，花落知多少。」

「哇賽，厲害。」兩人同時鼓掌。

小剛有點不好意思，低頭搔耳。

「你一定會背很多唐詩。」婷芸誇讚。

「沒有啦，只會這一首。」小剛小聲說。

「小剛會謙虛喲。」婷芸說。

小剛搖頭：「真的只記得這一首，是小學二年級時媽媽教我唱的，後來媽媽病了，就沒再教我了。」

婷芸心中一酸，怕小剛難過，於是牽起他的手：「走，到涼亭，可以看到遠處天邊的白雲，山腳下的風景，很不一樣的。」小剛跟她走沒幾步忽然停下：「姐，看。」

他從姐肩上捏住一根細小的羽毛：「這是蒲公英的花瓣。」

「啊，這兒一定有蒲公英。」婷芸說。

「不一定，一朵花，有很多花瓣，它們被風吹向各地，妳看，這羽瓣下緊垂的小種子，才是它生命的力量，要落地生根，茂盛繁衍。」小剛說。

婷芸小心地把它放進草中。

三人這才走進涼亭裡。

育仁約婷芸帶小剛來，其實是受父親及張伯伯的託付，法院寄來通知，丘秀枝虐待老公前妻的兒子屬實，當受法律制裁，小剛得隨律師出庭作證。

大人們在律師事務所商談，以一個未成年的孩童被後母虐待，在東港派出所早有醫院開的驗傷證明，並有學校老師及鄰居指證。加上這次誣陷其偷竊，她當受法律制裁，如其受刑，必通知其父孫建成。孫建成雖在海外工作，面對現任妻子虐待親生兒子已觸犯刑法，法院須以公文通知本人，如果他無法親自返台處理家務事，也應聘律師代理。問題是，他的後母一直以糖衣包裹她的罪惡，孫建成在遠洋的船務公司任高職，以妻子的賢良作為招牌，得到同仁的稱羨，上司的肯定，讓他能全心全力用在工作上，然而，兒子孫亦剛變得如此桀驁不馴，讓後媽無從管教，也是他的心病。他不明白給小剛的信總見不到回音，這孩子真如他後母說的常不回家，跟野孩子混，已到了無可救藥的地步。就因為這樣，他對妻子有著莫名的虧欠感，想盡辦法用金錢或物質滿足不在她身邊陪伴的遺憾，甚至有放棄孩子的念頭。如今，當他接到法院的通知，虐子、私生活不檢等行為，讓他在法律面前看清一切。

他對此真是情何以堪。早熟又懂事的小剛之所以隱忍，是怕弟弟小傑失去母親，同時顧忌父親面對家中發生的事，影響工作。確實如此，阿雄的舅舅就曾同他說過，公司的職員升遷要調查這人的家庭是否圓滿正常，外國也一樣，這是評量個人操守的基本原則。

對於家中被竊及藏有走私槍械及毒品，呂建標等人已承認，丘秀枝聲稱不知情，她喊冤。如屬實，可免刑，而她與娜娜互毆、互傷，已庭外和解，只有虐待小剛之事，法院將判刑責。然而，丘秀枝卻叫孫亦傑由律師陪同到學校請求老師，勸導小剛撤銷後母虐待之事，這令小剛很困擾，而不敢有任何承諾，請他們跟伯伯們說清楚。

大人們在律師事務所，針對丘秀枝的虐子案並不願意撤銷告訴。他們怕撤告後，丘秀枝會來個死不認帳。

志遠冷笑：「不撤告，她都會想別的法子整小剛，現在卻動用母子親情了。」

「這次的竊案，警方幫她收回幾乎三分之二的貴重物品，她應該感謝小剛。」律師說。

「所以此案更不能撤告。」高忠君說：「這女人用的是緩兵計，她是容不下這孩子的。她巴不得小剛死掉，這樣，她的謊言就成為事實，她的物品便可失而復得，她對小剛沒有一絲的感謝，律師，你在卷宗看到她對娜娜的暴行，就知道她此刻的心情。」

「這是一個身為丈夫及父親該面對的事，我們不是當事人，沒必要替他隱瞞。」律師說：「我是你們聘請的律師，以我的立場，我會以律師函告知小剛的父親，法院也會寄函件給孫建成。」。

志遠有些猶豫：「這樣會影響小剛的學習。」

「我不認為會影響小剛的學習，當父親明瞭真相，會消除孩子心中的顧慮，他更能一心向學。」律師說。

育仁搖頭：「律師，小剛現在的隱憂是，當他父親知道這一切的後果，他很崇拜他父親，說他是一位有身分地位的人，如果他父親跟後母離婚，或是他後母以自殺作為要脅，他的家就毀了，他那依賴性很重的弟弟，更讓他擔心。」

「這倒是值得慎重考慮的問題，兩全其美的辦法是先撤銷告訴，但仍保留追訴權，過去她寫的讓孫亦剛由張志遠扶養的切結書仍具法律效果，你們看這樣可行嗎？」律師問。

「那麼法院還會寄函件通知孫建成返台面對這些問題嗎？」育仁問。

「應該不會，他回來是處理後母虐子的問題，如果他回來，從虐子延伸到丘秀枝的私生活，問題就大了。」律師搖頭。

談到這裡，大人們共同的意見是，問問小剛的想法，他可是當事人，如果小剛認為爸爸處理這些事，不會如他想像的那麼糟的話，畢竟，他仍想得到父親的關愛，那是他最渴求的。

畢竟，他還只是個十一歲的孩童。

去問問他真正的想法吧。這任務就交給了育仁。

三人來到涼亭，在石板上坐下。育仁把這些問題在腦中反覆思考後，仰頭望著遠處的山林幽幽嘆氣。「小剛會怎樣決定呢？先聽聽他的看法吧。」

婷芸了解育仁的心思，拉著小剛說：「我們再去找找，我不相信找不到蒲公英。」兩人步出涼亭。

小剛笑笑：「姐，蒲公英這種花雖然很小，像一支小絨球，但是它向陽，當它盛開到絨球下的小種子都能自立了，托住它的梗就枯萎了，而讓成熟的花羽隨風飄散，落地生根，繁衍下去。」

「小剛真厲害，我過去都不知道這種小野花。」婷芸認真地在草叢尋覓。

小剛隨口說：「其實我不懂，這些話也是從阿珠那聽來的，這女孩有個好阿妗（舅媽），常教她做人的道理。」

「阿珠喜歡蒲公英？」婷芸問。

「我也不知道，有一次，我們在海邊玩，海岸有幾支蒲公英的花蕊隨風吹散，像許多白細線高高低低地飛著，阿雄想去抓它，阿珠阻止說，『別碰，它們在找新家。』

我不懂，就問：『它們要怎麼找？』

阿珠說，『植物有求生存的本能，跟人一樣，它們隨風吹，命好，就落地生根。』

『命壞就落進大海淹死。』阿雄說。

阿雄這樣說，阿珠並沒有罵他，只是很認真地說，花草有命，動物有命，人更有命，人的命不好，但運氣好，就把命帶好了。」

婷芸有感而發，望著小剛：「有道理，你認為呢？」

「看到阿珠繡的蒲公英花，我知道她在告訴我什麼。」小剛一臉嚴肅。

「能跟姐姐說嗎？」婷芸問。

「姐，我就是蒲公英中的一支小羽瓣，伯伯就是風，他把我吹向高家，給我一個有力量的生長環境，讓我茁壯。」小剛說。

「你喜歡這裡？」

「當然。」

「你後母的律師昨日帶著你弟到學校，勸你撤銷對你的虐待案，叫你回東港的家，你有何打算？」婷芸問。

小剛搖頭：「蒲公英的道理，妳一定明白，我已飛出，在高家我無憂無慮，只想像蒲公英一樣不讓伯伯、大哥失望。我要爭氣，報答我的恩人。」

婷芸感動地問：「那法院的案子呢？」

「就撤銷告訴吧。伯伯已是我的監護人，我不會跟她回去，她那是藉口。」

「你想得很明白。」婷芸說。

「姐，我回去就如阿雄說的，飄落大海死去。」

婷芸反而笑了：「你撤銷案子，終究還是顧慮你的父親。」

「是呀，爸爸工作壓力一定很大，我不希望後媽把我爸毀了。」他笑：「姐，我爸更像蒲公英。」

「你這樣懂事，要是你父親知道該有多好。」

「會的，這是我的目標。現在就讓後母安心過日子，把小傑帶好，等爸回來，謝謝伯伯和大哥、大姊。」

婷芸牽起小剛的手：「走，去涼亭牽另一隻蒲公英的手。」育仁仍在遠處呆坐，苦思著對虐子案該不該撤銷告訴。

Chapter

23 ／ 承諾

台北的春天不比東港，有些冷，還常下毛毛雨，東港雖是港邊小鎮，卻是台灣的最南邊，幾乎都是豔陽高照，雖也有雨季和寒流，但來得快去得也快。

小剛經歷了這些事後更明白，自己要努力讀書，要考上最好的省中。他知道自己的基礎差，同學們太厲害。有的同學還去補習英文，而他似乎跟他們都脫了節。他加倍用功，半夜偷偷起來讀書，算術一題題反覆練習，課本一遍遍熟讀背誦。

育仁全看在眼裡，每天給他複習時也提綱挈領，並加些課外考題，讓他能觸類旁通。又怕他不注意身體，每星期六還帶他到他讀的大學去打籃球。小剛很有運動細胞，身手矯健，令他的同學都刮目相看，說這小孩很有運動天分，讓育仁很有面子。當然，最開心的是他接到阿雄的信，說些生活情形，他現在每個星期六、日都會到屏東一家汽車修理廠當學徒，不交學費，但沒工資，他學手藝，常常仰著身子看車床，修機器。全身都沾上機油，可是阿珠不嫌他髒，還買粗布裁了一套工作服叫他修車時穿，她現在有比較瘦，漂亮很多，有人打她的主意，我警告她，反被她揍，這女人不好惹。

諸如此類的抱怨，成了他寫信的宗旨。小剛也沒辦法安慰他，倒是育仁跟伯伯給阿雄出主意，但小剛認為他們不了解阿雄，不理會他的抱怨，讓他說說，發洩一下就好。

子似乎很平靜，但是小剛在半夜起床時，會隱隱聽到睡在他隔壁的伯伯嘆氣聲。伯伯不開心，他直覺地認為，伯伯是為了他才住在這裡，他獨居慣了，離不開東港那間小屋，在這裡他像客人，很不自在。私心裡，他也捨不得伯伯回東港，他依戀伯伯，總希望他慢慢會習慣。

一天，晚餐後，伯伯慎重地拿出一封信告訴大家，再過兩天他要回東港，替他代班的施正得，在台南找到一份好工作，雖然是私人公司，但待遇好，還有宿舍。他太太也能到老闆家幫忙照顧他家年邁的老母親，加上孩子能就近上學，這樣好的機會，他不能放棄；再說，工友是編制內的，再過幾年，他滿六十歲退休，就能拿終身俸。施正得當年因為車禍受傷，在家療養，現在身體好了，總不能一直用他的名字代班。

他摸著小剛的頭說：「我會常回來看你。」

小剛搖頭：「我會去東港看伯伯。」

氣氛很凝重。

「明天是星期天，我帶你去基隆碼頭看大船好嗎？」志遠問小剛。

「好。」小剛悶悶地答。

「傻瓜。我兩星期會去東港給伯伯送高血壓藥，每一個月還要載伯伯來台北複診。你可以乘機跟我到東港去找阿雄他們，多好呀。」育仁拍著他的頭說。

「真的？」小剛問。

「騙你是小狗。」育仁故意逗他。

小剛搖頭。

「那你說，是什麼？」育仁問。

小剛仍搖頭。

「說呀，是什麼？」育仁追問。

小剛轉頭，急步跑上樓，走進房間，關緊房門，趴在床上，哭了。

樓下的大人都沉默不語。半晌，高媽媽說：「志遠，你一定要回去嗎？」

「施正得難得找到好工作。這份工友差事，一時半刻不容易找到人，我不能不講信用。」

「這倒是。」高忠君了解志遠的脾氣，於是說：「在那生活慣了，經常來往，也沒什麼。」

「讓他哭一會，明天我帶他去看大海，就沒事了。」志遠說。

小剛哭了一陣，沒心思讀書，就拿出畫冊來畫，一頁頁翻看前面的圖畫，其中一張是他和阿雄躺在船的甲板上看流星。那夜，海風很大，浪也很大，月亮在雲中，流星不受風的影響，閃爍地自高空落入大海，不是一顆，而是接連不斷的好多顆，他當時許願要跟阿雄出海，阿雄卻阻攔說：「你是狀元命，出什麼海。」

他許願要跟爸見面，怎麼想也不會是今天這種樣子，阿雄說，神給的安排是天機，我們凡人是摸不透的。小剛想，或許，神要我用好成績讓爸爸開心，要我專心讀書，伯伯想回東港，我不應該讓伯伯不開心。

他拿起筆，隨意地畫，畫的卻是一只搖鈴，他在鈴的四周畫了很多星星。耳邊似乎響起了鈴聲，他倒回床上，合上眼。

第二天一大早，志遠就帶著小剛搭公車來到基隆港，在碼頭邊，兩人慢慢走著，港邊很熱鬧，大大小小的船隻停在港口，遠處的貨櫃輪有工人卸貨，引航船響著鈴聲如一隻輕巧的燕子在水上滑行。

兩人望著人海，想著不同的心事，志遠停下腳，看看腳下踏著的水泥地，多少年了，還是那麼堅固，是他踏上臺灣的第一塊土地，他暈船暈得厲害，加上被強拉到軍中當兵，思家，想逃，懼怕過，也跟著軍隊四處亂竄，身邊不是傷兵就是死人，他在濕水溝中跪趴了兩天兩夜，是寒冷的秋天，他被救活，從此就得了說不出的病，左膝蓋逢天冷就痠痛，比氣象台還準。他被分到醫療小組，長官把他的兵籍資料補在一位陣亡士官名下。名字沒改，年齡改長了十歲，他一切聽命令，也不想申辯，因為這個差事，他不必扛槍，手上掛著紅十字的布套，提著藥箱，跟著隊伍跑，比下部隊輕鬆，也安全。

這樣渾渾噩噩地隨部隊在砲火中上船，暈得不省人事，總以為也不知什麼時候會斷了氣，被丟進大海。

他是在人擠人的情況下被推上岸，雙腳才踏上地，就昏趴在地上，有個人把他拖到一邊，用水壺澆到他嘴邊，他喝了兩口，終於有些精神。那人就是高忠君。

「人的緣分是天注定的。」他自語，有些感嘆。

遠處的引航鈴在清脆聲中夾著大火輪的啟動鳴聲，把他拉回現實，十多年了，這裡和高雄是台灣最大的兩個港口，繁華、熱鬧自是不在話下。

他想把剛才想的事跟小剛說，望望小剛，見他正痴迷地望著那艘準備出港的大輪船，就把話嚥下了。

「小剛。」他喊。

小剛回頭：「伯伯，我三歲的時候，我媽抱著我，就是在那邊海關口接我爸爸，後來我爸抱著我到大輪船上玩，我媽有拍照，常拿照片跟我說，我很愛聽這段往事。」

「走，到那邊，會看得更清楚。」志遠說。

小剛搖頭：「這樣看看就好了，等明年我考上省中，我一定要在這邊接我爸回台灣的船。」

他說著，眼睛沒離開遠處的輪船。

「這有什麼難，你爸一高興，就會帶你上大輪船看他上班的地方。」志遠說。

小剛充滿自信地牽著志遠的手：「伯伯，我爸一定會請你、高伯伯和高大哥去船上，以感謝你們。」

「是呀。」志遠回應。

小剛提起興趣說：「比起基隆，我對高雄港口更有印象，我爸也會從高雄港口下船，我小學二年級時，我媽帶我去過。有時，我爸會從高雄乘客輪到東港，這樣比較方便，可是東港沒有引航船。我比較喜歡引航船的鈴聲，跟伯伯搖的鈴聲很像。」

志遠點頭，自從他母親過世，他只能用搖鈴的聲音替代他無法到大港口接送他的父親。

「小剛，你如果想念你父親，就請育仁帶你來港口，你把引航船的鈴聲當作你爸很快就會搭大輪船入港跟你見面的訊息，這鈴聲會傳到你父親心中，他會想到你。」

「不會。」小剛望著遠處的天空：「他聽不到。」

「心有靈犀一點通，父子連心，他會有感應的。」

小剛搖頭：「伯伯，我有你給我的搖鈴，我想你就搖鈴，你一定會知道，我爸不會有這種感覺。」

志遠心頭一熱：「走，去那邊的店吃東西。」

小剛把一碗牛肉麵唏哩呼嚕大口地吃了半碗，抬起頭若有所思地問：「伯，老師在課堂上說起古人講信義的故事，說他們為了承諾一件事，可以不顧自己的生命，真的有這麼重要嗎？」

志遠點頭：「人無信不立，承諾就是要你們一定要實現自己許下的諾言。」

小剛笑了：「同學很愛用這兩個字，向同學借錢，借筆記，借參考書也說，都用自己的生命承諾一定會還，真有趣，我的諾言，才不是這些，現在我終於定下了。」小剛放下筷子說。

「說說看。」志遠問。

「我們現在沒有假日，老師說，春假的四天假日，包括兒童節和清明節，段考成績如果平均在八十分以上，就可以放兩天假，不然四天都要到學校補習，我給自己的承諾是要爭取這兩天假，我要去東港跟伯伯過兩天。」說完端起碗，把麵湯喝完。

「順其自然，別給自己太大的壓力。」志遠反而吃不下碗中的麵。

「好了，我終於有自己的承諾了。」小剛堅定地說。

有了承諾，有了目標，他緊緊牽著伯伯的手，在街上漫步，走進書店，逛逛菜市場，有如在東港一樣。

回到家，高媽媽看到兩人很開心的樣子也就放心了。晚飯時，小剛同育仁說：「哥，我承諾每星期寫一封信給伯伯。」

「家裡有電話，你可以隨時打到伯伯學校呀。」高媽媽說。

「讓他寫，這是他給我的承諾。」志遠說。

育仁聽出其中的涵義：「那給我的承諾是什麼？」

小剛搖頭：「我給伯的承諾是到死也要遵守的，沒有第二個。」

「好大的承諾。」育仁故意大聲：「真不敢再叫你說第二個。」

引來大家的笑聲。

一大早，高忠君親自陪同志遠，叫司機開車送到東港的國小，他了解，志遠習慣隨興地生活。自在，是他的本性，好在現在聯絡上了，小剛倒成了兩家生活的重心，但他最不放心的是他的身體，沒辦法隨時照顧。

到了校舍，校長、主任像歡迎親人般地迎接他，施正得很抱歉地說些不得已的話，小

小的房間整理得乾乾淨淨，連茶水都替他泡好了，

志遠隨意坐下，忠君看出，這才是他最安適的居所。

校長和主任特別感謝他們為孫亦剛所做的一切，志遠也說些小剛的改變，閒聊後，校長拿出一個雖舊卻保存完好的小藤箱說：「孫亦剛的後母上星期把她的住宅租給鎮長的弟弟，新住戶在整理房間時，在衣櫃一角堆放不要的舊雜物中，撿到了這個小藤箱，發現有書信，是關於他父親寄給孫亦剛被他後母扣下的，就拿來給我。我想孫亦剛應該看看他父親寫給他的信。」

志遠接過一疊信，隨手翻看，有撕毀的，有皺成一團的。信中充滿對小剛的責備、失望。忠君接過：「讓我慢慢看，別讓小剛知道。」

「這孩子才把心思用在課本上，別擾亂了他的情緒。」主任說。

「謝謝主任，我跟志遠都這麼想。」高忠君說。

「這是可以毀掉的，她是故意讓你們發現轉給小剛的嗎？」施正得問。

校長笑笑：「新住戶可是本校的新任家長會長，他家在鄉下，很早就中意那棟豪宅，他為人很仔細，這種信，他不會當垃圾。」

「這些散亂的信，我看了好幾封，他父親對兒子本抱著極高的期望，接著是責備，憤怒他學壞，並質問他何以幹偷雞摸狗、丟臉喪德的勾當，可見他後媽用心的惡毒。」教務主任也說：「其實，我教學這麼多年，看得出孫亦剛的本性，他很厚道，可惜遇到這樣一個後媽。」接著說：「明擺著把這樣精緻的小藤箱，放在衣櫃的廢物中，是存心要讓人撿

拾的。」

「當她把房子租給會長，她一定知道這些信會交到校長手中。」志遠冷冷地說。

「校長看過會交給孫亦剛，擾亂小剛讀書的心情。」高忠君忿忿地說。

校長哈哈一笑：「這婦人用的心思真深，把我看成了傻瓜。」

閒聊一會，校長堅持要大家到他家便餐，因也住在學校宿舍，高忠君不便推辭，大家把酒言歡至傍晚才趕回台北。

高忠君回到家已是半夜，育仁在客廳等爸爸，見爸爸滿臉笑容，於是問：「沒再十八相送了吧？」

高忠君敲了兒子的頭一下：「敢情你接了十八相送的電話。」

「差不多，伯伯來了電話，說你喝多了，他可是一滴酒也沒沾。」育仁說。

「我又不開車，在車上我睡了一會。」

育仁從廚房暖瓶倒出一杯溫酸梅湯端給爸爸：「媽給你準備的，伯伯跟我在電話中說的事，媽都知道了，我請媽去睡了，小剛也睡了。那些信你收好。」

忠君脫下外套，坐回沙發上，端起酸梅湯喝了兩口：「我根本就沒喝多少，一瓶高粱，勸來勸去，半瓶不到，就換茶杯了，都沒酒量。」

「都是文人，不能跟你商業上的老闆比。」育仁說。

「那倒是。」忠君搓搓臉：「我下車忘了，你去車上後座把那只小藤箱拿來，裡面的信，你慢慢看，然後收好，等小剛考上好的初中，見到他爸，再把信交給他。」

育仁點頭：「明白，伯伯在電話中，一再交代。」

「好，我去洗澡、睡覺。」忠君站起，兀自嘀咕：「明天打拳，就是我一個，真沒意思。」

小剛倒很自在，他的目標是四月春假，要回東港陪伯伯住兩天，他甚至寫信給阿雄，目前不要通信，以免耽誤他讀書，可是伯伯的信，他每三天必寫一封，有時畫一張圖，育仁替他寄，看不懂，志遠會在電話中說：「你畫的魚，阿雄拿來了，放心，是活魚，沒纏線。」

育仁懂了，纏線的是死魚，伯伯不要吃。

一棵大樹，在雨中，有一把大傘在畫中央。

伯伯在電話中回話說，下雨天，他會打傘去樹下打鐘。

連高媽媽都讚嘆兩人的溝通默契。

日子像流水般過去，轉眼到了要放春假的日子，高家的人沒把小剛的承諾放在心上，高媽媽看到小剛努力讀書的勤勞勁很心疼，除了給他加營養外，還偷偷叫育仁讓小剛別那麼拚命，說，當年育仁考大學也沒這麼拚得沒日沒夜。育仁笑著安慰媽媽，「他是千里馬，我是伯樂，剛上了轡套，跑上軌道，不能放鬆。」

高媽媽也沒奈何。

四月一日，小剛興匆匆地趕回家。一進門就大叫：「高媽媽，我回來了。」
高媽媽看他一臉紅撲撲地掛著汗珠，掩不住笑容，問：「一定有好事。」
小剛點點頭說：「阿雄中午到學校門口等我。」
「他人呢？」高媽媽問。
「回去了。」
「怎麼不請他來家玩？」高媽媽問。
小剛到廚房倒一杯水喝，喝夠了說：「他修車的老闆開車來台北辦事，他搭便車，看了我，就回去了。」
「這麼匆忙，他真是你的好朋友。」
小剛點頭：「他拿東西給我，我沒要還罵了他。」
「為什麼？」高媽媽不解。
「要是給哥哥知道，會罵我們兩個。」
「他到底送給你什麼？」
小剛喝過水，氣喘過來了，嘻嘻笑了起來：「高媽媽，你知道阿雄送什麼給我嗎？是一隻大鳥籠，就是他放在我家，我又送還給他的那個大鳥籠。」
「他抓鳥來送你嗎？」
「何止是一隻海鷗，他們找到了三顆海鷗蛋，又找到了海鷗巢，這是不容易的好運，就抓來關進鳥籠，讓牠孵小海鷗。」

高媽媽這下愣住了：「這三顆蛋是這隻海鷗生的嗎？抓來的海鷗是公的還是母的？」

「沒錯，阿珠會看，是母的。」小剛說。

「你怎麼處理？」

「我說，看到好運來到就好，不要亂來，這蛋不是這隻海鷗的。」

「你怎麼知道？」高媽媽問。

「我跟阿雄說，你家的母雞會孵在蛋上抱小雞，這隻海鳥站在窩旁根本不理，再不放，牠會把蛋踩破，好運就變壞運了，他認為有理，先放海鷗，再把蛋放回原處。」

「你做得很好。」高媽媽讚美。

小剛點頭：「我下午就得好報啊。」

「真的？」

小剛慢慢從書包拿出成績單和一張獎狀，他段考總成績八十六分，全班第五名；另外，每天雖不是他當值日生，他都幫忙打掃清潔，勤勞可嘉，得服務獎，這次春假，可休息兩日。

高媽媽坐回沙發上，拿著他的成績單和獎狀，感動地說：「把這個拿給伯伯看，他一定很開心。」

小剛點頭：「他比我還高興，腿就不痛了。」

清明節的頭一天，他獨自搭車回東港，育仁哥獎勵他，給他買了金馬快車票，他還嫌慢，終於到了東港小站，他快步跑回學校宿舍，伯伯已在門口等他。他聞到「紅燒肉」的香味，伯伯笑著說：「快去洗把臉，我為你燉了『紅燒肉』，平日我可是忌口的。」小剛知道，高伯伯一定先給伯伯通了電話，平日在高家，伯伯被禁止吃太葷膩的「紅燒肉」，今天，他有了藉口，兩人心照不宣地大口吃喝起來。伯伯喝了點酒，先睡了。天還沒全黑，他不自覺地走向校園。學校放春假，校園裡很安靜，教室、走廊暗暗的，一隻野狗從廊邊慢慢走向廊外走道，他有些納悶，這兒本是他最熟悉的地方，現在卻處處感到陌生。

第二天，伯伯跟他騎著單車在小鎮到處轉，他聽到伯伯輕聲哼著平劇，他也哼，卻不成調。

晚上，阿雄約他到他的小漁船上遊海，兩人不想啟航，躺在艙外，看遠處的海，天上的星星閃爍，似乎與海風互語，激起了浪聲。

兩人都不想說話，短短數月，在這兩個男孩身上卻發生了不少事，彼此都在回想，心中都有說不出的滋味。

阿雄望著遠處的天空想起他阿爸。

「明天我要去掃墓。」阿雄說。

「好呀，我陪你去。」小剛說。

「那是當然。」阿雄說：「阿珠今天做了餅，還把祭品都準備好了。」

「阿珠真好。」小剛說。

「比以前恰，哪天把我惹毛了，我休了她。」

「怕是她休了你。」小剛說。

阿雄嘿嘿笑了：「不要被你說中。」

阿雄坐起身，面對他：「你明晚要回去？」

「明晚六點的夜快車，到台北也要半夜了。」

「你真好，來回都坐金馬號快車，有錢人才坐得起，聽人說，像坐飛機一樣快。」

「是很快，很多小站都不停，我歸心似箭呀，頭天放學就趕來，明天回台北也半夜了，我在這裡足足待了兩天，沒毀掉我的承諾。」小剛望著天空說。

阿雄用腳踢他的大腿：「什麼歸心似箭，什麼承諾？你這些三寫四不著的秀才話，少在我面前搖擺（囂張）。」

小剛望著小船，站起身：「沒遊船等於沒來，趕緊來，開開看。」阿雄得意，鑽進船艙，熟練地操起鍵盤。兩人並坐，小漁船在馬達聲中滑出水面，衝向大海，浪花在漁船四周翻滾，海風把浪花擊向兩個開懷大笑的男孩臉上、身上，遼闊的大海，只有這小船任意遨遊，小剛望望遠處靠岸的大小漁船，得意地說：「看，天大地大，我倆最大。」

「對呀。我開船，很厲害，叫我第一名。」

「你開船比坐金馬號快車還快，好爽。」小剛抹去臉上的水珠。

「我明白了，你坐快車想見我們都覺得慢，是不？」

「是呀，我巴不得像箭一般飛到你們面前。」小剛說。

阿雄吸吸鼻子：「這話不要跟阿珠說。」

「為什麼？」

「她會說，用箭刺死我。」

海面上突然揚起不規則的浪花。

「有大魚。」阿雄大叫。

「啊！」小剛驚叫。

他們放慢航行，讓一群大魚緩緩游離。

好幾隻海鷗在空中盤旋，帶領著他倆回航。

「明天我在家等你。」阿雄在岸上叮囑

清明節，是中國人最重視的節日，一大早，志遠就在院中擺上祭桌和供品，虔誠地燒香，並在地上放的鐵盆裡燒冥紙。

小剛過去，從祭桌上拿起香點燃，跪拜；然後蹲在地上燒冥紙，並同志遠說：「伯伯，你的腿蹲著不方便，我來燒金紙。」

志遠站起身：「好，你慢慢燒。」

「我會跟祖先說，我是伯伯的乾兒子，祖先也要認我，乾爸是我的恩人，我會孝順乾爸。」

小剛唸叨著，把冥紙細心地丟進鐵盆。隨著金紙的火焰，想到伯伯對他的關愛，一幕幕閃入腦中。想著，想著，淚水落在冥紙上，隨著他丟進盆中燃燒的火花，在風中飄起，飛散落地。

「別低著頭，煙會燻著眼。」伯伯說。

小剛站起身，把手中最後一疊金紙丟進盆裡，對伯伯說：「金塊銀磚都給了，夠花了。」

志遠點頭：「心誠則靈，菩薩會派天使來收取，然後分到另一個世界。」

小剛點頭，這話阿雄跟他說過好多次。神明和天使，凡人是看不到的。

「去洗把臉，看你的臉被燻得紅通通的，還沾著黑灰。」

小剛點頭，往廚房走，志遠在他身後叮囑：「廚房櫃子上放了三個蘋果，帶去給阿雄祭祖。」

「蘋果很貴，伯伯留著吃，我買香蕉就好。」

「叫你帶去，別囉嗦。」志遠說。

小剛只好遵命。

跟阿雄、阿康騎著單車到村外，一路上，村人三五成群地往村子唯一的公墓趕去。

小剛陪阿雄來了不止一次，都不是在清明節，今天見那麼多人來掃墓，倒也新鮮。

在靠山坳的埂邊，一個小墓碑前，他們停下，把供品放好，並開始拔草、清理。

這裡依山面海，放眼望去很是遼闊，小剛望著四周，處處都是來掃墓的人，想到伯伯在家門口上香祭拜，有些傷感。問阿雄說：「阿雄，伯伯說他燒金紙給他的祖先，會有天使來收，你相信嗎？」

「當然相信，不過飄洋過海，那麼遠，有時也會送錯地方。」

「怎麼會，天使不會弄錯。」小剛說。

「這難講，我爸離我們那麼近，有時還會託夢給我們，說他缺錢，要用什麼什麼，我媽就趕快到賣金紙店買來燒給他。」

小剛半信半疑：「我沒聽伯伯說過他夢見什麼親人，他今天燒的金紙，還有金塊，銀幣，哇！比你燒的多好幾倍，要用陽世我們的錢來算，有好多個萬，花很久也花不完。」

「那有什麼用，搞不好被別處拿走。」阿雄說。

「你亂講。」小剛不悅。

「你懂什麼。搞不好，有一天，這裡有伯伯一個墳，你來祭拜，他會託夢給你，你就相信了。」

小剛氣憤地一拳將阿雄揮倒在地，扭頭就往山下走，阿康看著不對，腳卻又不方便，扯著嗓子大叫：「小剛哥，小剛哥。」

阿雄趕過去一把拉住他：「我說實心話，我沒咒伯伯死。」

小剛站住，淚已奪眶而出。

阿康瘸著腿一拐一拐走來，一臉狐疑：「哥，你們怎麼了？」

「沒什麼。」阿雄說：「小剛怕伯伯會死。」

阿康笑了：「怎麼會。伯伯每天在鳳凰樹下打鐘連敲三下，告訴我們三個字。」

「三個字？哪三個字？」這倒引起小剛的興趣。

三人隨意在草地上坐下。阿康認真地說：「一天，上體育課我跑不動，坐在操場邊難過地哭了，伯伯走來安慰我說，你每天聽我打鐘噹噹噹總是三下，是三個字，是哪三個字，問我說得出來嗎？」

「我搖頭。」阿康繼續說：「伯伯說，三下鐘聲提醒你的事很多呀，現在告訴你的是，不要哭，慢慢來，哭沒用，我現在很喜歡聽鐘聲，我會想到很多從鐘聲中帶來的三個字，會考好，會健康，真的很靈，我成績越來越好，我可以不用枴杖慢慢走，哥你說對不對？」

「原來你用這三個字來鼓勵自己。」阿雄說。

「很靈的，是伯伯教我的，你們現在就想三個字——不會死，不會死，伯伯一定會很健康。」

小剛嘴角揚起了笑意，輕輕拍拍阿康的肩膀：「回家吧。」

私心裡，他想早點離開這裡。放眼望去，都是墳墓，大大小小的好些人祭拜，他看著心裡不舒服。

Chapter 24

鳳凰花中的鐘聲

回到台北，五年下學期的課補已到了緊鑼密鼓的階段。在育仁的陪伴下，小剛按部就班地把心思全用在課本上，他用好長一段時間習慣學校上下課用的電鈴聲。回到家，他讀書讀累了，拿起桌上的鈴搖兩下，就感到輕鬆不少。他每次拿著還算滿意的考卷對著月曆發宏願：「伯伯，再過二十一天，這學期就結束了，你要我回東港的國小參觀他們的畢業典禮。伯伯在鳳凰花樹下敲的鐘聲，是為我敲的，明年，我在台北的國小畢業典禮，沒辦法聽到你敲的鐘聲，可是我心裡會敲三下，等我考上省中，我會到東港國小爬到鳳凰樹上，連續敲鐘，讓大家都來看，我孫亦剛考上最好的省中。」想到這裡，就給自己增添了鬥志，把班上幾位考得很好的同學當目標。「我一定要趕過他們。」

學期結束，小剛仍沒拚過班上那幾位資優生，名列第九名，有些失落。

今天是結業式，對將要升上六年級的升學班，沒什麼假期可言，六年級畢業典禮逢週末，可放兩天假，剛好也是東港國小畢業典禮的日子，育仁哥答應會陪小剛去，順便載志遠伯伯回台大醫院體檢。

小剛意興闌珊地跟大家走進禮堂，排隊站好，全校同學都在，大家都很高興，明天就放暑假了。

唱校歌，校長訓話，頒獎，一切儀式，各班前三名上台領獎，奏樂。

小剛心不在焉，看看窗外的鳳凰樹，怎麼還沒開花，在東港早已花開滿樹，一片豔紅，引來好多金龜子停在花蕾上，要是抓幾隻用細線綁在牠們腿上，任牠們飛，抓住線，看牠們閃著綠光的翅膀，在空中亂竄很是好玩。

他想得入神，被身邊的同學捏了一把：「叫你呢。」

「孫亦剛同學，得到《國語日報》徵文比賽冠軍獎。請上台領獎。」

他懵懵懂懂地走上台，拘謹地站在校長身邊，校長笑容滿面地向所有同學介紹：「孫亦剛同學以一篇『我的好友』拿到這次《國語日報》全國高年級徵文比賽第一名。是我們全校的榮耀，這次徵文比賽全國近上千篇文章，淘汰了又淘汰，挑選了又挑選，在多位評選委員近一個月的甄選下，孫亦剛的這篇文章脫穎而出，為本校爭得莫大的榮耀，大家以熱烈的掌聲恭賀他，並要向他學習。下星期，我會陪同孫亦剛同學到《國語日報》舉辦的頒獎典禮看他領獎，但是在今天的結業式上，學校提前把這份榮耀頒給他，以獎勵他，並讓同學們分享他為本校帶來的光榮。」

在熱烈掌聲中，在音樂伴奏聲中，小剛從校長手中接過獎盃和獎狀獎品，僵硬地走回原位。他不明白，開學不久在課堂上寫的這篇作文，是他真心寫出他和阿雄交往的一切，老師當初說他寫得好，拿出稿紙教他用心謄寫一遍，他拿回家給育仁哥哥看，哥說寫得好，還替他改了一些文句，並教他用心謄寫，以為老師要拿去給大家看，哪想到會拿去參加比賽。

同學紛紛圍著他說些讚美的話，他一概無動於衷，一心只想趕快回家，明天回東港，那兒的鳳凰樹應該已開滿了花，過去，他跟阿雄爬到樹上玩耍，他抓金龜子，阿雄摘花，摘了想給阿珠，又怕阿珠打他，把花丟在阿珠家門前，見阿珠把花纏成一堆，放在晾衣竹竿上，他就高興地唱：「王寶釧苦守寒窯十八年。」

回到家。他仍然有些渾渾噩噩，吃過晚飯，洗過澡，他早早上床睡覺，睡不著，望著桌上的獎盃，鼻子一酸，眼淚撲簌簌地流得滿面，於是起床，拿起畫冊，想畫些什麼，握著筆，畫什麼呢？一頁白紙，他隨意塗抹，卻是一隻海鷗，頭頂是禿的，他嘆口氣：「禿海鷗，對不起，你頂上的毛被我弟用口香糖黏得禿光了，你不記恨，每次都被我們抓到，今晚你如果來，我要你趕快替我寄封信給阿雄，告訴他我得了第一名。」

樓下的高媽媽卻有些擔心，她同高爸及育仁說：「這孩子高興得有些傻了。」

高爸笑著說：「明天妳等我電話，志遠見到這獎狀，會樂得更傻。」

高媽媽笑道：「這孩子爭氣呀。」

育仁從背包拿出一個大信封：「婷芸特意把這篇第一名的佳作，從《國語日報》處拿來一份，供我們欣賞。」

「好細心。」高媽媽接過細讀。

「明天我要交給張伯伯。」育仁說。

電話鈴響，高伯伯接聽：「我就知道是你，你急什麼？明天見，小剛當然沒讓你失望，去翻翻今天的《國語日報》，咱們的孫亦剛參加作文比賽得全國第一名。」

電話停了一會，只聽到傳來笑聲。高爸也跟著笑：「好好休息，別樂傻了。」

再沒有像這次回東港心情這麼愉快，剛下火車，阿雄、阿康、阿珠就在車站接他。

「幹嘛來接我？」小剛雖高興，嘴上卻這麼說。

「接狀元呀。」阿雄揚起手中的國語日報：「伯伯一早就把學校昨日的報紙都拿了來，一份給我，小剛，你出名了，第一名。哈哈！狀元啦。」

小剛反而靦腆：「我也不知道怎麼碰上了，沒什麼啦，伯伯還好？」

「這是當然的，他一早拿著報紙騎著單車來我家，告訴我好消息，還請我們吃早點，喝豆漿、吃蛋餅，還有油條、小籠包。」

「你們吃這麼多喲。」小剛大叫。

「開心，大家胃口好。」阿康說。

一行人說說走走，快到學校，聽到「噹噹噹！」的敲鐘聲。

學校的畢業典禮快開始了，志遠把小剛安排在來賓家長座位後排，就帶著高家父子到他的宿舍喝茶聊天。

小剛見到他昔日同學，雖是比他高一年級，但是從小在同一個村子裡成長，都相識很久了。

他坐不住，到走廊上想跟他們打招呼。他望著幾個熟面孔，本能地咧開嘴，想用微笑打招呼，這些同學有畢業生，有跟他同班的舊同學，卻沒有一個跟他前來打招呼，有的甚至用異樣的眼光打量他。他終於看到過去的班長林百川，便忍不住，上前打招呼：「林百川。」

林百川走過來打量他：「你要回來讀書嗎？」

「沒有。」小剛搖頭：「我來看你們。」

「噢。」林百川冷冷地走了。

一個媽媽牽著幼童走近他，打量他的上衣，他這才發現自己穿著台北國校的制服，上面繡著學號姓名。

「你就是孫亦剛？」

小剛點頭。

「你被老校工收養，然後轉到台北讀書是不是？」

「是。」小剛答。

年輕的媽媽搖搖頭：「去台北也讀不好的，你媽不要你，你要回來去讀放牛班的話，不必升學，文憑應該混得到。」

小剛熱血衝到胸腔，轉頭步出走廊，小康迎面走來喊：「哥，去那邊跟我坐。」他本想衝出校園找阿雄，突然「噹噹噹！」，聽到伯伯敲的鐘聲。他定定心，跟阿康坐在最後一排。

典禮開始，他看到上台領獎的資優生，也看到校長對畢業生殷殷祝福，突然想到育仁哥跟他講的一個「韓信胯下受辱」的故事。他告訴自己：「我不是韓信，也不想當宰相。我要考上最好的學校，讓今天校長祝福的金榜題名、鵬程萬里全落在我身上。」這樣想著，心中立即釋懷地拉著阿康的手：「走，去找你哥。」

阿康跟小剛走到校門口說：「哥，我要回教室，等老師發暑假作業，還要打掃清潔。」

小剛領會：「那我去伯伯宿舍，跟你哥約。」

「不必。」阿雄騎著單車又推著一輛：「走，去玩。」

小剛悶悶地跟在阿雄身旁，兩人並肩騎著，離學校遠了，小剛跟著他朝鄉下的小路騎去，此時南部的稻田在一年兩季的收成季節已經結實累累，很多稻田也收割完畢，空曠曠地在陽光下閃著稻根，有些收成完畢，把成堆的枯稻草堆成塔形，準備用牛車拉回家另有用途，更有些收割完畢，把田邊的水溝鑿個口，引水灌田，成群的鴨子在主人揮舞的長竹竿下進田嬉戲，呱呱呱的鴨叫聲熱熱鬧鬧地在田中回響，鴨子在田中一邊戲水一邊尋覓割剩掉落的穀粒，頭伸進泥水中努力吃食。

小剛隨阿雄停在田邊，看成群的鴨子在主人一根竹竿的揮舞下，從田邊搖擺而過，從小常看的畫面，今天看來格外親切。

「走，該我們了。」阿雄把上衣塞進褲腰裡，小剛本能地把褲上皮帶緊上一格，脫下鞋子，兩人很有默契地走進田裡，踢著泥水，用腳很快地觸到鴨蛋。這群將近百十來個鴨子，總有些亂生蛋的自由鴨，喜歡在水田裡邊吃邊屙，屙出的蛋蛋殼發青，既圓又大，比一般的鴨蛋好吃。

阿雄的上衣已經鼓出四個圓包問：「你撿到幾個？」

小剛揚揚手：「兩個。」

「夠了，去我船上炒小魚乾吃。」阿雄說。

「不是拿回家給阿珠的母雞孵小鴨？」小剛問。

「等你提醒，小鴨早混在小雞窩裡吃米糠了。」阿雄鬆鬆上衣，用腳踢踢泥漿：「你來撿，我彎不下腰。」

小剛彎腰撿起一顆大鴨蛋，想到阿珠家的母雞常常在孵出的小雞中，會有一、兩隻甚至三、四隻小鴨，跟在一群小雞堆中搖搖擺擺四處溜達，就想笑，這都是阿珠、阿雄在田裡撿來的鴨蛋成果，等不到一個月，小鴨長大了，就拿到阿雄家，由阿康負責餵食米糠、小魚；另用一個大鋁盆裝水，把鴨子養得肥肥大大的，等能生蛋，就拿到菜市場去賣，這種事從沒斷過，是他們生活中的樂趣。

阿雄走在前面，小剛跟著，兩人把鴨蛋放進車前鐵籃子裡，直奔碼頭。

兩人在小漁船上燒起小碳爐，煮了一鍋番薯稀飯，一盤蛋炒小魚乾，一盤罐頭肉，吃得很開心，阿雄又從櫃子裡拿出兩根甘蔗丟給小剛，兩人就坐在甲板啃起來。

「看你從學校出來很不爽？」阿雄問。

小剛吐出甘蔗渣：「是啊。」

阿雄笑：「沒去跟老師校長鞠躬問好？」

「沒見到老師，那些很熟的同學見到我好像不認識一樣。」

「你現在這個樣子，他們怎麼會認識。」阿雄哼著鼻子說。

「我沒變呀。我轉學回來看他們，我想，他們一定想知道台北的學生怎樣拚升學考試，我有一肚子話要跟他們說，我以為他們一定會對我很好奇，一定會問我台北生活的事。」

阿雄把吃剩的一節甘蔗丟進海裡：「別天真了。我在校外本想等你參加完典禮，跟老同學聊聊後開心地回宿舍，再騎單車去玩，可是，聽到那些話，心冷到腳。你是熱臉去貼人家的冷屁股。」

「怎樣的話？」小剛問。

「今天是大日子，這些畢業生和一些沒畢業的同學，三三兩兩在家長的陪同下來學校，我也慢慢跟著，讓阿康先去學校，小剛，我有我的虛榮心，我把你登在報上的文章想找機會拿給他們看，你是他們學校轉過去的，文章的內容全是寫東港的事，我想，他們知道了一定會以你為榮。哈哈！」阿雄冷笑：「畢業班為了升學，昨天還在上課，我以為，《國語日報》這麼大的新聞，你的名字在頭排，老師一定會說出來鼓勵大家。」阿雄搖頭：「老師一定沒說，是我自己太高興了。」

小剛搖頭：「升學班壓力很重呢，你別把我這事看得天大。」

阿雄嘆息：「小剛，我本也是這麼認為，後來，在路上聽他們大人小孩說的話，都提到孫亦剛，什麼轉到好人家去做養子，什麼一篇找人代寫的作文得獎，邊說邊笑，我氣得轉身走開。」

「不理就是，隨他們去說。」小剛悶悶地說。

阿雄站起身：「這些ㄠ壽的屁話，明明知道你得獎，心裡不爽，說酸話嘛。」
「什麼話？」小剛好奇。
「牛，牽到北京還是牛。歪嘴雞，想欲食好米，到廟拔香就以為自己是三太子。」阿雄氣得搖頭：「聽聽這些話，是人講的話嗎？」
小剛聽了反而笑著拍掌：「這有什麼可氣的，我是牛，牽到台北如同北京的大都會，是頭鬥牛，爭冠軍。我是歪嘴雞，現在就吃到好米，長得高又壯，這些看到我只敢瞪白眼的敢來跟我打嗎？我現在不想打，等我明年聯考考上省中，才把他們嚇跑，至於三太子，是最正義的神，說這樣的話酸三太子，三太子是哪吒化身，惹火他，有得受。」
阿雄聽了釋懷：「真有你的，我悶了一肚子氣，到伯伯宿舍看到你那金光閃閃的獎盃，氣才消了，我可喜歡得不得了，借我拿回家放幾天，沾沾福氣。」
「送你了。」小剛說。
「不行，那是你最高的榮譽。」阿雄拒絕。
「沒有你這樣的好友，我怎能寫出這樣的文章，放在你這裡是我的心願，你一定要收下。」
阿雄心喜，高興地搔頭：「這麼好呀，我要放在我睡覺的床頭，出海時放在駕駛盤旁，固定放在一個櫃子裡，將來娶阿珠，帶著獎盃當護身符，會萬事如意。」
「包括她不會亂修理你。」小剛笑著說。
「這個當然，這是狀元盃，有神力的，女人更要賢慧。」阿雄認真地說。

小剛拍手大笑：「阿珠才不管那一套，搞不好她拿獎盃砸你。」

「這我敢保證，她不敢，她知道那是你的東西，不過，我敢保證她還是會修理我，我最怕她的腳，踢起來會打轉。」

兩人說得開心，阿雄操起駕駛盤，一陣馬達聲，小漁船駛出海面，晴空萬里，小剛望著遠處飛翔的海鷗，聽到熟悉的鳴聲。

暑假期間，學校不必按時敲鐘，志遠不放心，把另一位負責打掃的阿土叫來多管理一些校園雜物和安全，他把一個月的工資轉給他，阿土五十多歲，家在學校旁，有幾畝田和菜園，家中老老小小十幾口人靠種田賣菜過日子，他沒事就到學校做清潔工，勤勞樸實，是志遠信得過的朋友。

一切處理好後，志遠歡歡喜喜地跟高家父子及小剛回台北。志遠感嘆地對忠君說：「大人看起來不變，孩子就不一樣了。」

「你說小剛嗎？」忠君問：「別說你兩、三個月不見，我們天天見，都覺得這孩子長得可快呢。」

兩人會心一笑，許多話盡在不言中。

這是一個快樂的暑假。張志遠到台大醫院體檢，除了高血壓要注意外，關節的老毛病、風濕病在物理治療下也頗見好轉。

志遠每天笑聲最多，話也最多的時候，不是跟忠君一起運動、打拳、喝茶，是在晚上到小剛房間裡，聽他講學校老師和同學發生的事。有時兩人還會研究課本，有爭論時就把育仁請出來，常常都是志遠先出房門，到客廳跟忠君說：「挺好、挺好，這孩子住這比我還習慣。」又搖頭坐在沙發上搓著他的風濕膝蓋：「看著他這樣，我心裡就踏實。」

「你不在，他可沒這樣活潑，你才是他的親人，你把他送到這裡，我們怎麼愛他，他總是透著拘束，沒那麼多笑聲，也難得聽到他吹口哨。」高媽媽笑著說：「這兩天還聽到他在洗澡時唱歌仔戲，什麼王寶釧苦守寒窯十八年。」

志遠笑著說：「是阿雄唱給阿珠聽的，小剛聽熟了也會唱。」

忠君語重心長地說：「這才像個家呀，熱熱鬧鬧地過，多好。」

志遠點頭：「這孩子跟我有緣，我得多陪陪他。」

「這就對了。」忠君說：「想想你在醫院體檢，連著一個禮拜，他放學就往醫院跑，小傢伙心眼多，不問我，不問育仁，去問護士，你今天檢查的結果，非要陪你吃晚飯，才回家寫功課；還謝謝高媽媽說：『高媽媽，我以為身體有病才住院，我乾爸只是體檢，叫他住院我不放心哪，結果是怕我乾爸太累而已。我天天去問檢查結果，才終於放心了。他很好，謝謝高媽、高爸。』美鳳說給我聽，我們夫妻倆還真不是滋味。」

志遠倒能體會，故意調侃：「我是他乾爸，你們有了親兒子還吃什麼醋。」

老兄弟倆又是一笑。

緊接著是初中聯考放榜，是全國國小應屆畢業生都關注能否考上省中的大日子。小剛雖然明白他還有一年的時間，但是，他手中早有同學給的應屆畢業生名冊，他們要從收音機中聽取考上學生的名字，第二天，再從報上查詢名單，然後到學校的公布欄查閱考取哪幾所省立初中。如：建國、成功、師大附中、復興等。雖然全是省中，也有排名，當然最好的是建中。

全家人為了小剛，吃過晚飯都圍在客廳守著收音機。八點整，中廣聯播，一陣音樂後，女播音員用清脆的聲音開始播報。全台灣幾乎都在收聽有沒有他們熟悉的名字，真到了幾家歡樂幾家愁的時刻。

小剛把名冊攤在桌上，緊張地分給四位大人：「我聽到熟悉的名字，我這張單子找不到，顧不過來，拜託我叫出名字，你們分到的紙上如果有，幫我勾一下。」

大人每人手中都握著一支紅筆，正襟危坐，拿著名單不敢出聲。

「現在報建中：王紹偉、李大成、張宏宣……」已報出五十名，沒一個是名單上的。育仁站起身去上廁所。

「李進、胡學廣……」小剛大叫：「李進，胡學廣，是，是。」大人忙查手中的單子，高媽媽把育仁的拿來看：「在這，在這。」

於是提高興致，接二連三地報出名字：張之恆、王換雄……均上榜。

接著報成功中學、師大附中、復興初中……

幾乎連連報中，幾個人聚精會神不敢懈怠，在近一個小時的播報中，北區聯考省中上榜名單終於報完。

他們開始統計，建中錄取二十名，成功五十名，師大附中三十名，其他省中榜上有一百名。這張畢業名單共有兩百名，幾乎是全壘打。小剛望著名單，忘情地大叫：「好厲害。」

志遠拿著名單，心頭一熱說：「這學校是怎麼教出這麼些孩童，咱小剛受得了嗎？」

小剛端起水杯大口喝水，然後跑到廁所洗臉，甩著滿臉水珠跑回來說：「乾爸，你答應的，我考上建中，你讓我到東港的國小敲校鐘。」

「你敲，用力敲。」志遠說。

「好了，真是事不關心，關心則亂，我做了涼麵，該吃消夜了吧。」高媽媽說。

志遠把收音機關了。

「我還想聽子民國小考上南部省中的有幾名。」小剛說。

「明天看報紙。」志遠伸出五個手指：「省立雄中、屏中、潮中，每個學校能中五名，就放鞭炮了。」

「明天我要到學校去看公布欄。」小剛說。

「肯定要放一星期的假，大家都沒心思上課。」育仁說。

「那好。我聽同學說，新店有百年吊橋，在碧潭游水很爽。」小剛提出他的想法。

「那就去碧潭，划船，吃香魚。」高爸爸說。

「約一下婷芸吧，暑假她有別的計畫嗎？」高媽媽問。

「她的計畫可多呢，目標都在我身上。」育仁說。

「美得你。」高媽媽瞪了兒子一眼：「跟我去拿涼麵。」

第二天，小剛一早就拿報紙細看，不出志遠伯伯的估算，省立高雄初中，沒有，屏中三位，潮中一位，這五位模範生，在畢業典禮拿的是資優獎，平日他們是同學的楷模，很驕傲也不太理人，今天進了省中，在東港子民國小可更神氣了。

小剛搓搓臉，心裡嘀咕：「我一定要敲鐘，把他們敲醒。什麼牛牽到北京也是牛，哼。」

他來到學校，校門外牆上貼著長長的紅紙，上面寫著考上省中的學生名字。許多家長站在榜前談論。他走過去，很自然地聽到他們的對話。

「這學校今年畢業兩百名，全部考上台北幾所名校省中，在台北所有國小中拔得頭籌，厲害。」

「大家都想把孩子送進這裡，他們用甄選考試，進來的都是成績不錯的。」

「也不一定，我很佩服他們的教務主任，他辦教育是用愛心啟發孩子的向上心，而不用填鴨式的惡補，學生都自動自發給自己訂下目標，這不是嗎？成果出來了。」已經知道自己考中的同學，三三兩兩地來到學校，互相祝賀或炫耀要到哪裡去玩，以及接到了多少獎品。

學校例行性地放假一禮拜，小剛轉頭回家，無端端地，心中有些落寞。

回到家，走進臥房，他想給阿雄寫信，好久沒聯絡了，這傢伙不知怎麼樣了。

攤開紙，正想寫。高媽媽在樓下喊：「小剛，電話，是阿雄打來的。」

「噢。」他一面應，一面想：「這小子會用電話了。」

他接聽，阿雄啞著嗓子說：「別緊張，我在我舅的辦公室，他替我撥你家的電話，公家的，出公費，我免錢。」

「這樣不好吧，我正要寫信給你。」小剛說。

「信要寫，但很慢，我今天有要緊的事，我舅看過黃曆，你把八字報給我，我跟阿珠要到廟裡求菩薩，保佑你明年金榜題名。」

「不必啦。」

「什麼不必，告訴你，昨晚我跟我舅去釣魚，釣到一尾五斤重的大鯉魚，鯉躍龍門，你知道吧，當然應驗到你身上，回到家，你是知道的，我家的雞窩常混進鴨子，阿康去撿雞蛋，居然有鴨蛋，我阿舅說，這是好兆頭，雞窩是鳳凰窩，鴨子進鳳凰窩生蛋，包中。」

「我是那顆鴨蛋？」小剛問。

「你這人真是不懂天理，我舅說得沒錯，緊把八字說來，我要去拜，看到那幾個考上省中的去廟裡還願，很不爽，阿珠備了水果，我媽煮了鹹水雞，煎黃魚。紅燒肉，就等你的八字。」

「好啦，出生年月日你知道，是早上六點，沒錯。我媽在時，我過生日那天早上六點，一定要給我媽磕頭，說：兒的生日，娘的苦日。」

「好啦，你媽會保佑你啦。我要去趕好時間了。」說完把電話掛上。小剛倒有些摸不住頭緒。

「明天一早全家去碧潭玩，就在台北縣新店，很近的，你哥開咱家的九人巴士，一起去郊遊。」高媽媽從廚房走出來說，發現小剛愣在原地，便問：「阿雄來電話，有急事嗎？」

小剛這才回過神來說：「沒事，他在他舅的辦公室用公家電話告訴我，他家的鴨子在雞窩生了一顆蛋。」

高媽媽笑了，不知該說什麼好。

碧潭真是個好地方，青山綠水。百年吊橋如一條長蜈蚣跨越兩岸，粗鋼繩似蚣爪排列在橋的兩側，他們踏上橋頭，慢慢走向對岸，橋面很寬，並肩可走四人，是雙向的行人道，整座橋全是鋼架結構，橋面卻是木板，板面平滑，或許是暑假，遊客很多，來往行人在橋上走著，橋身有些微晃。小剛邊走邊觀望，橋下大大小小的遊船在碧波中慢慢滑行，看不到行船的波浪，真不能跟他和阿雄駕漁船衝海浪相比。他看到在岸邊高高的岩石上，有幾個跟他差不多大的男孩，從岩石上縱身跳下，在潭中游耍，然後又爬到另一個岩頭，攀爬上樹，又滑到岩邊，跳入水中，濺起浪花，他似乎聽到他們開心的嘻笑聲。

育仁走近他：「你在看他們？」

「他們很厲害。」小剛讚嘆。

「等下我雇一艘大船，請船伕把船搖近他們，跟他們打招呼。」

小剛抬頭看育仁：「真的？我好想跟他們一起游水。」

「沒帶游泳褲，怎麼行。」育仁說。

「他們也沒穿泳褲，我看得很清楚。」小剛指著跳岩的孩子。引得育仁大笑，跟在一旁的婷芸也笑起來。小剛卻不以為然：「你看，他們穿的是內褲，跟我和阿雄到海裡游泳是一樣的啦。」

「這樣吧。」婷芸說：「這岸邊的商店一定有賣泳褲的，育仁，你跟小剛各買一件，我們遊船，你倆游水。」

小剛連連搖頭：「不行。哥，怎麼能和他們玩在一起？他們一看，就是家在附近，天天泡在水裡的，他們在水中打架比路上還有招數，我跟阿雄在海水中常練功夫，想跟他們玩水是想試試他們的功力。有哥在，我就沒辦法施展了。」

育仁笑著跟小剛一起扶著橋欄杆，觀望不遠處在岩上跳水的孩子，感嘆他們的好身手。說：「別顧忌我，你想怎樣玩，就怎樣玩。」

「不行。」婷芸說：「高媽媽不放心。」

「我隨便說說啦，我今天也不想游。」小剛說。

「好吧。等下我雇一艘大船，經過他們，跟他們打招呼。」育仁說。

小剛點頭：「我喜歡他們。」

一行人走完吊橋回到碼頭，雇了一艘能坐十二人的木船，算是最大的了，船兩旁有木座，中間有木桌，擺著茶具和茶葉點心，船伕四十多歲，經驗豐富也健談，他見來客是外地人，包他的船不限時間，最好能從碧潭吊橋起點搖向青潭堰，再慢慢搖回，客人主要的是要瀏覽沿途風光，更想從船伕口中聽聽關於碧潭的鄉野典故。

船伕很職業性地發揮他的專長。

「郎客（人客）從橋那邊過，看這吊橋很壯觀。是嗎？」

「這橋有百年歷史了吧。」忠君問。

「不只了，郎客，我們世居這裡已不只五代了，過去是住橋那邊，現在我家的祖厝還在，靠青潭堰那邊。」

「你們是當地人？」志遠問。

「算不上，我阿祖說，一百年前，清朝道光年間，我家祖從福建遷來，我們做種茶、種竹的生意。」

「這裡好山好水，很宜人。」忠君說。

「好山好水，郎客說得不錯，可惜，風水被日本人破壞了。」船伕搖頭嘆口氣。

「這話怎麼說？」志遠問。

「沒辦法。」船伕指指沿岸：「郎客沒發現，我搖船載你們一一經過，靠岸的邊上凸凸凹凹藏在雜石堆裡有九個龍洞，九條龍分住在太平洋的龍宮。牠們出神入化，掌管人間的吉凶。碧潭的水沾著龍氣，會出皇帝。」

忠君因在日本多年，現在仍和日本人做生意，很想知道日本人怎麼破壞此地風水，於是問：「日本人有這樣大的本領？」

「有啊，郎客，日本人很信神的，他們做什麼都去拜神，看風水，我現在划船載你們慢慢看，先看藏在岩邊的龍洞，往前划到靠青潭堰，再往回划在靠碧潭最近的水泥橋，橋兩邊的石墩分別有看似排水的龍頭，各有三個，其實橋正中埋在水底更有鎮邪物，但會是什麼？沒有人清楚。」

「是日本人埋的嗎？」志遠問。

「不是，是台灣光復後，國民政府為補救碧潭被日本人破壞的風水，請風水大師做的設施。」船伕說。

「你還沒說日本人怎樣破壞碧潭風水。」育仁拉回正題。

「郎客，聽我說。」船伕慢條斯理地說：「那個水泥橋正中，風水師說，是黃龍的喉嚨，牠會在天數中得知有天子命的金星出世，就會吐出金珠，日本人只有天皇，怎麼會允許金龍吐珠，就在龍喉處塞下炸藥，炸毀龍喉穴，又塞下被下過咒的泥沙，好風水被破壞了，金龍就不會游過來了。」

婷芸聽了好笑：「世界各國的名勝古蹟都有傳奇性的故事，碧潭也不例外。」

「小姐，碧潭的事不是傳奇，是真的。我們這裡為什麼叫新店，妳知道嗎？」船伕抬頭看大家。

「該不是一百多年前，這裡發大水，整個地方全淹沒了，居民全搬走了，後來，從外地來的人搬來住，大家都愛開店做生意，就這樣新店、新店的叫開了，就成了地名。」小剛沒把握地說。

「對，對，這位小郎客說對了，是老師給你們說的？」船伕用搖櫓重重地敲了一下木船。

「對。老師在講課時有講到台灣的地名很有趣，像高雄，舊名打狗，而基隆，原名雞籠。很多地方因地形或是其他原因起了很有趣的地名。」

「對對對，小郎客，跟你們講，你剛才講這裡百年前發大水，啊，住這裡的老人都知道，暴風雨來的前七天，一位女師父沿門化緣，教大家趕快搬到山上住，說這裡會淹水，沒人理會，只有一家住在半山上的人家，說：「師父，我們住得這樣高還要搬嗎？師父說，你們要做功德，就勸住在平地的人往山上搬，勸山上的住家收留他們躲避這次災難。」

但是聽的人很少，沒人理會，過了七天，晚上果然雷電大作，暴風雨驚天動地下個不停，這家人帶著聽他的話、搬來寄住的幾戶平地人家，一起圍坐在閣樓，不住地唸佛號，很擔心一陣暴風，會把整個屋子吹走。

閃電透過木窗櫺，在漆黑的屋內劃下一道道白光，轟轟的雷聲，嘩嘩的大雨，在大風中夾著哨聲，把唸佛的口都噤住了。他們緊緊拉住手，求佛祖保佑，也不知過了多久，風雨停了，從窗櫺的縫隙中射進五彩光芒。他們很是好奇，一個人把窗子拉開一條縫，大叫：「哇！這是什麼？好像是龍。」

他的叫聲引來大家的好奇，紛紛推開門窗向碧潭望，這一看，不得了，只見九條龍在潭上戲水，牠們分成九個顏色，金，黃，藍，白，黑，綠，紫，紅，靛。真是變化無窮，一會騰空，一會潛水，或是並排仰頭吐水，水似瀑布噴上天，而後化作雲彩飄落水中；或對頭攀繞，吐珠互戲，可增大數丈，一翻身變小卻只有數尺，牠們身上的光射向四方，照進這住家的閣樓，他們被這景象震懾住了，突然一聲暴雷，大雨緊接而下，他們趕緊回房，暴風雨已不如前，在漆黑的屋中，他們點上油燈，在窗櫺中看到的是一片漆黑，沒有閃電，沒有雷聲，屋外仍是嘩嘩的大雨，一屋子的人都被剛才看到的一幕驚住，惴惴不安地度過一夜。

第二天，風雨停了，大水淹沒整個平地，住在山上的居民卻得以倖免。

若干年後，這裡新居民改名新店，這家人把他們看到的口傳給鄉民，大家生活越來越好，在山上建廟，也努力在岸邊找到九個凸出的岩石。他邊說著，隨手一指：「郎客，看，那邊，孩童戲水的岩下就有一個龍洞。」大家隨他指的方向，果然有一塊凸出的石塊，在石旁戲水的孩童向他們招手，船伕說：「阿良，阿生，去把食船搖來，郎客要點茶飲。」

兩個小男生，像魚一般游向岸邊。

沒一會兒，兩人划著一艘小舟來到他們面前。

船伕隔著船欄甩下一隻竹籃，兩個小童很俐落地裝上一壺茶，四碟瓷碗加碗蓋扣得嚴密的食盤由船夫提上，然後很迅速地搖船離開。

船伕恭敬地把提籃放在船中木桌上：「郎客，免客氣，我請各位嚐嚐我家的土產。」

忠君把籃內的東西一一放到桌上，還沒說話，一股香氣便冒了出來，志遠說：「好香。」

船伕得意地說：「請郎客看四個扣碗。」育仁、婷芸一一拿開扣蓋，一盤五香煮花生，一盤滷雞蛋，一盤熱騰騰的蘿蔔蒸糕，一盤沒吃過的小圓糕餅，有黃有綠，還有白有紅，煞是好看。

婷芸一看拍手叫好：「這是我們台南名產，我認得。」

船伕笑說：「小姐，也不是全部。」

「對對。」婷芸指著綠色圓糕說：「伯母，這是用野生的鼠麴草曬乾後的莖葉擣爛後，跟糯米揉和蒸出來的甜食對嗎？」

高媽媽用筷子夾一塊，咬一口，看裡面裹著黃色的甜餡，香軟甜滑，點頭讚嘆：「這是什麼餡，真好吃。」

船伕得意地說：「鄉下點心，外皮部分，小姐說中了，內餡很粗糙，是番薯蒸熟加白糖，豬油混攪裹進鼠麴皮蒸出來的呀。」

「這綠色的皮真好看。」高媽媽又是讚嘆。

不用說，包豆沙的紅龜、筍絲豬肉裹在白糯米內的圓餅、黃色的發糕，樣樣精緻可口；加上清香撲鼻的青茶，不引人食指大動才是怪事，幾人開始各挑所愛，吃喝起來，在水中戲游的孩子並沒閒著，他們或一人獨划小舟，或兩人撐起大舟，迴游在客船之間，分別送著美食。

「這些孩子操舟真熟練，他們在替家中做生意？」忠君問。

「是呀。剛才替我送貨的是我的兩個姪兒。」船伕說。

「他們好身手。」小剛很是羨慕。

「是呀。現在放假，遊客多，他們要來幫忙，他們也很開心。有時看到遊客游水，溺著了，還去救人。」

「喔。」小剛抬頭四望，果真有好些人在游泳。

船已划到小渡頭，是一個小碼頭，有擺渡的船可以搖船到對岸。他們不想換船，要船直划向青潭堰，再迴轉。船家最喜歡這樣的顧客，欣然答應。

過了小渡頭，向前划，遊船稀少，許多人在潭中戲水，或拋水球，或套著救生圈四處飄蕩。大人在吃喝中觀賞青山綠水，跟船伕交談山野趣聞，小剛拿著一塊咬了一口的紅龜糕，望著水中戲游的人，大大小小，或聚或散，叫叫嚷嚷，好不熱鬧。突然，一群人在離他不遠的對岸岩石邊散開，邊游邊嚷：「有人溺水了。」

小剛一驚，毫不猶豫地甩下糕，縱身跳下，匆忙中，他把鞋襪拋向空中，奮力向岩石游。此時船伕一看不妙，大叫：「不行，那是一個水渦，有很深的漩，人會被吸進去。」

大人見小剛已經游過去，既使划船也趕不過去，育仁欲跳下水，被船伕阻止：「別去，你救不了，那水很邪，我來。」說著撐竿往前划。

船上一陣慌亂，船下游人四處亂叫，紛紛往岸上跑，剎那間，水渦處突然冒出一個人頭，接著在水中打轉像被漩渦困住一般，那人頭突然消失，撐竿的船伕也不敢靠近，船上的人噤聲，岸上的人哭叫一片。突然小剛右臂夾著一個人，在離開水渦數尺處冒出，他左手臂用力划，右臂夾住人，向岸邊游，引來岸邊眾人的呼叫。

「小剛。」志遠緊張得欲跳下水，被忠君強拉住。他望著小剛叫了一聲，抖著手又說：「他沒事，這、這孩子……」眼睛卻盯著遠處的小剛。

船伕把船靠岸，育仁扶母下船，婷芸趕到岸邊，看躺在地上的溺者，立刻施行人工呼吸。小剛跪在溺者身邊，幫忙說：「還好，我拉他，他沒反抗，沒喝多少水，還有救。」溺者吐了幾口水，慢慢睜開眼，被救活了。旁邊圍觀的人讚嘆：「這年輕人身手真快，鑽進水裡就把人拉起，溺水的人還憋著一口氣，拉出水面才吐出來，再慢一分鐘，就會悶死。」一位站在岸邊很識水性的壯漢說：「這孩子遇到救星了，掉進漩渦，很少有被救起的。」

大家議論紛紛，直到救護車開來。

婷芸拉起小剛的手，跟育仁走近高媽、高爸，小剛看到志遠皺眉的臉，不敢抬頭。志遠看到濕淋淋的小剛，又疼又恨，眼圈紅了，抖著手，捏著他滴水的衣袖。

「乾爸。」小剛故意扮笑臉：「這沒什麼。我跟阿雄常在海岩洞救海鷗，也救過被海浪沖進岩洞的人。」

志遠深深抽口氣，摟著小剛：「走，去換衣裳，別受涼。」

他們離開看熱鬧的一群人，回到渡船上。

小剛索性脫掉上衣，穿著濕褲上船，他說，濕衣服穿在身上好難過，如果在東港他會脫得只有內褲。他笑著用力擰濕衣服，船上的人沒一個有笑容。育仁怕媽媽受不住會流眼淚，拿起小剛的濕上衣：「把外褲也脫下吧，你看那些孩童，也沒穿泳褲，玩水，送貨，多自在。」

小剛不好意思，望望高媽媽。
高媽媽會意：「沒關係，船到岸，就替你換新的。」
小剛像得到諭令，很快脫下濕外褲，有點彆扭，婷芸笑道：「把我這件遮陽的薄外套當裙子繫在腰上，就安全了。」
小剛果真接過繫在腰上，靠近志遠坐下，把剛才吃了一半的紅龜糕拿起吃著，志遠把手中的半杯茶遞給他：「喝口水，別噎著。」
經過這件事，大家已失去遊船的興致，他們望著岸上看熱鬧或是游泳的一群人，決定回航。
船伕撐起櫓竿，剛啟岸，一位男士牽著一個男孩跑近岸邊，男孩大聲叫：「孫亦剛，你等等。」
小剛認識男孩，他叫張之恆，剛考上建中，是沒事就找他麻煩的班霸，他似乎記得，他衝進水渦的時候，看到他在往回游。
小剛冷冷地望著。
男士激動地說：「謝謝你救了我兒子。」
「孫亦剛，我本也想去救我弟，那水漩渦好厲害，把我弟漩進去了，若我去，一定也會漩進去，沒想到你這麼勇敢。」
那男士還想說什麼，船伕氣得把櫓用力一撐：「少年耶，別人拿命去救你弟，搞不好命都沒了，說這款話，什麼沒想到你這麼勇敢，你跟你弟游在一起，看他危險，就近拉他一把就不會被漩進去，這道理你會不懂？」張之恆很不高興地對船伕大叫：「你懂什麼？那水渦力量好大，這麼大的觀光區，怎麼沒有救生員，你希望我也漩進水渦死掉嗎？」船伕停下搖櫓，生氣地對張之恆說：「你張眼看看四處都有救生員，你眼睛被狗屎糊住了，那漩洞上的岩石明明寫著斗大的紅字『水深危險』，你沒膽去衝什麼鬼門關。」「對不住，這孩子見他弟弟這樣，情緒到現在還很激動，我們是來向他的同學道謝的。」張父說。船伕搖搖手：「你兒子不是激動，我看是驚到，明白告訴你，我在這搖船二十多年了，淹進這個鬼洞，莫說救起，連人影都找不到，要到三天，屍體被替身抓過魂，才放他出來，你們修多大的福，才被這孩子不顧性命救他活命，救生員好幾個也沒人敢去，你們去找死，沒人敢攔。」張父立刻板下臉：「這裡沒有你說話的分。」船伕也變了臉。張志遠見此情形站在船邊上說：「請回吧，大家平安就好。」忠君也向船伕示意，船伕會意，把櫓滑向水中央，氣猶未平：「郎客，這孩子福大命大，見他跳水不顧性命的樣子，我緊張得心乒乓跳，我想，完了，看他救起人的樣子，我的心更乒乓跳。真神勇呀，剛才那對父子來道謝，你們聽，那少年說的那些話，我氣得心又乒乓跳，沒見過這樣自私又自大的少年人，年紀不大，口氣真大，膨風水蛙割無肉，叫給誰聽，還有他那個爸爸也心虛，連叫都沒膽。」船夫很不服氣地又用力撐船，回頭對小剛說：「好孩子，老天會保佑你，剛才那孩子薄情寡義，不會有好下場，不要跟他交朋友。」

說完，好像把心中的不平怨氣吐完了，隨口哼起小調來。「人生啊，茫茫啊，隨波逐流。不見影……」

Chapter

25 是你的，不會丟

回到高家，小剛本以為沒什麼大不了的事，在高家卻成了大事。坐在客廳紛紛討論剛才小剛救人的情況，育仁誇他游泳的速度真快，只是那姿勢很特別，小剛笑著說：「自由式，阿雄教的，想怎樣玩水就怎樣玩水，你們看魚在水中都用一個姿勢嗎？」高家的人包括婷芸都被逗得大笑，育仁又問：「那個張之恆我好像在哪見過。」小剛點頭：「他在班上是班長，很鴨霸。之前跟我要鳥籠，打阿雄領頭的就是他。」育仁收起笑容：「我記起了，他跟同學在路上攔你單車？」「沒差，我也沒吃虧。」小剛偷眼望望志遠，他不想讓乾爸知道這些事，志遠果然沒了笑容。「小剛，當你知道救起的是張之恆的弟弟，他來道謝，你怎樣想？」婷芸問。小剛雙手托著下巴，望望婷芸：「姐，船伕說得真好，我不會去想啦，救人最要緊，如果是阿雄，他會假意跟他交好，約他去游泳，灌他幾口水，讓他嚐嚐溺水的滋味。」婷芸樂得拍手。志遠悶悶地垮著臉，轉身進了自己的房間，倒頭就睡。小剛慌了，知道伯伯生他的氣，氣他又犯了衝動的毛病，他悄悄地回到自己的房間，知道伯伯的拗脾氣沒人敢勸。他想到阿雄，他那張嘻皮笑臉的歪理會引得伯伯大笑；他突然又想到阿雄在信中很得意地叫他撥他舅舅家的電話。他舅為了做算命，看風水的生意，裝了電話，客戶全省都有，很方便。他聽樓下沒動靜，都回房休息了，便立即下樓。

他試著撥，希望是阿雄接，如果阿雄接電話，能跟阿伯說兩句，阿伯準會回罵過去，那氣就消了，但要靠運氣，阿雄在他阿舅家的可能性不大，是他阿舅，就沒轍了，電話鈴響了。

「喂。」

「阿雄，怎麼是你？」小剛問，很意外。

「怎麼是你？」阿雄問。

「你怎麼會在你阿舅家？」

「怪了，你幹嘛打電話，長途電話很花錢。」阿雄說。

「出大事了，我乾爸不理我了。」小剛說。

「那又怎樣，我的阿珠要嫁給別人了。」

「真的假的，你們不是海誓山盟了。」

「海誓山盟不及田產地產。」阿雄說得無力。

「阿珠變心了？」小剛問。

「應該不會，我現在求我舅算算，看該怎麼做。」

「幫我問問我乾爸會不會不要我了。」

「你怎麼惹他生這麼大的氣？」阿雄問。

「我們今天去碧潭玩，一個男孩掉進漩渦，被我救起，那漩渦很邪，常把人吸進去，人死三天才會吐出來，我靠你教的方法，順著漩渦轉，然後沉下水，順轉衝出渦外，把人救出。」

「厲害，那是個怎樣的水渦？」阿雄忘了自己的悲哀，提起興趣問。

「好像是個很深的洞，水很涼。水面上是大的漩，可是，下面水雖然涼，當我拉住沉下去的孩子往上竄，洞裡也有水往上衝，卻是熱的，我借著這股水力，衝出水面，離開水面的漩渦好遠。」

「水底冒熱的應該有硫磺，我舅說台北的什麼北投，烏來有硫磺水脈，很多旅館有泡溫泉的設備，應該是溫泉穴。」

「什麼溫泉穴，我聽船伕說，是龍穴。」

「什麼？龍穴？太好了，帶我舅去，他找到好風水會大賺一筆。」

「算了吧，我乾爸氣得不理我了。你替我想個理由，讓他相信我再也不會做這樣的事。」

「我沒功夫想，現在我心裡亂糟糟，那個王寶釧快被她媽賣了，我舅的卦也不靈了，我想你會替我想辦法，看來，咱倆真是患難不同當哦。」

「你去問阿珠，她要怎樣做？」小剛說。

「她有一個辦法，我也很想，可是不好意思同伯伯講，小剛，你成全我，幫忙讓伯伯答應。」

「你說。」

「我跟阿珠私奔，我載她坐船去遊玩，去過夜，在船上拜天地、結婚，回來後，住進伯伯的宿舍。現在是暑假，我跟阿珠不敢回家，等伯伯回來，阿珠她家裡的人知道伯伯跟派出所的警察是朋友，就不會把我抓到派出所。」

「阿雄，你不要亂來，伯伯不會幫你。」小剛幾乎是用叫地回話。

這聲音把在書房下棋的高爸及育仁都嚇了一跳，育仁站起身，走到客廳問：「怎麼回事？」

小剛放下電話，吞吞吐吐地說了，很為難地向育仁乞求：「哥，我不敢說，你幫我跟伯伯說，阿雄是聽伯伯話的，伯伯會替他想辦法。」

育仁聽得有些啼笑皆非，靈機一動，雙手扶著小剛的肩膀：「你去說，讓伯伯替阿雄想個周全的辦法，我沒法說清楚。」

小剛猶豫。

「別怕。你今天沒有錯，伯伯沒怪你，只是擔心啊。」

小剛點頭。

育仁明白，這孩子今天真正感受到被人擔心的滋味，這種愛，他在珍惜中又怕失去，彼此的情感已超越有血緣的父子。

「去，說明白，阿雄正等得急呢。」育仁鼓勵。

小剛抓抓頭，慢慢踏上樓梯，育仁看著他敲伯伯的門，走了進去。

高爸爸站在兒子身後，讚賞地說：「你這樣做很好，我們的棋還沒下完。」

父子倆邊下邊聊。高爸說：「今天咱們划船的船伕可不是一般的人。」

「是真性情的人，他在搖櫓中，把我們對張之恆父子不滿的話全說出了，他罵了孩子也責備了他父親，很高明啊。」育仁說：「一個船伕，他明白自己的身分，明明是來為救子道謝，長子說的那些話，什麼沒有救生員，何嘗不是剛才大人埋怨的話，這孩子大言不遜、理所當然地說出口，做父親的卻沒阻止。」育仁搖頭：「船伕看不過去，才說上幾句，最可笑的是孩子的父親，說出那種話，好個勢利眼。」

「台灣有句諺語：別人的孩子死不了。礙於別人眼光來道謝，虛虛假假的，又被船夫道破，當然惱怒。」高父敲著棋子說。

「公道自在人心。這船伕擇善固執的個性，我很欣賞。」育仁說。

「是啊！一個船伕，靠搖櫓、賣吃食，能賺幾個錢，到後來，我們想按全程費用給，他卻按程計費，不多收，很難得。」高爸爸說。

育仁丟下一顆棋子：「我一定再去找他，聽他講鄉野故事比歷史還精彩，司馬遷的史記，不就是這麼收集鄉野及各種典故寫成的嗎？」

高爸舉起棋子說：「行，難得贏你一盤棋，你心不在焉，舉棋不定，哈哈！要不要再來一盤？」

「什麼？不在？你告訴阿雄，別亂來。」

傳來的是志遠的聲音。

父子倆走進客廳，小剛笑嘻嘻地對育仁點頭，志遠仍在打電話：「你這個做舅的也是，婚姻不是兒戲，你怕得罪男方，就不怕鬧出人命？」

「我管不了。」對方回話。

電話掛了，

志遠放下電話，平平淡淡地說：「不會有事的。阿雄明年要去服兵役，阿珠被鎮長的兒子看上，一定要娶她，她打算和阿雄私奔。」

「阿雄什麼事都幹得出來。」小剛說。

志遠笑：「我明天就去處理。」

「我也去。」小剛說。

「咱們一塊去，這兩個孩子，我真喜歡。」高媽媽也提起了興頭。

「走。去吃館子，替小剛祝賀。」高爸爸說。

小剛高興地說：「去吃蚵仔煎，還有貢丸湯。」

志遠一愣：「你高爸吃不慣。」

「好吃，去逛夜市，台灣小吃很有風味的。」高爸爸說。

「很久沒吃到這些小吃了，走，我早就餓了。」高媽媽說。

小剛高興地想到，明天能見到阿雄。

逛夜市，高媽媽帶小剛進入一家金飾店，挑選一對金戒指，一副金項鍊，問小剛：

「你看，這個可好？」

小剛笑著轉頭問育仁：「哥，你要結婚了？」

「對，現在你婷芸姐不在，你替她挑。」育仁促狹逗他。

小剛搖頭：「不行啦，我不會啦。」

「包起來，就這麼定了。」高媽媽跟店員說。

「不行啦，我沒決定啦。」小剛為難。「走，去吃飯。」高爸說。小剛仰頭問育仁：「哥，你真的要結婚？」

「當然要。」育仁一臉正經。

小剛悶悶地笑了。

夜晚，他想到哥跟婷芸姐要結婚的事，還有明天阿雄的事。怎麼一天會有這麼多事，好累，倒頭就睡。

睡夢中，他被電話鈴聲吵醒，轉個身，電話鈴聲仍然響個不停，他不得不下樓去接電話。

「喂。」他朦朦朧朧閉著眼睛問。

對方傳來有力的聲音：「請問，高育仁先生在嗎？」

「他在睡覺。」小剛含含糊糊地答。

「很抱歉，半夜打電話給他，請你讓他來接電話。」

「請問你是哪一位？」

「這裡是東港派出所，我是警員吳訓。」

「什麼？」小剛像頭頂被人打了一棒，立刻清醒過來：「是不是阿雄出事了？」

「你是孫亦剛嗎？」警員問。

「是。」小剛緊張地問：「是阿雄出事了嗎？」
「你請高育仁接電話。」對方催他。
「噢，你等等。」放下電話，他去敲育仁的房門。
育仁被小剛叫醒，得知東港派出所的警員叫他聽電話，而且是吳訓打來的，心中放寬不少，摸摸小剛的頭說：「沒事，吳訓跟我是朋友，他這個時候打電話來指明找我，應該沒事。」
小剛想起他後母賴他偷竊的事，育仁哥在派出所認識吳訓，或許哥跟吳警員很投緣，大哥哥的交友怎會讓他知道，可是半夜打來，一定有事。
他忐忑不安地跟在哥身後，見育仁好整以暇地拿起話筒，靠在沙發上瞇著眼：「吳訓，是我，怎麼回事？」
小剛側耳努力聽，育仁示意，叫他倒杯水給他喝，他不情願地走到廚房去倒水，只聽到育仁哥「嗯，嗯」的回話。突然大笑起來，說：「好，明天見。」放回電話。
小剛端著水杯走近育仁：「哥，喝水，真的沒事了嗎？阿雄現在在哪裡？」
育仁接過水喝了兩口，想到什麼，一口水噴出來，又笑得搖頭。
「哥，到底發生了什麼事？」小剛惴惴不安地問。
「沒事，明天我們全家去東港。」育仁說：「快去睡覺。」
「你不講，我怎麼睡得著，阿雄在派出所一定是關在辦公室，他如果在家，一定會到他舅家跟我通電話。」

育仁沒轍，只能簡短地說：「今天下午，鎮長的兒子帶了兩個朋友，還有媒人到阿珠家拜訪，阿珠躲開，阿雄在阿珠家門外對鎮長的兒子叫罵。」

「後來呢？」小剛緊張地問。

鎮長的兒子帶來的兩個朋友看不慣，出來跟阿雄對質，雙方一言不合，就打起來，鎮長的兒子看他的兩個朋友被打倒在地上，就出來幫忙，三人打一個，阿雄被打倒在地上，阿珠本來躲起來，見阿雄被打，就拿一個雞籠套住鎮長兒子的頭，把他們送來的整籃水果甩在三人身上，兩人就逃跑了。」

小剛瞪大眼：「怎麼會被抓回？」

「鎮長怎吞得下這口氣，帶著兒子和一群人到派出所報案，還帶了他兒子被雞籠刮傷的醫院證明。當所長和警員得知情況，這傷其實是阿珠為救阿雄弄的，就勸鎮長，另選門當戶對的閨女豈不更好，哪想到，這位從美國留學回國的鎮長兒子，就是認定了阿珠。這個公案，警察辦不了，只好三人當面對質。

怎知後來阿雄帶著阿珠，開著他的小漁船跑了。

「被警察抓回來了？」小剛問。

「鎮長堅持，警員只好用偵緝快艇追拿。阿雄那個小漁船很不爭氣，拋錨了，兩人就這樣進了派出所。」育仁一口氣說完。

「那怎麼辦？」小剛還是很著急。

「吳訓之所以半夜打電話給我，就是讓我父親出面把阿雄保出來，鎮長很勢利眼，看輕阿雄家單薄，讓警方給他吃些苦頭，把他獨子愛上的女孩搶回來。」

「鎮長會給高爸面子嗎？」小剛懷疑。

「你放心，基本上阿雄沒犯法，警察也不會聽鎮長的。」

小剛搔搔頭：「這個鎮長的兒子很奇怪，阿珠都用雞籠扣他頭了，他還沒清醒。」

育仁打了一個呵欠：「就衝著這一點，明天我們一定要趕去東港，現在你可以安心睡了吧。」

清晨，小剛醒來，全家都已知道昨夜電話傳來的事。

「快去吃早餐，睡得真沉，叫了兩次都沒叫醒。」志遠叫小剛。

「是不是為阿雄的事擔心得睡不著？」育仁問。

小剛搖頭：「不會啦，只是亂做了好些夢，沒聽到有人叫我。」邊說邊跟在大人身後走近餐桌，大口吃燒餅夾油條。

高爸見小剛吃得很急促，關心地說：「慢慢吃，別噎著。」

小剛點點頭，順手拿起一顆水煮蛋，剝了殼，塞進嘴裡。

電話鈴響，育仁去接，聽了半晌，拿著電話問：「爸，廖伯伯問，晚上可不可以到高雄？他訂了旅館，要請我們全家在高雄玩兩天。」

高爸爸立刻接過電話：「好的。晚上一定見，中午在屏東跟林國代吃飯，吃過後要趕去東港，晚上一定會和你見面。」

小剛聽到停下碗筷：「不是馬上去東港哦？」

「不會耽擱你的事，吃完了去帶換洗的衣褲，搞不好會帶著阿雄他們一起去逛愛河。」育仁說。

小剛心中一樂，笑出聲來，大口喝豆漿：「高雄有個大貝湖（現在改名澄清湖），比碧潭好玩。」

「你怎麼知道？」育仁問。

「我帶他去玩過。」志遠說。

「這麼好，張叔偏心喲。」育仁故意逗他。

小剛放下筷子，有些尷尬，望著志遠說：「伯，我把你買給我的故事書看完了，送給阿康好不好？」

「當然好。那孩子很愛看書的。」志遠說。

小剛低頭把豆漿一口氣喝完，轉頭就往樓上走。

育仁發現不對，問：「張叔，他怎麼了？」

志遠笑笑：「他剛才說我帶他去過大貝湖的事，那是兩年前，他被後媽趕出家門，他跑到高雄港，溜到一艘外國大洋輪上，想偷渡到國外找他爸爸，後來被抓，港警打電話到學校，是我去高雄把他保回來，費了好大的勁。外國船長很有人情味，見他這麼小的孩子想爸爸，又從我這裡，還有電話中的東港派出所主管和校方的證實，就讓我把他帶回，還要我們把小剛父親的地址和電話交給他，他要轉給小剛的父親。」

「難怪他臉色變了。」育仁搖頭說。

「我怕他難過，帶他去大貝湖散散心，吃了碗牛肉麵，買了根冰棒，他吃著跟我說：『伯，我會划木船，你坐小船，我划槳，帶你去遊湖。』」

高媽媽在一旁說：「難怪他對去大貝湖玩這麼有印象。」

志遠輕嘆一口氣：「是呀，他一路討好我。我跟他說，別怕，一切有伯伯在，他一路牽著我的手，我也捨不得放下。這孩子跟我的緣分該是前世注定的。」

正說著，小剛下樓了，手上多拿了幾本書，問育仁：「哥，這幾本漫畫，我看完了，給阿雄看好不好？」

育仁瞄了一眼，是《諸葛四郎》、《三毛流浪記》和《牛伯伯打游擊》，點頭說：「好。」

小剛開心地把書放進提包。

一輛中型巴士載著全家南下。小剛望著窗外街景，天上的雲，像跟他競賽，用不同的姿態變換速度，奔向他要去的地方。

中午，到了屏東，進了一家豪華大飯店。高爸爸好幾個朋友熱情地把他們請進包廂。進了包廂後，高媽媽見迎面走來的兩位中年婦人說：「小孩子的事，麻煩兩位，不好意思。」

「怎麼是小事，呂阿雄替我先生抓到通緝犯，我早該謝謝他。」其中一位太太說。

「當然該謝，妳先生靠他升官，妳倒好，做現成的媒人，好處都被妳沾光了。」另一位太太說。

「不是我，議員認得高董事長，給你們拉了好多大生意，我這個媒人是白當的。」

兩位太太簇擁著把高媽媽請到上座。小剛這才發現，只有育仁哥陪著他，男士長輩全沒進來，他有些餓，悄悄問育仁：「哥，我們什麼時候能到東港呀？」

「不急，不會耽誤吉時。」說話的是議員太太，她轉身對身邊的服務員說：「先上菜，男士們談事情總會拖拖拉拉。」

「再等等吧。」高媽媽說。

議員太太擺擺手，對服務員說：「給他們另開一桌，叫他們邊吃邊談。」

「自家的店，就是方便。」警察局長的太太說。

議員太太透著得意：「妳來吃飯什麼時候不方便了。」

正說著，菜上來了，熱騰騰、香噴噴，小剛顧不得什麼，育仁把菜挾在他盤裡，他就大口大口地吃起來。大人說什麼，他聽不懂，也沒心思聽。

「小剛，你準備了什麼禮物給呂阿雄呀？」警察局長太太問。

「我帶了幾本書給阿雄。」

兩位伯母哈哈大笑起來。

「這可不行，阿雄豈不會在他老婆面前輸一輩子。」議員太太說。

「他很愛看書的，諸葛四郎很勇猛。」小剛說。

「小剛，今天我們都會去東港，喝阿雄的訂婚喜酒，你不能送書，要送吉利的物品，比如腰帶、項鍊什麼的。」警察太太說。

小剛望望育仁，很篤定地說：「不必啦，哥，上次你送給阿雄的腰帶，被阿珠拿來綁雞籠，阿雄都不敢講，那是皮做的呢，打人很痛的。」

一桌子人都大笑，說些他聽不懂的話。水果、甜點上桌，他埋頭大吃，很無聊，拿出口袋的講義，低頭默讀，直到服務員請他們離席，他們才分別搭車往東港趕去。

下午四點，高家的車先到學校把志遠的行李放回宿舍，再開車到港邊，志遠好友開的餐廳。小剛還沒上樓，就見到阿康在門口等他。

「小剛，不要上樓，等他們通知，你跟我點鞭炮。」

「幹嘛？」小剛不解。

「我也不知道，是阿珠命令我要這樣做，會把想動她腦筋的壞男人嚇跑，我哥說有道理，就這麼做。」

小剛只得留下。

「你哥還好嗎？」小剛問。

阿康點頭：「一早，派出所的所長和他太太來我家，當我哥的媒人去阿珠家提親，鄰居都來看，說我家要轉運了，我舅帶了好些朋友——村長、里長、鄰長。」阿康搖頭：「我舅當指揮，我舅媽帶人把我家搞得一團亂。我哥有些不耐煩，我媽累得到現在都還沒吃一口飯。」

「這怎麼行？」小剛不高興了。

「沒辦法呀，到了阿珠家，我看到我哥跟阿珠姐坐在她家客廳，像廟裡的土地公、土地婆就想笑。從來沒看過阿珠姐這麼老實，端茶敬客。都誇阿珠真漂亮，我看阿珠姐是看在客人給她敬茶放在空杯裡的錢，才這麼老實。」阿康說完，自己也笑了。

「怎麼在這裡請客？」小剛問。

「我也不知道，聽所長說，是台北的高先生訂的，替兩家祝賀。」

小剛明白了，想到高媽媽訂的金戒指、金項鍊，也是替阿雄當作聘禮。

阿雄的舅舅煞有介事地跑來說：「吉時到，點炮。」

阿康立刻點燃鞭炮，一長串，霹靂啪啦，然後，阿康抓著小剛的手走上二樓。

樓上擺了好幾桌。客人真不少，正中主桌，阿雄、阿珠低頭坐著，阿雄穿著上次到台北，育仁哥哥給他買的格子襯衫，阿珠則穿了一件粉紅洋裝，頭上還別了一個有花的紅髮夾。他很想笑，這兩人怎麼變得像木頭人，平常的野勁到哪裡去了？

他靠近阿雄說：「怎樣？場面很大喲。」

大腿被掐了一把，是一旁的阿珠在桌下伸手掐的，小剛立刻閃開，揉著腿說：「很痛。」

阿珠仍低頭裝得很嬌羞，輕聲說：「閃開，不要來亂。」

他瞥了阿雄一眼，阿雄賊賊地看著他小聲說：「兄弟，為愛犧牲就是這款樣，唉喲。」

他的腳被阿珠狠狠踩住，想縮都縮不回來。

育仁看在眼裡忍不住笑了：「小剛，到阿康他們那桌去，這裡是長輩桌，好了，我跟你們同桌。」

訂婚喜宴很熱鬧，除了鎮長沒出席，親朋好友都來了，阿珠的姐妹跟阿康忙著收禮，小剛也沒閒著，忙得沒空吃飯。

忙完一陣，阿康帶小剛到窗角一桌匆匆扒飯，阿康說：「小剛，沒有你，我哥現在是被關在派出所，我舅說，有後台，才行有腳步。真是不假。」

「我也沒想到是這樣。」小剛望著窗外，看到碼頭的漁船，隱約聽到氣笛聲：「我去海邊走走。」

「我陪你去。」阿康說。

「你留著，這裡要你幫忙。」小剛說。

黃昏的夕陽閃著金光，他順著堤岸走，腳下是自己的影子，海風迎面吹來，呼吸裡帶有海水的鹹味，好熟悉，怎麼現在才感受到，果真和台北的空氣不一樣。

遠處碼頭停著幾艘漁船，氣笛聲是從其中一艘船中傳出，像是在試音量，把他拉回過去的種種。和阿雄在一起，吃喝玩樂，有難同當，很是暢快，今天應該很開心的，怎麼心頭卻很煩悶。他撿起地上小石頭向海中拋去，陽光下，見不到蹤影。

氣笛聲停了，海風仍吹滿全身，他看到幾隻海鳥在遠處飛，看不清有沒有頭頂的毛被他弟小傑用口香糖膠黏禿的那隻。

他攀著雙臂坐在堤上，遙望無際的大海似乎和天連在一起，和阿雄搭船捕魚，看夜晚海上的流星，許願、抓魚。回到碼頭，伯伯看到他的眼光，讓他驚嚇，令他畏懼，更讓他依賴。

「小剛哥，你在這裡。」

他回頭，看到是阿康。

「你怎麼來了？」

「來看你呀。」阿康順勢坐下。

「你吃飽了？」小剛問。

「飽了。小剛哥，我要早點回家。」

「幹嘛？」

「我媽累了一天，不舒服，家裡被弄得亂糟糟，我要先回家打掃，替我媽把床鋪好，等我媽回家好睏覺。」

小剛想到伯伯，坐了一天的車，剛才走路膝蓋都有些彎，匆匆趕來飯店，行李都沒解開，於是說：「我也要回去，給伯伯鋪床。」

「我有騎單車，你先載我回宿舍，我再騎單車回家。」阿康說。

兩人說定，就騎上單車衝向街道。

回到宿舍，阿康幫小剛整理房間，擦掃抹洗很是俐落，小剛習慣地到廚房生碳爐、燒開水。阿康想到什麼，問：「小剛哥，今晚你不是要跟伯伯他們去高雄玩嗎？」

小剛搖頭：「伯伯要休息，我在這陪他兩天。」

阿康笑愣在一邊，又低下頭搓衣褲。

「你在想什麼？」小剛問。

「沒啦。」阿康搖頭：「我來找你，是阿珠姐說要上廁所，把我叫去跟你傳話。她要我告訴你，我媽媽不舒服，她跟阿雄不放心跟你們去玩，以後咱們單獨去比較爽。」

小剛聽了高興，點頭說：「他們只是累了，回家休息最好，明天我們去抓魚。」

「抓什麼魚，今天阿珠姐的姐妹等酒席完收菜尾，兩天都吃不完。」

「嘻。」小剛笑出聲，把志遠背包的粗鹽布袋拿出來，準備放在扣在碳爐的厚鐵皮上，等溫熱了，伯伯也回來了，可以放在他痠痛的風濕腿上。

Chapter 26／彩虹下的隱憂

一切歸於平靜，小剛整日埋首在書本中。他喜歡坐在校園的樹下讀書，蟬的鳴聲總把他引向東港國小的那棵繫著銅鐘的鳳凰樹，夏天，在開得紅紅火火的豔麗花海中，伯伯按時解開繩索，敲打鐘聲，鐘聲在微風中蕩漾著飛舞的花瓣，蟬鳴高亢的鳴唱，待鐘聲消失，鳴聲仍不罷休，直到蟬累了，脫下完整的蟬衣。

他曾拿著一個透明完整的蟬殼給伯伯看，伯伯說：「這小東西了不得，牠在地裡孵育十七年，就為了成蟬鳴於一夏，讓世間聽到牠的鳴聲，就知道夏天來了，即便脫殼，也完完整整地不毀形體。生命雖短，卻讓世間以牠的鳴聲代表夏天。」

他坐在樹下，雖然不是鳳凰樹，見不到紅紅的花海，沒有鐘聲，卻有蟬鳴，引導他依偎在伯伯的懷中。讀累了，拿出畫冊，勾畫鳳凰樹、蟬，還有……信筆塗畫線條，每一筆都飛向紙端，遙念東港的親人。

升學的壓力迫使他不分日夜地苦讀。他必須如同學一般趕上進度，他自知同學從進國小就努力學習，基礎扎實，而自己什麼都得從頭學起，雖然育仁哥替他複習，好強的他更自我惕勵，怕讓人失望。他的心思全用在每星期學校公布欄的紅榜上，各班級每週段考的成績，國語、算術、常識，分數越高，越被同學看重，被老師誇讚。他要爭取這份榮譽，為自己，更為了要拿這份榮耀給伯伯看。

他的進步是漸進的，紅榜上他進不了前三名，育仁哥卻得意地說，小剛在馬拉松長跑中是最有實力的，高家也給他最溫暖的鼓勵，伯伯三不五時打來的電話更讓他開心。阿雄準時寄來包裹，有小魚乾、筍乾、蘿蔔乾、魷魚乾，還有夾帶對阿珠的抱怨信。只因為高媽媽說他們曬的乾貨好吃，他們就常常寄來食物，每次最多三斤。阿雄、阿珠、阿康，給高家帶來許多生活樂趣。

他站起身，活動一下筋骨，抬頭遙望天空，一道彩虹掛在天邊，在夕陽下閃著亮光，分外美麗。

耳邊蟬聲又起，涼風從樹梢颳到臉上、身上，很是舒服。他深吸一口氣，喃喃地說：「伯伯不要又去海邊吹海風了吧，他的腿是經不得涼風的。」

坐回草地，突然沒心思讀書，懶懶地靠在樹幹上，腦子昏昏的，他感到好疲倦。他不知道，更沒想到，高家此刻正接到一通電話忙成一團。是阿雄打來的，說志遠伯伯在海邊昏倒，被他背到醫院，現在在急診室。

育仁陪著爸爸已搭車趕往東港，高媽媽在家焦慮地等電話。不論志遠的病況如何，都不能讓小剛知道，畢竟離畢業考只剩一個月的時間，小剛的情緒不能受一絲影響。

「小剛，孫亦剛。」

一個聲音在叫他。

「喂，小剛先生，海鷗飛來叫你了。」

好遙遠的聲音。

朦朧中，一道彩虹橫掛眼前，一隻海鷗在彩虹間飛舞。他去追海鷗，努力地在沙灘上奔跑，卻吃力地跑不動。

婷芸站在小剛面前，彎著腰，打量靠在樹幹，雙腿攤開坐著，雙手抱著書本，頭歪在肩膀上熟睡的小剛。容貌俊秀，體格健壯，眉宇間透出超乎年齡的早熟，育仁不只一次同她說：「我爸跟張伯都說這孩子不是泛泛之輩，器宇就是不同，若能培植好會是將才，就是淪為草莽也是英豪。」

「你爸會看相？」婷芸問。

育仁搖頭：「人到了一定年紀，歷練太多人事，總是會看人的，不信，妳去問妳父母，他們也會有一些觀人的說法。」

婷芸點頭。的確，她從小也聽家中長輩這麼評論人。

她正想得出神，小剛卻一閃身子跳了起來：「姐，妳怎麼來了？」

婷芸猝不及防，倒退了一步。

小剛搖搖頭：「怎麼睡著了。」

婷芸立刻想到高媽媽交給她的任務，於是笑著說：「今晚高爸、高媽帶著你高哥去應酬，要我帶你去吃晚飯，小剛，你想不想到我們大學的圖書館溫習功課，到九點再回家。」

小剛點頭，很願意。

「走，去把書包收好，先去吃冰淇淋。」

「好，姐，妳等我，我去教室，把書包整理好。」小剛說完，大步跑回教室。

婷芸望著他跳躍的背影，輕輕吁口氣：「高媽媽叫我把他拖到九點再回家，育仁跟高伯應該到東港把志遠伯的事妥善處理好了。」

現在是下午四點，假日時，高年級學生仍然要留在學校自修，但能自由活動，對小剛來說，真是額外的休閒。

婷芸帶他去台大的福利社吃冰淇淋，帶他去書店買些應考模擬測驗題講義，小剛非常高興，迫不及待地跟她吃過晚餐就到圖書館去做練習。

婷芸直到八點半，才到公共電話亭撥電話，是高媽媽接的。她放下電話念了聲佛號，可以安心送小剛回家了。

回到家，高媽媽說，高爸跟育仁哥跟客戶到高雄去談生意，順便去東港看志遠伯伯，她就先回家了。

小剛聽了高興，心思全在新買的模擬試卷上，很聽話地回到自己的房間，整理衣物，洗澡、睡覺。

婷芸見小剛上樓才輕聲問：「伯母，張伯伯還好嗎？」

高伯母拉她進書房小聲說：「育仁來電話，說他在醫院診斷是高血壓昏倒，急救後就沒事了。」

婷芸點頭：「他在電話中也是這麼對我說。」

高伯母憂慮地皺了一下眉頭：「真要這樣，怎麼會把他送到屏東的大醫院去會診？」
婷芸暗吃一驚：「是高伯伯來電話說的？」
「是啊。看情況會等志遠病情穩定，再把他載回台北大醫院，好好醫治。」
「伯母放心，應該不會有事。」婷芸安慰伯母：「您吃過了嗎？」
高太太點頭：「妳帶小剛吃了嗎？」
婷芸轉身從茶几上端起茶壺，給伯母斟上一杯茶：「您喝茶，我們在學校的福利社吃的排骨麵。」
樓上突然傳來小剛沙啞的歌聲，他今天很快樂，才會在洗澡時這麼放鬆。
高媽媽搖頭：「不能讓小剛分心，志遠那拗性子，現在他一定不會回來。」
電話鈴又響，高媽媽趕緊接電話，是高爸爸打來的。
「哦，美鳳，是妳？」高爸一派輕鬆的口吻。
「不是我，你當是誰？」高媽媽問。
「我當是小剛。我撥書房的電話，響了一聲就被接聽，只有小剛有這麼快的腳步。」
「我正跟婷芸在書房講話，等你們的電話，心焦得很，志遠怎麼樣了？」
「放心，沒事，我在這陪他兩天，徹底檢查一下。育仁今夜趕回家，不能耽誤他上課。」
「噢，這樣我就放心了。」
放下電話，她望著婷芸的臉，吁口氣說：「育仁今夜會趕回家，高爸要陪張叔體檢。」

婷芸卻不放心：「為什麼不到台大醫院檢查，這兒有張叔完整的病歷，我們又能就近照顧，在屏東會比台北好嗎？」

「應該沒什麼大礙，你高爸會處理的。」高媽媽安慰婷芸。

婷芸心中卻有些莫名的不安。育仁曾偷偷告訴她，張叔的病況是併發性的，這病瞞住張伯伯，連高媽媽都瞞住，更怕小剛知道，想來高爸在屏東醫院陪他，應該另有用意，但她也不便多說，跟高媽閒聊些話就辭別回家了。

回到家，正準備休息，育仁的電話來了。她擁被依靠在床上問：「回到家了？」

「是，今天辛苦妳了。」

婷芸輕嗔：「這話該是我問你的，張叔情況如何？你要老實告訴我。」

對方傳來重重的一聲嘆息：「明天到校告訴妳，他的病要靜養，偏偏他就是愛亂想，我爸在醫院陪他，比醫生有效。」

「噢。」婷芸立刻明白了，於是說：「你也累了，早點休息。」

放下電話，她反而失去睡意，從育仁重重的嘆氣聲中，她感受到他的隱憂。她望著床頭小座鐘，期盼早日天明。

育仁躺在床上，雙手枕在腦後，雖然疲憊，卻無法入眠，他想到今天經歷的事，是在生死邊緣的掙扎，父親驚慌的眼神、阿雄痛苦的眼神、醫護人員緊張的眼神，還有主治醫生冷靜的眼神……把張叔從開刀房推出來，父親扶著病床一直跟進病房，坐在床前，一直等著張叔張開眼看著父親，他們互望著，張叔平靜而安詳，父親嘴角揚起，滿眼含著淚，他掏出手帕又縮回手，沒遞給父親，卻拉著阿雄步出病房。

他用手帕擦去阿雄滿臉的淚和鼻涕。

「沒事，剛才你不是聽醫生說了，手術很成功，伯伯在醫院有醫生照料，會好起來的。」

阿雄點頭，他看到阿雄明亮黝黑的眸子望著他，並啞著嗓子說：「哥，你們來得好快，我以為……」話沒說完又低下頭抹眼淚。

育仁拍拍阿雄肩膀，兩人坐在病房外的木椅上，安慰阿雄：「你真了不起。你救了伯伯，我們接到你的電話就知道伯伯會平安無事。」

阿雄搖搖頭：「伯伯命大，他昏倒在碼頭上，我剛好開大豐的小貨車送完魚要去還車，路過碼頭，見伯伯倒在地上，趕快送醫院，醫生說，若晚來十分鐘就會失去救命的黃金時間，又說要開刀，要用救護車送大醫院，我只好打電話給你，我舅也來幫忙，派出所的主任也幫了忙，伯伯這條命才救回來。」

育仁會意，想進病房探視，卻被醫生阻止，同他說：「你父親在病房的另一張床休息，他似乎睡著了，病人也要安靜。你現在可以帶著其他家屬出去吃飯或休息，兩個小時後再回來。」

他帶著阿雄走出醫院，兩人都覺得餓了。

吃飯間，育仁問起志遠叔近日的生活情況，阿雄端起大碗的魚丸湯唏哩呼嚕地連吃帶喝，放下碗，瞪著育仁，眨了兩下明亮的大眼：「他沒跟你說嗎？」

「他常常跟我們通電話，都很好呀。」

「噢，他要我們不跟你們說，怕被小剛知道，影響他讀書，可是，我們全村都知道這件事。」說著豎起大拇指：「伯伯很了不起，全村都佩服他。」說著又搖搖頭：「只有阿珠例外。」

「是什麼事？」育仁坐直了身子，緊張起來，但又不便硬要他說，只能帶著徵詢的口吻：「能告訴我嗎？」

阿雄點頭：「現在不說，等下派出所主任也會同你說；不過，我怕警察會把阿珠當小偷給抓了去。」

真是丈二金剛摸不著頭緒。育仁望著阿雄：「阿珠為什麼做小偷？」

「哥，我先說阿珠的事。」阿雄回復平靜的神情，很生氣地握緊拳頭：「哥，我把伯伯抱進醫院，伯伯已經昏得快死了，醫院在急救，說要送到屏東大醫院開刀才能活命。要有醫療設備的救護車，要開刀，要手術費，雜七雜八，還要先要繳保證金五萬元，如繳不出，請轉院。」

阿雄氣得敲桌子，抿著嘴恨恨地說：「真是見死不救的惡賊。」

「醫院還是救了伯伯。」育仁安慰阿雄。

「哪裡是這樣。」阿雄搖晃一下頭說：「阿珠當下脫下高媽媽送給我倆的訂婚金戒指，遞給櫃台當押金，說她回去拿錢，救人要緊，並要我打電話給你們，給派出所，給他舅，我想也對，就這樣，把該打的電話都打了一通，沒想到，阿珠很快地騎著單車提著一只帆布袋，把錢送來。」

「是阿珠家裡給她的嗎？」育仁問。

阿雄詭異地一笑：「把她賣了也不值兩萬塊，我一看她手提的帆布袋，就知道她把伯伯的私房錢提來了。」

育仁不由得一笑：「伯伯的私房錢也瞞不住你們。」

阿雄搖頭：「我真的不知道，阿珠怎麼會知道，她一定是暗中偷窺發現的。」

「虧得阿珠聰明。」育仁讚嘆。

「雖是這樣，她卻被校長告了，說她偷伯伯的錢。」

「別擔心，這事我來處理。」育仁心中一熱，眼淚幾乎掉下來，多純樸聰明的孩子。他端起桌上的冷茶抿一口，掩飾落下的眼淚。抬頭望著大門，對門就是小剛的房間，今天發生的事，一點都不能讓小剛知道。他躺在床上，雙手枕在腦後，想的都是在醫院門口，阿雄向他交代的事。

「哥，伯伯存了好多錢，阿珠沒跟任何人說，包括我，她付了五萬元保證金，又說還有很多錢，伯伯有一個簿子記得很清楚，還有什麼金手環、紀念品什麼的，還有日記，雜七雜八的，阿珠把每一筆付款的收據都放在一起，說要交給你，哥，她真的會被警察當小偷抓起來嗎？」

「不會，當然不會。」育仁說得有些激動。

吃過飯，兩人一起走回醫院，阿珠提著帆布袋站在病房外，她雙手把布袋交給育仁：「哥，你查查看，都在裡面，只是我當時太急，把門鎖撬壞了。」

育仁一手攬住阿珠，一手攬住阿雄，激動地說：「謝謝，你們救了伯伯。」

想到伯伯在生死關頭上，被兩個孩子用這樣的方式救了一命，還有他和父親在醫院才知道小剛要面對的事，但志遠的決定該如何處置，也是該商討的問題。

「伯伯不顧我們的勸告，常到海邊吹海風。他最喜歡黃昏海邊掛著彩虹的景色，他會一直坐到天黑，我有時會陪他，勸他說海風很冷，對身體不好，他總不聽。」

阿雄的話在腦海響起，激起了他另一樁心事。

在他步出醫院的同時，派出所主管王立行陪他在搭車前，慎重地提起小剛的領養問題。孫亦剛的父母已把放棄撫養的信函從美國寄到派出所，言明無條件交給張志遠領養。目前孫亦剛的戶籍在台北高忠君家，在他們看來，應該是好事，但是張志遠卻堅持不領養，他把孫亦剛當義子，全心全力培植他成材。孩子長大成人、有出息，一定要讓他認祖歸宗，這是他做人的本分。

想到這裡，他深深地嘆口氣，明知道他愛小剛如親生兒子，明知道小剛把他當成唯一的親人，兩人相依為命勝過血緣關係，志遠叔顧忌的無非是孫家的門第，怕落人口實。為了培植這孩子，他省吃儉用，連看病都捨不得花錢，他常坐在海灘碼頭遙望無際的大海，想到海的另一邊是他的故鄉，一別十數年，家中日子再苦總有親人相伴，而自己孑然一身，只有小剛溫暖他的寂寞。他的記事本上每每記著他的生活點滴。小剛是他記事的重心，他記著：「常看到海上的彩虹，七彩閃著金光，我一定要用我的力量，把小剛托到虹上，讓他出人頭地。他是我的兒子，我知道他一定明白血濃於水的道理，可是我這個身體，我這點儲蓄，能達成我的心願嗎？唉，怎麼會對海上偶然冒出的彩虹發出奇想，是太想家了嗎？」

他決定等爸爸回來，要好好跟志遠叔商談，處理這個不是問題的問題。合上眼，想到明天跟婷芸見面，聽聽她的想法，她一定會氣定神閒地說：「現在一切都以安定小剛的心情為重，下個月他要忙畢業考，接著就是升學考，他拚了命地要考上第一志願。等放榜，小剛金榜題名，志遠叔的病就好了。」

他閉上眼，甜蜜地進入夢鄉。

高爸第二天回來，帶來不好的消息。志遠的病不好醫，他早就從醫生那得知自己的情況，他很坦然地對高忠君說，如果沒有小剛，他早就沒有活著的念頭，從這孩子身上，他看到了自己年輕時的影子，戰亂讓他顛沛流離，可是，他有友情填補離散的親情。這孩子明明該擁有最濃厚的親情，卻飽受最無情的打擊，他痛恨他後母，也瞧不起他父親。他要用微薄的力量把這個必成大器的小苗扶植成大樹，他有信心，畢竟這孩子是那麼聰明善良，溫厚重義氣。他不求回報，只盼望他學有所成，為國效力，讓國家能強盛，不再有因戰爭導致妻離子散，家破人亡，不要像他這一代的人，多少胸懷大志的良才，飽受命運捉弄，落得苟且偷生。他愛小剛，超過父愛，但他的父母竟要他領養，真讓他對小剛的父母嗤之以鼻。小剛再有成就都不能忘本，這是他一再告誡小剛的事。他跟小剛的這份緣，超越血濃於水的親情，小剛讀書向上，是填補他心中的遺憾，小剛將來有成就，是他的心願，但如今，他病入膏肓且一貧如洗，真是死不瞑目。

高爸在妻兒的圍繞下，三人坐在書房，說出志遠的情況。高媽媽跟育仁深深體會高爸的心情。高爸常說，他今天的一切都是志遠用命換來的，他們會不惜一切代價讓志遠快樂，他們也盡心做了，但天不從人願，徒呼奈何。

「我明天會去屏東，給志遠在醫院附近租一套跨院套房，好讓他在醫護人員的照料下好好養病。」高爸說：「近日我也會常去陪他住。」

「他會答應嗎？」高媽問。

「為什麼不把他接來台北，醫院的設備也較完善。」育仁說。

高爸搖頭：「他顧忌小剛的心情。醫院的主治大夫很權威，會顧好他的病。」

「阿雄他們不會告訴小剛？」育仁問。

「不會，他們並不知道張叔的病情，以為張叔只是風濕加高血壓，在屏東就醫方便。」

「小剛的事，你要聽聽他的說法嗎？」高媽婉轉地問。

「還用什麼說法嗎？我直接告訴他，小剛戶籍寄住在我家，他的原籍父母均不改，我待他如養子，供應他一切，育仁大學畢業出國深造，孫亦剛亦可如此，兄弟相攜，共享天倫。」

育仁笑：「我還真喜歡這個弟弟。」

表面上生活並沒有任何變化，高爸三天兩頭地往屏東跑；育仁、婷芸幾乎把課餘時間全用在陪伴小剛，小剛卯足精神在學習上，段考、期末考、畢業考……他是關關難過關關過，最後，他以全班第八名的成績榮登金榜。

在全校四個應屆畢業班級——甲、乙、丙、丁共兩百多名學生中，他榮登第八名，而且又是一名外來的轉學生，他初來時因為後母鬧事等種種事情，在學校早被當八卦談。孫亦剛，可是同學熟知的人物，如今他榮登前十名，更成了學校的風雲人物。畢業典禮是校方每年的大日子，小剛滿懷喜悅，更加努力，他不敢有一絲懈怠，因為畢業後不出一星期就要聯考，那才是他最終的目標。

「伯伯會來參加我的畢業典禮。」小剛興奮地說。

「那是當然，阿雄、阿珠、阿康都會來。阿雄的舅舅陪他們來，順便替你看風水。」育仁一本正經地說。

「看什麼風水？」小剛好奇。

「他說了，先看考場，等你准考證發下來，再帶你去大廟向文昌帝君拜拜，並求菩薩保佑，一定高中。」

小剛認真地點點頭：「我們班上好多同學也說，要到大廟拿准考證去拜拜，很靈的。」又搔著頭說：「我還是希望伯伯陪我去。」

「那是當然。」育仁說著，心中卻惦念遠在屏東養病的志遠叔是否安然無恙。

Chapter 27 鈴聲迴盪

驪歌聲中，畢業典禮開始了。應屆畢業生前十名的學生，因為要上台領獎，分派坐在第一排，而他們的家長也安排坐在後面第二或三、四排，被認為是貴賓的榮譽座位，校方很有經驗，每屆得獎的前十名學生，來的家屬不下十名，歡愉帶著驕傲的神情不自覺地掛在臉上，帶著親朋好友簇擁著將要上台領獎的兒子或女兒，開心地與周邊的老師、家長寒暄，孫亦剛自不例外。他儀容整齊地在老師的安排下坐在第三排，高爸、高媽、張志遠伯伯、婷芸、育仁、阿雄、阿珠、阿康，外帶負有使命、正襟危坐且四處觀望看風水的阿雄舅舅。

禮堂很熱鬧，三個孩子都穿著育仁哥和婷芸姐給他們準備好的新衣，阿雄、阿康穿著藍灰方格短袖套頭線衫，米色長褲，白襪，運動球鞋，很是帥氣，尤其是阿雄健壯挺拔的身軀走進校園，很多家長都誇他是運動健將，他透著得意，想到一年前在樹下提著鳥籠跟人打架的情景，作夢都沒想到會穿著這身衣服來學校。他斜眼瞄了一下阿珠，婷芸姐把她打扮成公主樣，穿著粉紅色的蓬裙，白色有蝴蝶結領口的上衣，還給她梳頭，在她頭上別了一根粉紅蝴蝶夾。不公平呀，還給她買一雙粉紅色的涼皮鞋，鞋帶上還有黃蝴蝶扣，每走一步，蝴蝶就動一下，好像要飛又飛不起來，我有注意到，一進校門很多男生都在看她，她很得意的樣子，我又不敢說她，心理有點不爽，但看在今天是小剛的大日子的分上，不跟她計較。

小剛今天也不夠意思，抓著志遠伯的手就說個沒完，唉，怎麼回事？一個媽媽帶著他兒子，拉著婷芸姐跟阿珠打招呼，咦？幹嘛走出去了？我不放心。

他站起來，被阿康一把拉下：「哥，你幹嘛？」

鐘聲響起，驪歌從播音室播出，來賓紛紛歸位，典禮開始了。他看到阿珠跟在婷芸姐身後走進來，在坐下之前，伸手拿出兩顆糖給他跟阿康，悄聲說：「快吃，是外國巧克力。」

他趕緊撥開糖紙，塞進嘴裡，偏頭看阿珠，阿珠抬頭看台上，沒理他，他抿著糖嚥下口水，心裡念著：「外國糖，帶苦味，還是麥芽糖好吃。」

在校長致詞後就展開節目表演，管弦樂隊奏出優美的樂曲，台下一片安靜，高媽媽望著身邊空著的座位示意給育仁，育仁用手指向門外，高媽媽領會，一定是有朋友找他談要事，不然不會追到學校要跟他當面談。

的確是要事，東港派出所主管王立行陪著一位紳士，在校長辦公室跟高忠君會談。

他是孫亦剛的親生父親，三天前，他從派出所主管王立行代張志遠先生轉發的信中，得知一切。這封信是寄到船務公司，他因為長年在船上工作，近兩年公務繁忙，幾乎無暇返家，船航行到其他國家碼頭，停駐在公司的賓館，總公司調整了航線，以歐洲為主，來台灣的時數相對減少了。為了和家人有多一些的時間相聚，他在紐約買了房子，將家眷遷移過去，當時因責任在身，他正在歐洲，所有事均是公司代他辦理，他相信他的妻子是能幹又處處替他設想的人，他們常通電話，也信任她，常因為妻子告知他小剛不爭氣又給她惹麻煩，而對她感到抱歉。她在電話中說小剛變成不良少年，目前在接受感化教育中，待期滿，再想辦法替他辦出國。沒想到他的同事回公司辦事，帶給他這樣一封信，令他十分震怒、恐慌。

他立即搭機返台，昨日趕到東港派出所，從派出所的檔案和學校師長口中，他才清楚小剛是過著怎麼樣的生活，他慚愧又自責，迫切地想見孩子，他萬萬沒想到，在他面前溫柔賢慧的妻子卻用完全相反的面貌欺騙他，虐待小剛。「我近一年沒回紐約的家，沒想到，她沒得到我的同意竟會做出這樣的事情。」他悲憤中透著傷感。

「過去小剛每發生事情，他的母親都說跟你聯繫過，也同意她的做法，我們也因為小剛未成年，理當由他母親看管，不便多加干涉。」王立行說：「直到小剛被他後母趕出家門，張志遠先生伸出援手，把孩子視為己出，用盡心思把他送到台北，讓小剛在高先生的家中得到溫暖，激勵他上進。」說到這裡，王立行感嘆地笑了：「這孩子能有這麼優異的成績，連我都感到意外。」

「謝謝你，高先生，你們費心了。」孫建成說。

高忠君搖頭：「這孩子很懂事，很聰明，我跟志遠情同兄弟，他把小剛交到我家，就是我的孩子，我跟志遠也計畫在適當的時間，把這個優秀的孩子交到他父親面前，這也是小剛最大的心願。今天你能來這裡，是天大的喜事，我們都為小剛高興。」高忠君說。

「剛才校長多誇你的孩子呀，小剛真不簡單，你能趕上他的畢業典禮，親眼看他上台領獎，我也感到很高興。」王立行說。

孫建成拍拍王立行的背：「校長說得對，現在小剛是在非常時期，你我都不宜露面，不能擾亂他讀書的情緒。」又說：「高先生，我想在小剛考完聯考後再和你見面，好好聊聊。」

他站起身，緊緊握住高忠君的雙手，眼中閃著淚光：「我——很慚愧。」

禮堂傳來快樂的歌聲。高忠君說：「再忍耐幾天，小剛考完試立刻會跟你見面。」

孫建成仍不放手，王立行拉了孫建成一把：「再不放手，有人會來找你，小剛知道親爸爸來了，可沒心思讀書了。」

孫建成只得鬆開手，目送高忠君走向禮堂，很是落寞。

「放心，高先生把你的祝福也帶去了。」王立行說。

禮堂現在是頒獎時刻。

前十名的得獎學生一字排開站在台下，等司儀叫到名字上台領獎。

第八名，孫亦剛。台下響起熱烈掌聲，小剛從容邁向舞台。

阿雄激動地站起來，大力鼓掌，阿珠伸腿踩阿雄，狠狠地瞪了他一眼，他才坐下。

小剛緩步走下舞台，雙手捧著獎狀、獎品。他莊重地目視前方，他知道，全場的眼光都會注視著他。他要聽育仁哥的話，抬頭挺胸，步履平穩，處處充滿自信，別人會對他刮目相看。

他這樣端端正正地回到座位，身子挺得直直的。

靠近禮堂邊的一扇窗外，站著一個男人，他直挺挺地望著禮堂領獎的小剛，忘情地寸步不離。

「喂，該走了。」王立行拍拍孫建成肩膀。

他退後一步，準備離開。

禮堂內傳出司儀的聲音：「現在頒發本屆同學的特別獎，首先頒發勤學獎，請孫亦剛小朋友上台。」

掌聲中，小剛上台。窗外的孫建成再也挪不開腳步。

校長站在孫亦剛身旁向台下宣布：「本屆的同學們都認得孫亦剛小朋友是不是？」

「是。」台下掀起一片掌聲。

「他去年從屏東東港一個偏遠的小學轉來，從未參加過補習，功課自然趕不上進度，但是他很努力，我常在清早校門剛開的時候巡邏教室，看見一個小小的身影埋頭讀書，我把燈打開，告訴他，不要省電，眼睛要緊。他說：「沒關係，我閉著眼先背書，我喜歡早上第一道陽光，比燈光溫暖。不論晴天雨天，一年四季，上學的時候，他永遠是第一個到校。我心裡明白，這個從鄉下來的孩子，這樣的勤奮自勵，必成大器；今天，我們看到了他的成果。同學們，這份獎給他對不對？」

「對。」掌聲更是熱烈。

小剛步下講台，窗外的孫建成卻被王立行強行拉走。

禮堂內氣氛熱鬧，除了高忠君跟校長有默契，小剛身邊所有的人，都不知道孫建成的突然光臨。

畢業典禮結束，家長們紛紛帶著自己的孩子離開禮堂走向校門。

小剛也不例外，他牽著志遠的手，前前後後地跟著一群人，走向校門。

空曠的操場，只有一些孩童在遊戲，升旗台旁卻站著兩個人，他們抬頭望著從禮堂往外走向大門的家長和學生。

「跟小剛牽手的可是老校工張志遠？」

「正是。」

「他信中告訴我，他的病是醫不好了；或許把他送到國外，我找大醫院的專家能醫好他的病。」

「孫先生，剛才高先生跟你說得很明白，以高先生的財力，張志遠的病若能醫好，他早就把他送出國了。」

孫建成雙眼不離走到校門口的小剛，輕輕「唔」了一聲：「那三個孩子可是小剛的同伴？」

「是我跟你說的鄉下孩子阿雄、阿康，那女孩是阿珠。」王立行說。

孫建成仍望著大門：「等小剛考完，我一定要見他們。」

「我們從後門走吧。」王立行催促：「出了校門，咱倆跳上三輪車離開台北，再忍幾天，我先陪你四處走走。」

「我想回旅館，一個人靜一靜。」他突然覺得好累好累，慚愧自己還不如一名老校工，先離開了。

高家人如同其他應屆畢業生的家人一樣，吃過中飯就到考場查位子。

小剛很幸運，考場是在建中。這可是育仁哥的母校，考生都有願望，進得建中考場，拔得好彩頭，就能考進建中。省立建中是排名第一的好學校，像育仁哥，讀建中、臺大，然後出國深造，前途一片光明。

育仁熟門熟路地帶著小剛找教室，找尋考場座位。志遠精神很好，牽著小剛的手跟進跟出，婷芸帶著阿珠、阿雄、阿康在校園四處溜達。

學校裡來看考場的家長很多，陪著應考生說說笑笑很是熱鬧。

高爸、高媽在走廊一角的迴廊坐著休息。

小剛父親出現的事，高爸自然同高媽說了，高媽喟然道：「這是好事，志遠雖然會捨不得，但也了了一樁心事。」

「等小剛考完試，就安排他們見面。」高父說。

「也好，來個皆大歡喜。」高母說。

高父沉默：「醫生說志遠的病情極不穩定，這次連我都不贊成接他來台北，他的固執個性，妳是知道的，我不去接他，他會拚了命自己來。」

高媽點頭：「是呀，他精神真好。」

高父嘆口氣：「他是硬撐。等他出來後，我陪他坐車先回屏東，穩住他的病，等他好些，再把小剛父親的事跟他說。」

高母點頭：「也好，等小剛考中，他了了一樁心事。把小剛交給他父親，他更能安心養病。」

「很快，考完試，不出半個月就會放榜。」高父說。

遠處，阿雄舅手托羅盤，肩背布袋在阿雄、阿珠、阿康的簇擁下東張西望，三個孩子跟著他團團轉。見到高爸、高媽笑嘻嘻地走過來，阿舅揚起手中羅盤說：「放心啦，座位我看過，跟他准考證號碼很合，我等下帶他去龍山寺拜文昌帝君，祈求金榜題名。」

「他們還在教室嗎？」高媽媽問。

「對，張伯坐在那邊休息。」高爸不放心地說：「張爸身體不好，今天太累了。這樣吧，我陪張爸由司機開車先回屏東，你們一起去寺廟拜拜，育仁哥會陪你們玩兩天，再回東港好嗎？」

三個孩子一起搖頭：「不行，阿舅說，陪小剛到廟裡拜完，我們就回東港，小剛還要讀書。」

「對，要一鼓作氣，跟他們一起會鬆懈。」阿舅說。

「不會啦，你們明天再回去。我考完升學考就回東港陪伯伯，我們再一起去海邊游泳。」

「不行。他們搭我的車，我要趕時間，要替林邊一家海產店看風水，老闆招待我們吃大餐。」

「不要去。」阿雄不高興。

「可，你放心啦，阿珠不會看上老闆的兒子啦。」阿康說。

「歪嘴雞想欲食好米。咱阿珠連鄉長的兒子都敢打，怎會看上那胖仔。」阿舅說。

阿珠瞪了阿雄一眼：「那難說，胖子才受得住打。」「我也很受打呀，不過自從小剛的獎盃放在我家，妳就不敢亂打了。」阿雄爭辯。

阿康低著頭「嘻嘻」地笑了。

阿雄小聲阻止：「不要笑。」

阿康仍笑：「你拿獎盃頂頭上，阿珠不敢打你，拿魚網罩在你頭頂，你怕獎盃落下，動也不敢動，真是好笑。」

「沒有啦，我只是怕獎盃掉落會摔壞啦。」阿珠立刻辯白。

大人全忍住不笑。

小剛把他的全勤獎狀給阿雄：「好啦，拿這個頂在頭上比較輕。」阿雄伸手，阿珠立刻輕吼：「你敢拿。」

阿雄立刻縮手。

大人全都笑出聲。

「好啦，快上車，我看風水是算時間的。」阿舅說：「先去拜文昌帝君，回來把小剛送回家，我們就直接回林邊。」

阿舅帶走一車孩子的歡笑，志遠滿臉笑容卻掩不住疲憊。

育仁扶住志遠：「張叔，我送你回屏東。」

高爸會意說：「我送，過兩天小剛就要考試了，你陪他，他會更安心。」

育仁體會父親的心意也不拒絕，看著司機開車到面前，把張叔扶上車，躺在後座上，便緩緩離開。

在回家的路上，高母把今天小剛父親來到學校的事跟育仁、婷芸說了，他們先是意外，後又替小剛高興，一致認為，等小剛考完試，就叫他見他父親。張叔也可了了一個心願，是好事呀。

日子在平穩中度過，小剛參加升學考試，一大早，他便接到張叔的電話，叮囑他不要緊張。小剛大聲告訴伯伯，他一早先搖了鈴，叮叮的鈴聲就像伯伯在他身旁，他一點也不緊張。」

育仁陪小剛進建中，許多考生也在家長的陪同下走進考場，一些跟小剛同校畢業的考生向他打招呼：「孫亦剛，你哥陪你來喲。」

「是呀。」小剛輕快地答。

他見到每位考生都有家長陪，抬頭看看育仁，綻放出一個滿意的笑容。

「中午我們吃過便當，你會有多一點的時間休息，好準備下午的考試。」育仁說。

小剛點頭：「哥，上午你不必陪我，等中午你跟姐來，我們一起吃便當。」

「你看這麼多人陪考，校園稍微好的地方全被人占去了，我得找個容得下咱三人坐下休息的地方，讓你養足精神。」

小剛轉頭四下望望，隨手一指：「哥，去那邊，涼亭邊那塊長石椅，靠著大榕樹，到了正中午，樹蔭整個罩在石椅上，陰涼有風，又不必和那些人擠，很舒服的。」

育仁向石椅望去，早上的太陽射在石椅上，沒人接近大榕樹，到了中午，太陽直射，樹蔭整個罩下，風吹樹葉，自然涼爽。

他讚嘆地摸摸小剛的頭：「真有你的，我在建中混了六年都沒注意到這點。」

小剛得意地一笑：「跟阿雄學的，我跟他在船上第一件事就是看天氣，辨方向，才能保平安。」

「在這裡，你是怎麼注意的？」育仁問。

「習慣地看日出就能辨別出方向。」小剛說。

「考完試就到那找我。」育仁說。

「先別急，現在太陽照得火熱，沒人會搶那位子。」小剛說。

「那可不一定，撐傘的人可多呢。」

沒想到婷芸也撐著傘走過來，兩人見到她更是歡喜，婷芸把水壺和提袋交給育仁：「你去占位子，我陪小剛到考場，考生都在臨陣磨槍，小剛自不例外，我陪他翻翻書本，等鈴聲響起，我替他拎書包，看他進考場。」

「不必啦。」小剛有些不好意思。

婷芸不理會，拉著他就往考場走。

育仁望著，莫名的失落感襲上心頭。婷芸何嘗不是，小剛跟父親相聚是喜事，他父親的工作能給小剛安定嗎？要是他必須和他繼母相處，這個家能和樂嗎？昨天，當母親跟他和婷芸說起小剛父親的到來，倒加添了他們的心事。

他望著在校園陪考的家長們，努力回想自己當年考初中的情景，不覺莞爾，當時只覺得爸媽陪考讓自己安心。現在他站在這裡看到陪考的親人，尤其是父母，神情比兒女更緊張，望子成龍，望女成鳳全寫在臉上。想到小剛來到家中，努力用功讀書，想以成績扭轉自己的命運，以博得我們的歡喜，環境磨練得他早熟，卻仍不失他純真溫厚的本性。

他想，包括婷芸也把小剛早已當成親弟弟，他父親的突然出現，真讓高家有些措手不及。

想得太專注，自己是什麼時候坐在石椅上都不知道，突然覺得眼前陰涼，抬頭，見婷芸撐著陽傘站在他身邊。

婷芸坐在他身邊：「我有預感，小剛會認他爸爸，卻不會離開我們。」

「離別該是常情，我在想，他會不會把小剛接到美國就學，以他的工作情況，接過去是很正常的。」育仁說。

「如果接過去跟他後母生活，小剛肯定不願意。」婷芸說。

「他父親應該有考慮到這個問題。」育仁說。

「先跟他爸談談，以他爸爸的身分和地位，又這麼急切地趕來，對小剛應該是很關愛的。」婷芸說。

「就是因為這樣，他更會把孩子接走。」

育仁說得有些賭氣，隨手拿起身邊的書也沒心情翻閱，婷芸知道他心煩，指著榕樹枝：「你瞧，那是什麼，好像是蟬殼，我去拿來。」

育仁跳起，走到樹杈拿起蟬殼，同婷芸說：「怎麼沒聽到蟬鳴？」

「當然有，學校這麼多人，蟬都被嚇走了。」婷芸雙手接過蟬殼，想談些育仁最有興趣的昆蟲話題，以驅散他有時悶葫蘆的脾氣。

兩人坐回石椅隨意談著有關夏日昆蟲的習性。不知不覺，第一節考試下課鈴響了起來，眾家長紛紛往考場奔去，育仁站起身，卻被婷芸拉下：「小剛不要我們過去，考生的書包都在走廊，他書包裡有水壺，下課十分鐘，他喝水，上廁所，已經夠忙，還要應付我們，多分心呀。」

育仁坐下：「對，問多了反而會讓他分心。」

婷芸拿起水壺：「喝口水，等會我騎單車去買便當，你在這兒坐著，你看多少人在操場上閒晃。」

鈴聲響起，考生紛紛進教室，家長們三三兩兩地討論試題，有的皺眉，有的歡喜。育仁索性躺在石椅上，雙手盤在腦後：「我們沒去，是對的。」

「考完後，帶他去吃牛排，妳看如何？」育仁又說。

「他想今晚就回東港，他很想張叔。」婷芸說：「他昨天從學校複習完見到我這麼說。」

育仁坐起：「過兩天吧，先打電話，張叔身體若好轉，自然希望他在身邊。」

「不知道他們父子見面，會怎麼安排。」婷芸想的是小剛的父親，本來刻意不提，還是說出了口。

「多想也沒用，妳在這，我去買便當，『好口味』便當很有名，今天一定大排長龍。」育仁說著起身就走，婷芸也不攔阻，從背包拿出一本書閱讀起來。

一直等到十二點，育仁才拎著三個便當回來。第二節考完，學生陸續走出考場，上午考完，準備下午一場考試，即大功告成，等待放榜。

三人吃著便當，育仁和婷芸不敢多問，小剛吃得快，拿著一瓶汽水喝，抿抿嘴說：「今天的算術有些難，還好，我都會，姐，妳昨晚教我四則應用，我反覆練習，今天考題我用上了，下課後我聽同學說，很難算，應用題都沒算完。」

「老師沒教嗎？」育仁問。

「有，但方法不像姐教的可算得更快。」小剛說。

「妳教的是什麼方法？」育仁好奇。

「用心算套方程式，沒想到他會靈活運用，小剛，你厲害。」婷芸高興地說。

小剛充滿信心：「下午考常識，我去教室把課本複習一下。」

「好，考完試在這裡等我們。」育仁說。

「你們要去哪裡？」小剛問。

「去學校對面的植物園看荷花。」婷芸說。

小剛大步走向考場，育仁望著他的背影說：「他一副很有信心的樣子，應該是考得很滿意。」

「他真的很聰明，昨晚我看他用學校教的四則運用，先乘除後加減，太麻煩，就改用心算套公式，他學了兩遍就會了。」婷芸搖頭：「太厲害了。」

「妳用的是代數的公式？」育仁問。

婷芸笑：「他雖然不懂但他記住符號，就套上、用對了。」

「是妳厲害。」

兩人牽著手，朝植物園走去。

走到荷花池旁，兩人隨意坐在石台上，滿池荷花盛開，荷葉田田。水中錦鯉戲游，幾隻大小不同的烏龜爬在池中凸出的石塊上曬太陽，蜻蜓飛舞在紅白荷花上閃著晶瑩的翅膀，任風吹動。這本是他倆常來的地方，有時各拿一本書，默讀一下午，讀累了，便走到前面喝杯咖啡，或是騎單車兜兜風，找間小館子吃碗麵、聊天，說說讀過的哪一篇文章有不同的見解，日子逍遙自在。小剛出現在他們的生活中，像陽光一般，讓他們充滿了活力，他的堅強、野性與聰明、善良，以及其他幾個勇敢、活潑的鄉下孩子，帶來高家從沒有過的歡樂。

「小剛即使跟他爸走了，也不會離開我們，他長大了，又有像你這樣的靠山，沒人敢欺負他。」半晌，婷芸冒出這樣一句話。

倒把育仁逗笑了：「走，快考完了，我們去買冰淇淋，免得待會又要排隊。」

兩人朝著冰店走去。

鈴聲響起，他倆提著冰淇淋盒急步趕到榕樹下。
小剛走過來，一臉輕鬆。
一個同學跑來拍了小剛一下：「孫亦剛，你要不要再去報縣中。」
小剛搖頭。
「你看來很穩喲。先到學校登記啦，繳交報名費，等放榜考中了，不考就是。」
小剛搖頭。
「跟你說哦，我現在才發現，全省國小的狀元都來了，我們怕會被擠下來了。」
「我明天要去東港看我阿伯，不去想那麼多。」
同學很失望，扭頭走了。
「請你去吃牛排。」育仁說。
「不，高媽在家等我們吃飯，我要趕快回家打電話。」
「吃過飯，再回家打電話也不遲。」婷芸說。
小剛搖頭：「不行呀，我要聽到伯伯的聲音，請他不要掛念，我要告訴他，我有信心，但沒把握。考不上我就回東港考縣中，能陪在伯伯身邊，也很快樂。」
育仁把冰淇淋分到各人手上，坐在石椅上邊吃邊聊。
「難怪剛才同學約你回學校登記報考縣中，你不答應。」婷芸說。
小剛笑笑，靦腆地說：「姐，妳是說剛才來找我報名的李宏泰嗎？」
「他好像也是資優生，這次上台領獎也有他。」育仁說。

「哥好厲害，他是第三名，他永遠考不到第一名。」

「為什麼？」育仁問。

小剛嚥下一口冰水：「老師說他如果把瞻前顧後的心思全部貫注在課本上，他的成績會更優異。」

「小小年紀哪有這麼多心思？」婷芸問。

「他很奇怪，常常查同學讀些什麼教材，什麼補習班升學率高，他就進去插班讀，還故意把一些功課好的同學作業私自拿來借給別班同學參考，也沒經過當事人的同意。這種事發生在好幾位同學身上，老師勸也沒有用，後來還被同學打。但他還是常故意把成績比他好的同學的講義偷走、甩掉。」

「小肚忌腸，成不了大事。」婷芸說。

「他有對你做過這種事嗎？」育仁問。

「他沒把我看在眼裡，我處處都不如他，他說我是牛，牽到北京也是牛。」三個人吃完，朝停單車的車棚走去。小剛把書包換個肩膀背，好抬頭看著婷芸：「姐，要不是妳昨晚教我用心算套方程式，我也會跟他們一樣淪陷。」

「你做對了？」婷芸問。

「考完後，老師把考卷答案全公布在走廊上，我的算術應用題全對了。」

育仁偏頭看，很多補習班的老師帶著學生對答案；許多家長也擠在走廊看貼在牆上的答案，抄抄寫寫，說個不停。

「其他兩科呢？」婷芸問。

「還可以，都沒偏離課本，許多補習班加添的教材很少，對沒參加補習班的同學反而有利。」小剛說。

育仁讚嘆：「教育部早該注意這個問題。學校課本的內容本就豐富，補習班加添教材，表面上是讓孩童多學習，能應付考試，其實是給孩童更多的壓力。」

「進補習班成了潮流，總認為學校的課補不夠，進補習班才安心。」婷芸得意地看看小剛：「還好，小剛沒去。」

小剛笑笑：「我有哥哥、姐姐教，幹嘛跟他們湊熱鬧。」

「很久沒看你笑得這麼開心了。你已盡力了，要讓自己輕鬆起來。」婷芸想幫他放鬆心情。

「好了，哥帶你去旅行，一切放輕鬆。」

「哥，去東港，東港也有許多好玩的地方。」

「好。去東港坐阿雄的小船遨遊。」

「十天以後放榜，學校放假三天讓大家輕鬆一下，再去學校溫習功課，準備縣考或私立學校的聯招，這三天我們就去陪伯伯，他一定很高興。」

「那是當然。」育仁加重語氣：「一定，我們一定去。」婷芸望著育仁，跟他並肩騎著單車，並促狹地笑著抿抿嘴唇，育仁領會故意又大聲說：「真的哦，哥一定去哦。」

到家門口，高爸的轎車停在門外，顯然才剛到家沒多久，他們魚貫進屋，小剛進門也頓時呆住了。

他還沒張口，他的父親一把把他摟進懷裡。

「孩子。」小剛的父親啞著嗓子輕輕地喊了一聲。

小剛仰起頭望著父親，驚喜中透著疑惑。他不知該說些什麼，張著嘴愣愣地說：「爸，您怎麼來了？」

爸爸拉著他坐回沙發，摸著他的頭：「我來了好幾天了。四天前我從東港派出所所長那知道你一切的事，所長陪我到學校參加你的畢業典禮，我好高興，好為你感到驕傲，小剛，你很爭氣。」

「唔，我怎麼沒看到你？」小剛問。

「我在禮堂外面，我答應校長，不要影響你考試的心情，強忍著等你考完才見面。」孫父說。

小剛悶悶地點點頭，轉頭望著高爸：「高爸，是您把我爸接到這兒的嗎？您不是在東港陪張伯嗎？」

他轉頭又問父親：「爸，您先去東港派出所，難道沒見到張伯伯？」

「所長說張伯去台北參加你的畢業典禮，所以我急著趕來，不過在禮堂外面，我遠遠地看到張伯，決定之後再跟你一起去謝謝他。」

小剛點頭，露出滿意的笑容：「爸，明天我會跟哥一起去東港，爸，張伯見到您一定很高興，他近來風濕腿，行動不方便。高爸，他血壓也不正常，這幾天可好些了？」

「好。」高爸微皺一下眉：「今早他陪校長去金門。校長家種了幾畝地，高粱總是長不好，知道你張伯老家也是種高粱的，請你張伯去看看，是水土不好還是品種要改良，你張伯一高興就去了。」

張伯常跟他說起家鄉的事，小時候在高粱地的種種回憶，很令他嚮往，但他也擔心張伯的健康：「伯的身體行嗎？他有風濕腿啊。」

「張伯去看高粱地的水土和品種，等於度假休息，對身體有益。」

小剛點頭：「能對伯伯身體好最重要，要去多久？」

「跟校長在一起，十來天是要的。」高爸說。

「哦。」小剛有些失望：「我怎麼跟他聯繫呢？」小剛問。

「還真不好聯繫，這樣吧，你寫信，他會收到。」高爸說。

「要多久？金門離台灣很遠，一封信要不要十天？」小剛焦急地問：「要不，我們去金門跟他見面。」

「十天以後，你放榜，他一定知道，會很歡喜的。金門是外島，船票都要預訂，說不定我們拿到票，他已經回台灣了。」高爸說。

小剛頹然地坐在椅子上不發一語。

「小剛，你把這次升學考試看得很重要嗎？」孫父看出孩子的心思，試探著問。

小剛抬頭，望著父親，很認真地點點頭。

「如果沒上榜呢？」孫父問。

「我會回東港考縣中，我有把握一定能考上。能跟伯伯在一起，我比較放心。」

孫父嘆了一口氣：「小剛，跟爸爸回美國，我安排你進很好的中學，好嗎？」

小剛望著父親，眼中透著堅毅，坐在一旁的育仁，不由得也被小剛犀利的眸光一震。他嚴肅地說：「爸，看到您，我好高興，我本來想等放榜，考上建中，請高爸、張伯帶我去見您，沒想到，這個心願這麼快就實現了。我早就想到您會對我有所安排，但張伯身體不好，我不能離開他，我在台北，至少還能常去照顧他，我不想去美國。爸爸現在跟我見面了，我們可以常聯繫，我實在不想去美國。」

「這裡的讀書環境比不上美國。」孫父說。

小剛搖頭：「爸，我要在台灣讀完大學，之後再去考托福，選我愛念的科系，絕不會讓您失望的。」

「你住在這裡，打擾高爸、高媽，爸爸感到很不安。」

「可是，您讓我離開張伯，我更不安。」小剛堅定地說。

「我請張伯伯跟你一起去美國，給他最好的住家環境，你陪他一起生活好不好？」

小剛搖頭，站起身，跑到樓上，很快地從臥房拿出一本厚厚的畫冊，雙手遞給父親。

孫父接過，翻開。小剛默默地坐在一旁，雙手緊握。育仁知道，每當小剛緊張又企盼時，小拳頭總是握得緊緊的。

「孫先生，你們父子好好聊聊，我們全家先到飯館訂好的房間喝茶，待會司機會來接你們到飯館，大家一起用晚餐。」高爸說。

顯然地，高爸要讓他們父子獨處，好好談談。

「那就謝謝了。」孫父站起身。高家人也轉身離去。

翻開畫冊的第一頁，是一個銅鈴的圖畫。

小剛隨父親看每一頁凌亂的圖畫和題字。

第一頁：鈴聲。校工伯伯的鈴聲，跟爸爸大輪船的引航鈴聲是我最愛的聲音。

畫面是一個搖鈴的男人，一角有一艘小船。

第二頁：海鷗。幫我寄一封信。一個小孩抓住一隻大鳥綁信。

一碗熱粥。

小剛指著說，我兩天沒吃飯，怕被警察當小偷抓。我躲起來，被伯伯救，並煮稀飯給我吃。

孫父握住小剛的手：「噢。」心中顫抖，默默翻看每一張圖畫。上頭畫著有人打架、賣菜，挑著成簍的魚叫賣，或者畫有一盞燈，燈下趴著一個男孩，書丟在一旁，赤膊的背上有好幾條傷痕。

一個稍大的男孩牽著一個小男孩，在海邊，小男孩手中握著一只小鈴。遠處有一艘大輪船。「這畫的是你和小傑嗎？」孫父指著眼前的畫問。

「小傑想爸爸，我帶他來聽引航船的氣笛聲，他會很開心。」

孫父想到秀枝在信中對小剛的描述，和東港派出所所長、國小老師、校長所說的一切，還有存檔的資料，無法再看下去。

孫父合上畫冊，問：「小剛，你恨你後媽嗎？」

小剛搖頭。

「為什麼？」

「對小傑而言，她是好媽媽。」

孫建成一驚，抬頭看兒子，多麼健壯俊秀的少年，才兩年多不見，孩子長大了，已不是他印象中的小剛，他還不到十三歲啊。一個總是讓他牽腸掛肚的兒子，怎麼突然覺得陌生？

他重拾畫冊，自責地說：「我不是好爸爸。」

「爸，您在我和小傑心中是最好的爸爸，我倆好愛您。」

孫父心情沉重地說：「小剛，爸爸一切都明白了，張伯伯和高家對你的恩情，我這一輩子都還不清。你要明白，我們跟他們非親非故，不能再打擾下去。你跟爸爸回去，我安排你住校，過另一種生活。」

小剛沉思片刻，抬頭同父親說：「爸，我的導師知道我的情況，我曾跟導師說過，我受張伯和高家的恩惠，心中很不安。導師說，要知道滴水之恩報以湧泉，你努力讀書，有了成就，用忠孝報答他們，就是他們所需要的，也是最大的安慰。」

「你是我的親兒子，跟我回去，這份恩情，讓爸爸來還。」孫父想到兒子受到種種委屈，無限傷感。

「爸，他們不會接受，我剛被張伯帶進高家，很不習慣，總覺得自己是外人，我心猿意馬，加上新學校的功課壓力，根本無心讀書，但是，爸，我無路可退，高媽媽的慈愛，讓我想到母親，高哥哥陪著我讀書，鼓勵我要面對困難，我受了同學的欺負，遠在東港賣魚的阿雄，都不許我回東港，要我給他們爭面子。要拿出跟他在漁船打工，頂著大風浪捕魚的精神，讀出好成績，因為只有這樣，有一天，跟您見面時，您才會感到安慰。爸，您如果愛我，能讓我也把張伯和高家的人當成最親的人嗎？我實在離不開他們，尤其是張伯。」

孩子說話的聲調語氣很像他的生母，想到兩年前他回家時，教訓他不可貪玩，他討好地帶他去看院中的菜園：「爸，這是蘿蔔，這是青椒，這是蔥……」他責備兒子怎麼不把心思用在課本上，他卻說：「爸，這蘿蔔種子和青椒種子是媽留給我的，說爸最愛吃這兩種菜。」有如熟悉的感應，雖然說的是不同的事，但他感受到孩子的心思全在他身上，他胸中如浪濤翻滾，比在他航行的輪船上遇到的任何大風浪還要凶猛。自己權位再高，比不過一名工友，孫家積了多大的功德，讓小剛遇到如此的恩人，他對妻子的虛假已到了恨的地步。小剛見父親低頭不語，於是說：「爸，我不會離開您的，您放心。」他抬頭望著小剛，想到兩年前他返家時，秀枝掩飾得很好，他也沒想那麼多，把心思全用在工作上，兩年後的今天，會有這麼大的變化，本以為小剛見到他一定會像過去一樣賴在他身邊，他可重新安排他的生活，以補償對孩子的虧欠。他要跟小剛重拾父子的天倫之樂，他會重重地感謝高家、張志遠，然後帶著小剛歡歡喜喜地回美國。

他滿懷期盼、一廂情願的想法。沒想到來到學校，先是被校長懇請以不要影響小剛的情緒為由，要他忍耐四天，現在滿心期望地想帶走小剛，但眼前的孩子一點要跟他走的意願都沒有，誠如派出所所長說的，小剛這兩年如果沒有張工友伸出援手救他，這孩子不知會淪落成什麼樣子。

「爸爸，小傑可好？」小剛見父親低頭沉思道。

孫父抬頭，發現這孩子彷彿是他童年的翻版，那眼神透著堅毅令他震懾。他點點頭：「我昨天打電話，請祕書讓他從紐約搭飛機到香港跟你見面。」

「為什麼到香港？來台灣不是很好。」

「我在香港有公務，小傑的鋼琴老師是香港人，是在紐約讀音樂系的大學生，現在放暑假，小傑的老師會在香港陪他玩幾天，到時我再帶你過去跟小傑見面，他很想你呢。」

小剛面露微笑，低頭不語。

「你想小傑嗎？」孫父問。

小剛點頭。

「明天帶你去香港，小傑一定已經在旅館等你了。」

「我還要回台灣。」小剛堅定地說。

孫父知道這孩子一下子是帶不走了，便說：「爸爸一切聽你的，到餐館，我當面把你重託給高家。兒子，你讓我和高家、張家結下這麼深厚的緣，只要你開心，我就放心了。」

小剛站起身，對著父親，雙腿跪下：「爸，謝謝您，我不會讓您失望，我可是您的兒子，和您是不會分開的。」

孫父扶起兒子，哭了。輕輕拍著他的背：「小剛，你的心，爸全明白，就是你跟我去了美國，你也不會快樂。爸爸要的是一個快樂的小剛，不要一個捉海鳥綁信的小剛。」

「謝謝爸爸，餐館還有好多人在等我們呢。爸，我不是在作夢吧。」

孫父緊握小剛的手，感到他的手溫熱有力驚覺他長大了，是個有主見的少年人了。他輕輕地搖搖孩子的手，忍不住一把摟進胸懷，拍拍他的背，感到胸襟濕熱，原來孩子也哭了，他淚中的委屈、堅強、盼望與歡喜，全灌入他的心懷。他替孩子擦去眼淚，說：「好多人還等著我們呢。」

一頓便餐，把酒結緣。小剛偷瞄育仁哥，他會意地輕輕點頭，小剛吃下婷芸姐挾給他的魚肉，想到在東港的阿雄。

第二天，小剛在育仁哥的陪同下，隨父親到機場，準備一起搭飛機去香港，育仁叮嚀他：「開心地去玩，多拍些照片，我們都想看。」

小剛點頭，把背包換個肩膀背，背包發出「叮叮噹噹」的響聲。

「你帶了什麼？」孫父問。

「銅鈴，伯伯給的。帶給小傑看。」

孫父問：「要給小傑嗎？」

「不。伯伯給我的，不能送人。」

孫父摟著兒子的肩膀：「到香港，爸讓你到百貨公司挑選你想要的東西，爸想買給你當畢業禮物。」

小剛搖頭：「我什麼都有，高媽很疼我，我冬天的毛衣都是高媽親手織的。我跟哥一人一件。」

「挑一些送給高爸、高媽還有張伯他們，你不能空手回台灣呀。」孫父口中這麼說，心中卻帶著些許酸味。

「不必，倒是該送給東港的阿雄他們一點禮物，不然，他們會把我的獎狀拿去避邪。」

育仁看出孫爸滿臉疑惑，見入口處高掛一張飛機廣告，忙提議：「我們站在那兒，請人幫我們合照，小剛看這照片多神氣，你站在藍天白雲的飛機下，多神氣呀。比獎狀更擋煞。」

孫父笑說：「小剛，多照幾張，到香港，帶幾架小型飛機模型給你的朋友。」

育仁有備而來地拿著照相機就往前走，小剛很興奮，連說：「哥，我從香港回來，就站在這裡等你來接我。」

「會的，高哥哥十天以後會準時到機場接你。」孫父捨不得卻無奈地說。

「爸，昨天是十天，今天算是九天了。」

孫父故意對育仁說：「還沒上飛機就想回家了，歸心似箭啊。」

育仁尷尬地笑笑：「他等待放榜，放榜後他就沒心思了。」

孫父點頭憐惜地望著小剛的背影：「沒想到，台灣的升學制度這樣考驗孩童。」

小剛跟著父親入關，他回頭跟育仁擺手，育仁指指機場，好大的飛機，小剛心下決定，要把它畫下來，寄給阿雄。

香港。一個小剛從沒去過的大都會，在機場，他見到弟弟小傑。

小傑長高也長壯了，神情也開朗了許多，他牽著小剛的手說：「哥，你比我想像的遜耶。」

「哪裡遜？」小剛問。

小傑聳肩縮頸，雙手張開，搖著頭說：「雖然天氣熱，也不必穿短褲。」

「那又怎樣？」小剛打量眼前的弟弟，花格子襯衫，白色長褲下管呈喇叭狀。他轉頭看機場旅客，大人小孩都穿這種形似喇叭的褲子，內心不以為然。孫父開心地牽著兩個兒子說：「待會司機把車開來，先送你們去旅館休息，我要到公司去開會，你們好好聊聊。」

「OK！」小傑很得意地又聳聳肩，然後對父親說了一串英語。

孫父也用英語跟他回話。

小剛看不慣，忍著，一直到旅館。

孫父把兩個兒子送進旅館，交代祕書陪同就搭原車去公司。

進了房間，小傑說：「哥，這房間還可以嗎？我已住了一晚了，你睡隔壁另一間。」

小剛環顧四周很滿意，很慎重地從背包拿出搖鈴，叮叮噹噹，放在桌上。

「把這破爛帶來幹什麼？」小傑不屑地問。

小剛拿起來搖了兩下：「聽！多美的聲音。」

小傑搖頭：「老校工的手搖鈴。」

「你不喜歡？」小剛不悅。

小傑走到窗前，隔著落地玻璃窗要小剛向外看：「哥，我們現在住的旅館靠近碼頭，你看，靠岸的大輪船，引航船不只一艘出出進進，帶領大船進出港口，氣笛聲也鳴出不同的聲音，你帶這個幹什麼？」

小剛靠近落地窗，手中緊握搖鈴，看到窗外遼闊的海，明燦燦的陽光下，大小不同的船隻。他想，爸爸在此地有辦公室，爸所服務的船務公司一定常來這裡。他望著，想起東港海邊和這裡迥然不同的景色，唯一熟悉的是明燦陽光下藍色的海洋。

小傑拍拍小剛肩膀：「哥，這裡是香港。不是台灣。」

小剛仍望著窗外藍天闊海，他想尋找飛翔的海鷗。

小傑端了一杯冰果汁給他，他接過，喝一口，甜而冰涼，跟在飛機上空中小姐遞給他的果汁很相似。爸跟他說是柳橙汁，他喝了轉頭問：「是爸叫你來香港跟我見面？」

「我早就計畫跟鋼琴老師來這裡度假，前兩天在紐約的家中接到爹地的電話，說你要來香港見我，我也很想見你，咱們就見面了。」

他側頭看小傑，微皺一下眉，坐到床邊的沙發上，眼前的弟弟，跟他心中那個軟弱、依賴他的弟弟不一樣了。他的變化倒引起了他莫大的好奇，於是問：「媽媽知道你來見我嗎？」

小傑點頭：「當然知道，媽咪說，要我好好招待你，兩年前媽咪已把你過籍給張校工，校工擔保會把你送到台北的一個親戚家讀書，才讓他領養。」

無端地，小剛頭皮一麻，他叫孫亦剛，不叫張亦剛，戶籍上他寄居在高家，喊張志遠乾爸。父親接到放在總公司壓了近兩年的張伯的信，才放下所有急事回台灣，以明瞭一切。小傑一定不知道爸來台灣了解的過程，還一廂情願地當他母親的應聲蟲。

「媽怎麼不跟你一起來？」小剛問。

「她嗎？她本來要來的，爸在電話中叫她不要來。」小傑說。

「為什麼？」

「媽咪說爸很快會回美國，他要她處理些事情，媽咪要我好好招待你，叫我告訴你，不要提過去的事，爸爸是要面子的人，他忍了兩年才來見你，是要拿錢去謝張工友。你是工友的兒子，他不能認，那有失他的身分地位，應該是看到你生活很苦，不忍心，才叫你來香港玩幾天。」小傑振振有詞地說。

小剛聽著，忍著，很想給小傑一拳。他拎起背包想離開，小傑說：「你要去哪裡？這裡是香港。」

他頹然坐回，望著窗外的天空，見到海鳥飛舞的影子，想到父親跟他見面的一切，不想解釋，站起身：「我們到港邊走走。」

「現在嗎？我打電話叫祕書陪我們。」小傑開始撥電話。

剛撥完電話，爸爸便帶著祕書一起進來，爸爸請祕書帶著小傑到他的鋼琴老師家學琴，然後單獨帶小剛走向碼頭，來到一艘精緻的小遊艇前：「來，孩子，我帶你去遊船。」

他仰頭看父親，父親領會：「放心，這是公司的遊艇，只能坐兩人，我開船，你坐在我身邊。」

他聽從地跳上遊艇，四處打量，暗嘆：「好美的船。」

他跟父親並肩坐在駕駛座前，父親操起駕駛盤，一陣發動聲，小遊艇激起浪花衝出海面向前駛去，碼頭邊大小輪船漸漸離開他的視線，遼闊的海看不到邊際，太陽閃著金光，他看到飛翔的海鷗。熟悉的海風迎面吹來帶著鹹味，他感到無比的舒暢，開心地咧嘴笑著，盡情地看著遊艇前翻滾的浪花，遠處忽然躍出水面的魚，像一條銀帶躍上潛下，在陽光下閃出迴紋。

「兒子，你的畫冊中有一艘小船，有兩個小孩，是你和阿雄嗎？」父親問。

他回過神，點頭說：「是。我跟阿雄在船上捕魚。」

父親放慢船速問：「怎麼船上沒看到你畫的魚？」

小剛尷尬地一笑：「那晚上沒捕到魚，我跟阿雄在甲板上看天上的月亮，爸，我們看到流星，好幾顆從天上落到海中，阿雄叫我跪下許願，我倆許了許多願。爸，願還沒許完，突然下起雨來，風好大，我倆變成落湯雞。」說著哈哈大笑，父親笑不出來，他在那圖畫中看到船四周有許多星星，在亂亂的細線中，打在兩個跪在船上的小身影。孩子在搖晃的船中飽受風雨，許的什麼願？他不想知道，他心痛著。

「爸，我們後來捕到很多魚，可說是滿載而歸。」小剛加重語氣說。

孫父點頭，把遊艇駛向碼頭。

「餓了吧，我帶你去岸邊一家海產店吃最好吃的海味。」

小剛笑著搖頭：「爸，我一點也不餓，您餓了嗎？到旅館，有廚房嗎？伯伯很愛我做的豆瓣魚，我做給您吃好嗎？」

父親望著兒子，憐憫地說：「是校工。不！」他立刻改口：「是張伯伯教你的嗎？」

「豆瓣魚、清蒸魚是伯伯教的，不過最好吃的是我跟阿雄現撈的海味，在海邊現烤現做才是最棒的美味。」父親被勾起了興趣：「怎麼做？」

小剛得意地伸開雙臂在空中畫個圈：「爸，在海灘一堆岩石後面有一個天然的洞，我跟阿雄會把抓來的魚、蝦、螃蟹放在一只木桶裡，用石塊架成灶，灶上橫擺著鐵條，鐵條上放上一層鐵網，灶下把撿來的木柴點上火，再把撈到的魚蝦放上去，大蚌被火一烤就趕快撥到碗裡，殼裡的汁真鮮美，蚌肉比烤的魚肉還鮮美。」

「聽起來真的不錯。」父親說。

小剛說到興頭上，隔了近兩年的事一下子湧上心頭：「爸，阿雄真的很厲害，在烤魚之前，他會把番薯、甘蔗放在洞外，挖一個沙坑，先把石頭烤熱，把番薯放進去，再用熱石頭堆上，用甘蔗葉裹住甘蔗又放在熱石頭上，等魚蝦烤好了，熱石頭裡的番薯也烤熟了，這樣吃著，最後啃甘蔗，阿雄說，這樣嚼甘蔗，汁熱熱的可驅寒，出海捕魚不會感冒。」

父親聽得有趣便問：「你們常常這樣吃嗎？」

小剛搖頭：「他很忙，要賺錢養家，我準備來台北的前三天，他約我半夜烤魚，我們烤了好些魚、大蝦、蚌。是阿雄在魚市要來的，可是兩人都沒心思吃，他一直叮囑我，在高家，要討高家人歡喜，要努力讀書，爭口氣讓他有面子。我跟他說，我會，這麼好的機會我如不把握，就當我們在船上看到烏魚群卻不張網是一樣的。」

他抬頭看到父親專注的眼神，搔搔頭，咧嘴一笑，繼續說：「爸，那晚，我倆躺在沙灘上看著天上的月亮，找星星看有沒有落下的，太專注了，洞中來了賊都不知道，直到發出咯咯的聲音才引起我倆的注意。哈哈！」小剛笑著同父親說：「爸，您猜是什麼？是一隻大海鳥，牠啄木桶裡的大海蚌，卻被海蚌緊緊地把牠的嘴箝住，大海鳥拚命地甩，在木桶中發出咯咯聲，讓我們抓住那隻海鳥。拿給伯伯看，伯伯給我們說了鷸蚌相爭，漁翁得利的故事，要我們無論做什麼事都要再三考量，不要盲從。」

父親點頭：「下次跟你去東港海邊，我們一起去你烤魚的石頭洞烤魚好不好？」

「當然好，等我回台北，您跟我一起去東港。」

「爸爸這回沒假期了，但我一定會去。」

父子天性，更加親密，父親調動駕駛盤：「咱們回航，去接小傑，吃吃你沒吃過的東西。」

光燦燦的陽光撒灑遊艇，孫父從口袋掏出太陽眼鏡戴上，又從座墊下拿出一頂鴨舌帽：「戴上，太陽好大。」驕陽在碧海藍天中任海風激出翻轉的浪花，他望著自幼崇拜的父親，此刻跟他一起搭乘遊艇，覺得好滿足。

回到碼頭，孫父緊緊牽著兒子的手走進一家餐館。

小剛默默跟父親坐在靠窗的位子上，問：「爸，不等小傑？」

「他跟老師會玩得很開心。」

小剛無言，打量四周環境，布置優雅，臺上一位樂師拉著小提琴，美妙的樂聲迴盪在餐廳四周。

服務員拿著菜單請父親點菜。父親問：「我們吃西餐，是牛排，你吃過嗎？」

小剛點頭：「育仁哥帶我去吃過，我會用刀叉，我喜歡六分熟，比較嫩。」

孫父看看孩子，有些意外，倒要看看他怎麼吃牛排。服務員把生菜、湯和冒著熱氣的牛排放在他面前。他拿起桌前的餐巾以擋住熱氣，等服務員拿起玻璃蓋後，再慢條斯理地拿刀叉切牛排，並從容不迫地送入口中。抬頭問父親：「爸，您要撒胡椒鹽嗎？」他笑著搖頭，拿起刀叉，感嘆高家把孩子調教得好，出乎他的想像。

「吃過飯，我帶你去百貨公司逛逛。」

「爸，我不想買任何東西，您上班要緊。」

「不要擔心我的工作，我的假期是可以調動的。香港分公司的業務，祕書隨時會跟我聯繫，不耽誤的。」

「噢，爸爸，我想看看這裡的學校，聽育仁哥說，香港人很瘋跑馬，我也想看看跑馬場是什麼樣子。」

「那簡單。過兩天我帶你和小傑去看賽馬，我們可以買彩券賭上一把，說不定會中大獎。」

小剛開心地笑笑：「爸，看看就好，賭馬的輸贏會影響心情，沒必要吧。」

「香港人工作緊張，賽馬賭輸贏增加刺激，反而紓解壓力，成了他們生活中的一種情趣。」

「爸，昨天在我要來這裡之前，育仁哥跟我說起香港，現在還是屬於英國的殖民地，很多習俗跟英國很像。是嗎？」

孫父點頭：「爸爸現在服務的船運公司，雖是隸屬美國，但在英國也有分公司，你說得對。」

小剛低頭不語，半晌才說：「爸，我想去看看這裡的學校。」

孫父點頭：「待會，我們騎單車去逛，此地幾個大中小學，我們隨意地逛，不懂的還可以隨時向人請教，好不好？」

小剛高興：「爸，我們今天逛不完，還有明天，後天。」

「除了香港，爸爸也帶你去九龍，澳門，這些地方很多歷史古蹟、文化，你都能多了解，對你進中學會有幫助。」

「謝謝爸。」小剛燦爛地笑。

孫父望著兒子，強忍住心中的激動，該給孩子什麼才能彌補對他的虧欠。

父子二人騎著單車在街上慢行，或是騎到巷弄找個樹蔭下有木椅的地方坐下聊天。

「小剛，你們同學之間平常是用閩南語說話嗎？」「在學校要用國語，不能說方言。」

「你會說閩南語嗎？」父親問。

「當然。我和阿雄都說閩南語，就是台語啦。」

父親點頭：「他們沒把你當外省仔。」

「有。他們不只一個說我爸是在海外做大官的，怎麼跑到東港這個小地方住？」

孫父握住小剛的手：「孩子，爸爸告訴你，你的祖籍是浙江，民國三十八年，我是流亡學生，跟著部隊走散，一位好心的軍官收留了我，他把我以叔姪的身分登記在他的戶籍內，才能拿到船票，跟他平安地坐船來到台灣。他成為我的養父。他作為空軍，被分配到東港，當時有宿舍，養母在當地中學也找到一份教職。他的女兒十九歲，在杭州讀大學一年級，後來在台灣等安定後再繼續升學。」

「噢。」小剛渴望地想繼續聽。

「那女孩很漂亮，名叫王若蘭。」

「她是我媽媽。」小剛大叫。

孫父摟住孩子肩膀：「是你的媽媽，當然是你的媽媽。」

「王家，是我的恩人。」孫父嘆口氣：「孩子，多年的心事一定要同你說。」

小剛點頭。

「我的養父就是你的外祖父王鑑鈞是位空軍軍官，來到東港後，很快地接到命令到台北工作。他軍事上的調動連你外祖母都不清楚，她認為她在中學教書也是暫時的。你媽媽若蘭努力準備功課，一心要去台北考插班大學，只有我，不知該怎麼辦，想想，我大學差一年沒畢業，本該跟王若蘭一樣去考插班，但是兒子，我寄人籬下，怎敢有這等奢望，於是我決定去報考軍校，但王伯伯阻止我，他出錢把我送到美國他弟弟家，讓他弟弟培植我讀美國的海洋大學，就這樣，我完成學業之後，在航運公司工作，每三個月回台灣可休十天假，就娶了你母親。」

小剛聽到這裡，抬手搔搔腦袋：「還好，媽不會像阿珠。」

孫父不解地問：「什麼阿珠？」

小剛無奈地搖搖頭：「阿雄的女朋友啦，阿雄每天都要去她家做點雜事，做不好她還會罵人，阿雄有次去漁船給人打工，忘記跟她報備，一星期後回來，興沖沖地買了禮物去她家，爸，您猜怎麼？」

「她又罵人了？」

小剛搖頭：「他一進她家，就發現村上有名的媒婆在她家喝茶。阿珠見他來就罵說，我要嫁人了，你來幹什麼？」

孫父聽了大笑：「這個阿珠厲害。」

「阿珠很會做事，阿雄的媽媽很喜歡她。張伯說，娶到阿珠是阿雄的福氣，說她懂事又聰明，對阿雄這樣野性強烈的孩子，太柔順是管不住的。」小剛提起這些事就興致盎然，突然發現爸爸低頭不語。

「爸，我記憶中的母親從來都沒大聲說話過，是不是？」

父親抬起頭：「若蘭也大聲地罵過我。」

「我媽媽？」

「當然。」孫父眼中含著淚，黯然地說：「跟你母親結婚的第一年，我的岳父，也就是你的外祖父，一次空勤任務出事，光榮殉職，你母親希望我在台灣的港務局做一份地勤的工作，可以天天回家陪伴家人，我不答應。為了能得到高薪，晉升高職，我不願意放棄自己大好的前途。沒想到，就在你母親懷你三個月的某一天，你外婆滑一跤送進醫院，你母親用電報告知我，那時船在遠洋，當我趕回時，我最愛的岳母已撒手人寰，當時，你母親只大聲地問我，你回來幹什麼？比罵我還讓我痛心。」

「爸，你為什麼還要去遠洋工作？」

孫父苦笑：「是你母親說，現在有兒子陪著她，她不能自私地絆住我。」

父子沉默著，一切盡在不言中。

半晌，父親站起身推車：「走，前面就是香港大學，咱們隨處轉轉。」

父子倆來到大學操場，小剛很好奇，見學校的招牌全是英文，他看不懂，來來往往的行人說的話，也全是他聽不懂的廣東話或是用英語交談，這讓他感到很不習慣。父親帶他去體育館參觀，運動器材十分齊全，好多人在運動。他看著，滿心羨慕。父親輕鬆地說：

「明天，我們去買運動服，爸爸教你打網球。」

小剛搖頭：「在台灣，育仁哥的網球打得也很好，他說，暑假會教我，爸，我籃球打得很好，我在學校賽跑也常拿第一，還會游泳，育仁哥都沒有我游得快。」說著低頭笑了起來。

「你贏了他，他認栽了？」

小剛連連搖頭：「爸，哥說，我這種游法太特別，分不清是什麼式，一會蛙式，一會自由式，還會潛入水中悶著衝滑，把他都看傻了。」

父親笑了：「是跟阿雄學的？」

小剛搖頭：「也沒有，大家在海邊玩，亂划一氣，各有一套，自然就會了。」

父親點頭：「明天，跟我到我的公司去，有俱樂部，爸爸跟你去游泳池玩水。」

「好。」小剛很高興。

父子倆騎著單車慢慢逛，來到一家書店，小剛停下，父親隨他進書店。小剛看著琳瑯滿目的書藉，隨意翻著，然後跟父親說：「怎麼都是英文版，國語版的也都是大人看的，我看不懂。」

「慢慢來，你才小學畢業，還有時間可以把英文學好，很多你想學的工具書，這裡都有。」

小剛點頭，見書架上的兒童讀物框上擺著印刷精美的故事書，拿下來看，一本是《魯賓遜漂流記》，另外還有他熟悉的故事書《伊索寓言》、《一千零一夜》等圖文並茂的精美書藉，但是全是英文，他翻著覺得有些遺憾。

孫父帶他到另一個書架前，全是中文書，有古典文學也有連環圖畫書，小剛拿起一本《三毛流浪記》，高興地坐在櫃旁的小木凳上，頭也不抬地看起來。

孫父見他如此專心，也不打擾他，自己也選了一本，坐在一旁讀起來。

不知過了多久，書架旁的燈亮了，孫父這才發現已是黃昏時刻，放下書，走到小剛身邊，發現他在看《三國演義》，於是說：「你要是喜歡的話，爸爸買給你，書店不喜歡客人只看不買。」

「噢，爸，我回台灣到圖書館可以借到。」

「爸爸買給你當你的畢業禮物，你留作紀念。」

小剛高興，選了一本《牛伯伯打游擊》，一本《三毛流浪記》，父親又挑選了幾本中英文對照的兒童文學，叫他在學習英文時看這些有趣的故事書會進步很快。

小剛提著裝了六本書的紙袋，跟父親走出書店，父親說：「想吃什麼？帶你去廣東飲茶餐廳，吃各種小點心。」

「爸，回旅館叫小傑一起去吃吧。」

「他有人陪，沒關係的。吃完，我帶你去看夜景，或是看電影。」

「爸，我只想趕快回旅館看這幾本書。」

「那是買給你的，有的是時間看，吃過晚餐，一起到半山上看夜景，香港的夜景跟白天很不一樣。」

他像兒時一樣，被父親牽著手，捨不得分開。

來到茶樓，挑了一個靠窗的座位，小剛憑窗而望，看到碼頭和海港，大小輪船停泊著，想到台灣的海港——東港、高雄、基隆，和香港雖然同樣是港口，風貌卻全然不同，他望得出神，父親卻看著這個蛻變的兒子，眉眼神情太像他的母親，若蘭走了十五年了，沒有若蘭，他沒有今天，妻子成全了他的心願，他給了若蘭什麼？他太相信秀枝，總以為秀枝會像若蘭一樣疼惜小剛，卻萬萬沒想到，小剛會受到這麼大的折磨。

想到在東港派出所看到的所有資料，他無以自持，這段婚姻必須結束。

「先生，想選些什麼嗎？」服務員推著餐車在他面前問。

他回過神：「噢，小剛，你想吃什麼？」

小剛轉回頭，看看餐車：「爸，您想吃什麼？我沒來過。」

父親挑了一盤廣東炒麵，幾樣小吃，有煎蘿蔔糕、滷鳳爪、香腸豬肝、蜜汁火腿等擺滿一桌，另外選了一壺龍井茶。

小剛看著滿桌的小盤小碟，除了炒麵是一大盤，全是小盤，父親在他面前的碟碗中夾了一塊蘿蔔糕，小剛沾上醬油吃了一口說：「爸，這糕很好吃，阿雄的媽媽會做，蘿蔔是從我們家的菜園子裡拔的，是我種的，我很會挑選蘿蔔。」

孫父心中一動，當年他出海，為了讓岳父母跟妻兒住得好一點，便和岳父母共同出資，買下那棟半新的樓房，就因為院子大很合岳母的意，把樓房整修，又闢些花園菜圃，種的蘿蔔特別甜，若蘭怎麼料理都好吃。

「爸，阿雄的媽媽很會做蘿蔔糕，做好了，會拿到菜市場去賣，總留下最好的一塊給伯伯。我也會煎蘿蔔糕。」

「下次我去東港，吃你煎的蘿蔔糕。」

「爸，阿雄的媽媽用蘿蔔乾炒蛋，真香，我也會做，我常做給張伯吃。」「好。」父親有些心酸，夾了一些炒麵給他：「廣東炒麵是這家的招牌，快嚐嚐。」

小剛埋頭大吃，父親卻無法下嚥。

飯後，父子倆把單車寄放，好搭車去半山看夜景。山下一片燈海，似乎和天上的星星連成一氣。小剛看到流星，對父親說他在漁船上，跟阿雄見到流星祈福的事，父親幾次張口想問他被冤枉當作賊的事，雖然從警員口中他已得知一切，但他想從兒子口中了解得更詳細，卻說不出口，他安慰自己，事情都過去了，今後再也不能讓孩子受半點委屈。

回到旅館已是半夜，他索性跟小剛睡同一房間。預計明天帶他去游泳。

小剛不放心小傑，於是同父親說：「爸，我們去看看小傑，他應該睡了吧。」

「他有鋼琴老師陪著，這幾天小傑也離不開她。」

「噢，爸，這旅館您很熟？」

「這一層被公司長期租下當客房，這間臥房幾乎成了我的休息室，衣櫃裡全是我的衣物。」孫父邊說邊拿衣物：「小剛，你先去洗澡。」

小剛聽從，拿衣物進盥洗室，沖洗時聽到房外父親打電話的聲音。

「我還能相信妳什麼？不要再打電話來，妳的解釋都是謊言。」

小剛擦乾身子，不敢出浴室，側耳細聽。

爸爸改用英語說話，他一句也聽不懂，只聽到爸爸很大聲地放下話筒。

他怯怯地打開浴室門，裝作沒事般，同父親說：「爸，我幫您放洗澡水。」

父親嚴肅地搓搓臉，低著頭卻溫和地說：「我自己來，你休息吧。」

他見父親進浴室，立即迫不及待地打開紙袋，翻閱新買的故事書。他開心地翻看，想到該把今天的事記下來。太多事了，不記下來，明天還有更多的事會遺漏，他拉開抽屜，打開衣櫥，他的畫冊、他的銅鈴卻找不到了。那是他最寶貴的兩樣東西，怎麼會不見了，他慌了，隨即讓自己安靜下來，很清楚地告訴自己，是被小傑拿走了。沒關係，明天拿回來就是。

他用心翻開新買的書來安定自己，卻一個字也看不下，而畫頁上則沾上淚珠。

「快睡吧，明天要早起呢。」爸爸洗過澡後叮囑他。

「哦。」他應了一聲便倒進床上。

他很疲倦，卻睡不穩，輾轉反側，終於挨到天亮，他去敲小傑的房門，敲了半天，門開了，站著一位小姐。

「請問，你是小傑的老師嗎？」

老師穿著睡衣，睡眼惺忪地問：「你是誰？」

「我是小剛，是他的哥哥。」

「噢，他還在睡，找他有事嗎？」

「問他有沒有拿了我的東西？」老師讓他進屋：「你找找看。」小剛一眼就看到他的畫冊，被撕得七零八落散在桌上，他忙收起，又轉頭尋找。

老師好奇地問：「你找什麼？」

「一個銅鈴，手搖的銅鈴。」小剛急迫地說。

「哦，我知道，他昨晚拿著搖了半天，然後就順手從窗口丟出去了。」老師輕鬆地說。

小剛急了，老師見他著急的樣子，把他拉到窗前往下看，樓層太高，樓下是花園，什麼也看不清楚。

「小弟弟別急，我打電話叫服務員去找，不會丟的。」

老師撥電話用廣東話說了幾句，沒隔一會兒，一名服務員就來了，手中拿著銅鈴，問：「是這個嗎？」

小剛接過，還好沒壞。服務員說：「掉在一棵矮松樹上，想是客人不小心丟落的。」

「謝謝。」小剛握住銅鈴，憤怒到了極點。他看看躺在床上熟睡的弟弟，強忍著，坐到桌前整理畫冊，並撿起被揉成一團的畫紙鋪開，把撕爛的頁數拼湊整齊。

老師覺得好奇，走到他身邊問：「這是你的作業嗎？」

小剛不理會。

老師從另一個櫃子裡拿出透明膠帶：「我來幫你，用這種膠帶黏比較好。」

小剛無言，低頭跟老師黏畫頁。

老師一邊黏一邊觀賞，覺得很有意思，便問：「這都是你畫的嗎？」

小剛點頭。

「這畫中的小男孩好有意思，是你想像中的小男孩發生的故事嗎？」

小剛搖頭。

年輕的女老師顯然被他畫冊中生動的畫面所吸引，邊整理邊說：「還好，差點被他燒毀。」

「什麼？他要燒掉？」小剛抬頭大聲問。

聲音太大，把老師嚇一跳。

「他敢，我會把他殺了。」小剛憤怒地望著床上的小傑。

小傑其實早已睡醒，他躺在床上心虛地不敢起床，見小剛非常憤怒，立刻想起哥哥過去打架的狠勁。昨晚他回旅館見爸爸陪小剛還沒回來，心情就很不是滋味，到他房裡本想拿銅鈴丟棄解恨，又看到他心愛的畫冊，便隨意翻翻。太多過去的事全畫在紙上，要是被爸爸看到或問起，媽媽替他塑造的好形象豈不全毀了，他本想拿回來燒了，卻找不到打火機，又怕老師多問，索性撕爛，看他能怎樣。

小傑怕被揍，坐起身，故意「哇」地大聲哭起來，同時下床往門外跑，邊哭邊嚷：「救命，小剛要殺我。」

推開門，一頭栽進進門的人懷裡。他抬頭見是父親更大聲叫：「爸，小剛要殺我。」

孫父望著屋裡的景象，小剛頭也不抬地拼黏他的畫冊，那是他熟悉的畫冊，小剛從台灣第一個交到他手中的畫本，在飛機上，他手不離冊，坐在他身旁，塗塗抹抹，還不時拿給他欣賞，他總是興致盎然地翻閱，並問他畫中的意思，他會跟他說，有時也帶過不想說，他也不勉強。年輕的女老師見到他有些尷尬，輕輕彎腰：「早，孫老闆。」他略點頭回禮，然後拉著小傑走近桌前問：「是你做的嗎？」

小傑低頭無言。

父親手中捏著一張畫紙，是小剛畫中的一頁：「我問你，為什麼要這樣做，當服務員撿回銅鈴時，我也到樓下尋找了，果然看到有小剛的畫頁，他是你的親哥哥呀。」

小傑用哭掩飾。

老師尷尬地說：「是我不對。昨晚回來時，他沒見到爸爸，很不開心，去到小剛房間取回這兩樣東西，我沒阻攔，也沒想到他會破壞。」隨即很不高興地對小傑說：「孫亦傑，我看到你哥哥痛苦憤怒的表情，他只顧收回自己的東西，他明知是你做的，沒到你床前一步，你喊什麼救命，什麼殺人？」

「妳如果不在，他就會殺我，他是壞得被我媽媽趕出去的人，我才不認他做哥哥。」

「孫亦傑，不管是不是你哥哥，都不應該破壞別人的東西，如果換了別人，不，換成是我，應也會抓起你來理論。可是，這位小朋友只顧整理被你撕爛的畫冊，氣恨地說一句話就被你這樣亂吼，這種行為不好喲。」老師說。

「他不是我哥，是被我媽趕出家門的壞人，是被一個窮校工收養的養子，不知道我爸為什麼要去看他，還帶來香港。媽叫我來一定要告訴爸，他不叫孫亦剛，他已經被過籍給姓張的校工了。」

孫父氣得望著小兒子：「是媽媽叫你這樣同我說的嗎？」

小傑點頭。

孫父拿起電話直撥紐約，很快撥通了，他遞給小傑：「把你剛才說的話說給你媽聽。」

話筒中不停傳來「喂，喂，哈囉，哈囉」的聲音。

小傑接過話筒：「哈囉，媽咪。」

對方一直跟他說話，小傑只是「嗯，嗯。」地答應。

半晌，才說：「我跟爹地說了，對，照妳告訴我說的，他很壞，妳把他除籍了。」

孫建成一把搶過電話：「秀枝，我這些日子很忙，從東港到台北，很愉快地跟我的兒子孫亦剛在一起，張志遠先生並沒有將我們的寶貝兒子收養，妳真是用心良苦。我是他的生父，妳這個繼母的所作所為，我都知道，我準備找律師跟妳談談，不必再多做解釋。」

話筒中傳來尖銳的吼叫聲。

孫父放下話筒，對方又不斷撥來。

孫父索性把電話掛在一旁，同兩個孩子說：「今天爸爸帶你倆去澳門玩一天，那兒有很多歷史古蹟值得後人追思。」

小傑心怯：「老師也去嗎？」

「老師也該休息，記住，她是你的鋼琴老師，沒義務陪你玩。」

「我家在香港，同時也放暑假了，可以陪他玩幾天。」

「謝謝，必要時我會通知妳，妳應該也想要有時間做妳想做的事。」

「謝謝孫先生。」年輕的鋼琴老師向孫父一鞠躬，轉頭看了小剛一眼：「我很喜歡你畫冊中的故事，有空我們可以聊聊嗎？」

小剛靦腆地笑笑，不置可否。

「去換衣盥洗，到樓下吃早餐。」父親說完便轉回臥房，小剛跟進，把黏得並不整齊的畫冊收進提包，再把銅鈴用布巾包好後望著發愣。

父親知道他難過，輕聲問：「我會讓小傑向你道歉，沒想到他會做出這樣的事。」

小剛抬頭：「爸，沒事的，他還不太懂道理，習慣聽媽媽的話，媽媽也是真心愛他。」

父親難過地拉住小剛摟進懷裡：「今天我們哪裡也不去，我要叫小傑把你的畫冊重新黏好，一頁也不能丟。」

小剛仰起頭看爸爸：「不是說好今天去游泳嗎？小傑怕水，您要多教他。」

「他今天的行為讓我很生氣。」父親說。

小剛反而坦然：「爸，畫冊是我心裡想的東西，毀不掉的。小傑很聰明，要讓他主動改正自己的錯誤，比如游泳，您教他正確的姿勢，他就會游得優美而快速，因而對自己有信心。想法正了，行為就正了。」

父親低頭打量這個才十二歲的孩子，怎麼會說出這樣老成的話，隨口問：「你是怎麼想出這樣的道理？」

「有仁哥常這麼跟我說道理，他說，要對自己有信心，想法正了，行為就正了。」父親感嘆：「好吧，今天去游泳。」

孫建成本打算把假期全用在陪伴兩個兒子身上，但是責任心重的他卻又離不開工作。香港的分公司在航運的調度上，每日必須與美國的總公司聯絡，他不放心交給助手，經過小剛這件事，他才發現自己多麼疏忽家庭跟孩子。他驚訝時光在他身邊溜走得這樣倉卒，兩個兒子在他心目中永遠是稚兒，他為了工作，兩、三年才回家，休息一個月或半個月，看到兒子長高了，會喊爸爸了。他信任妻子，甚至寵愛妻子，尤其對第二任，他把過去對第一任妻子王若蘭，因病故無法照顧的遺憾，用加倍的愛投注在秀枝身上，更因為事業繁重，為了補償不能常陪妻小的遺憾，只能用金錢來彌補他們。小剛十二歲了，這十二年來，他的事業很順，但他萬萬沒想到，他生命中最寄以厚望的兩個兒子，在秀枝的掩飾下，在他對妻子過度的信任中，幾乎毀了長子，對昨日小傑的行為更讓他失望。

九歲的孩子怎麼會有這種耍賴，說謊的行為？秀枝是怎樣調教孩子的？在他用電話讓母子通話的行為上已可見，毋庸置疑，小傑成了她的工具，這孩子怕像哥哥一樣受折磨，為了生存，處處討好母親，才會變得如此不堪。在東港派出所閱覽的資料一一浮現腦海，心中百感交集。

他思忖，為了孩子，也為了自己，他要調整自己的工作，他必須另做打算，但是他知道並不容易。

小剛似乎看出父親的心事，說：「爸，您說在您的公司有游泳池，您每天教我們游兩小時，然後我帶弟弟去休息室讀書，您去上班，等您處理完公事，再帶我們去玩，好不好？」

「這樣最好不過，去台灣的這幾天的確積壓了好多公事要處理。」父親感謝兒子的體貼，露出笑容。

「不行。我不會游泳，爹地你說要教我騎單車，還有，我要定期學鋼琴。」

「我游泳的姿勢不對，爸會先糾正我，爸公司前的公園很寬敞，我教你騎單車，游泳也由我來教，爸很忙的。」小剛很直接地做了決定。

「我不要，我要爹地教。」小傑說。

「爸爸公事忙，等我教會你，騎給爸爸看，爸會很高興。」小剛加重語氣。

「你不配，我不要你教。」小傑立刻哭喪著臉大聲反抗。「我還要學鋼琴，爹地，你說要帶我去看賽馬，去海上公園看海豚跳舞；我還要去百貨公司買玩具，我不要學游泳，我要爹地教我騎單車。」

孫父對小兒子的舉動突然有些厭惡，嬌寵成這樣，一副紈袴子弟的樣子。

他板著臉對小傑說：「我已經讓你的鋼琴老師放暑假，有你哥哥在的日子，他就是你的老師，教你游泳、騎單車，等學會了，再帶你們去玩。」

「我不要，他不是我哥哥。」

小剛看到爸爸憤怒的臉色，輕鬆地對爸爸說：「爸，我是小傑的哥哥，我知道他的脾氣，我一定能在這幾天把他教會，但是，爸爸，您得先把我游泳的姿勢糾正，不然我怎麼教弟弟。」

孫父一把牽住小剛的手，欣慰地點點頭。

公司的游泳池是國際標準池，池中也有些人在游水。孫父先把小傑安排在淺水道叫他扶在岸邊學打水，然後帶著小剛至深水區游泳，小剛從小跟阿雄在海裡翻滾，游得比爸爸還快，只是姿勢怪，沒有章法，父親略加指點，小剛就有了樣式，孫父很是欣慰，父子倆在水中忽而蛙式，忽而自由式或仰式，邊游邊聊，很是快樂。忽然聽到小傑的哭叫聲，兩人抬頭一望，見小傑在池邊哭叫著，搶一個小男孩的救生圈，小男孩緊抓著套在身上的救生圈不放，且頭頂在小傑胸前，小傑幾乎要掉進池裡。

小剛一轉身，游到淺水區，跳上岸，把小傑扶住。

「他搶我的救生圈。」小傑見小剛來，大叫。

「什麼你的，是公家的，我在水中玩得好好的，你來搶，我跑到岸上，你還要搶，不要臉。」小男孩跟小傑差不多大，氣憤地說。

救生員走過來對小剛說：「你們是新來的吧，救生圈跟我要就有，小朋友不可以亂來。」

「我只是跟他借一下，你們又不管我。」小傑辯護。

小剛把小傑牽到爸爸跟前說：「爸，沒事，您去辦公，這裡交給我。」

孫父把一切都看在眼裡，所幸救生員沒認出他的身分。他拍拍小剛的肩，二話不說，立即走向更衣室。小剛明白，爸爸把小傑交給他了。

他決定離開香港三、五天，他對孩子們說，要去澳門等地處理公務，把兩兄弟交給祕書照顧，而父親不在身邊，最能看出他們的適應能力。他希望藉由父親的缺席，也讓這一對小兄弟能恢復手足之情。

離開孩子四天，他悄悄趕回，不讓祕書告知，他要暗中觀察兩個孩子的行為，是否真的能讓他放心。

他看到了在游泳池中，小剛伴著弟弟游蛙式。

他看到小剛在公園氣喘吁吁地扶著單車後座，讓小傑慢慢練騎，一遍又一遍。小剛揮汗、放手，小傑跌倒，兩人大笑，共喝一瓶水，又練，累了，坐下休息。

他跟到餐廳，小剛糾正小傑不吃青菜的習慣。

兩人躲到走廊吃冰淇淋，小剛拿起口琴吹童謠，小傑哼唱：「一隻蝦蟆一張嘴，兩隻眼睛四條腿。噗通、噗通，跳下水。兩隻蝦蟆兩張嘴，四隻眼睛八條腿。噗通、噗通，跳下水。」

歌聲童稚而遙遠，是他被母親攬在懷裡教他唱的歌，是他抱著小剛時，若蘭跟他一起哼唱給愛兒聽的歌。小傑出生一歲，他抱著時，不自覺地也哼起這首歌，卻被秀枝罵，大男人唱這麼幼稚的歌。

他無法自持，走到孩子面前，孩子見到他，驚喜地大叫：「爸爸。」

他緊緊摟住兩個孩子，像擁有全世界。

入夜，小剛隨父親在旅館的庭園漫步，月光如水，是個滿月之夜，兩人隨意在涼亭坐下，父親滿懷心事，打量在月光下神采奕奕的孩子，多麼英挺俊拔，是像他母親若蘭嗎？不。幾天下來，他發現小剛是他外祖父的化身，在他被若蘭的父母收留，居住在她家時，王家客廳懸掛著一張從老家帶來的照片，王伯父站在他母親身邊，才十一、二歲的年紀吧，跟小剛的年齡相仿。轉眼間，小剛站在他面前，魂牽夢縈，往事歷歷，岳父是飛將軍，是英雄；若蘭是俠女；岳母包容他的任性，讓他為心願離家工作。此刻，他突然醒悟，原來，小傑遺傳了他太多的基因——好強，懦弱，不服輸……是嗎？他自問。他不能讓小傑再這樣下去，九歲的孩子要糾正他的壞習氣還來得及。是靠他嗎？還是靠他母親？他苦笑，搖頭。

小剛看父親低頭不語，安慰道：「爸，放寒暑假，我會和你跟弟弟相聚，你放心。」

父親抬頭望著小剛：「是後天一早的飛機？」

小剛點頭，開心地說：「今天育仁哥不是打電話到您的辦公室，他早上十點會到機場接我。應該是晚上八點，廣播電台會聯播放榜名單，我一定會打電話給您，我現在心裡好急。」

「你一定要在台灣就學？」

「那是當然，如果沒上榜，爸爸，我會回東港陪伯伯。他身體不好，我在他身邊，他會開心，身體會好起來。」

「如果上榜，你會住在高家？」

「爸爸，這是您對高伯伯親口答應的承諾。爸，您放心，我不會讓您失望。在台北，我也會常回東港看伯伯。」小剛的口氣中充滿興奮：「這次回東港，阿雄見到您送給他裝上電池就能在水上航行的小帆船，不知道有多開心，不過，他最想知道小傑的近況，我會告訴他，小傑彈得一手好鋼琴，他一定會問，會彈歌仔戲的都馬調嗎？」說完，笑著搖頭：「阿雄就是這樣，歪理一大堆。」

父親沒接口，僅輕輕嘆口氣。這才引起小剛的注意。

「爸。」他輕喊。

「孩子，想一想，還該帶些什麼東西回台灣，爸帶你去買。」

「哦。」小剛釋懷：「爸，不需要。您常來台灣，他們就很高興。」

父親走出涼亭，抬頭望著明晃晃的月亮問：「小剛，只短短的四天，你就教會小傑騎單車、游泳和一些規矩，看來小傑很服你這個哥哥。」

小剛跟在爸身後說：「這沒什麼，我只是替小傑找回自信。他很聰明，但依賴性很強，我教他方法，跌倒和受傷是必經的過程，受到這些教訓才會成長。」

爸爸頷首：「如果我教他，他可能到現在還學不會。」

「您捨不得讓他吃苦，他會跟您耍賴。他撒嬌的本領可是一等一的厲害。」

「小剛，我把小傑交給你可好？」父親轉頭慎重地望著大兒子。

小剛點頭：「爸，他是我弟弟，從小我就很愛他。」

「我決定不讓他回美國，我在香港已選好了英屬學校，九年制的，可以住校，你跟小傑一起住校，讀書，我在外工作也放心。小傑有了你，也會改掉他那些壞習氣。」

小剛聽了，心中暗暗一驚，很快地便體會到父親的心情。直覺上，他不能接受，或許這幾年生活的磨練，讓他認清自己生活的方向，因而本能地展現出不妥協的個性。

「爸爸，讓小傑在香港當寄讀生是您最明智的選擇。我如果跟他在一起，後媽一定會來，我不想再過以前那種日子，哪怕不生活在一起，還是會受干擾，我不會離開台灣的。」

「孩子，那不是你的家，你要替爸爸想。」

小剛搖頭：「爸，我會常和您、弟弟見面的。台灣的家是我的根，我不會脫離的，倒是小傑，讓他住校讀書吧，比我在他身邊更能除去他的依賴性。」

孫父痛苦而無助地坐在石椅上，搓著臉，遮掩地抹去淚痕，他非常清楚，想要留住孩子，就不要強留，強留也留不住。

他看看錶，時間還早，同小剛說：「叫弟弟來，咱們去看場電影。」

「小傑知道我要回台灣，他說想去海邊散步。」

「是嗎？那就叫他一起去。」

「好。」小剛飛奔至旅館。

父子三人選了一處避靜的碼頭，在岸邊坐下，迎著海風，望著遠處岸上閃爍的霓虹燈。月光下，遠處的大輪船泊在閃著藍紋的海浪中，巨大的船影倒映在海中，那其中有一艘是他父親工作的場所。他想到兒時跟小傑抓海鷗送信的事，這海風迎面吹來，既熟悉又溫暖。小傑拿起哥哥身邊布袋裡的銅鈴，用力的地了搖。大聲問：「爹地，這是引航船的聲音，對嗎？」

父親接過，握住，不想搖動。

返回旅館，他跟兩個孩子一起睡在自己那張大床上。望著甜睡的愛兒，久久無法合眼。

終於到了送小剛上飛機的時刻。小剛興奮、緊張，卻又依依不捨，重複地說著同一句話：「爸，小傑，今晚等我的電話，一定是好消息，一定會是。」

他摸著背包裡的銅鈴，歸心似箭。

飛機起飛了，在湛藍的天空中失去踪影。他抬頭望著，舉步難行，小傑拉拉他的褲管：「爹地，我們該回去了。」

他牽起小傑的手，慢慢步出機場。

在蔚藍的晴空中，小剛坐在靠窗的座位，隔著玻璃，他看到朵朵白雲，在空中飄動，白雲在陽光照射下呈現深淺不同的顏色，厚薄也有層次。他想到兩年前，伯伯帶他坐火車，他看著窗外的景色，和天上的雲。黃昏了，坐了一整天的車，快到台北了，窗外下起太陽雨，天邊掛起一道彩虹，無端地，他有些害怕，他一定要到一個陌生的家生活嗎？不然，就去鐵工廠當學徒？或跟阿雄去抓魚？還是阿雄有主見，鼓勵他跟伯伯一起生活，實在不行就偷跑過來，跟他去打魚。他從背包掏出畫冊，雖然已用膠帶黏補，仍然參差不齊，還失去好幾頁。他難過卻很無奈，轉頭看著窗外。

窗外的雲變了，像海浪一般在遠處滾動，他靠在椅背上想到「白雲蒼狗」，形容人生無常的變化，撫摸著爸爸買給他親手給他，並戴上的手錶，突然想到今天晚上八點，是聯播放榜的時間，無端地緊張起來。

終於回到台灣了，他下飛機，拿行李，出關，見到育仁哥，高興得大叫，跳起來伸直手臂猛搖。育仁笑著走近他，後面跟著婷芸姐。

育仁摸摸他的頭：「怎麼樣？好玩嗎？」

「嗯。」小剛點頭。

育仁打量他的穿著，小剛意會：「哥，我在香港天天都穿你買給我的衣服，穿著特別舒服。」

「你看，滿街年輕人都趕時髦穿花襯衫，喇叭褲，你穿起來一定很帥。」婷芸逗他。

小剛搔搔頭笑笑：「我爸也替育仁哥買了一套，回家穿給姊看。」

「小鬼。」婷芸打了他一下。

三人坐上車，育仁駕駛，婷芸坐後座陪小剛，並問：「去香港這幾天，都去了些什麼地方玩？」

小剛搖頭：「除了跟爸爸特別親近，到哪裡都想到台灣。」

「你父親有帶你去參觀香港的學校嗎？」育仁問。

「有。爸帶我參觀好幾所中大學，都是外國式的，沒有初中，小學是九年，他要我轉到香港跟弟弟當寄讀生。」

「這樣很好呀，將來到外國升學方便。」婷芸說。

「我才不要，讀書是要學真本事，我要跟育仁哥學，而且——」他小聲說：「我才不要離開你們。」

育仁聽了笑笑：「我才不要。」學他的腔調：「要是你爸堅持要你回去，你怎麼辦？」

「噢，他跟我提過這個問題，但他很講道理，原先說我這樣會給你們添麻煩，我說不會的，我離不開你們，伯伯，還有東港的阿雄他們。」隨即大聲問：「伯伯跟校長回來了嗎？」

婷芸一愣，伸頭看育仁，育仁平靜地說：「今晚回來，我爸媽都趕到東港去跟他見面，明天我帶你去。」

「這樣啊，希望明天我能帶好消息給他。姊，今天的時間過得好慢，阿雄他們一定比我還緊張，我如能考上建中，他會去鄉長那討一張獎狀，還領獎金。」

「這樣啊。」婷芸笑笑。

「當然，我如果考上建中，伯伯最有面子，走路都會有風。」

紅燈停，育仁煞車，婷芸轉到前車位，緊緊握住育仁的手，育仁意會，回望了她一眼。綠燈亮，往前繼續開，彼此意會，小剛父親前幾天來找他們談小剛回香港寄讀的事，高家一切尊重孫父，但要看孩子的意願，他們希望小剛親口告訴他們自己的去留。育仁跟婷芸有默契，不必告知孫父來台的事。小剛回來了，小剛的心回來了。

小剛看到街上旗幟飄揚，上面印著各種動物，好奇地問：「有什麼活動嗎？」

「世界大馬戲團來台表演，等你去看。」育仁說。

「真的？哇賽，太棒了。哥是今天嗎？」

「當然，回家放好行李，出去吃飯，趕第一場表演。看空中飛人，老虎跳火圈，獅子騎大象，小丑鬥猴子，節目精彩絕無冷場。」

聽得小剛雀躍不已，忙說：「真想趕快看啊。」說著笑起來。

回到家，放下行李，他迫不及待地打電話，撥了半天皆不通。育仁知道他是給阿雄打電話，便說：「阿雄白天怎麼會在他阿舅家，你明天就見到他了，不忙在這一時。」

「我知道，我只是希望他阿舅知道我回來的事，告訴他。」

「不急。搞不好他在村長家等天黑聽聯播。」婷芸說。

「好大的壓力。」小剛搖頭：「不過沒關係，沒上榜，去東港讀縣中，可以常常陪伯伯。」

「走吧。」育仁說：「去看的人很多，幸好早買了票，排隊進場也要等很久的。」

小剛興匆匆地跟在他倆身後。滿腦子全是馬戲團的廣告畫面，決定拿些圖片給阿康。

他們看戲，逛街，吃牛排，忙了一整天，終於等到晚上八點中國廣播公司聯播時間。

小剛拿著紙筆趴在收音機旁，緊張得一動也不動，一陣音樂後，清脆的播音員開始報名。「首先播報錄取省立建國中學的初中生名單：李中勝，張傑，方又名……」一連串的名字，已播報五十多名，小剛不斷地記名字，額頭滴汗，育仁也幫他記播出的名字，並安慰他：「應該錄取二百名吧，還早。」

小剛不理會，汗竟滴在紙上。

婷芸拿杯水給他，他也不喝，拿毛巾給他擦汗，他接過擦臉，播報傳出：孫亦剛。

育仁，婷芸同時大叫：「孫亦剛，中了。」

他停住，愣住，也不記名字了。

「小剛，你考中了，第六十五名，很前面的。」育仁高興地大聲說。

「我沒聽到。」小剛說：「是真的嗎？」

「不會錯的，小剛，恭喜你。」婷芸笑著擦去眼角的淚水。

小剛還是搖頭。

電話鈴響，育仁接起，是小剛的班導師：「恭喜孫亦剛，考上建中。」

「謝謝老師，確實是孫亦剛嗎？」

「當然是。我們在接到放榜名單後，就要查證學生的准考證號碼，一切無誤才告知學生。」「謝謝老師，小剛，快來接老師的電話。」

小剛接聽，頻頻點頭，「嗯」一聲就哭了起來。

「我要打電話給伯伯。」他急迫地說。

「他一定知道，收音機會播報，伯伯住的地方沒電話，明天一早我們搭「金馬號」快車去，還可以玩幾天，你這麼急，會擾得伯伯睡不好覺。」

「那麼，哥，能撥一通電話給香港的爸爸嗎？他答應今晚在他的住處等我的電話。」

「好的。把號碼拿給我，我幫你接通長途電話。」

小剛很快地從口袋裡拿出小記事本，翻開：「哥，就是這號碼。」

育仁替他撥通，他接過來，對父親說：「爸，我考中了。我會用好成績向您保證我的選擇是正確的。」

他跟父親講了幾分鐘，笑著點頭放下話筒。

「去洗個澡吧。瞧你，衣服都濕了。」育仁說。

他點點頭：「好，我去洗澡，我有帶禮物給你們。洗完澡，我來分。」

「快去吧，現在你沒心事了吧。」育仁催促。

小剛上樓，沒一會兒從浴室傳來沙啞的歌聲：「男兒志在四方，不怕苦，不怕難，破網有愛就能補，抓到大魚娶水母，不要怕，不要躲，被母打是大丈夫。」

歌聲不成調，還是半台語，半國語。婷芸聽不懂問育仁，育仁笑著解釋，婷芸也笑：「原來是阿雄的招牌歌，有意思。小剛真的開心了。」

育仁輕輕摟住婷芸：「謝謝妳，今天虧了妳，明天，妳一定要陪我去東港。」

婷芸點頭：「放心，他是我倆的弟弟。」

收音機繼續播報錄取名字，兩人都沒心情聽，默默地坐著。

「你們又聽到熟人的名字了嗎？」小剛提著包包輕快地從樓上走下。兩人抬頭，見小剛穿了一件花襯衫，白喇叭褲，蹦跳著走到他們面前。

這一身打扮把兩人都逗笑了。

「別笑，現在流行貓王裝。貓王，普里斯萊，戴著大墨鏡，抱著吉他，嘴裡亂哼，腿亂抖，迷死好多人。」

「你是怎麼知道的？」婷芸問。

「香港滿街都這樣呀。我那個弟弟小傑，才九歲，就迷成這樣子。」

「你在香港也這樣穿嗎？」育仁問。

「唉呀，哥，穿這樣，丟臉。」隨即，他低頭嘻笑：「不過，我沒拒絕我爸的好意，也替你選了一套。」

婷芸好奇，拍手說道：「那麼趕快拿出來，給你哥穿上。」

「沒問題。」小剛從提包拿出：「哥試試。我記得你比我高一個半頭，看穿上合不合身。」

育仁不忍掃兩人的興，進屋換上，出來果然像換了一個人似的，時髦英挺帥氣，像個明星。

小剛打量，張大口：「哇賽，你比貓王還帥，明天我倆就穿這樣。伯伯見了，一定開心得笑不停。」

育仁心中一酸，強忍住，脫下上衣：「早點休息吧，明天還要早起。」

「哥哥累了。」小剛仍然興奮：「我要把我爸送的禮物交給你們。」說著就從背包一一取出。

「我也不知道送什麼，是店員小姐幫我選的，給姊的是這瓶香水。我爸說可以，是名牌。」

婷芸接過來看：「哇！很貴的名牌。我從不用香水，給伯母用最適合。」

育仁卻說：「留著吧，等結婚用。」

婷芸嬌羞地推了他一把。

「這個刮鬍刀是電動的，最新款式，店員小姐說，現在女朋友流行送刮鬍刀給男友，我就讓我爸買了。」

「很好，讓女朋友常常刮男友的鬍子。」育仁接過來。

「我可不敢。」婷芸說。

「男生刮鬍子幹嘛要女生幫忙？」小剛問。

「你懂什麼？女友送男友刮鬍刀，意思就是要男友少說話，多做事，不然就用刀刮鬍子。」

「這樣啊，應該送給阿珠。不行，阿珠用不著，她手腳比刀還快。」又搖頭：「阿雄跑得更快。」

說著又掏出一盒珍珠胸針、領帶夾，是給高爸、高媽的。最顯眼的是風濕膏藥，鹿茸、人參、燕窩，全是給張伯的。

他一一從記事本上查對，並記下食用的方式：「這些我不在時，交給阿珠幫伯伯調製，阿珠很細心的。」

「放心吧，去睡吧。我要送姐姐回家，她明天一早會來陪你回東港。」

小剛滿足地吸口氣：「好，謝謝姐，謝謝哥。我好開心，我明天要拿著銅鈴爬上鳳凰樹用力搖，我出頭啦。」

收音機仍在報錄取名字，他用力關上：「不必聽，我早上榜了。」

育仁看著小剛上樓，跟婷芸慢慢走出家門。

夜，很靜，路燈拉長兩人的身影，兩人隨意在家前小公園走著，育仁坐在石椅上，再也忍不住，雙手捧面痛哭起來，婷芸緊靠著他，輕拍著他的背：「放心，他挺得過。」

「我一直在等爸媽的電話，我不放心。」

「高爸、高媽比你堅強，他們當然已從收音機裡得知小剛上榜，連阿雄都被伯父母阻止打電話，不都是要讓小剛享受他難得的快樂嗎？打從我認識這孩子，就沒有看到他像今天這麼放鬆，這麼得意，這麼滿足。」

育仁點頭：「是呀，看他這樣，我好心疼他。」

婷芸點頭：「還記得我倆陪他考試，你替我撿地上的蟬殼嗎？就當小剛像蟬一般，他會很悲傷，但你千萬不要阻攔他做任何事，他再悲痛都不會做尋死的事。」

「我怕他痛不欲生，畢竟他把張伯伯看得比親生父親還重要。」育仁提醒。

婷芸點頭：「這是當然，從這次他拒絕跟他父親去香港讀書就能證明。這孩子這幾年吃的苦，使他變得比金蟬脫殼還要堅強。我們此次去，用親情溫暖他。他會傷心，育仁，你才是他今後最大的依靠，你不能跟他一起陷入悲痛中。」

育仁苦笑：「我知道，但我不明白，張伯伯最後的那段日子為什麼不願意見小剛，更不許任何人告訴他，還編了那些理由，明明他就想這孩子呀，卻抱著遺憾走了，小剛如果知道這些，不知要多埋怨我們呢。」

「不會的，張伯伯跟你的父母親都有共識。孩子讀書太拚命，讓他輕鬆幾天，等放榜，考中了，再來擔心伯伯的病，怎知道，天不從人願。」婷芸安慰地說。

「他走得太突然了。」育仁嘆息。

「別想太多，明天老老小小都以你馬首是瞻。」

「妳要幫我。」

「放心，我不會拿刮鬍刀給你。」隨即粲然一笑。

「妳——」月光下，他真想吻這如天使般的臉頰。

仲夏夜，晚風透出涼意，草叢中閃著螢火蟲。兩人緊緊牽著手，任月光灑下，任晚風吹拂，輕舉漫步，盼望明天小剛能度過另一個難關。

一夜輾轉反側，幾乎無法入眠，明天，該是怎樣的局面，父親、小剛，不，尤其是小剛，他才十二歲呀，「他是良駒，也是野馬，育仁，如何操韁，就看你的了。」伯伯的話在耳際響起，閉上眼，全是伯伯跟他散步聊小剛的話語。朦朧中，他被電話聲吵醒，賴在床上，聽到小剛的聲音。「我會去啦，怎麼？這次考取建中才十名？全國的資優生都來了，什麼？同學對我沒去補習班還會考上建中，認為是奇蹟？王八咧，我最好的老師是我哥，告訴你，轉告那些上榜的同學，我今天要去東港看我伯伯，啊，我靠，少來啦，不必來電話，我要出門啦。」

育仁聽著，難得聽他也罵粗話，「也該讓他吐吐怨氣。」穿好衣服下樓，見小剛把早報攤在飯桌上用紅筆勾畫。

「勾上榜的同學？」育仁問。

電話響個不停。他抬頭阻止：「哥，不要接，都是考中的同學打來說些無聊的話。」

育仁把話筒拿一邊：「這樣就好，打不進來了。」

「謝謝哥。」他頭也不抬，用心勾名單。

「怎麼樣？學校要貼紅榜了。」

小剛搖頭：「慘了，建中，成功，師大附中，這三大名校，我用畢業名冊對照，加起來不到二十名。」

育仁當下一驚，心裡想，不會吧，這是一所出了名的好學校，每年以升學冠軍享譽全台，家長為了讓孩子能進該校，用盡心思，再說，應屆畢業生五班少說也近兩百多名，升學資優班也近八十名，小剛當時能當插班生，也是透過他父親的關係，被教務主任當試讀生安插進來，說白了，就是用像小剛這樣的鄉下孩子的程度，來激勵同學的向上心。他當時很明白，但是他對小剛的心態是要他先適應，他要小剛過正常的生活，沒想到，小剛的自發性激起了他的好勝心，成果讓他意外。

「那麼女生呢？」育仁回過神來問。

「女生上榜的有北一女五名，北二女比較多，有十六名。管他的，我只認得其中一名是本班的，她很好，是班上的模範生。」

門鈴聲響，小剛跳起來去開門，是婷芸姐，她提著一個大紙袋，身邊放著一只小皮箱，見到小剛吁了一口氣：「電話壞了嗎？怎麼打不通。」

小剛想解釋，育仁趕過來：「是我把話筒放下，電話太多了。」說著接過紙袋：「哇，去麥當勞買漢堡，只想到小剛。」

「換個口味。」她邊說著，邊打量：「怎麼？剛起床？」

育仁不好意思地搔搔頭髮，婷芸細心，看到他眼圈發黑，便說：「先吃，我來泡奶粉。」

兩人一起拿大杯子，啟開奶粉罐和熱水瓶沖泡。小剛仍然用畢業紀念冊對照報上的名單。

「沒睡好？」婷芸問。

育仁點頭，難過地低頭用湯匙攪拌奶粉。

婷芸把自己調好的端起喝一口，故作輕鬆地說：「我看到了一個賈寶玉。」

「對，姐，在這，賈保禹，哥。他是丙班的，考上師大附中，你見過的，比我還黑，外號叫水牛，排球打得很棒。」

小剛的一句話沖散了育仁心中中鬱悶。端起牛奶同他說：「快喝，要坐半天的車呢。」

小剛掩不住興奮，拿起漢堡吃著，眼睛離不開報紙。

三個人吃完早點，匆匆趕到車站，搭上金馬號快車。小剛喜不自勝地說：「哥，你看，每份報紙上的放榜名單都有我的名字。」
育仁點頭：「你要買一份留作紀念。」
「會的。伯伯會買下收好，還會用紅筆勾下我的名字。」
「那是當然。」育仁說。
「哥，我有帶銅鈴。」
「那麼大一只，帶著方便嗎？」
「習慣了，那是伯伯給我最珍貴的禮物。我要拿著它爬上鳳凰樹上用力搖，哈哈！告知天下，我考上建中啦。」
「你不怕校長阻止？」婷芸問。
「管他的，我一定要出這口氣。」
育仁明白，讓他發洩出來吧，不管悲傷或委屈，能發洩出來總比悶在心裡好。
他趴在窗前看風景，不時還哼著歌。車到台中站，停下，站台外賣便當的小販趕在車窗外叫賣，小剛開窗一連買五個。
育仁詫異地問：「買這麼多。」
「給阿雄他們。他們說車上便當最好吃，哥你記得，他們來台北看我，你買便當給他們吃，他們一直都想吃，還有，我第一次來台北，伯伯也是買車站便當給我吃，好吃啊。」
婷芸接過來：「來，我幫你裝在我的手提袋裡，我備有帆布袋，提著安全。」

小剛交給婷芸說：「謝謝姐，我也想吃。」

婷芸分一個給他說：「我們還不餓，這一路上大站都會停，隨時都能買。」

小剛興奮地馬上吃了起來。

金馬快車在當時是最快速度的火車，到屏東，他們轉租小汽車直奔東港國小。

學校一片寂靜，小剛跨進校門，很熟悉地往校舍走。他習慣性地吸吸鼻子，再看看腕錶，十一點四十分，正是伯伯燒飯的時候，他燒飯習慣用小煤炭爐，飯香、菜香都會四處飄散，但是怎麼沒一點香味？是跟高伯伯、高媽媽出去吃飯了嗎？他急步衝過走廊，轉進宿舍，靜悄悄的，沒一個人。當然，現在是放暑假，他步向廚房後角小跨院的平房，門是虛掩著的，他推門而入，空無一人。

他習慣地把背包放在椅子上。見桌上的水壺，渴了，便隨手拿起壺邊的杯子，怎麼？茶壺是空的，桌上卻有一個牛皮紙信封，上面寫著：給小剛。

他拿起信抖了抖，從信封中飄落幾張照片，和一張在香港被小傑撕毀而無法找回的畫頁，畫頁已用玻璃膠帶黏好。幾張照片全是他在香港跟小傑共同戲耍的留影。

他驚奇而納悶，連忙抖出信紙，十行紙，他認得，是伯伯慣用的。展開來，端正的藍色鋼筆字，他很熟悉。

剛兒：

你走後的第四天，你的父親跟我見面，交給我這兩樣東西。他感謝我對你的教養，他慚愧自己不配做你的父親，我說：「您言重了，我只是與這孩子有緣，孩子爭氣，我也為你高興。父子天倫本該相聚，您如何安排小剛的生活我沒有意見，不必常來看我，更不要用酬勞答謝我。我說過，愛小剛，是緣份，他給我精神上的安慰是無價的，你一定能體會得到。」

剛兒，他拿來這張撕毀的圖畫，是你在我房間畫的，我說我幼時過生日，一碗麵，一個雞蛋就是山珍海味，那天我過生日，你給我煮了一碗麵，加了兩個蛋，我吃得很香。你畫了這張圖，我很暖心，當你父親把這張圖黏好，交到我手上，我就問：「怎麼撕毀了？」他說：「是小傑弄的，小剛很傷心。我撿到這一張，想這老人應該是你，就黏好拿給你。」

我接過來，謝謝他。這張畫是你我的珍寶，丟不得。

他拿着畫紙，眼淚奪眶而出。

抹去淚，他滑坐地上，看了看照片。

他在泳池教小傑游泳。

他扶著小傑練習騎腳踏車。

他們一同吃飯。

兄弟跟父親在旅館共眠。

他翻看另一頁，筆跡略微潦草。

剛兒：

你父親在我面前很痛苦地說起他的婚姻狀況，他說，小剛有福氣，也像他親生的母親，但對小傑，他卻直搖頭，因他依賴、膽小又虛榮。他盼望的是，小剛能跟小傑在香港寄讀，認為唯有小剛能幫忙把弟弟調教過來，但如何勸說，小剛均不為所動。他有他的道理，也有他的理念。他也許想：小小年紀難道就這樣漠視親情？

剛兒：

你父親想讓我勸你回去，我說，您別急，時候到了，他自然會回到你身邊，小傑要靠自己成長，小剛在他身邊，他的依賴性永遠不會改變。

其實我沒法理會你父親的感覺，我只在乎你的心情。當個不受牽掛的快樂人吧。

還有兩天就放榜了，我有信心，剛兒一定會金榜題名。別忘了，爬到鳳凰樹上敲鐘，伯伯替學校敲了一輩子的鐘，噹！噹！噹！噹！噹，沒一次是為自己，這次，要狠狠地敲，無他，因為這鎮上出了一名考取建中的好兒郎。

我有些累，要睡一會兒。

放下信，淚已滴在紙上。

他突然站起身，笑了：「伯伯去哪裡了？我是來報喜的。」

門口站了一個人，是阿雄。

「你來啦，伯伯他們呢？」

阿雄轉身往外走，他拎起包包跟著。

育仁哥跟婷芸姐也不在門外，想是去跟他爸媽相會了。他拍拍阿雄的肩：「有沒有到鎮長那領獎金。」

阿雄低頭不語，邁著步子不理會。

「八成被阿珠修理了。」他仍滿心歡喜地跟著。

兩人來到禮堂後的一間小休息室。

他看到了幾個伯伯開小店的朋友，育仁哥，婷芸姐在走廊跟人說話。

他直直地跟阿雄走進去，怎麼掛著白幔，猛抬頭，看到靈堂上掛著伯伯的照片。

「這是怎麼一回事？」他大聲問。

「伯伯走了，給你寫完信，就睡著走了。」阿雄告訴他。

他矇眼，跪在地上，猛地跳起來慌亂地嚷：「不要騙我，我要見伯伯。」

他一把抓住阿雄：「帶我去，我要見伯伯。」

阿雄掙不開他，兩人擰出屋外。

育仁趕過來，一把抱住：「小剛，小剛，我們帶你去見伯伯。」

小剛哭著指向靈堂：「那是騙人的，那是騙人的。」高媽媽把他拉進懷裡，坐在椅子上輕拍著他的背：「乖，不傷心，不傷心。」

小剛仍歇斯底里地哭著，斷斷續續地說：「伯伯昨晚還在夢裡跟我說，鈴鐺別摔壞了，我搖了一輩子的鈴，你要收好。」

阿雄苦著臉靠近小剛：「我也夢到伯伯，他說我燒的紙錢他都收到了。」

「見你個鬼。」小剛揚起腿踹向阿雄。

「孫亦剛，孫亦剛。」

他聽到好多人喊他的名字，在淚眼中，他看到過去的同學，老師，還有校長，鎮長。

他矇著眼睛望他們。校長親切地拉著他的手：「孫亦剛，你是本校的榮耀。」

「你好棒。」過去的班長說。

「沒想到榜上孫亦剛的名字居然真的是你。」

「你是怎麼考上的？」「你在台北的哪一家補習班？我要我家百川也去補習。」

「把你的補習教材拿來給老師，我要當作參考，看看台北的學校是怎麼教導的。」

「居然把這麼頑劣的孩子調教考上建中，真讓我感到意外。」

他低著頭，耳邊是他過去小學同學，家長，老師，校長吵吵嚷嚷的聲音。

一陣鈴聲自靈堂響起。人們吵雜地向前走，他聽到有人說：「快去行個禮，張校工的告別式，我們不能不鞠躬。」

他移動腳步，兀自離開，緊緊揹著背包，像摟著伯伯一樣，離開這些吵雜的人群。

肅穆的小靈堂，阿雄突然找不到小剛，他不放心，育仁更是擔心，兩人先到宿舍，發現沒人。

「會去哪裡？」

阿雄揚聲大叫：「小剛，你跑到哪去了？你是孝子，要跪堂，快來呀。」

育仁更是焦慮，他太明白小剛跟張伯伯的情感。

兩人在校園中兜轉，顧不得烈日下薰風陣陣，他倆心急如焚，或許是擔心會有另一個不幸發生。

突然，繫在校門口的大鳳凰樹上的搖鐘響起。「噹噹噹！」「噹噹噹！」聲音越敲越響。連續的鐘聲迴盪在整個校園，幾乎不停……

「是小剛。」阿雄大叫，急跑向校門，育仁隨後。

鐘聲是那麼響亮激烈，他倆還沒跑近鳳凰樹，只見滿樹盛開的鳳凰花，在樹枝的搖曳中紛紛飄落，紅色的花瓣在風中四處飛舞，落得遍地皆是。

阿雄欲上前，立即被育仁拉住。在落花似雨中，另一種清脆的鈴聲響起，隨即一團報紙裹著一個東西自樹上拋下。嘶啞的哭聲從樹上傳來：「我考上建中了呀，我帶來上榜的報紙了呀，我搖的鈴聲你聽到了嗎？爸！爸！」

後記：

三十年後，一位英挺的中年男士，牽著兩個稚兒，來到一座整修得很莊嚴的墓前。他把帶來的祭品一一擺好。捻起香，分別交給兩個孩子說：「這就是我常跟你倆說的義父。」

大的孩子看看碑文：「爸，張伯伯碑下提的義子，孫亦剛就是您了。」

「對。張伯伯在我心中也是父親、最親的人。」

「爸爸，為什麼弟弟隨張伯伯的姓，而我不是？」

「這是倫理。」父親望望二兒：「張念祖，從你出生的那一刻，我就給張志遠義父上香，告知他在天之靈，這孩子將繼承張家的香火，綿綿不斷。」

八歲的張念祖立刻跪下磕頭。

哥哥孫念君也跟著跪下，卻被念祖推開：「你不能磕頭啦，你是拜孫家的祖先，不能亂拜。」

「誰說的？」哥哥不解。

「剛剛我們在阿雄伯伯家吃飯，伯伯、伯母都這麼同我說。」弟弟認真地說。

「哥哥也可以跪拜，伯伯是我的恩人。」父親說著，拉著大兒子一起跪下叩頭。

三人站起身，念君問：「爸爸，為什麼是弟弟，而不是我？」

「剛才我不是說了，這是咱老祖宗留下的倫理，長子承當的是本姓，這種傳承是禮數，你祭拜的是孫家的歷代祖先，張伯伯沒有兒女，按習俗，沒有過繼長子的，第二個孩子就可以了。」

念君點頭：「我明白了，爸，你是不是受了高伯伯的影響？高伯、高媽還有你跟媽媽約定，在生下我們之前，都會趕回台灣，不想在美國生，說我們是中國人，不想入美國籍？」

亦剛點頭，這是他跟育仁哥的約定，沒有高家的栽培，沒有今天的孫亦剛工程師。他跟著育仁哥，亦步亦趨，在國內進最好的大學，然後出國留學，修到碩士，進入大公司，先是當育仁哥的助理，而後獨當一面成為工程師。想到這裡，他有些感嘆，抬頭望，一隻海鷗在不遠處飛向海邊。

三十多年了，東港，已不是當年的小鎮，幼時的國小已改成公立小學，翻蓋成二層樓的水泥建築，校門口繫掛銅鐘的鳳凰樹早已砍掉。他有滄海桑田的感覺。

「爸爸，是不是因為台灣的升學壓力太大，你尊重爺爺的意見，讓我跟弟弟在美國讀書？」念祖問。

「不是。」孫亦剛回答兒子：「我的工作在美國，你們的媽媽在美國華僑學校教書，我們一家都在美國生活，方便照顧爺爺。這裡讀書自在，也沒有爸爸兒時的壓力，不過，在一九六八年，台灣政府的教育部改了升學制度，國小升國中提升為九年制，廢除聯考；

國小畢業生可以依自己的興趣、志願升一般初中，或是職業學校。」

「那麼，爸爸，你念高中時還是要拚考試成績了？」念君問。

「那是當然。」爸爸口氣帶著驕傲：「我不怕考試。」

父子三人慢慢步出墓園。在山坡下，念祖指著遠處一片剛收成的水稻田問：「爸，快看，好多鴨子跳進田裡了。」

亦剛望著，那一群呱呱亂叫的鴨子，在水田中覓食收割後掉落的稻粒，幾個孩童跟在鴨群後彎腰低頭，光著赤腳在水田裡，如果很仔細地尋覓，真的會找到鴨子邊吃邊生下一顆蛋的。當然機會不多，但一群鴨或上百隻從田裡走過時，總會讓他們撿到幾顆，意外的驚喜總會被認為是走好運。那是他和阿雄、阿珠、阿康最開心的時刻。

童年，太多的往事，在他記憶的角落裡被遺忘了，但這幾天，他帶著孩子來追尋，住進阿雄重建的四合院，他們不再年輕，卻各有所成，孩子們都是他們兒時的年歲，圍著他們，聽長輩們互糗往事，笑聲迭起。

一陣風，從遠處飄落了兩朵蒲公英，念祖張開小手接住，笑嘻嘻地說：「爸、哥，是蒲公英耶，我們美國的院子裡也有，怎麼飛到這裡來了呢？」

（全書完。）

MUSES

逆風的手搖鈴

作　　者─古　梅
發 行 人─王春申
總 編 輯─李進文
主　　編─邱靖絨
校　　對─楊蕙苓
封面設計─謝佳穎
內頁設計─菩薩蠻電腦科技有限公司
業務組長─陳召祐
行銷組長─張傑凱
出版發行─臺灣商務印書館股份有限公司
23141 新北市新店區民權路 108-3 號 5 樓（同門市地址）
電話：(02)8667-3712　傳真：(02)8667-3709
讀者服務專線：0800056196
郵撥：0000165-1
E-mail：ecptw@cptw.com.tw
網路書店網址：www.cptw.com.tw
Facebook：facebook.com.tw/ecptw

局版北市業字第 993 號
初版一刷：2019 年 12 月
印刷：禹利電子分色有限公司
定價：新台幣 390 元

法律顧問─何一芃律師事務所

國家圖書館出版品預行編目 (CIP) 資料

逆風的手搖鈴 / 古梅著 . -- 初版 . -- 新北市 : 臺灣商務 , 2019.12
面；　公分 . -- (Muses)
ISBN 978-957-05-3242-5(平裝)

863.57　　108019028